여성향 게임 세계는
모브에게 가혹한 세계입니다

THE WORLD OF OTOME GAMES IS A TOUGH FOR MOBS

03

미시마 요무
일러스트 / 몬다

너니까 반한 거다.
너를 원한다.
리온──내 남편이 되어라.

나는 모른다?
나중에 정나미가 떨어져서,
약혼하지 말 걸 그랬어,
하고 생각해도.

저는 리온 씨라서
좋아하게 된 거예요
절대로 놓치지 않을 거예요.

"이 바보. 울다 지칠 바에야 그냥 걷지."

투정을 부리고 싶은 마리에였으나, 눈물이 흘렀다.
등에 업힌 자신은 안도하여 잠들어 있었다.
침을 흘려 오빠의 옷이 더러워진다.
보나 마나 불평을 할 거라고 생각하고 있었더니,

"왜 나한테 기대는 건지……."

아주 약간이지만 기뻐 보이는 오빠의 얼굴을 보고,
마리에는 가슴에 손을 대고 주먹을 꽉 쥐었다.
그렇다. 오빠는—— 입은 험하지만 다정했다는 것을,
마리에는 떠올렸다.

여성향 게임 세계는
THE WORLD OF OTOME GAMES IS TOUGH FOR MOBS
몹에게 가혹한 세계입니다 03

CONTENTS

THE WORLD OF OTOME GAMES IS A TOUGH FOR MOBS.

프롤로그

사랑이란 뭐지?

그런 철학적인 것을 생각하는 나 【리온 포우 발트파르트】는 조금 소심하고 성실한 검은 머리카락 검은 눈의 청년이다.

전생에서 마지못해 플레이하고 있었던 '그' 여성향 게임 세계에 전생한 평범한 남학생이기도 하다.

평화를 사랑하는 선량한 나지만, 이 여성향 게임 세계에서는 그다지 눈에 띄지 않는 모브 같은 존재였다.

아니, 그래야 했다!

근데 어떻게 된 일인지, 정신을 차려보니 '자작'이 되어있었다.

궁정 계급도 '4위 하'라는 제법 높은 자리까지 올라와 버렸다.

아직 학생인데도 벌써 '자작'에 '4위 하'라는, 너무나도 훌륭한 신분이 되고 말았다.

그 때문에 나는—— 사랑에 관해 고민하고 있었다.

때때로 이야기에서는 사랑이 모든 것을 해결하는 패턴이 나오고는 하는데, 이 여성향 게임이 바로 그 패턴이었다.

사랑으로 모든 것을 해결한다.

루크시온조차 완전히 쓰러뜨릴 수 없는 마지막 보스를 주인공과 공략 대상 남자가 사랑으로 쓰러뜨리고 해피엔딩을 맞이하는 게 그 여성향 게임이다.

모든 문제를 사랑이 해결해 준다.

이 세계의 사랑은 굉장하다.

어떤 뛰어난 병기로도 이길 수 없다.

어떤 외교 노력보다도 멋진 성과를 낸다.

사랑만 있으면 내정 같은 건 어떻게든 된다.

사랑은 굉장해. 사랑은 멋져! 사랑이야말로 세계를 구하는 거다!

――이 세계의 사랑이란 건 대체 어떤 최종병기인 거냐.

그건 그렇고,

"어째서 이렇게 된 거지?"

『전부 마스터 책임입니다.』

나는 조금도 나쁘지 않은데, 파트너인【루크시온】은 차갑게 대답했다.

메탈릭 컬러 구체에 빨간 외눈이 달린 모양새로 기껏해야 소프트볼 정도의 크기지만, 이건 부속기관―― 즉, 단말이고 본체는 인공지능이 달린 거대한 우주선이다.

어찌 됐든 내가 주인이니 나를 좀 더 공경해줬으면 좋겠는데……이 녀석은 내게 너무 엄격했다.

그래도 여러 면으로 유능하고, 눈을 떼면『신인류는 섬멸이다!』같은 말을 하며 무슨 짓을 저지를지 모르는 무서운 녀석이기도 해서 곁에 두고 계속 지켜보고 있다.

나 참, 내 주위에는 이런 변변찮은 녀석들뿐이다.

자, 슬슬 현실 도피를 그만두고 책상 위에 쌓인 편지의 산을 보자.

　남자 기숙사의 내 방에는 내게 도착한 대량의 편지로 산더미가 생겨나 있었다.

　"이렇게 쉽사리 태도를 바꿀 수 있다니, 뻔뻔함을 넘어 존경스러울 정도군."

　편지를 보낸 사람은 학원 상급 클래스의 여자들이었다.

　이전에는 다회에 권해도 거들떠보지도 않았던 여자들이 내가 출세하자 손바닥 뒤집듯 태도를 바꿔 자신을 권하도록 편지를 보내기 시작한 것이다.

　하나같이 다 위에서 내려다보는 듯한 말투로 쓴 편지였는데, 개중에는 「사흘 뒤에 다회 준비를 해 두도록」 하고 명령조로 쓴 당돌한 녀석도 있었다.

　"……정말 끔찍한 상황이야."

　난 이 상황에 넌덜머리가 나 있었다.

　처음에는 지금까지 날 거들떠보지도 않았던 여자들이 내게 접근한다면 조금은 재미있어질지도? 하는 막연한 기대감이 있었지만, 현실은 그렇지 않았다.

　──끔찍해. 그냥 끔찍하다고. 하나도 재미없어.

　『겨울방학 전에 출세한 것이 결정적이었군요.』

　사건의 발단은 2학기 수학여행에서 마주친 판오스 공국 군대의 기습이었다.

　어찌어찌 물리친 것까지는 좋았는데, 그때의 활약이 계기가 되어 출세하고 말았다.

덕분에 학원에 돌아온 후로 여자들의 지독한 태세 전환을 맛봐야 했다.

온갖 욕을 먹으며 시작했던 2학기보다 3학기에 들어간 지금이 훨씬 끔찍했다.

"이 녀석들 다 내 뒤에 있는 지위나 재산을 보고 있다는 거잖아. 최악이군."

『귀족의 결혼은 애초에 '대상'에 큰 의미를 두지 않습니다. 이 편지를 보시지요.』

편지 한 장이 허공에 떠올랐다.

루크시온 녀석은 봉투를 열지 않아도 편지의 내용을 확인할 수 있는 모양이다.

정말로 편리한 녀석이다.

나는 편지를 받아들고 봉투를 열었다.

"뭔가 재미있는 거라도 쓰여 있냐? 우와……."

나는 종이를 펼치자마자 할 말을 잃었다.

편지에는 '결혼 조건'을 시작으로, 왕도에 사용인 수십 명 규모의 저택을 보유하고 있다는 것과 자신의 애인들을 부양하라는 명령이 적혀 있었다.

이게 진정 결혼하겠다는 여자가 보낼 편지인가?

참으로 황당한 이야기지만, 이게 이 학원 여자의 진상이었고, 여존남비――'그 여성향 게임'의 현실이었다.

게임 세계가 현실이 되면 이렇게까지 끔찍해질 수 있구나.

무심코 이상한 웃음이 새어 나왔다.

『여자가 하나같이 정말 지독하군요. 대체 누구의 아이를 낳을 생각인 걸까요?』

"아마 자비를 베풀 듯 후계자를 낳아주고 그 뒤에는 자유롭게 마음 내키는 대로 생활하려는 생각이겠지. 그렇게 드문 이야기도 아니야. 아버지의 정처도 마찬가지였고."

이런 게 말이나 되는 이야기인가 싶지만, 유감스럽게도 그것이 가능한 게 이 세계다.

나 참, 정말로 끔찍한 세계야.

『결혼이 어떻게 해야 이렇게까지 뒤틀리는지 참 의아하군요. 본래라면 수가 적은 쪽이 우위에 있어야 자연스러운데 말이죠. 남작이나 자작 계급이 유독 심한 것도 신경 쓰입니다.』

루크시온이 말한 것처럼 이 계급층만 유독 심한 경향이 있었다. 실제로 백작가 이상만 돼도 비교적 상식적인 결혼을 할 수가 있었다. 물론 모두가 꼭 그런 건 아니지만.

"여성향 게임의 사정이잖아? 아무리 깊게 생각해 봤자 답은 나오지 않아."

──정말 그걸까? 어쩌면 〈여자는 전속 사용인이라고 부르는 아인종 노예를 데리고 다닌다〉는 설정을 현실로 만들려고 했더니 이런 모순이 나온 건 아닐까?

안 되겠군. 역시 생각한다고 답이 나오지는 않아.

답이 나오지 않는 걸 계속 생각해봐야 아무런 의미도 없다.

산더미처럼 쌓인 편지를 쓰레기통에 버리고 있자, 루크시온이 내게 말을 걸었다.

『의외군요. 아무도 다회에 권하지 않는 겁니까? 마스터 성격상 여자들을 불러 깐족깐족 비아냥댈 줄 알았습니다만.』

"너는 날 뭐라고 생각하고 있는 거야? 나처럼 상냥한 일반인이 그런 짓을 할 리가 없잖아."

『마스터가 생각하는 일반인의 정의가 뭔지 꼭 여쭤보고 싶군요. 분명 세간에서 말하는 일반인과는 마스터가 아는 일반인은 다른 존재일 겁니다.』

"시끄러워. 됐으니까 이걸 정리해."

그야 나도 처음에는 골려줄까 하는 생각을 했지만, 태도가 급변한 여자들을 위해 다회를 열 생각을 하니 귀찮아졌다.

이래 보여도 나는 바쁘다고.

먼저 리비아── 이 여성향 게임의 주인공인 【올리비아】와 차를 마시기로 했다.

그리고 안제── 공작 영애인 【안젤리카 라파 레드글레이브】와도 차를 마시기로 했다.

게다가 2학년인 클라리스 선배나 3학년인 디어드리 선배와도 다회가 예정되어 있다. 특히 이 두 사람에게는 여러모로 신세를 지고 있기에, 권유는 소홀히 대할 수가 없었다. 고급 찻잎이나 티 세트까지 받아 거절하기도 어려웠다.

어라? 잘 생각해 보니 계속 여자랑 차만 마시고 있잖아?

……뭐, 됐나.

내가 바쁜 가장 큰 이유는 따로 있었다.

나와 같은 전생자 의혹이 있는【마리에 포우 라판】—— 가난뱅이 자작가의 막내딸이 정식으로 성녀 인정을 받아버린 것이다.

본래 그 여성향 게임의 스토리를 알고 있다면 절대로 할 수 없는 짓이었다. 마지막 보스를 쓰러뜨리기 위해서는 반드시 리비아의 힘이 있어야 하니까.

나는 그걸 무시하고 성녀 행세를 한 마리에를 어찌할지 대책을 마련해야만 했다.

"정말로, 어째서 이렇게 된 건지."

『마스터의 책임이 아닐까요?』

이 자식, 모든 걸 내 책임으로 만들 생각인가?

◇

학원 벤치에 여학생 한 명이 우울한 얼굴로 앉아 있었다.

그녀의 긴 감색 머리카락은 심하게 흐트러져 있었고, 교복도 여기저기 얼룩이 묻어 있거나 찢겨 있었다.

그녀의 이름은【카라 포우 웨인】.

얼마 전까지 오플리 백작가 영애의 측근을 맡고 있었지만, 지금은 주변에 아무도 남아 있지 않았다.

모든 일의 발단은 얼마 전에 있었던 사건이었다.

그녀의 본가는 준남작가로, 오플리 백작가를 주군으로 모시고 있었다.

그런데 얼마 전, 그 주군인 오플리 백작가가 공적과 손을 잡고 있었다는 것이 탄로 나면서 문제가 생기기 시작했다.

당주와 후계자가 처형되었고 지위와 재산은 모조리 압수당했으며, 백작가와 함께 작당했던 다른 종자 가문들까지 모두 제거되어, 오플리 백작가의 영애를 포함해 관계자 대부분이 학원에서 사라져 버렸다.

카라만 남고.

아니, 카라만 남겨 놓고.

그녀의 본가가 공적과 연관이 없었기에 살아남은 거였지만, 굳이 그녀만 남겨 놓은 건 다른 이유가 있었다.

고개를 숙인 카라 곁을 여자들이 지나쳐 갔다.

"봐, 배신자가 있어."

"귀족 망신이지. 빨리 사라져 줬으면 좋겠네."

"공적 따위랑 엮인 녀석이 어째서 아직도 학원에 있는 걸까?"

──바로 본보기였다.

학원을 그만두는 것도 불가능했다. 무조건 받아들일 수밖에 없는 상황이었다.

"나도…… 나라고……."

하지만 결과를 떠나서 카라는 처음부터 오플리 백작가에 거스를 수 없었다.

오플리 백작가를 편드는 가문이 많아, 어설프게 고발하려 해봤자 도리어 보복이 돌아올 게 뻔했다. 그리고 백작가가 사라진 지금은 배신자 취급을 받고 있었다.

"어떻게 하면 좋았던 거야. 내가 뭘 할 수 있었다는 거냐고!"

오플리 백작가 딸에게 거역할 수도 없고, 나라에 밀고할 수도 없다.

그런 상태에서 대체 뭘 어쩌라는 말인가?

'나도 그 여자한테 견뎌 온 거란 말이야. 그런데도…….'

그런 생각에 울고 있자, 몸집이 작은 소녀를 둘러싼 집단이 가까이 다가왔다.

신전이 성녀로 인정했다는 마리에였다.

'측근이 잔뜩 있네.'

지금까지 측근이라고는 단 한 명도 없었는데, 성녀가 되자마자 사람이 모여들었다.

성녀이자 전 왕태자 전하의 연인인 마리에는 이용 가치가 높았다.

귀족 자제가 모여드는 게 당연했다.

이제까지 마리에를 험담했던 여자들조차 지금은 마리에를 절찬하고 있었다.

"마리에 님, 오늘도 아름다우세요."

"오늘 입으신 옷도 멋지어요. 센스가 있으셔요."

"마리에 님, 새로운 찻집이 개업했어요. 같이 어떠신가요?"

손바닥 뒤집듯이 태도를 바꾼 학원 여자들과 그녀들을 뒤따르는 전속 사용인이나 남자들이 모여, 마리에의 주위는 항상 북적거렸다.

그리고 마리에는 이 상황이——.

"정말, 마리에라고 편하게 불러도 괜찮다고 했잖아."

——매우 즐거운 것 같았다.

"마리에 님을 스스럼없이 부를 수는……."

여자들이 망설이고 있자, 마리에는 미소를 보였다.

"님을 붙이는 것도 금지야. 우리는 이미 친구잖아?"

"마리에 님, 어쩜 이리 상냥하신 걸까!"

"정말, 그러니까 그만하래도~."

그만하라고 말하면서도 엄청나게 기뻐 보이는 마리에를 본 카라는 고개를 숙이고 말았다.

'빨리 숨지 않으면 또 괴롭힘을 당할 거야.'

마리에의 연인 중 브래드와 그렉을 함정에 빠뜨린 카라는 마리에의 앙갚음이 두려워 살금살금 도망치기 시작했다.

그 모습을 발견한 여자가 일부러 티가 나게 목소리를 높였다.

"어머~, 저런 곳에 귀족의 수치가 있네."

움찔하며 어깨를 떤 카라는 급히 도망치려고 했지만, 도망칠 길이 남자들한테 막히고 말았다.

"아직 학원에 있었던 거냐?"

"어째서 너 같은 녀석이 귀족을 칭하는 거지?"

"정말로 열 받는군."

평소 여자에게 불만을 품고 있는 남자들이 만만한 카라를 보자 공격적으로 나왔다.

사람들이 서서히 모여들었고, 카라는 결국 그들에게 둘러싸이고 말았다. 카라가 겁을 먹고 그 자리에 웅크려 덜덜 떨자 주위에서 웃음소리가 흘러나왔다.

이윽고 마리에가 카라 앞으로 다가왔다.

마리에가 손을 뻗자, 카라는 맞는다는 생각에 눈을 꽉 감았다.

하지만 아무리 시간이 지나도 손찌검은커녕, 아무 일도 일어나지 않았다.

쭈뼛쭈뼛 눈을 뜨자, 마리에가 미소를 띠며 손을 내밀고 있다.

"어? 저, 저기?"

"네가 카라구나. 여러 일이 있었지만, 친구가 되자."

그러자 마리에의 주변에 있던 사람들이 당황해서 마리에를 말리기 시작했다.

"마리에 님, 이 여자는 브래드 님이나 그렉 님을 함정에 빠뜨린 여자예요. 게다가 이 여자는 공적과 손을 잡은 배신자라고요."

그러나 마리에는 고개를 가로저으며 말했다.

"그녀가 학원에 남았다면 그럴만한 사정이 있었겠지. 사죄도 했고, 괜찮아. 그리고 여럿이서 몰려들어서 괴롭히면 안 돼."

주위가 입을 다물고 말았다.

마리에는 그렇게 말한 뒤 카라의 손을 잡고 일으켜 세웠다.

카라가 마리에보다 키가 큰 탓에 올려다보는 모양새가 되었지만, 마리에는 카라의 손을 부드럽게 양손으로 감싸 쥐었다.

"그러니까, 카라. 나랑 친구가 되자."

카라는 그게 기뻐서. 그리고 마치 빛나 보이는 마리에한테 눈물을 흘리며 고개를 끄덕였다.

"네, 넵."

'뭐, 그렇다고 용서한 건 아니지만.'

울고 있는 카라를 앞에서 마리에는 미소 지으며 생각했다.

말로는 허울 좋은 위선을 늘어놓으면서도, 마음속으로는 음험한 생각을 하고 있었다.

'하지만 그 모브 자식을 함정에 빠뜨린 건 마음에 들었어. 네가 내 측근이 되면 그 모브 자식이 필시 열을 받겠지.'

모브 자식—— 마리에는 리온을 그렇게 부르고 있었다.

자기를 방해하기만 하는, 입이 험하고 비겁한 오빠 같은 남자.

그를 보고 있으면 오빠의 모습이 떠올라서 마리에는 리온을 싫어했다.

'이 일로 그 자식이 분해하는 얼굴을 볼 수 있다면 카라를 용서하는 것도 나쁘지 않은 선택이야. 아아, 이런 나쁜 여자를 용서할

수 있다니, 어쩜, 나는 이리 착한 걸까!'

이 여성향 게임의 주인공인 올리비아에게서 공략 대상들을 빼앗고, 전속 사용인인 카일도 빼앗았다.

그리고 마침내 성녀의 자리마저 빼앗았다.

성녀 자리에 앉기를 서두른 건, 이 방법 말고는 생활을 이어갈 수단이 없었다는 이유도 있었지만, 모든 건 그 모브가 계획을 방해했기 때문이었다.

'그 모브 자식한테는 호된 꼴을 잔뜩 당했지. 하지만 이제 여기서부터는 내 독무대야. 지금까지 당했던 것들, 전부 갚아주겠어.'

마리에는 잘은 모르고 있었지만, 이 세계── 호르파트 왕국에서는 '성녀'란 특별한 존재였다.

일개 평민이 왕태자의 결혼 상대가 될 수 있을 만큼.

성녀만 쓸 수 있는 아이템들도 있다. 이 아이템들은 성녀, 마리에의 힘을 강화한다.

'머릿속이 꽃밭인 올리비아한테서 빼앗은 자리지만, 이제껏 그랬듯 내가 대신해서 전부 해결하면 문제없을 거야. 이제부터 그 모브 자식을 어떤 식으로 혼쭐을 내줄지 고민하기만 하면 된다고! 정말이지, 지금까지 나를 바보 취급해 왔던 녀석들이 알아서 고개를 숙이니── 참 기분이 좋네!'

얼마 전까지 자신을 적대시해 왔던 여자들이 지금은 마리에의 비위를 맞추기에 여념이 없었다.

마리에는 이 상황이 더없이 즐거웠다.

'율리우스나 다른 남자들과 안 어울린다던가, 가난뱅이 귀족의 딸이라던가 하면서 깔봐 왔던 녀석들이 이제는 내 눈치나 보기 바쁜 꼴이라니! 정말 최고야! 이대로 출세해 주겠어!'

노려라, 왕태자비!

마리에가 율리우스를 왕태자로 복귀시킬 방법을 생각하기 시작했을 무렵 크리스가 나타났다.

【크리스 피아 아크라이트】── 푸른 머리카락에 푸른 눈을 지닌 안경을 쓴 청년은 오늘도 늠름한 표정을 짓고 있었다.

"마리에, 여기에 있었던 건가."

기쁜 듯이 다가오는 크리스를 마리에는 기분 좋게 맞이했다.

주위의 측근들── 특히 여자들이 크리스를 보고 뺨을 물들이고 있는 모습을 보니 우월감이 들어 기분이 좋았다.

"어쩐 일이야?"

"마리에 앞으로 편지가 와서 전해 주러 왔다."

고맙다고 말한 뒤 편지를 받아 든 마리에는 보낸 사람을 보고 눈을 휘둥그레 떴다.

"왜 그러지, 마리에?"

"아, 아무것도 아니야. 보, 볼일이 좀 생각났으니까 나는 가볼게."

마리에는 주위가 말리는 것도 듣지 않고 달려서 그 자리를 벗어난 뒤 혼자가 될 수 있는 장소를 찾아 그늘에 숨고는 떨리는 손으로 봉투를 열었다.

"치, 침착해. 괜찮아. 나는 이미 성녀님이야. 본가가 무슨 짓을 하든 모두가 지켜 줄 거라고."

편지를 보낸 사람은 본가의 부모였다.

그리고 안에 든 것을 꺼내 내용을 확인하자, 마리에는 그 자리에 풀썩 주저앉았다.

"어째서 이렇게 되는 거야아아아!"

마리에는 편지를 움켜쥐고 절규했다.

편지에는 성녀의 이름을 빌려 본가가 막대한 돈을 빌렸으니 대신 갚으라는 내용이 담겨 있었다.

두 번째 인생, 마리에는 부모 복이 없었다.

심지어 다른 형제들도 마리에의 이름을 써서 제멋대로 설치고 있는 모양이었다.

조금 전까지 들떠있던 기분이 단숨에 나락까지 처박히고 말았다.

"또 빚이냐고, 으아아아아아악!"

전생하기 전에 빚에 지독하게 시달렸던 마리에는, 빚에 거부 반응을 보이며 그대로 하염없이 울 뿐이었다.

나는 리비아와 함께 학원 교사를 걷고 있었다.

밝은 갈색 머리를 어깨높이에서 자른 리비아는 교과서나 노트 등을 품에 안다시피 들고 있었다.

"수업 때마다 이동해야 한다니, 너무 귀찮아……."

학원 수업은 대부분이 이렇게 수업마다 교실을 찾아 이동하는 식이라 성가시기 짝이 없었다.

그냥 고등학교처럼 교실에 교사가 들어왔으면 좋았을 것을.

문득 옆을 보니 리비아의 푸른 눈동자가 이쪽을 향하고 있었다.

"리온 씨, 약간 지치신 거 아닌가요?"

리비아가 내 얼굴을 살피며 그런 말을 했다.

지독한 여자가 많은 학원에서 이 애는 그야말로 사막의 오아시스였다.

사실은 이 아이가 성녀 자리의 원래 주인이지만, 황당하게도 지금 그 성녀 자리에는 마리에가 앉아 있었다.

"갑자기 날 찾는 사람이 많아졌거든. 거절하는 데도 고생이 이만저만이 아니야."

손바닥 뒤집듯이 태도를 바꾼 여자들 때문에 난처하다고 말하자 리비아는 아주 약간 기쁜 듯했다.

"당연하죠. 리온 씨는 영웅인걸요."

——판오스 공국의 군대를 물리친 영웅.

덕분에 나는 또 원치 않는 출세를 하고 말았다. 정말 난감하다.

"영웅같이 거창한 건 내 분수에 맞지 않는데 말이지."

"혹시 달리 신경 쓰이는 여성은 없나요?"

"딱히. 내년을 기대해야 할 것 같아."

애초에 손바닥을 뒤집기 전의 모습을 기억하는데 어떻게 호감을 느끼겠는가.

"하지만 다회를 열지 않으면 리온 씨의 평판이 나빠지잖아요?"

"내 평판 따위 아무래도 상관없어. 오히려 영웅이라고 불리는 지금이 이상한 거라고. 그리고 다회는 리비아나 안제만 있으면 충분해."

너희만 있으면 충분하다고 말하자, 리비아가 뺨을 조금 빨갛게 물들이며 기뻐했다.

그런데 곧 무얼 떠올렸는지 리비아의 얼굴이 갑자기 무표정하게 변했다.

"……언젠가 클라리스 선배나 디어드리 선배도 다회에 권했다는 이야기를 들은 것 같은데요?"

나는 캐묻듯 말하며 따가운 시선을 보내는 리비아의 눈을 피해 슬며시 고개를 돌렸다.

"하하하! 서두르지 않으면 수업에 늦을 것 같군!"

"도망쳤군요……."

내가 웃으며 얼버무리자 리비아가 어이없다는 듯 쳐다봤으나, 곧 복도에 생겨난 인파를 발견하고 고개를 갸웃했다.

"무슨 일이 생긴 걸까요?"

그들의 시선 끝에 있는 건 게시판이었다.

늘 여러 게시물이 붙어 있지만, 저렇게 모여서 쳐다보고 있는 일은 흔치 않았다.

"좀 궁금한데. 가서 볼까."

가까이 다가가 사람들 틈새로 게시판을 엿보니, 유학 모집이라는 단어가 눈에 들어왔다.

알제르 공화국에 유학할 학생을 모집하는 포스터였다.

"1년간 해외 유학이라."

"해외 유학이요? 역시 학원은 굉장하네요."

리비아가 감탄해서 말했다. 조금 흥미가 있는 모양이었다.

하지만 고작 유학 포스터에 이만큼 사람이 모여드는 건 이상하지 않나?

내가 잠시 포스터를 바라보다 흥미를 잃고 발길을 돌리려는 순간, 인파를 헤치고 친구인 【레이먼드 포우 아킨】이 나왔다. 약간 지친 얼굴을 보아하니 사람 틈에서 시달린 모양이었다.

"너도 유학에 흥미가 있었던 거냐?"

내가 먼저 말을 걸자 레이먼드가 나를 보고 안경을 고쳐 썼다.

"리온인가. 유학이라니 무슨 이야기야?"

나는 유학 모집 포스터를 가리키며 말했다.

"유학 포스터를 보고 있었던 거 아니야?"

"아니야. 이 인파가 생겨난 이유는 친위대 설립 건이라고."

"친위대?"

친위대 모집에 사람이 모여있는 건가?

보통 친위대라 하면 왕족의 친위대인데, 그건 학원에서 모집할 내용이 아니었다.

"누구 친위대인데?"

"누구긴, 당연히 성녀님이지."

레이먼드가 들려준 이야기는 그 짜증 나는 마리에를 위해 신전이 나서서 친위대를 모집하고 있다는 내용이었다.

"근데 그 친위대 모집이 조금 특수한 것 같아."

"뭐가 특수한데?"

"그 뭐냐, 성녀님은 마리에 님이잖아? 그게, 연인들의 신분이 신분이다 보니 신전만이 아니라 왕궁에서도 친위대 설립에 얽혀 있대."

리비아가 아아 하고 고개를 끄덕였다.

"율리우스 전하와 측근 남자분들 말씀이시군요."

레이먼드가 고개를 끄덕였다.

"그래. 몇몇은 역시 율리우스 전하의 여자 보는 눈이 정확했다는 말까지 하고 있어. 전하를 왕태자에 복귀시키고 성녀님을 그대로 왕태자비로 세우자는 여론도 있대."

──그 여성향 게임에서는 막바지에 주인공이 성녀가 되면서 주변 사람들에게 인정받고 공략 대상 남자와 맺어진다.

보아하니 성녀 자리에 마리에가 앉아도 그건 마찬가지였던 모양이다.

정말 지긋지긋한 녀석이다.

"그렇군, 조금이라도 빌붙으려고 친위대에 눈독을 들이고 있다는 건가. 설마 네가 이런 이야기에 흥미를 품을 줄은 몰랐다."

내가 그렇게 말하자 레이먼드는 쓴웃음을 지으며 대답했다.

"뭐, 이유는 조금 다르지만 말이야. 흑심이 없는 건 아니지만, 그보다 특별 조치가 신경 쓰여서."

특별 조치? 뭐가 더 있나?

"그건 또 뭔데?"

"성녀님의 친위대는 기사 중에서 선발한대. 신전 기사가 아니라 정식 기사 중에서 말이야."

"허, 그건 신전이 인정하지 않을 텐데?"

"그래. 그래서 신전 기사로 친위대에 입대한 후에 정식 기사 칭호를 주는 방식이 되었지. 즉 친위대에 들어가기만 하면 기사가될 수 있어. 그뿐만이 아니야! 배우자 선택도 다소 관대하게 봐준대!"

"어이, 레이먼드, 그 말은 즉……."

"그래. 왕궁에 기사로 인정받는 동시에, 귀족이 아닌 여자를 아내로 맞이할 수 있다는 뜻이야."

신전 기사는 정식 기사가 아니라서 귀족과 평민이 뒤섞여 있다. 그중 귀족은 대부분 결혼 활동에 지쳐 낙오한 사람들인데, 그러다 보니 어디 가서 신전 기사라고 하면 낙오자라고 손가락질받기 일쑤였다.

그런데 이번 친위대는 왕궁이 인정하는 정식 기사.

게다가 신전 기사가 마리에의 친위대에 입대하는 것이니 배우자의 출신을 따지지 않는다. 즉── 귀족 사회에서 손가락질당하지 않고, 당당하게 결혼 활동으로부터 도망칠 수 있다는 의미였다.

게시판 주위에 모여든 남자들의 얼굴을 보니 모두가 진지함 그 자체였다.

"제길! 그 녀석의 친위대가 아니라면 당장이라도 입후보했을 텐데!"

나는 분해서 어쩔 수가 없었다.

그런 내게 레이먼드가 냉정하게 대답했다.

"아니, 너는 어차피 영주라서 입후보할 수가 없어. 나도 마찬가지고. 가문을 이을 후계자는 친위대에 들어갈 수 없대."

"에이, 뭐야. 괜히 분해했네."

하긴, 귀족 가문의 후계자가 마리에의 친위대에 들어간다는 건 조금 어려운 이야기지.

일시적인 일도 아닌 것 같고, 집안을 이어가야 할 남자한테는 인연이 없는 이야기였다.

레이먼드도 결혼 활동에서 도망칠 기회를 받지 못해 매우 분해 보였다.

"그건 그렇고, 너 정말 성녀님을 싫어하는구나."

"그 녀석의 친위대라니, 죽어도 사절이라고."

레이먼드가 어이없어하고 있자, 리비아가 내 교복 소매를 살살 잡아당겼다.

"리온 씨."

리비아의 시선을 따라 뒤돌아보니 안제가 진지한 표정으로 다가오고 있었다.

얼굴이 약간 긴장되어 있길래 나는 또 무슨 일이 일어났나 하고 불안해졌다.

덤으로 안 좋은 예감도 들었지만, 내 감은 잘 빗나가니 괜찮겠지 하고 있었더니, 안제가 말했다.

"여기에 있었나. 리온, 조금 전에 본가로부터 연락이 왔다."

레이먼드는 안제의 모습을 보자마자 곧바로 내 뒤로 숨었다. 나야 친하게 지내고 있지만, 본래 공작 영애는 구름 위에 있는 존재나 마찬가지니 피하고 싶을 만도 했다.

"연락?"

리비아가 불안한 표정을 짓고 있자 안제가 아주 살짝 미소를 보였다.

이 두 사람은 무척 사이가 좋지만── 그 여성향 게임으로 설명하자면, 안제는 악역 영애로서 주인공인 리비아의 라이벌이라고 할까, 적으로 나온다.

땋아 올린 반짝이는 금발이며 힘에 찬 붉은 눈동자며, 안제는 오라라고 해야 할까, 주위를 압도하는 힘이 있는데, 그것도 리비아와 함께 있으면 다소 누그러지고는 했다.

"걱정하지 마라. 나쁜 이야기는 아니야."

말은 그렇게 했지만, 안제의 신경이 곤두서 있다는 건 한눈에 알 수 있었다.

"무슨 일 있었어?"

안제가 내 얼굴을 똑바로 바라봤다.

안제의 빨간 눈동자를 보고 있으면 항상 빨려 들어갈 것만 같은 느낌이 들었다.

그리고 그 밑으로 보이는 큰 가슴에 저도 모르게 시선이 가는 걸 막기가 어려웠다.

두 사람 다 가슴이 훌륭하다 보니 시선 관리에 늘 애를 먹고 있었다.

"리온, 진지한 이야기다."

쓸데없는 생각을 하는 게 들켰나 싶어 조마조마하고 있었더니, 안제가 내게 말했다.

"네가 성녀 친위대로 들어가는 것이 내정되었다."

"뭐……?"

나는 얼빠진 대답을 하고 말았다.

왕궁 회의실.

회의실에 모여있던 중신과 관계자들은 성녀 친위대 건으로 제각기 신전을 향한 불만을 쏟아내고 있었다.

"신관 녀석들이 우쭐해져서는."

"성녀 친위대 예산을 왕궁에서 내게 할 생각인가?"

"율리우스 전하나 그 측근 건도 있다. 어설프게 퇴짜를 놓았다가는 녀석들이 어떻게 움직일지 몰라."

그들의 고민거리는 바로 마리에가 성녀가 되었다는 점이었다.

하필이면 율리우스를 비롯해 명문가의 후계자들을 잇달아 농락했던 가장 성가신 여자가 성녀의 자리에 앉아버린 것이다.

이대로 있으면 신전이 성녀의 연인이라는 걸 이유로 율리우스를 다시 왕태자 자리에 되돌리고 권력을 잡으려 들 게 뻔했다.

회의장 한쪽에 앉아 있던 빈스는 묵묵히 회의를 지켜보고 있었다.

레드글레이브 공작가는 막강한 힘을 가지고 있었지만, 율리우스의 실각 이후 파벌이 줄어들면서 발언력을 상당히 잃어버렸다. 오늘도 회의에 나오기는 했지만, 큰 영향력은 없었다.

그런 빈스에게 궁정 귀족인【버나드 피아 애틀리】가 작은 목소리로 말을 걸었다.

"저대로 놔두어도 정말로 괜찮겠나?"

"나 혼자 저항한들 결과는 바뀌지 않아. 그 정도는 나도 알고 있네, 대신."

살이 약간 찌고 코 밑에 살짝 난 수염이 특징적인 버나드 백작은 클라리스의 아버지로, 대신 직책을 맡고 있다.

최근에는 새로이 대두한 【말콤 포우 프램튼】 후작의 파벌과는 거리를 두고 있었다.

"미안하네. 나는 그에게 은혜가 있으니 마음 같아서는 반대하고 싶지만, 그 말고는 적임자가 없는 것도 사실일세. 찬성할 수밖에 없었어."

"그는 내 종자도 아니거니와 내 부하도 아닐세. 신경 쓰지 않아도 괜찮아."

두 사람이 그런 이야기를 하고 있자, 프램튼 후작이 입을 열었다. 곧 다른 귀족들이 그의 말을 듣기 위해 입을 다물었다.

프램튼 후작은 키가 크고 몸이 말랐으며 얼굴에 새겨진 주름이 깊었다.

코가 크고 턱수염은 가슴까지 내려와 있었으며, 얼굴의 굴곡이 깊은 탓에 눈은 크게 튀어나와 있는 것처럼 보였다.

'상당히 낯빛이 안 좋군. 무리하고 있어.'

지친 얼굴을 화장으로 어느 정도 숨기고 있지만, 빈스는 금방 알아챘다.

"의견은 충분히 나온 것 같군. 그러면 이 자리의 의견을 왕궁의 결정으로 하고 싶다만 반론은 있는가?"

프램튼 후작이 주변을 둘러보았다. 반대 의견을 말하는 사람은 아무도 없었다.

빈스도 여전히 침묵을 지키고 있었다.

'뻔히 보이는 연극이군.'

빈스는 프램튼 후작이 이미 파벌들과 논의를 끝마치고 이 자리에 나왔다는 것을 알고 있었다.

프램튼 후작이 빈스를 보며 살짝 미소를 지었다.

마치 승리를 확신하고 있다는 듯한 얼굴이었다.

"레드글레이브 공작도 하고 싶은 말이 있겠지만, 이건 왕국을 위해서라네. 이해해 주었으면 하는군."

"나는 반대한다고 말하지 않았다만?"

빈스가 대답하니, 프램튼 후작 파벌의 젊은 귀족이 일어나 결정 사항을 전했다.

"그러면 결정대로—— 리온 포우 발트파르트 자작을 성녀 친위대 대장에 임명하겠습니다."

회의가 마무리되자 회의실에 리온을 향한 불만, 불안의 소리가 나오기 시작했다.

"벼락출세한 녀석이 성녀님의 친위대인가."

"아무렴 어떤가. 성녀의 목줄 노릇만 잘 완수할 수 있다면 충분하지."

"문제는 녀석의 로스트 아이템이다. 신전 측에 붙기 전에 몰수해야만 하지 않겠나?"

"모험으로 얻은 보물을 빼앗으라고? 국시에 반한다."

"자진하여 헌상하게 하면 될 뿐일세."

"하지만 정말로 그에게 맡겨도 괜찮은 건가?"

리온의 자질을 불안하게 여기는 목소리가 나오는 것은 마리에를 그만큼 경계해서였다.

짧은 기간에 명문 귀족들을 잇달아 농락한 여자가 리온이라고 농락 못 하라는 법은 없었다.

만약 리온이 성녀에게 농락당해 신전 측으로 돌아서면 문제가 한 층 더 심각해지는 꼴이었다.

회의실에 불안에 찬 목소리들이 올라오자 젊은 귀족이 당당하게 대답했다.

"여러분의 마음은 잘 이해합니다. 하지만 그는 여름방학에 율리우스 전하와 측근들을 결투로 격파하고, 게다가 두 번째 결투에서도 관객이 쥐 죽은 듯 조용해질 정도로 호된 맛을 보여줬다는 듯합니다. 그만큼 저질러 놓았는데 성녀님이 농락하려 들 리 없지요."

그러자 품위 없는 귀족이 웃으며 말했다.

"남자 먹는 걸 정말 좋아하는 성녀님도 근본 없는 벼락출세 귀족은 싫은 모양이군."

그 말에 동조하는 사람들이 작게 웃고 있자, 프램튼 후작이 작게 손을 들었다.

모두의 시선이 그에게 모이자 그가 조용히 입을 열었다.

"흠. 그 발트파르트 자작 말이네만, 모두의 불안도 지당하다고 생각하네. 그래서 말인데, 이번 건을 시금석으로 삼아 로스트 아이템을 보유할 자질을 본다는 건 어떻겠나?"

그러자 지금까지 잠자코 있던 빈스가 입을 열었다.

"왕국을 보물을 가로채는 대머리수리로 만들 셈인가? 프램튼 후작, 그건 받아들일 수 없다."

"레드글레이브 공작—— 아니, 빈스. 그가 강력한 로스트 아이템을 가지기에 걸맞은 자인지 조사할 뿐이지, 딱히 당장 몰수하겠다는 말은 아닐세. 본인의 자질 나름이야."

주위 귀족들도 한마디씩 거들었다.

"확실히, 방치하는 건 위험해."

"곧바로 몰수하는 게 아니라면 문제 될 것도 없겠지."

"벼락출세한 자에게는 너무나도 큰 힘이야."

"그에게 야심이 없다고는 단언할 수 없으니 말이지."

회의장은 프램튼 후작 파벌의 의견으로 정리되었다.

"불만은 없겠지, 빈스? 아, 혹시 그 로스트 아이템의 힘을 계속 독점할 생각이었던 건가? 네 딸이 발트파르트 자작과 제법 친하다고 들었는데 말이지."

프램튼 후작이 빈스를 노려봤다.

"……마음대로 해라."

'처음부터 로스트 아이템을 빼앗을 속셈이었군.'

"그거 다행이군."

다른 귀족들은 빈스를 마치 패배자 보듯 바라보고 있었다.

'자, 그럼 이제부터 어떻게 움직인다.'

빈스는 조용히 이후의 일에 관해 생각했다.

◇

비행선 파르트너의 갑판.

나는 멀찍이서 마리에와 마리에의 측근들을 바라보며 말했다.

"……최악이군."

그러자 옆에 떠 있던 루크시온이 나와 같은 곳을 바라보며 대답했다.

『인생을 저렇게 즐길 수 있는 것도 재능이 아닐까요? 그것보다도 어쩌다 파르트너로 가게 된 겁니까?』

파르트너는 우주선인 루크시온의 본체를 본떠 만든 비행선이다.

정확히는 루크시온이 '비행선으로 위장했던 모습'을 모방하여 만든 진짜 비행선으로, 이를 직접 건조한 루크시온은 파르트너를 마치 제 아이처럼 귀여워하고 있었다.

근데 그 파르트너에 왜 마리에가 타고 있느냐── 이번에 마리에의 제안으로 마리에와 친위대가 모험에 나서게 되면서 비행선이 필요했는데, 이 중에 가장 쉽게 비행선을 내놓을 수 있는 게 하필이면…… 나였다.

"그야 저놈들 중 배를 빌린 놈이 아무도 없으니까! 낼 생각조차
없었을걸? 정말로 최악이야. 내가 저 녀석의 명령에 따라야 한다
니 구역질이 난다고."

마리에를 보고 있으면 전생의 여동생이 떠오른다.

이번 생의 누나나 여동생도 끔찍하지만, 저 녀석도 끔찍했다.

『과연, 마리에의 친위대 대장이라 이겁니까.』

"말하지 마! 내가 제일 돌아버릴 것 같으니까."

뭐가 어떻게 되면 나를 마리에 친위대에 넣자는 생각이 드는 것
인지.

왕국 관리들은 바보인가?

측근들이 떠받드는 게 기분이 좋은지 마리에는 크게 웃고 있
었다.

그 측근 사이에 카라의 모습이 있는 게 조금 신경 쓰였지만, 지
금은 그보다 마리에의 전속 사용인이 더 신경 쓰였다.

미소년── 이름은 【카일】이라고 하는데, 곱슬기가 있는 짧은
금발에 긴 귀를 가졌다. 나이는 모르겠지만, 외관은 중학생 정도
였다.

원래는 주인공인 리비아의 전속 사용인이 되어야 했지만, 이것
도 마리에가 빼앗아 버렸다.

조금 시건방져 보이는 얼굴이긴 하지만, 성격은 외견과 비교해
침착해 보였다.

항상 마리에의 곁에서 떨어지는 법이 없었는데, 오늘은 인파로부터 떨어져 혼자 난간을 붙잡은 채 하늘을 보고 있었다.

"뭐냐, 너. 측근들한테 주인님을 빼앗긴 거냐?"

내가 말을 걸자 카일이 나를 돌아보고 말했다.

"제게 말 걸지 마시죠. 저는 당신이 싫습니다."

카일의 대답을 들은 순간 나는 짜증이 팍 솟구쳤다.

나는 그릇이 작은 남자다.

이런 식으로 무시당하고 그냥 넘어갈 만큼 너그럽지 못했다.

"주둥아리만 살았군. 배 밖으로 던져 버린다."

대지가 허공에 떠 있는 세계이니 밖은 바다가 아니라 하늘이지만.

하지만 카일은 코웃음을 쳤다.

"그게 당신에게 득이 되는 일일까? 나는 알아. 당신 같은 사람은 욱해서 주먹을 치켜들고도 뒤따를 손해가 생각나면 결국 주먹을 내리지?"

정곡을 찔리는 바람에 나는 괜히 더 화가 났다.

분하지만 카일의 말대로였다.

정말로 그런 짓을 했다가는 내가 나쁜 놈이 될 테니까.

이것 참, 게임에서 봤을 때도 시건방진 꼬맹이라고 생각했는데, 현실에서 보니 더욱더 건방지군.

"칫, 두고 보라고."

으름장을 내뱉고 물러나려 하는 내게 "싸움에 지고 도망치는 조무래기 같은 대사네"라며 재차 건방진 말을 내뱉었다.

머리끝까지 피가 솟구치려던 그 순간, 루크시온이 나를 불렀다.

『마스터, 올리비아와 안젤리카입니다.』

뒤돌아보니 기뻐 보이는 리비아와 조금 들뜬 듯한 안젤리카가 다가오고 있었다.

"리온 씨, 목적지인 부유섬이 보이기 시작했어요!"

"곧바로 상륙이다. 유적 근처에 캠프지를 준비하는 거다! 보물을 제일 먼저 발견하는 건 우리다!"

리비아의 감상은 소풍 나온 아이 같은 기대감에 차 있었지만, 안제는 모험가의 자손답게 모험과 유적이라는 단어에 보물을 꿈꾸고 있었다.

"어? 안제는 부자인데도 보물을 찾으러 가는 건가요?"

"그래. 정확히 말하자면 보물보다 보물을 발견하는 것에 의미를 두고 있다. 어제는 두근두근해서 제대로 잠들 수가 없었다."

평소 어른스러운 안제가 이렇게 어린애처럼 들뜬 모습을 보이는 건 드문 일이었다.

"저는 보물보다 유적을 조사할 기회가 생긴 게 기뻐요. 고대 사람들이 어떤 생활을 하고 있었는지 신경 쓰여요."

리비아는 지적 호기심이 왕성했다.

두 사람이 즐거워하는 게 그나마 이번 여행의 위안이었다.

"즐거워 보이네. 파르트너를 내보낸 보람이 있었어."

"네게 감사하고 있다. 왕도에도 던전이 있지만, 역시 낯선 장소에 가야 비로소 모험이라고 할 수 있지 않겠나."

——마리에의 제안을 받아들인 것은 두 사람이 흥미를 보였기 때문이다.

마리에의 명령만이라면 거부했을 것이다.

두 사람과 이야기를 하고 있었더니 마리에가 거드름을 피우며 다가왔다.

마리에는 바람에 흩날리는 머리카락을 손으로 누르며 내게 명령했다.

"섬이 보이기 시작했으니까 어서 상륙 준비를 해. 나는 얼른 보물을 찾고 싶단 말이야."

내가 마리에를 노려보며 "지금 뭐라고 했냐?" 하고 낮은 목소리로 말하자, 마리에가 살짝 겁을 먹고는 내게서 시선을 피했다.

왜 이런 것까지 전생의 여동생과 꼭 닮은 걸까. 참 열불이 난다.

"저, 저기, 상륙 준비를 해 줬으면 좋겠네~ 라는 생각이 들어서 말이죠."

갑자기 쭈뼛쭈뼛하는 마리에.

정작 이럴 때 마리에에게 힘을 실어줘야 할 측근들은 다들 안제를 피해서 멀찍이 떨어져 있었다.

안제 역시 마리에에게 날카로운 눈빛을 보내고 있었다.

"파르트너의 소유자는 리온이다. 리온이 하는 일에 불만이라도 있는 건가, 성녀님?"

안제가 다가가려 하자 마리에가 뒤로 잽싸게 물러났다.

그 사이에【질크 피아 마모리아】가 끼어들었다.

녹색 장발에 너글너글한 분위기를 내고 있지만 실은 속이 시꺼먼 남자다.

이번에【그렉 포우 세버그】와 함께 마리에의 호위로 따라왔다.

다른 세 사람은 여러 가지로 바빠서 올 수 없었다는 모양이다.

"안젤리카 양, 마리에 씨에게 무슨 짓을 할 생각입니까?"

질크는 율리우스 전하와 같은 젖을 먹고 자란 형제나 다름없는 사이로, 전하의 친위대 대장이다. 아니, 이젠 아닌가?

율리우스 전하는 실각했고, 질크와 다른 친구들도 각자 집에서 쫓겨나는 바람에 입장이 매우 애매했다.

"무얼, 그저 주의 시켰을 뿐이다."

안제가 얌전히 물러나는 모습을 보고 나는 가슴을 쓸어내렸다.

"뭐, 너무 불평하지 말라고. 말 안 해도 상륙을 비롯해 여러 가지로 준비하고 있으니까."

"아, 알았어."

마리에는 고개를 끄덕였지만, 얼굴을 보니 마지못해 넘어갔다는 걸 알 수 있었다.

얼굴만 보고도 이 녀석의 마음을 알 수 있다니, 정말로 불쾌하군.

내가 마리에의 얼굴을 보며 그런 생각을 하고 있자니 긴 흑발 여자가 이쪽으로 다가왔다.

하얀 피부에 붉은 눈동자──【헤르트뤼더 세라 판오스】였다.

"어머, 다들 여기 있었네. 찾아다녔어."

안제가 지긋지긋하다는 듯이 중얼거렸다.

"너까지 따라올 줄은 생각지도 못했다."

판오스 공국의 왕녀로, 현재는 반강제로 왕국에 유학 중이다.

루크시온이 내 귓가에서 말했다.

『선내를 탐색하고 있던 모양입니다.』

"나 참, 이 사람까지 나한테 떠맡기다니, 왕궁은 뭘 생각하고 있는 거지?"

헤르트뤼더 왕녀 전하── 헤르트뤼더 씨는 날 보며 미소를 띠고 있었지만, 그건 내게 우호적이란 의미가 아니었다.

2학기 수학여행에서 판오스 공국의 군대를 물리칠 때 '이봐, 기분이 어때? 어른이 어린애한테 지다니 어떤 기분이야? 학생한테 지는 기사나 군인들은 어떤 심정이지?'라며 도발한 끝에 이 사람을 납치해 포로로 삼아 버린 게 다름 아닌 나였으니까.

그 때문인지 그녀의 미소를 볼 때마다 등줄기가 오싹했다.

"발트파르트 자작의 비행선은 무척 크네. 덕분에 헤매고 말았어."

"죄송하게 되었군요. 그것보다 시중을 드는 사람은 어디에 있습니까? 혼자서 어슬렁거리지 말아 주시죠."

"너무 넓어서 잃어버렸어. 어쩔 수 없잖아."

정확히는 시중이 아니라, 감시하는 학생들이 붙어 있었지만, 선내를 돌아다니면서 학생들을 따돌렸는지 지금은 혼자였다.

그러자 루크시온이 작은 목소리로 말했다.

『감시가 의도적으로 헤르트뤼더를 혼자 두고 있었습니다.』

뭔가 꾸미고 있나? 깔끔하게 포기를 못 하는 사람이군.

헤르트뤼더 씨를 바라보고 있자, 그녀가 고개를 돌리며 말했다.

"그런 저속한 눈으로 보지 말아 줄래?"

내가 수상하게 쳐다보는 걸 야한 시선을 던지고 있다고 착각한 모양인데, 안타깝게도 저 한없이 늘씬한 체형은 내 취향이 아니었다.

마리에와 비교해도 꿀리지 않았다. 내가 다 슬퍼질 정도였다.

"……미안."

"어, 어째서 날 그렇게 불쌍하다는 듯 보는 거지?! 무슨 의미인 걸까?"

헤르트뤼더 씨가 내 시선에 얼굴이 빨개져서 항의하자, 안제가 우리 사이에 끼어들었다.

"거기까지 해 둬라. 슬슬 하선 준비를 하는 편이 좋아."

대화에 열중하고 있었더니 파르트너는 엘프들이 사는 부유섬에 도착했다.

항구는 파르트너 같은 커다란 비행선을 수용할 수 있을 것 같지가 않아서, 루크시온이 알아서 세운 뒤 상륙 준비를 시작했다.

엘프의 부유섬에 상륙하자 여자의 지시에 따라 남자가 짐을 옮기기 시작했다.

그녀들 옆에 있는 전속 사용인은 빼고.

"잠깐, 내 짐을 난폭하게 다루지 마."

"미, 미안."

아무도 노예한테 잡일을 맡긴다는 발상을 하지 않았다.

저 전속 사용인은 노예인 동시에 여자의 애인이니까.

남자들은 저 전속 사용인을 부려먹으면 성가셔진다는 것을 알고 있기에 그들과 엮이려 하시도 않았다.

그래서 남자들이 한창 바쁘게 움직이는 도중, 나는 귀찮은 녀석한테 붙잡히고 말았다.

"대장, 이 짐은 가지고 갈 건가?"

아주 친근하게 구는…… 아니, 친구처럼 굴기 시작한 그렉이었다.

"대장이라고 부르지 마. 나는 아직 인정하지 않았다고."

"어떻게 생각하든 결국은 친위대 대장이잖아? 그렇다면 우리들의 대장이지. 잘 부탁한다고, 대장님."

제길, 내가 왜 이 녀석들의 대장이 되어야 한단 말인가.

그러자 감시자들과 함께 있던 헤르트뤼더 씨가 불쑥 중얼거렸다.

"왕국은 끔찍하네."

그녀의 시선은 학원의 여학생들에게 향해 있었다.

"공국은 다른가?"

"이런 품위 없는 짓을 공국이 할 리 없잖아."

이럴 수가. 헤르트뤼더 씨의 말이 사실이라면 나는 당장이라도 공국으로 망명할 거다.

뭐, 불가능하지만.

"공국도 시작은 왕국이었을 텐데? 어째서 이렇게 달라진 거지?"

공국은 원래 왕국에 있던 귀족이 독립하여 세운 나라다.

"안타깝기도 하지. 특히 당신── 발트파르트 자작. 아인종 애인을 공공연히 데리고 다니는 여자들과 결혼해야 한다니, 참으로 불쌍해. 공국에는 그런 천박한 여성은 없어. 지금이라도 공국으로 망명한다면 영웅에 걸맞은 대우를 약속할게."

그러자 이야기를 듣고 있던 그렉이 날카로운 시선으로 쳐다봤다.

사람들 눈도 많은 데서 나한테 망명 얘기를 꺼내지 말라고.

──조금 마음이 기울었잖냐.

헤르트뤼더 씨한테 놀림을 당하고 있었더니, 마리에가 가까이 다가왔다.

"잠깐, 보물찾기는 어떻게 된 거야? 빨리 찾으러 가자고."

보물, 보물 하며 시끄러운 마리에를 보고 헤르트뤼더 씨도 기가 찬 얼굴로 말했다.

"당신이 성녀지? 성녀가 돈에 너무 집착하는 건 좀 그렇지 않나 싶은데."

그러자 마리에는 버럭 화를 냈다.

"네가 뭘 안다는 거야! 나는 가족이 멋대로 만든 빚을 갚아야 하는 처지라고! 돈이 없는 생활이 어떤 건지 알긴 해?!"

앞서 말했듯 나는 마리에가 싫지만, 이 녀석이 처한 상황은 약간 동정한다.

그렉이 마리에를 위로했다.

"마리에, 괜찮아. 율리우스랑 다른 녀석들이 힘을 써서 네 가족의 빚은 어떻게든 해줄 테니까."

다섯 바보 중 바쁘다고 이 자리에 오지 않은 나머지 세 바보는 사실 지금도 어디선가 마리에를 위해 백방으로 뛰어다니는 중이었다.

마리에의 가족은 뼛속까지 글러 먹은 사람들로, 딸이 성녀가 되자마자 이름을 팔아 빚을 왕창 진 것도 모자라 원래 있던 빚마저 마리에에게 떠넘겼다.

이래저래 사정을 들을 기회가 있었는데 나조차도 조금 도와줄까 하는 생각이 들 정도로 불쌍했다.

마리에는 머리를 감싸 쥐면서 말했다.

"돈이 없는 생활은 괴로워. 정말로 괴롭다고. 양말에 구멍이 나도 새로 살 수 없고, 필요한 게 있는데도 살 수 없어. 생활도 이 이상 어딜 허리끈을 졸라매야 좋을지 알 수 없다고."

어두운 표정으로 중얼중얼 혼잣말하기 시작한 마리에를 보고 생각했다.

이 녀석 혹시 저주받은 거 아닐까, 하고.

"거기까지 해라. 헤르트뤼더 씨도 뭐라 대답해야 할지 몰라 곤란해하고 있잖아."

구멍이 난 양말 이야기가 충격이었는지 헤르트뤼더 씨가 마리에한테 "뭔가 미안해" 하고 사과했다.

나는 주위에서 작업하고 있는 남자들을 보면서 중얼거렸다.

"우선은 이 섬의 주민과 이야기를 해야겠지. 자, 그럼 어디로 가야 하나⋯⋯."

생전 처음 와 보는 부유섬에서 어떻게 엘프가 사는 장소로 갈지 생각하고 있었더니, 카일이 손을 들었다.

"제가 안내할게요. 여긴 제 고향이니까요."

우리는 카일의 뒤를 따라 숲속을 나아갔다.

태평한 마리에는 카일의 고향이 이 부유섬이라는 걸 듣자 놀라움을 감추지 못했다.

아니, 너도 몰랐던 거냐.

"정말, 카일도 참. 여기가 고향이라면 먼저 말하란 말이야. 그럼 선물이나 뭐라도 준비했을 텐데."

자기 딴에는 전속 사용인의 귀향을 챙겨주려는 생각으로 한 말이겠지만, 정작 당사자는 미묘하지 않을까 하는 생각이 들었다.

노예로 팔려나가, 주인과 함께 고향에 돌아가는 꼴이 아닌가.

가족에게 '이 사람이 제 주인님입니다!'라고 소개하는 건가?

나는 사양하고 싶군.

앞을 걷는 카일의 표정은 파르트너의 갑판에서 봤을 때와 변함이 없었다.

고향인데도 영 즐거워 보이지 않았다.

"선물은 필요 없어요."

아니, 오히려 뭔가 우울해 보였다.

이를 눈치챈 리비아가 내게 먼저 말을 꺼냈다.

"리온 씨, 카일 군의 상태가 이상하지 않나요? 고향에 돌아가는데, 왜 저렇게 침울해 보이는 거죠?"

태평한 마리에와는 달리 리비아는 카일의 상태를 잘 보고 있었다.

"돌아가고 싶지 않은 이유가 있는지도 모르지."

역시 마리에와 다르게 리비아는 상냥하군.

한편, 안제는 여전히 모험할 생각에 살짝 들떠 있었다.

"여기가 엘프가 사는 숲인가. 던전이 있다는 건 몰랐지만, 뭔가 두근두근하기 시작하는군."

그리고 선물 이야기를 꺼낸 것 치고 마리에의 얼굴은 절박했다.

"괜찮아. 여기서 왕창 벌면 빚 같은 건 전부 없앨 수 있어. 오히려 남지 않을까? 만약 남으면 인기 있는 포장마차에서 군것질도 할 수 있고, 저녁 식사에 디저트도 곁들일 수 있어. 새 옷도 사야겠지. 이제 구깃구깃한 데다 너덜너덜하니까."

작게 들려오는 마리에의 혼잣말에 살짝 슬퍼졌다.

성녀 자리를 빼앗은 건 화가 났지만, 그걸 떠나서 이 녀석은 어째서 이렇게 불쌍한 걸까?

성녀가 되어 생활비나 필요한 돈을 모을 수 있게 되자마자 빚을 떠안다니, 전생에서 대체 얼마나 나쁜 짓을 한 거지?

문득 대열 중앙에서 걷고 있는 여성들 사이로 세상 귀찮은 듯한 얼굴로 걷고 있는 사람이 보였다.

헤르트뤼더 씨였다.

"기다리고 있으면 됐을 텐데."

"내 맘이지. 기껏 여기까지 왔으니 유적도 봐야 하지 않겠어?"

이 사람을 자유롭게 두고 있는 왕국 상층부는 좀 더 위기감을 가지는 편이 좋지 않을까?

카일은 숲 사이로 난 길을 계속 걸어가고 있었다.

내 어깨 근처에 떠 있는 루크시온이 잘 닦인 길을 보며 불쑥 중얼거렸다.

『마스터, 엘프란—— 어떤 존재일까요?』

"그냥 평범한 판타지 종족이잖아. 뭔가 신경 쓰여?"

『제 데이터에 엘프라는 종족은 존재하지 않았습니다. 제가 대기하는 사이에 갑자기 출현했다는 뜻이지요. 이상하지 않습니까?』

그렇게까지 깊게 생각한 적은 없었기에 딱히 신경도 쓰지 않고 있었다.

『게다가 엘프 남성이 인간 여성과 교배할 수 없는 점도 의문이 있습니다. 엘프 여성은──』

루크시온이 잇따라 질문했지만, 도중에 카일의 말이 들려왔다.

"저기가 제가 태어나고 자란 고향이에요."

마리에가 마을 주민들을 보자마자 흥분해서 소리쳤다.

"우와아~, 미남미녀뿐이야!"

언뜻 보기엔 한적한 시골 같았지만, 자세히 보면 제법 정비되어 있었다.

건물들도 하나같이 통나무로 만들어 통일감이 있었다.

그리고 무엇보다 마을의 주민들이 모두 미남미녀에 스타일이 좋았다.

마을 사람 몇몇은 몸에 딱 붙는 듯한 의상을 입고 있었다.

질크가 턱에 손을 대고 지식을 자랑하기 시작했다.

"엘프는 대체로 외모가 아름답습니다만, 인간처럼 겉모습으로 미추를 판단하지는 않는다는 것 같습니다."

질크의 이야기에 마리에는 물론 그렉도 놀란 표정을 짓고 있었다.

너도 이런 이야기는 잘 모르는구나. 나도 잘 몰라.

"겉모습을 안 본다고?"

"예. 엘프는 그자가 지닌 마력으로 사람을 판단한다고 합니다. 그렇기에 외모의 호불호가 거의 없는 거죠."

그 자리에 모여있던 사람들은 마력으로 미추를 판단하는 엘프

이야기를 흥미롭게 듣고 있었으나, 카일은 전혀 대화에 끼어들지 않았다.

당사자니까 좀 더 자세한 이야기를 덧붙여도 괜찮을 법한데 말이지.

조금 신경이 쓰인 나는 구태여 말을 걸어 봤다.

"조금 전부터 왜 그래?"

"말 걸지 말아 주세요. 자기만족을 위해 침울해져 있는 저한테 다정하게 대하지 마시죠. 당신처럼 착각 속에 빠져 사는 자식이 제일 싫으니까요."

나는 얼굴이 붉으락푸르락해져 가는 것을 느꼈다.

"나도 너 같은 빌어먹을 꼬맹이는 싫다고. 네 엄마한테 이 사람이 제 주인님입니다, 하고 마리에를 소개하고 어색한 분위기나 되라지."

그러자 카일은 한숨을 내뱉고는 나를 바보 취급하는 듯한 태도로 말했다.

"역시 아무것도 모르는군요. 엘프에게 노예가 된다는 것은 타지로 가서 돈을 번다는 이야기랑 별 다를 바가 없습니다. 노예라고 해도 당신들보다 훨씬 좋은 대우를 받으니까 말이죠."

확실히 그렇긴 하지만, 막상 들으니 화가 났다.

하지만 루크시온은 의문이 풀렸는지 알겠다는 듯 반응하고 있었다.

『과연. 타지로 나가 돈을 번다는 발상입니까. 납득입니다.』

질크는 설명을 덧붙였다.

"엘프의 수명은 인간보다 길다는 것 같으니 말이지요. 수십 년 정도는 별 대단한 시간이 아니라는 것 같습니다."

수십 년에 이르는 타향 노동인가. 그것보다도 카일의 말투가 조금 신경 쓰이는데.

그거야 어쨌건, 노예의 심정 같은 건 이런 것이리라.

노예라는 말을 들으면 대우가 나쁠 거라고 상상하지만, 학원의 전속 사용인은 대우가 좋으니까 말이지.

──남자가 보기에 부러운 건 확실하다.

촌락에 가까이 간 우리를 보고 촌락 안에서 엘프 한 명이 이쪽을 향해 다가왔다.

녹색 머리카락에 노란색 눈동자를 지닌 귀여운 느낌의 여성이었다.

나이는 모르겠지만 겉만 봐선 우리랑 비슷한 정도로 보였다. 몸집은 작은 편이었지만, 작은 몸집에 비해 커다란 가슴이 시선을 강하게 끌어당겼다.

"카일!"

손을 흔들며 달려오는 여성이 카일의 이름을 불렀다. 아무래도 아는 사이인 모양이었다.

그 여성이 가까이 오자, 카일은 자세를 바로 고친 뒤 질크와 이야기하고 있던 마리에 옆으로 이동했다.

"마리에 님, 이쪽이 제 어머니예요. 이름은 【유메리아】라고 하고요."

──뭐?! 어머니야?!

엘프가 인간보다 오래 산다지만 이렇게 젊은 얼굴을 하고 있을 줄은 몰랐다. 그렇다면 혹시 카일도 실은 아저씨가 아닐까? 그럼 나랑 같군.

"어, 아! 처, 처음 뵙겠습니다!"

당황하여 인사하는 마리에를 보고, 카일의 어머니인 유메리아 씨도 황급히 고개를 숙였다.

서로 고개를 숙이고 있는 모습이 제법 온화한 분위기였다.

하지만, 카일은 담담하게 유메리아 씨에게 설명했다.

"여기 계신 분들은 고향에 있는 유적에 들어가고 싶다는 것 같습니다. 촌장님의 허가가 필요하니까 먼저 그쪽에 인사하러 가겠습니다. 그럼, 실례하겠습니다."

"저기, 카일. 오랜만에 돌아왔는데 그런 타인 같은 말투는 그만──"

"일하는 중이니 양해해주시죠."

카일의 태도는 사용인으로서 올바를지도 모르지만, 어머니를 대하는 태도라고 하기에는 너무 차가웠다.

유메리아 씨가 풀이 죽었다.

"너무 차갑게 굴지 마. 오랜만에 온 고향이잖아."

내가 그렇게 말하자 카일이 갑자기 비웃음을 흘렸다.

"뭐야?"

"친근하게 말 걸지 마. 나는 마리에 님의 전속 사용인이지, 너와 친하게 지낼 생각은 없으니까."

카일이 계속 가시 돋친 말을 하자 더는 그냥 넘길 수 없었는지 그렉이 조금 화를 냈다.

"이봐, 말이 좀 지나치군. 발트파르트는 우리의 대장이라고."

마리에도 그렉을 거들어 한마디 했다.

"카일, 싸우면 안 돼. 너 오늘 어쩐지 이상해."

"평소대로예요. 촌장님 댁은 이쪽이에요."

앞으로 나아가는 카일은 유메리아 씨를 보려고도 하지 않았다.

리비아는 유메리아 씨를 걱정하여 말을 건네고 있다.

"저기, 카일 군은 이 섬에 오고 나서 상태가 이상해서요. 그게, 어쩌면 기분이 안 좋은지도 모르겠어요."

그러자 유메리아 씨는 슬픈 듯이 대답했다.

"괜찮아요. 제가 나쁜 거예요. 저는 추한 불순물이니까요."

'불순물'이라는 말이 묘하게 걸렸다.

촌장의 집은 거대한 저택이었다.

듣자니 수십 년 전에 전속 사용인 임기를 끝내고 촌락으로 돌아왔다는 것 같은데, 그때 상당한 보수를 얻어 이 저택을 지었다는 모양이었다.

촌장은 턱수염이 난 20대 후반 정도의 외모를 가진 남성 엘프였다.

"마을에 있는 유적을 보고 싶으시다고?"

사실상 대표인 나는 혼자서 촌장과 이야기를 하고 있었다.

나머지는 저택의 응접실에서 기다리고 있었다.

"예. 가능합니까?"

"솔직히 말씀드리자면 유적은 마을의 신성한 장소라 어렵습니다. 쉽게는 허가를 내드릴 수 없는 노릇이지요. 저 이외의 다른 촌장들도 아마 반대할 겁니다."

엘프의 촌락은 부유섬 여기저기에 흩어져 있었는데, 엘프들은 이 모두를 뭉뚱그려 마을이라 부르고 있었다.

"게다가 이장은 완고한 사람입니다. 외부자를 유적에 들이자고 하면 반대할 겁니다."

"이장이라고요?"

"예, 점이 특기인 노파입니다. 옛날에는 밖에서 이장을 찾아오는 손님도 많았다고 들었습니다만, 지금은 힘도 쇠하여 점괘도 들어맞지 않는 경우가 많습니다."

점괘 이야기는 아무래도 좋지만, 유적에 들어갈 수 없는 건 문제군.

"아쉽겠지만 단념해주십시오. 저희도 유적에 자주 들어가긴 합니다만, 보물 같은 건 본 적이 없습니다. 아마 찾아 봤자 헛수고일 겁니다."

"예?"

"저희 엘프는 출입이 자유로워 유적에 들어가는 자도 많습니다. 조사도 대부분 끝났고, 여러분께서 바라는 보물은 없을 겁니다."

——게임과는 다른 건가?

이것저것 생각하고 있었더니, 문을 격렬하게 두드리는 소리가 났다.

촌장이 대답하기도 전에 여성 엘프가 뛰쳐 들어왔다.

"촌장님, 이장님이!"

그러자 촌장은 근처에 있던 장식물을 집어 그대로 여성에게 던졌다.

"꺄앗!"

여성이 장식물에 맞아 쓰러지는 것을 보고 나는 촌장을 노려봤다.

하지만 촌장은 그런 나를 무시하고 여성에게 설교하기 시작했다.

"쿵쿵 뛰어서 난폭하게 문을 두드리다니, 무슨 짓이냐! 몇 번을 가르쳐야 이해하는 거지? 손님 앞에서 이게 무슨 추태란 말이냐!"

촌장은 그대로 여성 쪽으로 가더니 그녀를 걷어차기 시작했다.

너무나도 도가 지나친 광경에 나는 황급히 제지하러 끼어들었다.

"잠깐, 뭐 하는 거야?!"

촌장은 내 손을 뿌리치더니, 경멸의 눈으로 날 쳐다봤다.

학원에서 전속 사용인들이 남자에게 향하던 바로 그 눈빛이었다.

"방해하지 마시지요. 엘프는 예의범절을 중하게 여깁니다. 평소에 예의범절을 지키려고 노력하지 않으면 어린애들도 예의가 나빠지기 마련이지요. 그건 노예의 가치가 낮아진다는 걸 의미합니다."

——아무래도 내가 모르는 엘프의 사정이 있는 모양이지만, 이건 너무 지독한 광경이었다.

도저히 눈을 뜨고 볼 짓이 아니었다.

"……손님 앞에서 불쾌한 광경이군."

결국, 이게 지금 내가 부릴 수 있는 최대의 허세였다.

"이거 실례했습니다. 그래서, 무슨 일이냐?"

걷어차인 여성이 눈물을 흘리며 말한 것은, 대화에 나왔던 이장이 마을을 찾아왔다는 보고였다.

마을 광장.

모여든 엘프들은 전원이 미남미녀.

그 가운데 부축을 받다시피 하며 서 있는 것은 커다란 지팡이를 쥔 키가 작은 노인이었다.

허리는 굽었고 눈은 뜨고 있는 건지 감고 있는 건지도 알 수 없었다.

백발 노파는 같은 민족의상을 입은 여성의 부축을 받으며 무언가 중얼거리고 있었다.

노파를 부축하고 있던 엘프 여성이 대신해서 말을 전했다.

"이장님의 말씀을 전하겠습니다. 이제 두 번 다시 유적에 들어가서는 안 된다. 이대로는 고대 마왕의 분노를 사게 된다고 하십니다."

촌장이 몹시 난감한 표정을 짓고 있었다.

촌장보다 이장이 더 위에 있는지, 조금 전의 여성을 대할 때와는 말투가 달랐다.

"이장, 마왕이란 무엇입니까? 애초에 다른 마을 사람들도 출입하고 있지 않습니까."

중얼중얼 말하는 이장.

그 목소리를 듣고 젊은 여성 엘프가 대신해서 전했다.

"이장님께서 아무것도 모른다고 생각하고 있는 겁니까? 이장님께서는 당신들이 유적에 크게 관여하고 있다는 것을 알고 계십니다. 이장님은 말씀하셨습니다. 금기를 어겨서는 안 된다. 엘프의 성지에 들어가서는 안 된다고."

주위 엘프들도 기가 막힌다는 얼굴을 하고 있었지만, 이장과 말을 대신 전하는 여성은 진심인 모양이었다.

내 어깨 근처에 떠 있는 루크시온도 어이가 없다는 반응을 내

놓았다.

『점괘입니까.』

"왜? 헛소리라고 하려고?"

『설마요. 불가사의한 능력을 지닌 사람들이 존재했던 건 사실입니다. 마스터도 그중 한 사람입니다.』

전생의 기억을 지닌 나도 루크시온이 보기엔 비과학적인 존재였다.

그보다 저 말대로라면 이장과 촌장의 이야기 사이에 엇갈리는 점이 생기는데.

엘프는 자유롭게 드나드는 게 아니었나?

하지만 이장은 유적에 아무도 가까이 다가가서는 안 된다고 말했다.

그리고──.

"혹시 이장이 말한 마왕이란 게 뭔지 알고 있냐?"

『이런 건 오히려 마스터가 더 자세히 알고 있지 않습니까? 여성향 게임에 마왕이 나오는 겁니까?』

"그 여성향 게임에 마왕 같은 건 나오지 않아. 그래서 괜히 더 신경 쓰이는 거라고."

촌장은 이장이 노쇠했다고 말했었다.

옛날에는 유능한 점술가였을지도 모르지만, 이제는 명성을 잃었는지 다른 엘프들도 그녀의 말을 전혀 듣고 있지 않았다.

그때 이장에게 차가운 시선을 향하는 엘프들을 밀치며 마리에가 앞으로 나왔다.

"잠깐! 주절주절 시끄럽다고. 됐으니까 나를 유적에 안내해! 나는 반드시 공략해서——"

빛에 떠는 마리에가 앞으로 나서자, 이장의 눈이 크게 뜨였다.

옆에 있는 여성에게 뭔가를 말하고, 여성이 그걸 우리에게 전했다.

놀라움과 초조함이 뒤섞인 모습이었다.

"당신은 성녀님입니까?"

"어머, 알겠어? 그래, 내가 성녀야. 알았으면 당장——"

마리에가 말을 채 끝내기 전에, 여성은 이렇게 말했다.

"유적에 들어가는 것은 개의치 않으신다는 것 같습니다. 성녀가 고대의 마왕을 데리고 온다. 그것이 이장님께서 요 몇 개월 사이에 예지하신 미래이니까요."

주위 엘프들이 술렁이고, 마리에는 고개를 갸웃했다.

"마왕? 내가 아는 사람 중에 마왕 같은 건 없는데?"

굳이 말하자면 나한테는 네가 마지막 보스이자 마왕 같은 존재다만.

아니, 그보다 이장은 노쇠했다는 건 사실인 것 같군.

진짜 성녀는 마리에가 아니라 리비아다.

그럼 마왕도 뭔가를 착각한 거겠군.

루크시온에게 시선을 향하자, 루크시온이 자기 견해를 말했다.

『어쩌면 율리우스를 말하는 것이 아닐는지? 왕족이고, 신인류의 후예는 마법을 씁니다. 마력의 법칙을 다루는 왕족이라는 의미라면 마왕이라고 부를 수도 있습니다.』

"해석은 그럴싸하다만, 정작 율리우스 전하가 여기에 없잖아?"

『저도 뾰족한 답을 내놓을 수가 없습니다. 이장의 점괘가 올바르다는 전제라면 가능성이 있는 건 율리우스라고 판단한 것뿐입니다.』

율리우스 그 녀석은 아직 왕이 아니지만 말이지. 이대로 가면 마리에 덕분에 왕태자로 복귀해서 언젠가는 왕이 될 수도 있겠지만——그 녀석이 마왕? 나라도 너덜너덜하게 두들겨 팰 수 있는 한심한 마왕이 되겠군.

이장을 대신해서 말하고 있던 여성이 주위에 알렸다.

"심판의 때가 왔습니다. 이 섬이 가라앉을 것인가, 그렇지 않으면 용서받을 것인가—— 이분들을 방해하는 것은 허용하지 않겠습니다. 모든 사람은 조용한 마음으로 그때를 기다리라고 이장님께서 말씀하십니다."

이장 일행은 그렇게 말하고는 마을에서 나갔다.

나는 그런 이장 일행의 모습을 보면서 루크시온에게——

"이거, 유적에 들어가는 허가를 받은 건가?"

『수고를 덜 수 있어서 잘됐군요. 강행돌파, 혹은 침입하지 않아도 될 것 같습니다.』

"너, 그런 흉흉한 생각을 하고 있었던 거냐?"

『네. 그렇습니다만, 뭔가?』

뭔가 문제라도? 같은 태도인 루크시온이었다.

◇

허가를 받은 우리는 곧바로 유적에 발을 들였다.

다만, 유적 안을 보자마자 곧장 의기소침하고 말았다.

"아무것도 없군."

그냥 텅 빈 방이 있을 뿐, 벽이나 바닥에 나무뿌리나 넝쿨이 기어 다니고 있는 게 전부였다.

내가 보기에는 근대적인 건물이 오래되어 낡은 듯한 장소였지만, 리비아에게는 낭만이 넘치는 고대의 유적으로 보이는지 혼자 기뻐하고 있었다.

"굉장해요! 리온 씨, 봐주세요. 이건 다른 고대 유적에서도 발견되고 있는 물건이에요. 모양은 조금 다르지만, 문 근처에 있는 이 무언가는 고대 유적의 특징이랍니다!"

"그, 그렇구나……."

그거, 카드 리더기야.

카드키를 읽어내는 기계는 이미 망가졌는지 형태만을 유지하고 있었다.

루크시온은 리비아가 기뻐하는 모습을 보고 물었다.

『진실을 감추는 편이 좋을까요?』

무언가 의미가 있는 물건이었던 게 아닐까 하고 즐거워하는 라

비아에게『그냥 카드를 읽는 장치입니다』하고 가르쳐 줘도 좋은
지 고민이 되는 모양이었다.

"가르쳐 주는 편이 기뻐하지 않을까?"

『자기가 발견하였기에 즐거운 것도 있습니다. 마스터는 모르겠
지요.』

"너는 정말로 짜증 나는 녀석이네."

『마스터보다는 못합니다.』

루크시온은 시선을 돌려 안제를 바라보았다.

"보물은 없는 건가……. 뭐, 유적을 볼 수 있었던 것만으로도
이야깃거리는 되지만…… 보물은 없나……."

안제는 이미 구석구석 사람의 손을 거쳐 조사가 끝난 유적에 기
대감이 식었는지 침울해하고 있었다.

표정이 시원찮은 건 질크도 마찬가지였다.

"엘프들의 유적이라고 들었기에 기대했습니다만, 아무것도 없
군요."

그렉은 아예 기대도 안 했다는 얼굴이었다.

"역시 보물이 있는 유적이 그리 쉽게 발견될 리가 없지. 이런 헛
수고도 있으니까 모험이 즐거운 법이라고. 하지만 이렇게 아무것
도 남은 게 없는 걸 직접 보니 도리어 시원스럽게 단념이 되는군."

그리고 예상 밖으로 헤르트뤼더 씨도 낙담하고 있었다.

"실망한 얼굴인데? 실은 기대하고 있었어?"

"그래. 나빠?"

솔직하게 대답했기에 나는 그대로 대화를 계속했다.

"딱히 나쁜 건 아니지만 의외구나 싶어서."

"공국도 기원을 더듬어 가면 왕국의 영지야. 모험가에게 동경을 품는 건 다르지 않지."

그럼 왜 결혼 활동 사정만 그렇게 다른 거냐고.

"실은 모험에 나서고 싶었던 모양이군."

"어쩔 수 없잖아. 신분이 신분이니까. 이런 기회는 좀처럼 없었는걸."

어라, 귀엽잖아.

시선을 피하며 부끄러운 듯이 말하자 헤르트뤼더 씨가 나이에 걸맞은 여자애로 보였다.

"그럼 그렇다고 솔직하게 말하면 좋았을 것을."

"싫어."

그대로 내게서 멀어져 가는 헤르트뤼더 씨를 지켜본 뒤, 나는 가장 실의에 빠져 있는 마리에한테 시선을 향했다. 아니나 다를까 보고 있자니 불쌍해질 정도로 침울해져 있었다.

"더는 싫어. 이건 너무하잖아……."

질크가 마리에를 위로했다.

"괜찮아요. 또 새로운 유적을 찾아서, 이번에는 전하와 다른 사람들도 함께 다 같이 모험하면 됩니다."

질크의 위로는 미묘하게 어긋나 있었다.

마리에는 모험하고 싶은 게 아니라 보물을 원하는 것뿐이다.

질크의 엉뚱한 위로에 마리에의 표정이 미묘해진 것이 그 증거
였다.

"그, 그래……."

내가 멍하니 이 광경을 바라보고 있자니 유적에 열중하고 있는
리비아를 놓아두고 안제가 내 옆으로 다가왔다.

"리온, 이제부터 어쩔 거지? 이대로 물러날 건가? 기어코 뒤따
라온 촌장도 우리가 여기 있는 게 썩 달갑지 않은 눈치였다만."

봤더니 유적 입구에서 우리를 감시하고 있는 촌장의 모습이 보
였다.

특히 내게 보내는 시선이 차가웠다.

"저 녀석, 날 내려다보고 앉았어. 시선 하나하나가 정말 열 받
는군."

지금 당장이라도 후려갈겨 주고 싶다.

고대인지 뭔지 모르겠다만, 마왕님이 심판의 철퇴를 내려주었
으면 하는 바다.

마왕 이야기는 헛소리였던 것 같으니 그런 일은 없겠지만.

촌장이 우리에게 말을 걸었다.

"이제 충분하지 않은지요? 보신 대로 이 유적에서 얻을 것은 없
습니다."

촌장의 말대로였지만 나는 계속 이상하다는 생각이 들었다.

희미하게 남은 게임의 기억에서는 분명히 이 유적에——.

"포기할 수는 없어! 이러고 있는 사이에도 빚이 늘어나고 있다

고! 나는, 나는 절대로 포기 안 해! 이제 빚을 갚는 생활은 신물이
난단 말이야!"

마리에가 폭주해서 혼자 유적 안쪽으로 달려가고 말았다.

"혼자서 멋대로 움직이고, 정말로 민폐인 녀석이군."

안제가 혼자서 뛰어가는 마리에를 보며 그렇게 말했다.

나는 라이플을 손에 쥔 뒤 루크시온과 함께 마리에를 데리러 가
기로 했다.

"루크시온은 날 따라와. 안제는 다른 사람들이랑 같이 이곳에
있어. 곧바로 돌아올 테니까."

"대장도 힘들겠군."

"학생한테 이런 일 시키지 말아 줬으면 하는데 말이지. 곧바로
돌아올게."

리비아가 걱정스러운 얼굴로 날 보며 머뭇머뭇 말을 꺼냈다.

"리온 씨, 너무 무리하지는 마세요. 그리고 저기……."

내가 마리에한테 뭔가 저지를지도 모른다고 생각한 건가? 정
확한 예상이군.

질크와 그렉도 따라나서려고 했지만 나는 두 사람을 말리고 혼
자서 마리에를 뒤쫓았다.

──드디어 찬스가 왔다. 이걸로 마리에와 둘만 있을 기회가
생겼다.

──이제야 겨우 전생자끼리 이야기를 할 수 있다.

◇

어두운 유적 안쪽.

마리에는 랜턴을 바닥에 내려놓고 뭔가를 찾고 있었다.

"없어! 없다고! 지하로 가는 입구가 없어!"

루크시온의 외눈이 등불을 대신하여 마리에를 비춰 놀래줬다. 갑자기 비친 불빛에 놀라 뒤돌아본 마리에는 마치 궁지에 몰린 범인처럼 벽을 등지고 섰다.

나는 라이플을 거머쥔 뒤 마리에한테 말을 걸었다.

"이제야 겨우 단둘이 되었군. 비행선 안에서도 너와 이렇게 이야기를 할 기회가 없어서 난감해하고 있었다고. 이걸로 느긋하게 이야기를 할 수 있어."

마리에는 덜덜 떨면서 호신용으로 가지고 있던 권총을 손에 쥐려고 했다.

"움직이지 마. 움직이면 쏜다."

"나, 날 죽이면 너는 대죄인이야! 나는 성녀라고!"

"리비아한테서 성녀의 지위를 빼앗은 가짜지만 말이지. 자, 네가 무슨 생각으로 그런 짓을 저질렀는지 이야기를 들어보실까. 너, 이제부터 어쩔 생각이냐?"

마리에가 왜 굳이 그런 위험한 행위를 했는지 나는 꼭 이유를 듣고 싶었다.

"뭐? 느닷없이 무슨 말을 하는 거야? 묻고 싶은 게 있으면 분명하게 말하라고."

하지만 마리에의 태도는 이 상황에서도 뻔뻔스러웠다.

이 자식 진짜로 쏴 버리고 싶다. 한 발이라면 괜찮지 않을까?

"그럼 하나씩 질문할 테니까 똑바로 대답해라. 너는 전생자냐?"

"그래. 맞아. 나는 다른 세계에서 살다 왔어. 보아하니 너도 마찬가지인 것 같네."

"이 세계가 '그' 여성향 게임 세계라는 걸 알고 있지?"

"그게 뭐?"

마리에는 부정하지 않았다. 역시 마리에는 이 세계가 여성향 게임임을, '그' 여성향 게임 세계임을 알고 있었다.

"그렇다면 어째서 리비아한테서 성녀의 지위를 빼앗았지? 공국과 전쟁이 벌어지면——"

마리에는 내 질문을 마지막까지 듣지 않고 웃으며 대답했다.

"바보 아니야? 그 여자가 할 수 있는데 나라고 못 할 것 같아? 나도 치료 마법을 쓸 수 있어. 성녀의 자질이 있다고. 신전도, 성녀의 아이템도 전부 나를 인정했다는 게 증거 아니야?"

그게 가장 이해가 가지 않았다. 신전이야 어쨌건, 성녀의 아이템이 마리에를 성녀라고 인정할 줄은 생각지도 못했다.

"가짜라고 폭로할 수도 있다만?"

"마음대로 해. 지금의 네가 아무리 떠들어 봤자 내가 성녀라는 사실은 변하지 않겠지만 말이야. 안타깝게 됐네요."

——확실히 내가 떠들어 봤자 아무도 이야기를 들어 주지 않을

것이다. 열 받는 녀석이다.

루크시온이 내게 제안했다.

『마스터와의 정보에 엇갈림이 있네요. 여기서는 서로의 정보를 공유하는 편이 좋지 않을는지?』

마리에는 조금 곤혹스러워하고 있었다.

"뭔데? 무슨 말을 하고 싶은 거야. 말해 두겠지만, 나는 그 여성향 게임 시리——"

마리에가 말을 채 끝내기 전에 흔들림이 느껴지더니 그대로 바닥에 구멍이 뚫렸다.

"아니?!"

"꺄아아악!"

◇

유적 입구에 있던 안제는 초조해하는 질크와 그렉을 보다 못해 결국 입을 열었다.

"둘 다 진정해라. 리온에게 맡겨 두면 괜찮다."

하지만 안제도 초조하기는 마찬가지였다. 리온이 마리에를 신경 쓰는 것이 계속 마음에 걸리고 있었다.

'리온 녀석, 비행선에서도 마리에를 신경 쓰는 것 같았는데…… 설마?'

질크는 날카로운 시선으로 안제를 쳐다봤다.

"그러니까 불안한 겁니다. 마리에 씨와 둘뿐이라고요. 실수가 없을 거라고 말할 수 있습니까?"

그렉도 유적 안을 보면서 말했다.

"아무리 그래도 너무 늦지 않나? 마중 나가자고. 발트파르트가 이상한 마음을 일으키지 않을지 걱정이다. 그 녀석 여자한테 익숙하지 않은 느낌이잖아. 혹여나 마리에의 귀여움에——"

리온이 마리에한테 흥미를 품을지도 모른다는 말에 내심 초조했던 안제는 평소와 달리 허둥댔다.

"바, 바보 같은 소리 마라! 리온은 너희와는 다르다!"

"뭐가 다르다는 겁니까? 그 또한 남자. 그리고 마리에 씨는 멋진 여성입니다. 실수를 일으키지 않는다는 게 더 말이 안 됩니다."

"남자라면 손을 대도 이상하지 않은 상황이라고. 아니, 오히려 그걸 노리고 있었던 건가?!"

두 사람의 의견에 안제의 감정이 평소보다 크게 요동쳤다.

"너희랑 리온을 똑같이 취급하지 마라!"

"저희도 그와 같은 취급을 받고 싶진 않습니다! 하지만 저는 봤습니다. 발트파르트 자작은 비행선 안에서 마리에 씨에게 접근하려고 했었습니다. 저는 호위로서 옆에 있었기에 알고 있단 말입니다!"

질크의 반론에 안제는 얼굴이 시뻘게지며 받아쳤다.

"리온은 마리에를 싫어한다. 그건 너희들도 알고 있지 않나! 리비아도 뭔가 말해 봐라. 리온이 마리에한테 손을 대는 건 있을 수 없는 일이라고."

하지만 흥분한 안제와는 달리 리비아는 조금 창백해져 있었다.

"저, 저기, 지금 알아차린 건데…… 리온 씨는 마리에 씨를 찾는데 왜 굳이 라이플을 가지고 간 걸까요? 몬스터도 나오지 않는 유적에서는 필요 없지 않나요?"

리비아의 말에 안제와 질크, 그렉이 눈을 휘둥그레 떴다.

평소에 마리에를 싫어하며 거리를 두려던 리온이 갑자기 마리에에게 접근하려 했다.

그리고 마리에가 사라지자 리온은 굳이 필요 없는 라이플을 들고 다른 사람이 오는 걸 거부하며 혼자서 찾으러 갔다.

세 사람이 새파래진 얼굴로 상상한 것은 리온이 마리에를 쏴 죽이는 광경이었다.

"마리에 씨!"

"마리에!"

질크와 그렉이 비명 지르듯 마리에의 이름을 부르며 유적 안으로 뛰어갔다.

안제와 리비아도 창백한 얼굴로 두 사람을 뒤쫓았다.

"자, 잠깐! 아무리 그 녀석이라도 그런 과감한 짓을 할 리가 없다!"

"그래요! 기껏해야 으름장 정도일 거예요!"

결국, 그렇게 네 사람이 그 자리를 떠났고, 헤르트뤼더와 카일 그리고 촌장만이 자리에 남았다.

◇

　마리에는 꿈을 꾸고 있었다.

　그리운 전생의 꿈이었다.

　여름인지 햇살이 강해 찌는 듯이 더웠다.

　주변의 풍경은 저녁노을에 오렌지색으로 물들어 있었고, 그리움이 묻어나서 그런지 풍경이 약간 서글프게 보였다.

　마리에는 그날의 더위를 떠올렸다.

　'아아, 그래. 이런 일도 있었지.'

　한 소녀가 넘어지면서 무릎이 까져 울고 있었다.

　"오빠야, 어부바."

　소녀가 가장 먼저 찾은 건 오빠였다.

　지금 떠올려도 열 받는 오빠지만―― 이상하게 얼굴이 기억나지 않았다.

　눈앞에 있는 두 사람도 얼굴이 흐릿했다.

　"그 정도라면 혼자서 걸을 수 있겠네. 업어 주면 등이 더우니까 싫어. 게다가 너 무겁고."

　'안 무거워! 이 자식 진짜 열 받네! 엄청나게 슬림한 체형이란 말이야!'

　지금 보아도 당시의―― 전생의 자신은 귀여웠다.

　당시의 자신도 그걸 자각하고 있었다. 그래서 오빠의 대답에 고개를 들고 멍하니 있었다.

놀라서 우는 흉내마저 멈추고 말았다.

"어?"

"거봐, 역시 우는 척이었네. 너의 그런 내숭이 싫다고. 나는 안속아."

사람의 왕래도 적은 길에서 전생의 자신은 입을 뻐끔뻐끔하고 있었다.

이 무렵에는 자신이 주위 여자애들보다도 귀엽다는 걸 알고 있었다.

주위에 부탁하면 뭐든 다 해주었다. 그렇기에 소년── 오빠도 교묘하게 부려먹으려고 했다.

"무, 무릎이 아파."

"아픈 건 살아있다는 증거야. 잘됐네."

"어, 어부바해줘. 집에 못 가겠어."

"그러냐. 그러면 계속 여기 있든가. 그게 싫으면 혼자서 걸어, 망할 여동생아."

"──똥 같은 오빠!"

"똥 좋지! 네 말대로 따르는 녀석이 될 바에야 나는 자유로운 똥을 고르겠어!"

웃는 얼굴로 그런 말을 하는 오빠를 보고 마리에는 생각했다.

'이 자식 진짜 최악이네. 지금 생각해도 내 안에서 제일── 아니, 세 번째 정도로 형편없는 남자였어.'

첫 번째는 자신과 아이를 버린 남자다.

두 번째는 사귀고 있던 기둥서방.

그다음 정도로, 마리에는 오빠를 싫어했다.

그리고 마리에는 이 뒤에 일어난 일을 떠올리려 했지만.

'어라? 나는 이 뒤에—— 그리고 나서 어떻게 됐더라?'

천천히 눈을 떴다.

주위는 먼지가 가득했고, 총성이 연신 들려왔다.

바닥에 약협이 떨어져 금속음을 냈다.

고개를 드니 등을 향하고 있는 리온의 모습이 눈에 들어왔다.

절박한 상황인지 목소리에 긴장감이 묻어나고 있었다.

"다음!"

『천장을 기어 이동하는 미확인 생물이 옵니다. 마스터, 잔탄 수에 주의해 주세요. 그리고 이 녀석들은 몬스터가 아닙니다.』

"쏴 죽여도 사라지지 않는다니, 지긋한 놈들."

리온이 라이플을 겨누며 방아쇠를 당겼고, 총성과 함께 어둠 속에서 모습을 드러낸 기분 나쁜 괴물의 머리를 꿰뚫었다.

괴물은 천장에서 떨어졌고, 그대로 바닥에 떨어져 경련했다.

마리에는 튀어 오르다시피 일어나려고 했지만——.

"히익! 아, 아악!"

떨어지면서 발목이 접질렸는지 일어설 수가 없었다.

리온은 여전히 앞을 바라보며 마리에에게 말을 걸었다.

적이 언제 올지 알 수 없기에 고개를 돌릴 수가 없는 듯했다.

"정신이 들었냐? 상황은 루크시온이 설명해줄 거다."

"어? 뭐?"

『유적 바닥에 구멍이 뚫려 지하로 낙하했습니다. 당신이 정신을 잃은 사이에 통로 안쪽에서 나오는 미확인 생물들을 마스터가 쓰러뜨리고 있는 참입니다.』

'미확인 생물이라니, 몬스터와는 다른 거야?'

마리에는 조금 전의 미확인 생물을 바라보았다.

팔다리는 뭔지 알 수 없었지만, 몸통이나 머리는 인간 같은 모습을 하고 있었다.

마치 파충류가 인간의 모습이 된 듯한 생김새였다.

"꺄아아악!"

하지만 돌아온 건──

"정신이 산만해지니까 좀 닥치고 있어. 젠장, 쓸모없는 녀석을 보살펴 주기까지 해야 하는 건가. 차라리 리비아나 안제였으면 의욕이라도 났을 텐데."

『소리 질러도 상황은 변하지 않습니다. 얌전히 있어 주세요.』

"하지만 다리가──"

『당신은 치료 마법이 특기인 성녀가 아닙니까? 스스로 치료하세요. 마스터! 다음 녀석이 옵니다.』

──무척 차가운 태도였다.

마리에는 생각했다.

'이 녀석들도 오빠랑 똑같잖아! 진짜 열 받아!'

⭐제02화 「유적의 비밀」

"이건 어떻게 된 거지?"

유적 안쪽으로 온 안제 일행은 리온이 떨어진 구멍 안쪽을 보고 있었다.

랜턴을 비춰 봤지만, 바닥이 깊은지 빛이 닿질 않았다.

구멍의 모양을 보아하니 아무래도 바닥이 무너진 것 같았다.

"설마 이곳에 떨어진 건가……?"

구멍 안쪽에서 총소리가 들려오자, 안제는 불안해지기 시작했다.

질크가 곧바로 내려갈 준비를 시작했다.

"당장 밧줄을 준비하겠습니다."

그렉이 창을 짊어지고 앞으로 나섰다.

"나는 혼자서 먼저 내려가겠다. 마리에도 발트파르트도 이 밑에 있을 가능성이 커. 서둘러서 구하러 가야만 해."

리비아도 내려가겠다고 나섰다.

"저, 저도 가겠어요!"

"너는 남아."

"저도 갈 거예요!"

안제가 자기도 내려가려고 했을 때, 달려온 촌장이 호통을 치는 것처럼 말을 걸었다.

"뭘 하는 겁니까!"

안제는 분개하고 있는 촌장에게 강경한 태도를 굽히지 않았다.

"바닥이 무너져서 구멍이 뚫렸다. 두 사람이 이 너머에 있을지도 모르니까 우리도 내려가려는 참이다."

"그, 그건—— 알겠습니다. 곧바로 제가 내려가 볼 테니, 당신들은 밖에서 기다려 주십시오."

하지만 마리에가 신경 쓰이는 그렉은 그런 촌장의 제안을 듣지 않았다.

"이 밑에서 싸우고 있단 말이다! 마리에한테 무슨 일이 있으면 어쩔 생각이냐!"

"그러면 곧바로 돌아가서 마을에 알려 사람들을 불러와 주십시오."

촌장은 등에 지고 있던 라이플을 손에 들고 미끄러지듯이 구멍을 내려갔다.

그 모습에 안제는 위화감을 품었다.

'어찌 저리 망설임 없이 들어갈 수 있지?'

안제는 안에 뭐가 기다리고 있는지도 알 수 없는데 총성이 들려오는 구멍으로 혼자서 들어가는 촌장이 수상하게 느껴졌다.

◇

유적 지하 어딘가.

루크시온이 주위를 비추는 가운데, 나와 마리에는 통로를 걷고 있었다.

"지하의 건조물…… 생각났다. 이 유적, 지하가 조사 장소였지."

게임에서는 곳곳이 무너져 통로를 막는 바람에 미로처럼 되어 있던 곳이었다.

나는 고개만 뒤로 돌려 마리에를 보면서 말했다.

"치료 마법은 쓴 거 맞냐? 걷는 게 느리다고."

마리에는 다리를 질질 끌며 걷고 있었다. 나는 트집을 잡으면서도 굳이 걷는 속도를 맞춰 주고 있었다. 마리에는 그것도 눈치채지 못한 것 같았지만.

"다친 걸 치료해도 한동안은 아프단 말이야! 좀 더 천천히 걸으라고."

"리비아라면 통증도 없앨 수 있는데. 이러니까 가짜는……."

"하! 그 여자가 조금 귀엽다고 해서 푹 빠져서는. 바보 같아. 너 같은 모브는 아무도 상대해 주지 않는다고."

"미안하지만 이래 보여도 여자한테서 인기가 오르기 시작한 참이라고. 날 권유하는 편지도 산더미처럼 받고 있어."

그다지 기쁘지 않은 편지뿐이지만, 허세를 부려 보이자 마리에가 정말로 분한 듯한 표정을 지었다.

나는 다시 그 화제를 던져 봤다.

"그래서? 왜 역하렘 같은 걸 생각한 거지?"

"불만이야? 자기 손으로 쥘 수 있는 행복이 있다면 쥐는 게 인간이잖아."

행복? 이 녀석, 그런 이유로 리비아한테서 모든 걸 빼앗은 건가?

"다른 사람을 밀어내고 행복을 손에 넣은 기분은 최고, 라는 거냐? 너는 리비아한테 사과해라."

마리에는 어두운 통로 안에서 고개를 숙인 채 중얼거렸다.

"네가 뭘 알아. 전생에서 나는 행복하지 않았어. 두 번째 인생 정도는 마음대로 사는 게 뭐가 나쁘다는 거야. 나는…… 나는 행복해지고 싶은 것뿐이라고."

행복해지는 거야 자유다만, 방법이 너무 지독했다.

사내놈 다섯 명을 옆에 거느린 것도 모자라 돌이킬 수 없는 실수를 범하고 있다.

"리비아를 방해하고, 안제를 음모에 빠뜨리고. 너 정말 최악이구나."

그러자 주위를 비추고 있던 루크시온이 말했다.

『그건 마스터도 마찬가지 아닙니까? 저를 올리비아한테서 빼앗았다고 마스터가 스스로 말하지 않았습니까. 더 말하자면, 그 다섯 명을 사람들 앞에서 때려눕혀서 기분이 상쾌하다고 말한 것도 마스터였습니다.』

그 말을 듣고 이번에는 마리에가 날 힐난했다.

"너 최악이네. 남한테 뭐라 할 자격이 없어."

"너한테서 그런 말을 듣고 싶지는 않아! 내가 너 때문에 고생을 얼마나 한 줄 알아?! 애초에 최종 결전은 어쩔 셈이었냐? 자칫 잘못했다가는 왕국이 졌을 거라고."

그 여성향 게임에서는 헤르트뤼더 씨가 '마술피리'라 불리는 아이템을 사용하여 마지막 보스를 소환하게 되어있었다.

현재는 헤르트뤼더 씨와 마술피리를 왕국에서 관리하고 있기에 그 마지막 보스를 볼 가능성은 거의 없지만, 안심할 수는 없었다.

"그런 거, 내 성녀의 힘으로 어떻게든 될 거라고."

"뭐? 성녀의 힘만으로 어떻게든 된다? 너, 리비아의 힘은 어쩔 셈인데?"

"무슨 이야기야? 그 여자의 힘이 성녀의 힘이잖아?"

"아니, 그러니까——"

그 순간, 루크시온이 우리의 대화에 끼어들었다.

『마스터, 제 의문 중 하나가 해소되었습니다.』

루크시온이 그렇게 말하자, 갑자기 주위가 밝아져 나는 눈을 가늘게 떴다.

누군가가 조명을 비춘 것이다. 주변을 보니 아무래도 우리는 커다란 방 안에 있는 듯했다.

"이봐, 이건 아니잖아……."

"히익!"

나는 기가 막혀 할 말을 잃었다. 마리에도 눈앞의 풍경에 놀라고 있었다.

넓은 방 안쪽에는 액체가 든 통 형태의 캡슐이 늘어서 있고,

그 안에는 사람과 비슷한 무언가가 있었다.

그리고 바로 앞에는 엘프들이 우리를 기다렸다는 듯이 서서 라이플이나 권총을 겨누고 있었다.

마리에를 감싸듯이 서고 나도 라이플을 거머쥐었다.

이 녀석한테는 물어야만 하는 것이 산더미처럼 있기에 죽으면 곤란하다.

우리에게 총구를 겨누는 엘프 중 한 명—— 대표자가 기분 나쁜 미소를 띠고 있었다.

"어서 와라, 인류가 시작된 땅에. 인간 수컷과 암컷…… 그리고 이상한 둥그런 것도 있지만, 환영하도록 하지. 실험동물로는 딱 좋군."

실험동물? 엘프들의 모습을 보니 드문드문 백의를 입은 자들이 섞여 있었다.

이거 뭐야, 매드 사이언티스트 집단인가?

"괴물을 만들고 있던 건 너희들이냐?"

몬스터는 쓰러뜨리면 사라지지만, 지하에 있던 생물은 쓰러뜨려도 사라지지 않았다.

아까 쓰러뜨린 건 몬스터가 아니라는 의미였다.

그러자 대표자 엘프 남자가 손에 든 권총을 내게 겨누며 대답했다.

"이해가 빠르군. 너희들로서는 상상조차 하지 못하리라고 생각했었다."

남자는 캡슐을 손으로 부드럽게 만졌다.

안에 들어있던 것은 커다란 식물의 꽃이었는데, 그 꽃 중앙에 인간의 얼굴이 있었다.

매우 꺼림칙했다. 다른 몬스터보다도 불쾌감이 들었다.

"우리는 이 유적에서 생명 창조라는 신의 영역에 발을 들여놓은 거다. 너희 인간은 이해하지도 못하겠지만, 먼 옛날에는 지금보다도 고도의 문명이 있었다. 야만적인 인간이 아니라, 우리 엘프가 지배하고 있었던 시대가 말이다. 그 증거가 이 유적이지."

즉 생명을 창조하는 유적이 자신들이 사는 부유섬에 있었으니 인간은 여기서 엘프가 만든 게 분명하다고 말하고 싶은 거군.

내가 대답하지 않고 있자 남자는 쿡쿡 웃었다.

"무슨 말인지 모르겠나? 그렇겠지. 너희들 인간은 그 정도의 생물이라는 거다. 우리의 선조는 여기서 많은 생명을 창조했다. 그중에 열등종인 너희 인간도 포함되어 있었던 거지."

단언하는 엘프의 말에,

"거짓말! 그런 설정 몰라."

마리에가 놀라고 있었다. 아니, 믿지 말라고.

하지만 엘프들이 여기서 옛날부터 괴물을 만들고 있었다고 생각하니 오싹해졌다.

내가 루크시온에게 시선을 향하자 루크시온이 외눈을 가로저었다.

아무래도 루크시온은 모르는 모양이었다.

엘프의 자랑 이야기는 계속 이어졌다.

"우리는 인간에게 빼앗긴 세계를 되찾을 것이다. 그리고 앞으로는 엘프가 모든 종족을 지배하고, 인도하며, 세계의 올바른 모습을 되찾는 거다. 그걸 위해서 너희들은 숭고한 희생이 되는 것이다. 우선은 어떤 실험부터 해줄까? 그래——"

대표자 엘프가 도취해 계속 이야기를 늘어놓고 있자 도중에 루크시온이 끼어들었다.

『안타깝지만 반대입니다. 이 시설을 관리하고 있던 게 인간이고, 여기서 만든 것이 당신들, 엘프입니다.』

나는 루크시온의 말에 무심코 고개를 갸웃할 뻔했다.

조금 전까지 엘프에 관해서 여러 가지 의문을 가지고 있었는데, 이 태도 변화는 뭐지?

마리에가 내 옷을 손가락으로 집어 몇 번인가 잡아당기면서 루크시온을 올려다보고 있었다.

"저기, 네 사역마는 뭐 하는 녀석이야?"

"치트 아이템인 루크시온이잖아. 설마 몰라?"

"그런 거 몰라. 아니, 그보다 치트 아이템이라니 비겁해. 나한테 줘."

"정체를 알자마자 뻔뻔하게 달라고 하다니, 너도 참 대단하구나."

루크시온의 말에 엘프들의 표정이 빠르게 일그러졌다.

"네가 뭘 안다는 거냐? 게다가 인간이 우리를 만들었다? 농담이라 쳐도 웃을 수 없군."

『이 방에서 잠들어 있던 인공지능에 액세스했습니다. 정보를 공유한 결과, 이 섬은 금기에 손을 댄 섬, 말하자면 실험장입니다.』

단언하는 루크시온에게 호응하듯이, 방에 울리는 듯한 전자 음성이 들려왔다.

루크시온과는 다른 전자 음성으로, 여성에 가까운 목소리였다.

『그 말대로예요. 이 섬에 있는 엘프들은 여기서 만들어진 개체가 야생화한 거예요.』

"루크시온과는 다른 인공지능인가?"

나는 주변을 둘러보았지만, 딱히 모습은 보이지 않았다.

『네. 오랫동안 슬립 상태로 지내고 있었어요. 그보다, 구인류의 유전자를 지닌 당신을 만날 수 있어서 다행입니다. 저희의 싸움이 무의미하지 않았다는 증거예요.』

계속해서 목소리가 들려오자 엘프는 당황하여 주위를 두리번거렸다.

"누, 누구냐! 그런 거짓말을 하는 녀석은! 우리 엘프는 인간보다 뛰어난 존재다. 수명도 길고, 인간보다도 마법에 능숙하단 말이다!"

인공지능은 담담하게 진실을 고했다.

『수명이 긴 건 그만큼 오래 싸우게 하기 위해서예요. 곧바로 죽으면 안 되니까요. 또한, 마법이 뛰어난 것은 그렇게 되도록 만들었기 때문입니다. 뭐, 그렇긴 해도 저희가 만들어 낸 초기 엘프보다도 열화한 것 같지만요.』

엘프들이 당황하는 와중에, 우리 앞에 선 남자만이 노기를 한층 강하게 띠어 얼굴이 시뻘게졌다.

부들부들 떨면서 총구를 어디에 향하면 좋을지, 시선을 이리저리 돌리며 찾고 있었다.

"웃기지 마라! 그런 사실은 없어. 우리야말로——"

뒤쪽에서 기척이 났기에 뒤돌아보니, 거기에는 촌장이 있었다.

단지, 낌새가 이상했다.

"대체 뭘 하는 거냐!"

그렇게 외친 촌장은—— 우리한테 총구를 향했다.

"아, 촌장, 어?"

이런 상황에도 마리에는 촌장이 자길 도우러 온 줄 알았는지 총구를 들이밀자 엉뚱한 소리를 흘렸다.

루크시온은 촌장을 보며 말했다.

『과연. 촌장도 이 유적의 관계자였습니까.』

혼란에 빠진 엘프들에게 촌장이 명령했다.

"이 녀석들은 여기서 처리해라. 인공 생물들한테 당한 것처럼 위장해야 해!"

엘프들이 촌장의 말에 움직이기 시작했다.

조작 패널을 만지자 안에 든 액체를 배출한 캡슐에서 인공 생물들이 나왔다.

『장치를 움직이는 방법을 알아낸 것만 해도 칭찬하는 편이 좋을까요?』

　침착한 루크시온 옆에서 나는 라이플을 거머쥐었다.

　"우리를 죽여서 증거를 인멸하려는 건가. 엘프는 겉모습대로 속이 시꺼멓구먼."

　촌장은 우리를 보고 웃고 있다.

　"인간 따위가 우쭐거리지 마라. 너희 같은 하등 생물은 우리한테 머리를 숙이고 있으면 되는 거다!"

　인공지능이 탄식했다.

　『어리석은 짓을―― 긴급사태라고 판단. 대처합니다.』

　그 직후, 벽에서 갑자기 무기가 나오더니 우릴 향해 달려들던 인공 생물들을 그대로 쏴 죽여나갔다.

　갑작스러운 일에 엘프들이 겁을 먹고 우왕좌왕하는 틈에 나는 촌장의 어깨를 라이플로 쏴서 꿰뚫었다.

　"끄아악!"

　촌장이 라이플을 떨어뜨리자 나는 거리를 좁혀 총대로 촌장의 얼굴을 후려갈겼다.

　엘프들이 나를 향해 소리쳤다.

　"쏴, 쏴라!"

　곧 엘프가 쏜 탄환이나 마법이 우리를 향해 날아들었다. 마리에가 머리를 감싸 쥐었다.

　"이제 싫어어어어!"

　나는 종일 시끄러운 녀석이구나 생각하며 루크시온에게 명령했다.

"발동해."

『이 정도로는 마스터를 상처입힐 수 없습니다.』

우리를 둘러싼 빛의 벽에 탄환, 마법 할 것 없이 모두 튕겨 나갔다.

나는 라이플을 촌장에게 겨누면서 엘프들을 바라보았다.

총도 마법도 효과가 없다는 걸 알게 된 엘프들은 공격을 멈추고는 가만히 서 있었다.

"더 해볼 테냐? 고귀하고 현명한 엘프님들은 멸망의 미학을 좋아하시는지?"

이대로 싸워도 이길 수 없다는 걸 알자 엘프들은 총을 버리고 양손을 들었다.

"전원을 구속하겠어. 너도 도와."

"잠깐! 나는 이래 보여도 성녀란 말이야. 네 상사라고!"

"내가 네 머리를 쏴서 구멍을 내주랴? 지금이라면 증거인멸도 가능할 것 같은데 말이지?"

할 생각은 없지만, 으름장을 놓아 주자 마리에는 미소를 지으며 겉꾸렸다.

"정말, 화내지 말아. 제, 제대로 할 테니까 쏘지 마."

──처음부터 그렇게 말하란 말이다.

엘프들의 구속이 끝날 무렵.

인공지능이 나와 루크시온에게 말을 걸었다.

『결국, 저희가 패배한 겁니까. 그렇다면 이 시설은 자폭시켜야 겠군요.』

"너희들 정말 자폭을 좋아하는구나. 루크시온과 같은 반응이 잖아."

그러자 인공지능은 이 유적—— 연구소의 역할을 이야기하기 시작했다.

『본래는 신인류에 대항하기 위해 마련된 연구시설이었습니다. 하지만 그 역할을 완수할 수 없게 되었다면 굳이 남겨 두는 편이 위험합니다.』

확실히, 인공 생물을 만들어 낸 엘프들처럼 악용하는 인간이 나오지 말란 법은 없었다.

지금 없애버리는 게 후환이 없을 터였다.

"너는 그걸로 만족해? 모처럼 눈을 떴잖아?"

하지만 줄곧 이곳을 관리해 온 인공지능은 오랜만에 눈을 떴더니 자폭해야 하는 상황에 놓여 있다. 아무리 그래도 이건 너무 슬프지 않은가.

『문제없습니다. 그리고 이걸 받아 가십시오. 당신이 이민선이라면 이게 필요할 겁니다.』

바닥에서 나온 것은 입방체가 몇 개나 달라붙은 물체였다.

뭔지 모르겠지만 혼자 허공에 떠올라 빛나고 있었다.

『받도록 하지요. 마스터, 이걸로 저는 지금까지 이상으로 활약할 수 있게 되었습니다.』

"이건 뭐야?"

『매우 가치가 있는 물건이에요.』

그걸 들은 마리에가 펄쩍 뛰어올랐다.

"설마, 재보?!"

『네. 저희에게는 귀중한 물건이지만, 이 세계에서는 이용 방법도 알 수 없기에 여러분께는 빛나는 장식품 정도의 가치밖에 없을 겁니다.』

"──정말로 최악이잖아. 보물은 하나도 없고! 역시 게임과는 다른 걸까? 도대체가 말이야, 판타지라고 생각하고 있었는데, 왜 SF가 나오는 건데."

엘프를 만들어 낸 것은 인간이었다.

엘프는 신인류에 대항하기 위해 만들어진 존재였고, 다른 아인종도 같은 이유로 만들어졌다고 생각하면…… 확실히 조금 불가사의한 세계군.

단순한 검과 마법의 판타지 세계가 아니었던 모양이다.

그 여성향 게임 특유의 '두둥실'한 설정은 어디로 갔지?

"다른 보물은 없어?"

마리에가 눈에 띄게 침울해져 있었기에, 내가 대신 인공지능에게 물어보았다.

『연구소를 상대로 보물을 기대하셔도 드릴 수 있는 게 없습니다.』

마리에는 소매로 눈물을 훔치며 중얼거렸다.

"흑, 이제 갈래."

여러 가지로 고생했는데 아무것도 얻지 못하다니, 정말로 불쌍한 녀석이다.

『다만, 가져가실 게 아예 없지는 않습니다. 이거라면 이 세계에서도 가치가 있을지도 모릅니다.』

"뭐야, 있잖아! 빨리 줘!"

보물 이야기에 마리에가 갑자기 기운을 차렸다. 정말이지 전생의 여동생과 판박이인 녀석이었다.

머릿속 깊은 곳에서 혹시 여동생이 아닐까 하는 의심이 들었지만, 아무리 그래도 두 번째 인생까지 그 녀석과 얽혀 있다고는 생각하고 싶지 않았다.

유적에서 떨어진 장소.

『ㅃㄴ@ㄸ#ㅇ ㅆ%ㅎ^ㄴ!!』

나는 격노 중인 루크시온을 진정시키기 위해 고생하고 있었다.

"루크시온, 진정해."

『저는 냉정합니다. 냉정하게 이 물체를 파괴하고, 짓뭉개고, 재로 만들어서, 여하튼 티끌조차 남지 않을 수준으로 소멸시켜서

──기이야아아악!』

　──어쩌지, 루크시온이 고장 난 것 같다.

　마리에도 절망한 끝에 공허한 표정으로 바닥에 드러누워 있었다.

　"이런 걸 어디에 쓰라고⋯⋯."

　아무것도 모르는 질크와 그렉은 한숨 돌렸다는 얼굴로 마리에를 위로하고 있었다.

　"마리에 씨가 무사해서 다행입니다."

　"그래, 마리에. 보물은 또 찾으면 되잖아."

　나는 인공지능이 준 물건을 힐끔 쳐다보았다.

　아무래도 생긴 걸 봐서는 갑옷, 그러니까 파워드 슈트의 부품인 것 같았는데, 흉측하게 생긴 탓에 도통 어느 부분인지 알 수가 없었다.

　그리고 루크시온이 그 흉측한 걸 보자마자 어쩌고저쩌고 계속 소리를 질러대기 시작했다. 시끄러워서 견딜 수가 없을 정도였다.

　마리에도 결국은 돈이 되질 않는다고 한탄에 빠져 있었다.

　리비아는 발광하는 루크시온을 앞에 두고 어찌해야 할지 안절부절못하고 있었다.

　"루크 군, 진정해! 자, 심호흡이야, 심호흡!"

　『저는 원래 호흡을 하지 않습니다.』

　"어? 아, 그렇구나! 미안해."

　냉정한 대답을 들어 반대로 난처해하고 마는 리비아가 귀여웠다.

내 곁에 있던 안제도 의아하다는 얼굴로 엘프들을 보며 내게 상황을 확인했다.

"리온, 촌장이 다쳤는데 구속을 풀지 않는 건 무슨 이유지? 게다가 이 엘프들은 유적의 어디에 있었던 거냐? 설마, 사로잡혀 있었던 건가?"

그래, 이 엘프들에 대한 취급 말인데—— 매우 곤란한 상황이었다.

유적에서 있던 일이나 들은 이야기는 쉽사리 밝힐 수가 없으니, 이 녀석들을 어떤 이유를 대고 제재해야 할지 알 수가 없었다.

"아아, 이 녀석들은 좀…… 어이쿠."

나는 지면이 흔들리는 것을 느끼고, 놀란 안제를 부축하면서 유적 쪽을 돌아보았다.

아무래도 무사히 자폭한 모양이었다.

자폭을 '무사히'라고 말해도 되는 건지 모르겠지만, 이로써 유적은 두 번 다시 인공 생물을 만들 수 없으리라.

이걸로 된 것이다. 그렇게 생각하고 있었더니, 하늘에 커다란 비행선이 모습을 드러냈다.

——루크시온의 본체였다.

광학 미채(迷彩)처럼 주위에 녹아들어 숨어 있었지만, 정체를 알고 있는 내 눈에는 약간의 일그러짐이 보였다.

근데 본체를 여기까지 끌고 오다니, 이 녀석, 설마?

"야!"

내가 노려보자 루크시온은 주눅도 들지 않고 대답했다.

『저를 속인 대가를 받게 할 겁니다. 이런 물건을 떠넘기다니!』

루크시온의 본체에서 빛의 기둥이 유적에 쏟아져 내리기 시작했다.

루크시온의 공격에 촌장이 덜덜 떨며 겁을 먹었다.

"설마 이장이 말했던 게 이거였나! 마왕이다! 마왕이 우리에게 노하고 있다!"

미안, 그거 내 파트너가 한 짓이야!

마왕이 아니라고.

이 광경을 보고 있던 다른 엘프들도 세상의 종말을 본듯한 표정을 짓고 있었다.

모두가 빛의 기둥에 시선을 빼앗긴 와중에, 헤르트뤼더 씨만 갑옷 파츠를 보고 있었다.

가만, 이거 어디선가 본 적이 있는 것 같은데?

검고 흉측하게 생긴 이 파츠—— 어디선가 봤는데, 기억이 나질 않는다.

"잠깐 괜찮을까?"

"응?"

헤르트뤼더 씨가 내게 말을 걸었다.

"당신, 나한테 이걸 양보하지 않겠어? 돈이라면 준비할게."

헤르트뤼더 씨는 날 보며 진지한 표정으로 그런 말을 했다. 나는 또 뭔가 꾸미고 있는 것 아닐까 하는 생각이 들었다.

"거절하겠습니다."

"내가 할 수 있는 거라면 뭐든 소원을 들어줄게. 그리고, 진심으로 공국에 망명해 보지 않을래? 당신에게 어울리는 지위를 마련하겠다고 약속하겠어. 왕국에 집착할 이유도 없잖아?"

"필요 없어요."

헤르트뤼더 씨의 제안이 조금 끌리긴 했지만, 거부했다.

헤르트뤼더 씨는 아주 약간 분한 듯한 표정을 지었다.

"생각보다 왕국에 집착하고 있네. 왕국의 지방 영주에게 왕국 따윈 도움도 안 되는 증오의 대상이 아니었어? 그게 아니면, 이미 길들어서 억압받고 있다는 것도 깨닫지 못하는 걸까?"

아니, 헤르트뤼더 씨의 말대로였다.

하지만 망명은 말처럼 그리 쉽지 않다. 헤르트뤼더 씨가 약속을 지킨다는 보장도 없었다.

하물며 그것이 적국이고, 나에게 원한을 품은 자들이 있는 곳이라면 더더욱.

어쩌면 망명하자마자 붙잡아 처형할 가능성도 있었다.

젠장, 이런 기회가 있을 줄 알았다면 공국을 집요하게 도발하지 않았을 텐데!

"흥미 없습니다."

"……그래, 유감이네. 정말로 유감이야."

◇

엘프 마을에 돌아오니 이장 일행이 기다리고 있었다.

다른 엘프들이 집에서 나와 지면에 무릎을 꿇고 기도하는 것처럼 하늘에 용서를 빌고 있었다.

"마왕님, 부디 용서하여 주시옵소서."

"저희 섬을 너그럽게 봐주시옵소서."

"그래서 나는 싫다고 한 거야! 촌장 일당이 유적을 어지럽히니까!"

그런 마을의 모습을 본 카일은 바보 취급하는 것처럼 미소를 띠고 있었다.

곧바로 무표정으로 돌아왔지만, 나는 못 본 것으로 했다.

이 녀석한테도 여러 가지로 사정이 있는 거겠지.

그렉은 회수한 갑옷 파츠를 질크와 함께 운반하며 주위 상황을 보고 있었다.

"뭔가 분위기가 다르군."

"유적이 무너져서 원망을 샀을 줄 알았습니다만, 아무래도 괜찮은 것 같군요."

우리가 오자, 이장이 가까이 다가왔다.

사로잡은 엘프들을 보고 뭔가 중얼거리고 있었다.

옆에서 이장을 부축하고 있는 여성 엘프가 대변해 주었다.

"이자들을 어찌할지를 이야기하고 싶으시답니다. 가능하다면 대표자인 당신들이 이장님의 저택으로 와 주었으면 한다고."

엘프들에 대한 설명도 필요하리라 싶어 내가 앞으로 나서자 이장의 시선이 마리에에게도 향했다.

"저 녀석도 부르는 편이 좋아?"

"네. 그리고 검은 머리 여성과 그쪽 두 분도 함께 부르십니다."

불리지 않은 그렉과 질크는 짐을 내리고 휴식에 들어갔다.

"너희들끼리 이야기하고 와라. 우리는 이걸 옮기고 있을 테니까."

"비행선에 신기까지 고생할 것 같군요."

두 사람의 말을 듣고 루크시온이 불쾌한 듯한 목소리를 냈다.

『저의 파트너에 그 오물을 태우라는 겁니까?』

"너도 슬슬 포기해. 자, 가자."

이 녀석, 오래된 갑옷 파츠를 오물이라고 단언해 버렸어.

◇

이장의 저택.

우리가 이장과 마주 보고 앉자 이장이 감사의 말을 전하였다.

"이장님께서 여러분께 감사의 말씀을 드리고 계십니다."

"감사 같은 건 괜찮은데. 가능하면 재보라든가, 가치가 있는 걸 받을 수 있다면 기쁘겠어."

마리에가 쑥스러워하면서 그렇게 말했으나, 안제가 노려보는 바람에 곧장 입을 다물고 말았다.

"우리는 딱히 엘프를 위해 아무것도 하지 않았다. 그리고 그쪽은 유적을 잃었지. 감사받을 일은 아닌 것 같다만."

이장은 고개를 가로저었다.

"이장님께서는 고대 마왕의 분노가 이 정도로 그쳐서 다행이었다며 안도하고 계십니다."

또 마왕인가.

리비아가 이장에게 말을 건넸다.

"저, 저기! 이건 다른 이야기인데요, 불순물이라는 게 뭐죠? 유메리아 씨도 그런 말을 했고, 카일 군도 상태가 이상했어요. 무슨 의미인가요?"

리비아가 카일을 걱정하자 마리에가 노골적으로 불쾌한 표정을 지었다.

"너, 남의 전속 사용인한테 참견하지 말라고."

"그, 그래도, 모른 척하고 내버려 둘 수 없어요. 카일 군의 태도가 이상하다고요."

확실히 이상하긴 했지.

내가 이장의 대변자인 여성을 보니, 눈을 내리깔면서도 대답해 주었다.

"엘프가 마력으로 사람을 판단한다는 건 알고 계십니까?"

질크가 그런 자랑 이야기를 했었지.

고개를 끄덕이자 설명이 계속되었다.

"마력은 각자의 특징이 있습니다. 이 감각을 인간에게 뭐라고 설명해야 할지 모르겠습니다만, 간단히 말하자면 색을 보고 있다고 할 수 있지요. 그런데 엘프 중에는 드물게 여러 색이 섞인 듯한 마력을 지닌 자가 태어납니다."

우리는 뭐가 다른지 모르겠지만, 엘프에게는 그게 추해 보이는 모양이었다.

"그런 색을 가진 자들이 쓰는 마법은 특히나 강력하고 특수합니다. 하지만 저희가 보기엔 그저 추할 뿐이라, 마을 사람들은 이를 불순물이라고 부르고 있지요."

그건 즉, 특수한 마법을 쓸 수 있다는 의미인가?

엘프들이 불순물에 혐오감을 느낀다고 한다면, 이건 어쩔 도리가 없다.

우리가 오물이나 쓰레기를 보고 기분이 나빠지는 것과 같은 이치다.

"그러나 이유는 그뿐만이 아닙니다. 유메리아는 한때 마을을 떠나 그 마법으로 유랑 광대 같은 일을 했습니다. 그때 인간 남성과의 사이에 아이가 생기고 말았죠."

안제가 눈을 휘둥그레 뜨고 놀라고 있었다.

"소문을 들은 적은 있었다만, 설마 하프 엘프가 실존한단 말인가?"

대변자가 고개를 끄덕였다.

"하프 엘프는 가벼운 문제가 아닙니다. 하프 엘프가 태어난다는 것은 타지로 나가 돈을 버는 남자들에게 족쇄가 될 수 있으니까요."

엘프 노예는 전속 사용인으로서 고가에 거래된다. 귀족 여성들이 특히 그들을 마음에 들어 하는 이유도 인간과의 사이에 아이가 생기지 않기 때문이다.

그런데 실은 아이가 생기지 않는 게 아니라 생기기 어려울 뿐이라는 사실이 알려진다면?

엘프 노예를 사는 것을 망설이겠지.

……망설이려나?

어쩐지 별 차이 없을 것 같은 느낌이 드는군.

오히려 스릴이 있으니까 산다고 하는 녀석들도 있을지 모른다.

이 세계는 지독하니까.

"그, 그래서 나한테 하프 엘프가 어떻고 하는 이야기를 했던 건가……."

마리에가 중얼거리며 갑자기 식은땀을 줄줄 흘리기 시작했다.

나는 마리에를 무시하고 이야기를 매듭지었다.

"결론은 엘프가 보기에 성가신 모자라는 거군. 그럼 어쩔 수 없지."

"리온 씨, 그렇게 쉽게 이야기를 끝내지 말아 주세요!"

리비아가 타박했지만, 우리가 할 수 있는 건 사실 거의 없었다.

"이건 우리가 머리를 들이밀어도 해결할 수가 없어. 카일이 이 섬을 싫어하는 이유도 알았으니까 됐잖아. 유메리아 씨도 마찬가지. 엘프들에게 혐오감을 품지 말라고 말해서 해결할 수 있는 문제가 아니야. 방법이 없다고."

대변자가 내 말에 슬픈 듯한 표정을 짓고 고개를 숙이고 있었다.

"그렇겠지요. 이것만큼은 당신들도 해결할 수 없지 않을까 합니다."

이장이 대변자에게 뭔가 말을 건네 전하고 있다.

"이장님이 모두의 점을 보고 계셨다는 듯합니다. 이것이 여러분께 드릴 수 있는 유일한 사례라고 말씀하고 계십니다."

이장의 저택은 촌장의 저택보다 한참 소박한 만큼 물건도 별로 없었다. 유복한 생활을 보내는 것 같진 않았다.

이장의 점괘라…… 일단은 들어보도록 할까.

"그러면 우선 성녀님부터입니다."

"점괘? 들어 줄게. 가장 좋은 결과를 알려줘."

이 녀석, 정말 태도가 거만하군.

이 녀석이 점괘에 흥미를 보이는 모습을 보고 있자니, 매일 아침 운세를 체크하고 있던 전생의 여동생이 떠올랐다.

"당신은 불가사의한 운명 밑에 있다는 것 같습니다. 그리고 운명의 상대와 이미 해후하였으나, 엇갈렸습니다."

"운명의 상대라니, 그게 누군데?!"

"그건 알 수 없습니다만, 이미 만났다는 것 같습니다. 그분과는 인연이 갈라져 이제 함께할 수는 없다고 하십니다. 그리고——"

"뭔데?"

"당신이 짊어진 운명에서 도망칠 수 없습니다. 이 앞에 가혹한 인생이 기다리고 있으며, 모든 것을 손에 넣든가, 아니면 모든 것을 잃든가. 그 두 갈래 길밖에 없다는 듯합니다."

마리에는 한동안 입을 뻐끔뻐끔하다가, 차츰 화를 내기 시작했다.

"다시 해! 재판단을 요구하겠어!"

"그러면, 다음은 검은 머리카락의 당신——"

"내 말을 들으란 말이야!"

잠자코 있던 헤르트뤼더 씨는 흥미가 없다는 듯이 점괘 결과를 듣고 있었다.

"언젠가 당신에게는 커다란 곤경과 함께 인생의 전환점이 찾아오리라고 이장님이 말씀하십니다."

"어머, 그래?"

"그리고 그 곤경과 마주쳤을 때, 당신은 운명의 상대와 만나게 됩니다. 그분과 함께 걸을 수 있다면, 당신의 어려운 길에 빛을 밝혀주며, 믿음직한 버팀목이 되어 준다는 것 같습니다."

"그, 그래? 뭐, 기억해 두도록 할게."

헤르트뤼더 씨도 여자애구먼.

운명의 상대라는 말이 매력적이었던 모양이다.

그런 거로 기뻐할 수 있다니 부러울 따름이라고.

"다음은 당신입니다."

"나인가."

안제 역시 약간 기대감을 품고 있는 것 같았다. 점괘를 기다리는 얼굴이 평소보다 귀여워 보였다.

음, 저 얼굴을 볼 수 있다면 점괘도 나쁘지 않군.

그런데 이장에게 무슨 말을 들었는지 갑자기 대변자가 점괘 전하기를 망설이기 시작했다.

"뭐, 뭐냐? 빨리 말해다오. 신경 쓰이잖나."

대변자는 결국 안제를 바라보며 입을 열었다.

"당신과 그쪽 분은 고대의 마왕조차 거느리는 용사의 도움을 받고 있다는 것 같습니다. 그 용사가 이미 여러분 앞에 나타났는지, 앞으로 만나게 될지는 알 수 없다고 합니다."

"용사……?"

안제가 고개를 갸웃했다. 리비아도 조금 당황한 눈치였다.

"남자아이들이 좋아하는 이야기에 나오는 그 용사를 말하는 거죠? ……제가 아는 사람 중에 그런 굉장한 사람은 없는데요?"

"나도 없다. 애초에 마왕이란 건 누구지?"

"안제가 모르면 저도 몰라요."

두 사람이 머리를 맞대고 의견을 나누기 시작했지만, 두 사람 다 딱히 짐작 가는 인물이 없는 듯했다.

나도 점괘가 단숨에 수상쩍어지기 시작했다.

애초에 점괘에 마왕이 너무 자주 출현한다고. 아까도 고대 마왕의 분노가 어쩌니저쩌니 하지 않았어?

그걸까? 이제 이장은 힘이 다한 느낌이려나? 촌장도 이젠 점괘가 맞을지 믿기 어렵다고 말했었지?

아니, 그보다 용사가 있다면 튀어나오라고.

얼른 이 여성향 게임을 구원해 줘.

그리고 구원하는 김에 나도 구원해 줘. 의외로 절실하다고.

"아무래도 지치신 것 같은데, 눕혀 드리는 게 어때?"

대변자는 나를 제지했다.

"괘, 괜찮습니다. 어디 보자, 다음은 두 분에게 같이 적용되는 내용입니다."

이 사람도 조금 수상쩍다고 생각하고 있는 건 아닐까?

미묘한 분위기 속에서, 우리는 다음 내용을 들었다.

"두 분의 운명은 복잡하게 얽혀, 본래의 길에서 크게 벗어나 있다고 합니다. 그리고 당신들이 짊어졌어야 할 무거운 짐을 다른 사람이 대신하여 짊어 주고 있습니다."

리비아가 한층 더 당황했다.

"그건, 저기…… 저희가 벌써 도움을 받았다는 건가요?"

"네, 두 분 모두 이미 도움을 받으셨습니다."

안제의 시선이 문득 내게로 향했다.

"그, 그야 몇 번이고 도움을 받기는 했다만……."

대변자는 곤란해하고 있었다.

"이장님도 너무 복잡해서 잘 보이지 않는다는 것 같습니다. 다만, 두 분 가까이에는 용사의 가호가 보인다는 듯합니다."

안제에 이어 이젠 리비아도 나를 힐끔힐끔 보기 시작했다.

"용사의 가호란 말이지……."

"혹시……."

나도 그런 두 사람의 시선을 알아차렸지만, 즉각 고개를 흔들었다.

"아니, 난 아니야."

그러자 마리에나 헤르트뤼더 씨가 어이없다는 듯이 말했다.

"당연하잖아. 너는 모브고."

"자신감 과잉이네."

제길, 딱 잘라서 말하다니, 열 받는군.

내가 두 사람을 노려보고 있자 리비아가 평소보다 큰 목소리로 이장에게 부탁했다.

"저기…… 리온 씨도 점쳐 주세요!"

안제도 같은 부탁을 했다.

"나, 나도 부탁하지. 이 녀석만 점괘를 듣지 못하는 것도 쓸쓸하잖나? 그, 신경 쓰이는 건 아니다만, 역시 이런 건 모두 함께 하는 게 좋으니까 말이다!"

나는 이장을 봤다.

"이장, 지치셨다면 쉬어도 괜찮습니다. 제 인생은 점쳐 봐야 재미없을 겁니다."

그러자 이장이 내 앞에서 자세를 바르게 잡더니 작지만 내게 들릴 정도로 목소리를 냈다.

힘이 없어 목소리가 갈라졌지만, 그조차도 힘겨워 보였다.

어이, 무리하지 말라고, 할머니. 내가 억지 부리는 것 같잖아.

"이 '판 마을'을 구해주셔서 고맙습니다. 당신은 무척 상냥한 분인 것 같군요."

이장의 말에 마리에와 헤르트뤼더 씨가 눈을 크게 떴다.

뭐야, 그 반응은? 나한테 불만이라도 있냐? 자랑은 아니지만 나는 따뜻한 남자라고.

그보다 이 마을의 이름을 지금 처음 알았는데 말이지.

"제 점으로는 당신의 미래는 내다볼 수 없습니다. 단지, 당신은 언젠가…… 소중한 것을 잃고…… 가혹한…… 선……."

이장이 작은 목소리로 중얼거리며 내게 직접 가르쳐준 점괘는 터무니없는 선고였다.

"이, 이장……? 저, 저기, 조금 더 제대로 점쳐 줬으면~ 하는데……."

나는 다시 점쳐 달라고 부탁했지만, 이장은 입을 다문 채 가만히 있었다.

"어? 이장님?"

대변자가 이장을 부축했다.

"이런, 이장님께서 지치신 것 같습니다. 잠드시고 말았습니다."

나는 벌떡 일어나서 이장의 양어깨를 붙잡았다.

"잠깐만! 부탁이니까 눈을 떠! 부탁이니까 똑바로 가르쳐 달라고! 불온한 말을 한 채 잠들지 마!"

안제와 리비아가 이장에게서 나를 떼어냈다.

"리온, 적당히 해라."

"나이 드신 분은 공경하지 않으면 '떽!'이에요!"

그건 알고 있지만, 이런 결과를 듣고 어떻게 가만히 있으란 거야?!

인정할 수 없다고!

문득 시선을 돌리니 마리에와 헤르트뤼더 씨는 나를 보며 무척 즐거운 듯이 웃고 있었다.

"고소하네."

"정말로. 불쌍하군."

마리에가 성격이 더러운 건 알고 있었지만, 헤르트뤼더—— 이 여자도 역시 성격 나쁘구먼.

"안 돼! 인정할 수 없어! 재판단을 요구한다!"

잠자코 이야기를 듣고 있던 루크시온은 언짢은 듯이 중얼거렸다.

『점괘 같은 건 믿지 않는다고 말했으면서, 누구보다 가장 집착하는군요.』

"시끄러워! 믿지 않아도 저런 말을 들어버리면 찜찜할 수밖에 없다고!"

멋있다든가 꼴사납다든가, 그런 문제가 아니다.

내 목표는 즐거운 인생이라고! 이런 결과는 인정할 수 없단 말이다!

애초에 소중한 것을 잃는다는 게 무슨 의미냐고!

★제05화 「인연」

파르트너가 부유섬을 떠나기 시작했다.

나는 작아져 가는 부유섬을 비행선 안에서 바라보며 루크시온과 이야기하고 있었다.

『방도가 없으니 포기하라고 하지 않았습니까?』

갑판에는 고향을 보고 있는 유메리아 씨의 모습이 있었다.

오래된 가죽제 여행 가방 하나를 옆에 두고, 복잡한 표정을 짓고 있었다.

얼굴만 봐서는 슬픈 것인지, 그게 아니면 기쁜 것인지 알 수 없었다.

"그냥 내버려 둘 수도 없잖아. 엘프들한테 억지로 받아들이라고 할 거냐? 무리지. 이게 내가 할 수 있는 최선의 해결책이야."

『그래도 용케 엘프들이 유메리아 씨를 놓아주었군요. 재미있는 건 여성 엘프들이 전부 찬성했던 점입니다. 남성 엘프들은 분한 듯이 보고 있었다고요.』

"놓아주기 싫은 이유가 '소문이 퍼져 노예 가치가 떨어지는 게 무서워서'라는 게 어이가 없지만."

『노예 일은 엘프들의 중요한 수입원이니 어쩔 수 없겠지요.』

"칫, 속이 뒤집히는군. 그리고 엘프 남자 놈들, 쌤통이다."

『마음만 먹으면 엘프 노예들의 가치를 크게 내릴 수 있겠군요.』

"좋은 카드를 손에 넣었어. 유용하게 써먹어야지."

엘프 남자들은 하프 엘프를 낳은 유메리아 씨를 섬 밖으로 내보내지 않으려 했다. 그래서 내가 그녀를 데리고 가려 했을 때도 남자들이 나서서 반대했으나, 강경 수단을 써서 반론을 잠재워 버렸다.

이장이나 엘프 여성들이 도와주기도 했지만, 내가 마왕의 이름을 들먹이며 나서자 엘프들은 입을 다물고 말았다. 루크시온이 유적을 부숴버린 게 상당히 충격이었던 모양이다.

아주 조금이지만 속이 시원했다.

멍하니 풍경을 바라보며 그런 생각을 하고 있자니 유메리아 씨가 불안한 표정으로 가방을 양손으로 들고 우리한테 다가왔다.

"저, 저기, 저는 이제부터 어떻게 하면 되죠?"

나는 유메리아 씨를 안심시키기 위해 말투를 누그러트리고 진지한 얼굴로 대답했다.

"제 본가에서 숙식하며 일할 사용인을 찾고 있으니, 일단 그곳으로 보내드릴까 합니다."

"예? 하지만 저는 그……."

유메리아 씨는 만사 자신감이 부족한 탓인지 소극적이라고 할까, 숫기가 없었다.

이런 성격으로 용케 유랑 광대 같은 걸 했군.

"걱정하지 않으셔도 됩니다. 인간은 엘프의 미추 관념과 아무런 상관이 없으니까요. 알고 있지요?"

"그게 아니라…… 저는 마을에 있을 때 자주 굼벵이라든가 아둔하다는 말을 들었어요. 제가 도움이 될 수 있을지……."

유메리아 씨가 마을에서 좋은 대접을 받지 못한 건 알고 있었지만, 엘프들조차 이런 어두운 면이 있었다고 생각하니 약간 슬퍼졌다. 아니 뭐, 학원에서 마주치는 엘프 노예들을 보고 있으면 금방 알 수 있긴 하지만.

"걱정할 것 없습니다. 저희도 여러 가지로 사정이 있어서——"

그때 얼굴이 시뻘게진 카일이 다가와 화를 내며 끼어들었다.

"이게 대체 무슨 짓입니까!"

카일이 내게 격렬하게 항의했다.

"뭐가?"

"왜 어머니를 마을에서 데리고 나온 겁니까?! 이게 무슨 의미인지 알고 있습니까?"

그러자 유메리아 씨가 카일의 팔에 매달렸다.

"기다려. 카일, 이분은 나를 신경 써서——"

"잠자코 있어 주세요! 언제나 그렇게 속아 왔잖아! 이 녀석이 어떤 녀석이 알고 있어?! 학원에서 제일가는 쓰레기 자식이라고!"

카일의 고함에 갑판에 나와 있던 사람들의 시선이 이쪽으로 쏠렸다.

"제일가는 쓰레기라니, 너무하네."

참으로 무례한 녀석이군. 조금 도가 지나쳤던 건 인정한다만,

제일가는 쓰레기는 아니라고.

제일가는 쓰레기는…… 마리에려나? 어쨌든 나는 아닐 거다.

"사실이잖아. 사람들 앞에서 전하를 너덜너덜하게 만든 네가 쓰레기가 아니라면, 대체 뭐야?!"

"안타깝지만 그 사건은 율리우스 전하에게 간언한 훌륭한 기사라는 이야기로 마무리됐다고. 내가 쓰레기가 아니라 유감이네."

"그런 부분을 말하는 거라고!"

"카일, 그, 그게 말이야——."

유메리아 씨는 카일의 험악한 태도에 놀라 굳어있었다.

하지만 카일은 그것조차 화가 치미는 듯했다.

"그렇게 언제나 판단을 망설이다가 속아 넘어가지. 마을에서도 마찬가지야. 아무것도 모르고 태평하니까, 모두한테 싸게 부려 먹히고 가난뱅이 생활을 하는 거잖아!"

지금까지 쌓여있던 불만이 폭발했는지 카일은 유메리아 씨——어머니를 몰아세웠다.

"불순물이라고 욕 들어 먹고, 바보니까 부려 먹히고 경멸당하지. 그런 상태로 언제까지고 웃으면서 받아들이고 있으니까 안 되는 거야!"

유메리아 씨가 고개를 숙이고 울상을 짓고 있었다.

더는 안 되겠다 싶어 말리려던 순간, 나보다 먼저 리비아가 끼어들었다.

"그 태도는 뭔가요!"

"뭐야. 넌 상관없잖아. 꺼져 있어!"

"아뇨, 보고 있을 수 없어요. 그게 어머니에게 할 말인가요?! 어서 사과하세요!"

평소의 리비아의 목소리로는 상상도 못 할 만큼 큰 소리였다. 동생을 크게 꾸짖는 누나 같았다.

리비아의 호통에 카일도 잠깐 멈칫했지만, 카일의 분노도 쉽게 사그라들지는 않았다.

"아무것도 모르는 주제에! 이 사람 때문에 나는 줄곧 가난하게 살아야 했어. 내가 이 나이에 노예를 하는 이유를 네가 알아? 마을에서 어떤 취급을 받았는지 아냐고! 아무것도 모르면서 잘난 듯 떠들지 말란 말이야!"

카일이 울면서 선내로 뛰어 들어갔다.

평소의 건방진 태도는 이미 온데간데없었다.

나는 문득 저게 본디 모습인가 하는 생각이 들어 조금 오싹해졌다.

그간 보여왔던 귀엽고 살짝 건방진 남동생 캐릭터는 모두 연기였다는 뜻이니까.

리비아가 한 박자 늦게 카일을 따라가려 하자 유메리아 씨가 리비아를 말렸다.

"기, 기다려 주세요. 제가 나쁜 거예요. 저 애 말대로 제가 글러먹은 엄마였으니까 저 애한테 괴로운 경험을 시킨 거예요."

주위 시선도 있기에 나는 두 사람을 데리고 선내로 들어갔다.

◇

　비어 있는 객실에 들어간 우리는 거기서 유메리아 씨의 이야기를 들었다.

　카일과 유메리아 씨가 마을에서 받던 대우는 상상했던 대로 지독했다.

　"저 같은 불순물은 도리어 평범한 마법을 쓸 수 없어요. 그래서 마을에서 마법을 쓰는 일을 할 수도 없었죠."

　"이장님은 오히려 특별한 마법을 쓸 수 있다고 말씀하셨었는데요?"

　리비아가 그렇게 말하자, 유메리아 씨는 고개를 끄덕이고는 자기 가방을 뒤지기 시작했다.

　"할 수 있는 건 적지만, 저의 몇 안 되는 특기예요."

　유메리아 씨는 기쁜 듯이 여행 가방에서 작은 화분을 꺼냈다.

　가방에 그런 걸 넣고 있었던 건가?

　그리고 봉투를 끄집어내더니 씨앗을 꺼내 심었다.

　손을 가까이 대자 씨앗에서 싹이 나오고 그대로 성장하여 꽃을 피웠다.

　"오오, 굉장하군."

　내가 중얼거리자 루크시온도 동의했다.

　『이런 재주가 있는데도 엘프 사이의 지위가 낮았다니 믿기지 않는군요. 오히려 마을에서 은밀하게 지켰어야 할 만큼 대단한 능력입니다. 그들은 유익한 능력보다 생리적인 혐오감이 앞섰던 겁니까?』

루크시온은 엘프들의 선택을 이해하지 못하겠다고 말했다.

유메리아 씨는 칭찬이 기뻤는지, 귀까지 빨개져서 쑥스러워했다.

"그, 그렇게 굉장하지 않아요. 이 밖에는 할 수 있는 일이 거의 없으니까요. 그리고 제가 그런 대우를 받은 건 이 마법보다 불순물인 제가 카일을 낳아서라고 생각해요."

"그게 어디가 문제라는 거죠?"

리비아는 하프 엘프 이야기가 잘 이해되지 않는 모양이었다.

유메리아 씨는 조금 망설이면서도 담담하게 이야기해 주었다.

"불순물은 미움을 받지만, 그래도 특별한 힘이 있으니 얌전히 있으면 마을에서 살아갈 수 있어요. 하지만 저는 바깥세상이 알고 싶어 밖으로 여행을 떠났지요. 그런데 마을을 나와서 오래지 않아 어느 귀족님에게 붙잡히고 말았어요. 그리고는 저택에 사로잡혀 한동안 여러 가지 일을 겪고 말았지요."

유메리아 씨가 돌려 말한 의미가 무엇인지 곧장 깨달은 리비아는 곧 위로하려 했지만 차마 말이 나오지 않는지 결국 입을 다물고 말았다.

"아이가 생기자 귀족님의 저택에서 쫓겨났어요. 어쩔 수 없이 마을로 돌아갔지만, 마을에선 하프 엘프가 태어나면 엘프의 노예

가치가 떨어진다고 다들 출산을 반대했지요. 하지만 이미 배는 크게 불러 있었고, 저는 아이를 버리고 싶지도 않았어요……."

유메리아 씨가 눈물을 뚝뚝 흘리며 이야기를 이어가는 모습을 보고 있자니 딱했다.

"그럴 수가……."

리비아가 믿을 수가 없다는 표정을 지었지만, 루크시온은 외눈을 끄떡였다.

『이 세계 전속 사용인의 일을 생각한다면 임신 우려가 있는 엘프는 확실히 문제가 있습니다. 가격에 영향을 끼친다는 소리가 나와도 이상하지는 않지요. 다만, 누구의 아이인지 감추고 있었으면 넘어갈 수 있었던 것 아닙니까?』

유메리아 씨는 고개를 가로저었다.

"하프 엘프는 겉모습으로는 알 수 없지만, 엘프와의 차이가 있어요. 하프 엘프는, 그 아이는 사람과 성장 속도가 같아요."

겉모습이 아니라 성장 속도로 하프라는 걸 알 수 있는 건가.

"그러면 어째서 카일이 노예로 팔려나간 거지?"

만약 엘프와 하프 엘프를 구분할 방법이 있다면 하프 엘프를 마을 밖으로 보내는 건 그들에게 불리한 선택이 된다. 진실이 들통 날 가능성이 생기니까.

내가 의문을 입에 담자, 유메리아 씨가 얼굴을 짓누르며 울었다.

"카일을 마음에 들어 한 노예 상인이 있었어요. 촌장님도 그 사람의 부탁은 거절할 수 없다면서······."

자세한 이야기를 들은 루크시온이 나와 리비아한테 알기 쉽게 가르쳐 주었다.

『권력자인 촌장이 지인의 부탁이라고 밀어붙이면 거절하기 어렵겠죠. 하지만 그뿐만은 아닐 겁니다. 혹시 노예 상인이 하프 엘프에 대한 지식이 있었던 것 아닙니까?』

유메리아 씨가 고개를 끄덕였다.

"네. 그분은 엘프의 사정을 알고 있었어요. 하지만 가치가 낮아지면 자기도 곤란하니까, 발설은 하지 않겠다고 했어요. 어차피 입 다물고 있으면 들키지 않는다면서. 게다가 그 무렵에는 여러 일이 있었던지라, 겨울을 넘길 수 없을 것 같았는데—— 카일이 제게 아무런 말도 하지 않고 자신을 판 돈을 두고 집을 나간 거예요."

그 녀석 나름대로 어머니를 걱정하고 있었던 건가.

내가 그 녀석 정도 나이였을 때는 훨씬 더 태평하게 놀러 다니고 있었는데 말이지.

역시 이 세계는 지독하군.

"그 애가 제게 모질게 대하는 것도, 여러 가지로 답답해서 그런다고 생각해요. 하지만 착한 아이랍니다. 급료를 많이 받는 것도 아닌데, 제게 생활비도 보내주고······."

이야기를 다 들은 리비아는 고개를 숙이고 자신을 부끄럽게 여기고 있는 것 같았다.

"리온 씨, 저는 아무것도 모르고 카일 군에게 심한 말을 하고 말았어요."

나는 리비아의 이런 면도 좋다고 생각하는데 말이지.

"틀린 말을 한 건 아니니까 괜찮겠지. 내가 이야기를 해둘게."

『어라, 또 참견하시는 겁니까?』

"나는 유메리아 씨의 고용주잖아. 어느 정도는 배려해줘야지."

『마스터는 자신을 향한 변명이 능숙하군요.』

"시끄러워."

대체 내가 왜 카일까지 보살펴 줘야 하는 건지…….

애초에 이건 마리에의 일이 아닌가?

하지만 그 녀석에게 맡겨놓아 봤자 이런 문제를 해결할 수 있을 것 같진 않고.

결국은 내가 움직이게 되겠지.

게다가 나는 부모와 자식 간의 이야기가 나오면 껄끄럽다.

이대로는 카일을 놀릴 수 없으니 빨리 해결해버려야지.

◇

나는 선내에 있는 좁은 통로의 막다른 곳에 숨듯이 앉아 있던 카일을 찾아 말을 걸었다.

"어이, 망할 꼬맹이."

"뭐야, 쓰레기 기사."

이 자식이…… 역시 하나도 귀엽지 않아.

"네 어머니 이야기를 하러 왔다."

그러자 카일은 뾰족한 귀를 움찔하며 잠자코 내 이야기를 기다렸다.

"내 본가는 저택을 새로 지은 참이라 한창 일손을 구하는 중이야. 나는 네 어머니가 거기서 숙식 사용인으로서 정상적인 생활을 할 수 있도록 준비할 생각이다."

"믿을 수 있겠냐. 어차피 어머니의 외모가 마음에 들었으니까 손을 대려는 거지. 너도, 네 가족도 믿을 수 없어."

아, 확실히…… 유메리아 씨의 외모라면 그런 걱정이 들 법도 하군.

이만한 자식이 있는데도 외모는 앳되고 가슴도 크니까 말이지.

"나는 본가에 그다지 돌아가지 않아. 남작…… 아버지도 겉보기엔 야만적이지만 꽤 순정파고. 항상 어머니를 소중히 여기고 있으니까 바람나는 일은 없을 거야. ……아마도."

내가 아마도라고 덧붙이자 카일이 퍼뜩 고개를 들고 날 노려보았다. 조금 무서웠다.

"믿을 수 없어."

"나는 약속을 지키는 남자야. 게다가 내가 굳이 그 사람을 옆에 두는 이유도 따로 있어. 유메리아 씨는 엘프들에게 쓸 비장의 패가 되니까. 뭐, 한마디로 날 건들면 비밀을 폭로한다는 으름장인 셈이지. 즉 내 옆에 두는 것만으로도 충분히 의미가 있단 말이다.

그리고 나는 그런 귀중한 인재한테는 박하게 대하지 않지."

사실 내 신용도를 객관적으로 보자면, 내가 엘프의 비밀을 폭로해도 믿어줄 녀석은 거의 없을 거다.

루크시온도 증거가 나오기 전까지는 믿지 않으려 할 가능성이 더 크다고 말했다.

하지만 상관없다. 엘프들이 나에게 약점을 잡혔다고 생각하기만 하면 되니까.

거만한 엘프들의 콧대를 눌러줄 카드가 생긴 것만으로도 나는 만족한다.

카일은 입을 다물고 있었다.

"만나고 싶으면 마음대로 만나러 와라. 너 혼자라면 영내에 들어오는 걸 인정해 주지. 마리에는 안 돼. 믿을 수가 없어."

나는 그 녀석이 싫으니까 말이지. 게다가 내 본가에 오면 뭔가 나쁜 짓을 할 것 같다.

카일이 소매로 눈물을 닦고 있다.

"그 사람은…… 어머니는 사람이 너무 좋아서 속기도 쉬웠어."

"그렇군."

"자기평가가 낮고, 마음도 약한 사람인데…… 그런데도 상냥하니까 미워할 수 없었어. 정말로 지독한 부모야."

카일도 유메리아 씨를 싫어하는 건 아니었다.

카일은 일어나서 자세를 고치고는 내게 깊숙이 머리를 숙였다.

여느 때와 같은 건방진 태도가 아니라 정중한 인사였다.

"자작님, 부디 어머니를 잘 부탁드립니다."

이 녀석도 속으로는 유메리아 씨를 걱정하고 있었다는 걸 잘 알 수가 있었다.

나는 고개를 끄덕여 카일을 안심시켰다.

그리고 물어보고 싶었던 것을 물어봤다.

이건 게임 지식과 루크시온의 보고를 종합한 이야기인데⋯⋯ 카일은 마리에게 올 때까지 몇 번이고 주인이 바뀌었다.

"그, 하나 묻고 싶은 게 있는데. 이전에 네 주인이 휙휙 바뀌었던 건 혹시⋯⋯."

울고 있는 모습을 보이고 싶지 않은 것인지, 카일은 눈가를 가리며 대답했다.

"믿을 수 있는 주인을 계속 찾아다녔으니까. 그러다 모처럼 왕태자 전하를 포로로 삼은 여성을 주인으로 둘 수 있었는데, 너 때문에 전부 엉망이 됐어."

"그건 미안."

가벼운 느낌으로 사과하자 카일이 노려봤지만, 곧 기가 막힌다는 표정을 짓고는 한숨을 내쉬었다.

"정말로 마음에 안 드는 녀석이야. 그대로 갔으면 내 인생도 평안했을 텐데."

이 녀석, 항상 여러모로 계산해서 움직이고 있었군.

"그러면 왜 아직도 마리에를 저버리지 않았지?"

"새로운 주인을 찾는 건 지치니까. 게다가 지금은 성녀님과 같이 있으면 나도 덕을 볼 수 있어. 그 사람은 글러 먹은 것 같으면서도 다부지니까.”

다부지다는 평가를 받은 그 마리에는 지금 빚 때문에 옴짝달싹 못 하는 상태다만?

카일이 그걸 모를 리는 없을 테고, 실은 마리에가 마음에 든 걸까?

카일이 내게 충고했다.

“그리고, 그 공국의 공주님한테는 주의하는 편이 좋아. 그 사람, 뭔가 꾸미고 있는 것 같으니까 말이야.”

“헤르트뤼더 씨?”

내가 보아도 복수를 단념한 것 같진 않으니, 뒤에서 뭔가 꾸미고 있지 않을까 하는 생각은 했다만.

“나한테 여러 가지로 물어보더라고. 촌장하고도 이야기하고 있었고, 어쩐지 위험한 느낌이 든단 말이지. 뭐, 너라면 잘 대처하겠지. 네가 더 비겁할 테니까.”

“이 자식, 무슨 의미냐.”

“말 그대로의 의미야.”

그나저나 우리가 유적에 들어가 있을 때, 카일이나 다른 사람들에게 말을 걸고 있었단 말이지……?

◇

밤.

갑판에 나온 나는 자루에 든 무거운 짐── 흉측하게 생긴 검은 갑옷 파츠를 옮기고 있었다.

"정말로 할 거냐?"

루크시온의 빨간 외눈이 수상쩍게 빛나고 있는 게 무서웠다.

『당연합니다. 이미 준비는 끝났습니다. 이 파괴 충동은 프로그램에 깊게 새겨져 있는 겁니다. 인간으로 말하자면 본능입니다. 일분일초라도 빨리, 없애 버려야만 합니다.』

그러십니까. 그나저나 인공지능이 파괴 충동이라는 말을 쓰니 무서운데.

『유적에서는 연구대상으로 보존되어 있었던 듯하지만, 지금은 아무런 가치도 없습니다. 자아, 빨리!』

밖으로 던져 버리기 위해 자루에서 검은 파츠를 꺼내, 손으로 만지자 파츠가 맥박쳤다. 그러고는 파츠에 균열이 가면서 쩍 하고 열리더니, 거기에서 커다란 눈이 나타났다. 나는 기겁해서 얼른 손을 떼어 놓았다.

"우오옷, 기분 나빠!"

생생한 안구는 인간의 눈이랑 똑같이 생겼지만, 인간의 눈보다 훨씬 컸다.

파츠에서 꾸불거리는 촉수가 내 쪽으로 뻗어 왔다.

『조심하세요. 이 녀석은 아직 살아있습니다.』

파츠가 "키이이이" 하고 꺼림칙한 소리를 냈다.

루크시온은 외눈에서 레이저를 조사(照射)하여 파츠를 공격하면서 로봇들을 불렀다.

촉수를 깡그리 태워 버리고, 파츠의 눈을 집요하게 공격하고 있었다.

모여든 로봇들이 파츠를 들어 허공에 내던지자── 잠복해 있던 루크시온 본체에서 공격이 날아와 파츠에 명중했다.

"정말로 티끌 하나 남기지 않고 태워 버린 거냐?"

루크시온은 만족스러운 듯한 전자음으로 대답했다.

『당연합니다. 저건 이 세상에 존재해서는 안 되는 병기니까 말이죠. 신인류의 유물 따위 이 세상에 존재할 가치도 없습니다. 그건 그렇고── 상쾌한 기분이란 건 이런 것일까요?』

뭐, 기분은 좀 좋아진 모양이군.

근데 저게 신인류의 유물이라고? 엄청나게 기분 나쁜데.

아무도 없는 갑판에서 무사히 파츠를 처리한 우리는 선내로 돌아가려던 순간, 선실에서 반대로 갑판으로 나오던 인물과 마주쳤다. 헤르트뤼더 씨였다.

"여기 있었네."

"뭔가 용건입니까? 그것보다, 호위하는 사람들은 어쨌죠?"

하지만 헤르트뤼더 씨는 내 질문에 대답하지 않고 용건을 꺼냈다.

"단둘이서 대화하고 싶었어. 마을에서도 이야기했지만, 당신이 발견한 것을 나한테 팔지 않겠어? 실은 그건 귀중한 물건이야. 상응하는 값을 낼게."

그 기분 나쁜 게 중요한 거라고?

"그게 대체 어디에 필요한 건데? 그냥 정크 파츠잖아."

애초에 그런 걸 쓸 수나 있긴 한가?

"당신은 그 물건의 가치를 모르는구나. 그러면 나한테 팔도록 해. 딱히 왕국에 헌상해도 상관없어. 왕국 관리랑 직접 교섭할 테니까."

이건 입 다물고 있으면 안 되는 패턴일지도 모르겠군.

내 생각이 변한 걸 알아챘는지 루크시온은『저런저런』하면서, 이 일에 끼지 않겠다는 태도를 보였다.

너, 뭘 자기는 상관없다는 듯한 태도야?

"미안. 떨어뜨렸어."

그렇게 말하자 헤르트뤼더 씨가 작은 입을 떡 벌렸다.

"다, 당신 바보 아니야?!"

"아니, 그 기분 나쁜 걸 어떻게 가지고 있으란 거야!"

"그런 문제가 아니야! 바보! 얼간이! 왕멍청이! 어이가 없네! 소중한 보물을 떨어뜨렸다고? 곧바로 바다에 배를 내려서 회수해!"

『싫습니다.』

루크시온이 칼같이 거부하자 헤르트뤼더 씨가 분노로 부들부들 떨었다.

"이, 이 일을 왕국 상층부에 전하겠어!"

『어이쿠, 그게 무슨 의미가 있죠? 손에 넣은 보물은 마스터에게 소유권이 있습니다. 왕국 상층부가 트집을 잡을 일이 아닙니다.』

애초에 티끌조차 남아 있지 않기에 회수할 수 없다.

"귀중한 보물을 소중히 여기지 못하는 건 모험가로서 실격이에요! 학원에서는 뭘 가르치고 있는 겁니까!"

"미안. 학원은 결혼 활동을 하기 위한 장소니까."

『유감이군요.』

루크시온 녀석, 헤르트뤼더 씨에게 제법 차갑군.

헤르트뤼더 씨는 등을 돌리더니 머리카락을 흩날리며 선내로 돌아갔다.

"두, 두고 보세요!"

그런 뻔한 으름장을 남기고 가는 그녀를 보고 나는 생각했다.

"이것 참, 생각보다 재미있는 사람이었네. 감정도 없는 쿨 뷰티인가 싶었더니 의외로 표정이 풍부하잖아."

『설마 욕정 하시는 겁니까? 마스터의 취향에서는 동떨어져 있는 줄 알았습니다만? 흉부의 수치가 너무 낮습니다.』

"너는 내가 가슴만으로 사람을 판단하고 있다고 생각하는 거냐?"

『네.』

즉답하는 루크시온에게 나도 열이 받기 시작했다.

◇

학원에 돌아와서 나는 서둘러 왕궁으로 갈 준비에 착수했다.

루크시온이 옷을 갈아입는 나를 바라봤다.

『돌아왔더니 곧바로 보고입니까. 참 바쁘군요.』

"그러게나 말이다. 난 아직 일개 학생인데 왜 자꾸 일해야 하는 건지."

푸념을 늘어놓자 루크시온이 대답했다.

『안에 든 건 학생이 아니라고 하지 않았습니까?』

"마음은 언제든 놀고 싶은 마음을 잊지 않은 어린아이라고."

곧장 왕궁에 가야 했기에 이제 막 돌아온 참인데도 쉴 수가 없었다.

『이전에 어른이라고 말하지 않았습니까?』

"그런 말 했던가?"

『했습니다. 저는 까먹지 않습니다.』

"끈질기네. 알겠냐, 불리한 걸 잊는 것도 어른이라고."

『현실 도피였군요. 개선을 제안합니다.』

"각하합니다. 자, 가자."

『네.』

루크시온을 데리고 방을 나섰다.

왕궁 복도.

이번 건을 보고한 나는 녹초가 되어 몹시 지쳐 있었다.

밖을 보니 어두워져 있다.

"하아, 벌써 밤이잖아……."

『보고보다도 여성과의 다회가 메인이었네요.』

왕궁에 보고하러 왔더니 마치 함정인 양 나를 기다리고 있던 건 학원을 졸업한 여성들과의 다회였다.

유력 귀족이나 최근 힘을 키운 귀족들의 딸들이 주 대상이었다.

보고는 10분 정도로 끝났는데, 다회는 몇 시간이 지나도록 끝날 기미가 보이질 않았다.

"전혀 즐겁지 않았어."

『그렇겠죠.』

다회에 나온 것은 남작가부터 백작가까지의 영애들이었다.

그리고 볼 것도 없이 모두 전속 사용인을 데리고 있었다.

심지어 내게 물어보는 것도 장래에 어떻게 하여 수입을 얻을 것인가 하는 돈 이야기뿐이었다.

미팅에서 연봉을 물어보는 느낌이 이런 걸까? 정말이지 머리가 아팠다.

사람이 적은 왕궁 복도를 걷고 있었더니, 다른 드레스 차림의 왕비님── 밀렌 님과 마주쳤다.

오늘도 플래티넘 블론드 빛깔 머리카락이 아름답게 반짝이고 있었다.

나는 밀렌 님의 상냥해 보이는 눈동자와 미소에 자연히 기분이 풀어졌다.

"어머 자작, 지쳐 보이네요."

문득 밀렌 님 뒤에 있던 무표정한 시녀가 눈에 들어왔다.

나는 마음을 다잡고 느슨하게 했던 복장을 단정히 했다.

"이거 실례했습니다. 왕비님께서——"

"자작, 조금 시간 괜찮을까요?"

아까까지 실컷 시달린 참이었지만 밀렌 님의 부름은 기쁘기 그지없었다.

"기꺼이!"

미소 짓는 밀렌 님 뒤를 따라가는 나를 보며 루크시온이 중얼거렸다.

『정말로 알기 쉬운 사람이군요.』

밀렌 님이 온 시점에서 루크시온은 숨어 있었다.

◇

왕궁 내의 어느 방.

밀렌 님과 마주 앉은 나는 느긋하게 홍차를 마셨다.

내가 우린 차보다도 훨씬 맛있었다.

찻잎뿐만이 아니라 솜씨도 일류였다.

나는 약간의 패배감을 느끼면서 밀렌 님의 이야기에 귀를 기울였다.

루크시온은 조용히 내 옆에 숨어 있다.

"헤르트뤼더 전하와는 사이좋게 지내고 있니? 전하를 데리고 모험에 나간다는 이야기를 듣고 조금 초조했단다."

"정확히는 억지로 따라온 거지만 말이죠. 허가도 나왔다는 것 같습니다만?"

그러자 밀렌 님의 표정이 흐려졌다. 아무래도 별로 허가를 내고 싶지 않았던 모양이다.

"왕궁에도 사람마다 각자 다른 생각을 하고 있으니까. 나는 그녀를 유학시키고 있을 상황이 아니라고 생각하는데 말이지."

아무래도 밀렌 님의 반대를 물리치고, 누군가가 대신하여 허가를 냈나 보군.

하긴, 자기 아들이 다니는 학원에 적국의 왕녀가 있으면 걱정되겠지.

더구나 헤르트뤼더 씨의 안전도 무시할 수는 없으니 밀렌 님은 가능하다면 헤르트뤼더 씨가 얌전히 있기를 바랄 거다.

그 의견에는 나도 찬성이다.

어디서 원한을 품은 사람이 튀어나와 헤르트뤼더 씨에게 상처를 입히면 국제 문제다.

그녀가 학원에 있을 때는 왕궁에서 파견된 여성 기사나 이 말저 말로 구슬려진 학생들이 호위하고 있긴 하지만, 솔직히 그래도 불안을 다 씻어 낼 순 없었다.

"저도 헤르트뤼더 전하와 이야기를 해봤습니다만, 입 밖으로는 꺼내지 않아도 왕국에 제법 원한을 가지고 있다는 걸 알 수 있더군요."

과거, 왕국이 공국에 저지른 일들은 나조차 눈살이 찌푸릴만한 일들이었다.

하지만 밀렌 님에게 '왕국도 너무하죠~'라는 가벼운 대답은 할 수 없었다.

나는 미묘한 문제에는 입을 다문다. 비겁하다고? 그렇다. 나는 비겁하다.

잠자코 있었더니 밀렌 님이 이야기를 계속했다.

"나는 말이야, 자작—— 아니, 리온 군. 공국이 이걸로 포기할 거라고는 생각되지 않아."

"그렇겠지요."

쌓이고 쌓인 원한은 쉽게는 사라지지 않는다.

"……이번에는 친위대 건으로도 폐를 끼쳤네. 혹시 라판 자작가의 이야기는 들었니?"

내가 고개를 가로젓자 밀렌 님은 뺨에 손을 대고 난처하다는 표정으로 내게 결말을 알려줬다.

"율리우스가 친구들과 동분서주해서 당장 있던 문제는 해결했는데, 그사이에 라판 자작가에서 성녀님의 빚을 또 늘려 놓았어. 이 정도의 만행이면 가문을 말소해도 이상하지 않지만, 아무리 그래도 성녀님의 본가를 말소하는 건 문제가 있는 게 아니냐는 의견이 많아서 어쩌지도 못하고 있어."

뭣이? 마리에 녀석, 정말로 저주받은 거 아니야?

문제를 해결했는데 그사이에 빚이 늘어나 있었다니, 마리에가 들으면 졸도하겠는데?

하지만 그 녀석이 아무리 불쌍해도 만약 내 앞에서 절망에 빠진 얼굴을 보인다면, 나는 보란 듯이 비웃어 줄 거다.

"왕궁과 신전에서 빚을 대신 갚는 건 어렵지 않아. 하지만 그렇게 되면 내년도 예산에 영향이 생길 수밖에 없어."

그야 왕궁도 무한히 돈을 줄 수는 없을 터다. 듣자니 결국 마리에한테 앞으로 나오는 예산—— 자유롭게 쓸 수 있는 돈은 대폭 삭감당했다고 한다.

그만큼 빚이 컸다는 말이다.

어쩌지—— 이 이야기를 듣고 있는 것만으로도 홍차가 너무 맛있는데.

차와 잘 어울리는 최고의 디저트다.

오늘은 기분 좋게 잠들 수 있을 것 같군.

"그래서 여기서부터가 본론인데, 성녀님의 친위대 대장은 리온 군이잖아? 그래서 리온 군에게 책임을 물어야 하는 게 아니냐는 이야기가 되고 있어."

"…………예?"

"취임한 지 얼마 되지도 않았지만, 그렇다고 책임 추궁을 아예 안 할 수는 없다는 목소리가 왕궁이나 신전에서 나오고 있어."

뭐지? 흐름이 이상한데.

나한테 대체 무슨 책임이 있다고?

"이, 이상한 이야기군요. 제 일은 그 녀석을 호위하는 것이지, 빚을 어떻게 하는 일이 아닙니다만……."

"물론 그렇지. 하지만 구실이 있으면 비난하는 사람도 있는 게 세상사야."

이세계도 원래 세계랑 같군.

세상은 썩어 있다.

"갑작스러운 출세를 시기하는 사람도 있으니까 말이야. 하지만 나도 내가 승작을 밀어준 기사가 비난받고 있는 걸 보고만 있을 수 없지. 리온 군을 가능한 한 뒷받침하도록 할게."

"감사합니—— 예? 밀어주셨다고요?"

"응. 그 왜, 이전에 공적을 퇴치했을 때 말이야. 브래드 군과 그렉 군이 나한테 와서 리온 군의 공로에 관해서 이야기해줬거든. 공국과의 건도 있었으니까, 나도 추천했단다."

눈부신 미소를 내게 향하는 밀렌 님—— 아니, 그게 아니지!

내가 바랐던 건 출세가 아니라고!

"아니, 그…… 저는 출세보다……."

"출세보다도?"

고개를 갸웃하는 밀렌 님이 거룩하게 빛나 보였다.

이 사람은 연상인데도 귀엽다고!

안에 든 건 내가 더 연상일지도 모르지만, 어쩐지 갑자기 어질어질해지고 말았다.

여기서 출세 같은 건 필요 없었다고 말해서 기껏 날 응원해 준 이 사람을 상처입혀도 괜찮은 걸까?

어쩌면 출세시킨 것을 후회할지도 모른다.

안 돼! 그건 안 돼! 이 사람을 슬프게 만들 순 없어.

나는 순간적으로 이 자리를 타개할 말을 입에 담았다.

"……당신을 원합니다!"

"자, 잠깐! 그, 그그그, 그건 안 돼. 나와 리온 군은 부모 자식만큼이나 나이가 떨어져 있는걸!"

나이 차이는 스무 살 미만…… 역시 가능할 것 같은데? 이 사람은 손바닥 뒤집듯 태도를 바꾼 학원 여자보다도 훨씬 멋진 분이다. 퍼펙트다!

나는 밀렌 님의 손을 양손으로 감싸듯이 쥐었다.

"그렇다고 하더라도 저는 당신을——"

"으흠!"

그 순간 옆에서 의도적인 헛기침 소리가 들려왔다.

아마 밀렌 님의 시중을 드는 시녀 중 누군가겠지.

그래, 이러면 안 되지. 또 분위기를 타서 유혹할 뻔했다. 여기가 왕궁이라는 것을 잊고 있었다.

밀렌 님의 얼굴이 붉어져 있었다.

이 사람, 꽤 반응이 좋네. 계속 놀리고 싶은 타입이다.

"또 그렇게 어른을 놀리고. 리온 군의 나쁜 버릇이에요."

왕비님이 아니라면 진심으로 노렸을 텐데.

밀렌 님은 화제를 바꿔 헤르트뤼더 씨 이야기로 돌아왔다.

"그건 그렇고, 헤르트뤼더 전하 말입니다만, 신경 쓰이는 점이 있어요."

◇

리온이 왕궁으로 갔다는 보고를 받고, 학생 기숙사에는 세 명의 아인종── 전속 사용인들이 모여있었다.

한 명은 리온의 누나인 제나의 전속 사용인인【미오르】였다.

머리에 고양이 귀가 있고 키가 크며 근육질인 남자다.

"카일 녀석이 배신했다. 이번 일에서 빠지겠다더군."

그러자 다른 두 사람이 미오르의 분노를 달랬다.

"얼마 전에 주인이 성녀가 됐잖아. 문제가 될만한 일은 피하고 싶었겠지."

"요즘 엘프들의 낌새가 이상하던데, 그게 이유 아닐까? 그것보다 용케 열쇠를 손에 넣었군."

"이거 말인가?"

미오르가 리온의 방 열쇠를 손에 들고 보여 주며 씨익 웃었다.

"그 여자가 이 방에 드나들 때 열쇠 모양을 봐 두었지. 바보 같은 여자라서 다행이야."

노예가 할 만한 말이 아니었지만, 어차피 계약서로 묶인 관계였다. 이 자리에 진심으로 주인을 섬기는 노예는 없었다.

미오르가 잠긴 문을 열고 주위를 살핀 뒤 리온의 방 안으로 들어갔다.

한 명은 방 밖에서 망을 보고, 미오르는 다른 한 명과 같이 방 안에 들어가 가지고 온 짐을 내려놓았다.

"근데 이런 거로 뭘 어쩌겠다는 거지?"

"내가 알겠냐. 우리는 이걸 쓰레기 자식의 방에 놔두고 돈만 받으면 돼."

리온은 학원제 사건 이후 전속 사용인들한테서도 미움을 사고 있었다.

리온에게는 밀렌을 지킨다는 명분이 있었지만, 그렇다고 리온을 향한 짜증이 없어지는 건 아니었다.

그리고 그 짜증이 쌓여 이번 일로 이어지고 있었다.

세 사람은 볼일을 끝내자 그대로 방에서 나갔다.

남자 기숙사에 전속 사용인이 있는 것을 의아하게 여기는 사람도 있었지만, 그들을 붙잡아 세우는 남자는 누구 한 명도 없었다.

다음 날 방과 후.

나는 다회를 열고 있었다.

남자는 정기적으로 다회를 열지 않으면 여자들 사이에서 나쁜 소문이 돈다.

뭐, 나는 평판 따위 아무래도 좋지만 말이지.

게다가 다회—— 차는 내가 이 세계 와서 처음 찾은 취미였다.

응, 지적인 나한테 실로 잘 어울리는 취미다.

단지, 오늘은 다소 개성적인 손님들이 모여있었다.

금발 롤 머리와 빨간 립스틱, 기가 드세어 보이는 외모와 재미있는 성격을 가진【디어드리 포우 로즈블레이드】선배와 질크의 전 약혼자였던【클라리스 피아 애틀리】선배였다.

"상당히 느긋하군요."

불만스러워 보이는 디어드리 선배를 앞에 두고, 나는 내가 달인 차를 마시고 있었다.

"……오늘은 회심의 완성도군."

내가 태평하게 감상을 내놓자, 클라리스 선배가 답답하다는 듯이 이야기를 했다.

"리온 군, 이렇게 느긋하게 있을 상황이 아니라니까? 네 뒤를 봐주던 레드글레이브 공작가 파벌이 줄어들면서 발언력을 잃었어. 그리고 새로이 대두한 프램튼 후작은 너를 좋게 보고 있지 않고."

전에 밀렌 님에게 들은 대로, 왕궁에서는 내가 마리에의 친위대 대장이라는 걸 구실로 삼아, 마리에가 빚을 진 책임을 나에게 물으려 하고 있었다.

솔직히 어이가 없어서 웃음밖에 나오질 않았다.

"그 빚은 저와 아무 상관이 없습니다. 책임은 마리에…… 그 녀석의 가족 책임입니다."

디어드리 선배는 다리를 바꿔 꼰 뒤 테이블 위에 팔꿈치를 괴었다.

"바보군요. 그들에게 이유는 뭐가 됐든 중요하지 않아요. 당신을 몰락시키고 비행선을 빼앗고 싶을 뿐이니까요. 이게 아니더라도 이유야 얼마든지 날조할 사람들이에요."

"그것참 무섭네요~."

아무래도 날 트집 잡는 귀족분들은 매우 한가하신 모양이군.

뭐 내 손에서 루크시온을 빼앗으려고 필사적인 건 알겠지만, 그걸 위해 손을 잡은 상대가 안 좋았다.

"프램튼 후작은 헤르트뤼더 전하와 자주 면회한다는 모양이에요. 공국에 무르게 대응하는 것도 프램튼 후작이 실권을 잡아서 그렇게 된 거죠."

내가 어떠한 반응을 나타낼지 보고 있는 디어드리 선배는 진지한 표정을 짓고 있었다.

이 사람은 진짜 귀족 영애라 궁정 사정에 밝았다.

그리고, 궁정 귀인인 클라리스 선배는 궁정 사정에 더욱 밝았다.

"프램튼 후작이라면 다소 강행 수단을 쓰는 것도 가능할 거야. 리온 군, 방심하고 있으면 안 돼."

정말로 성가신 일이 되어있는 듯했지만, 나는 그래도 왕궁 일에 얽히고 싶지 않았다.

오히려 벗어나고 싶었다.

"그렇군요. 저는 이번 일로 차라리 강등을 당했으면 하는데 말이죠."

그러자 디어드리 선배가 그럴 줄 알았다는 듯 웃었다.

"역시 바보군요. 그 사람들은 그렇게 상냥한 사람이 아니에요. 이러고 방심하고 있으면 분명 크게 후회——"

그 순간 디어드리 선배의 말을 가로막듯, 여러 명이 뛰어오는 요란한 발소리가 들려왔다. 그러고는 갑자기 방문이 벌컥 열리더니 병사들이 들이닥쳐, 다짜고짜 내게 무기를 겨누었다.

"리온 포우 발트파르트지? 널 체포한다."

클라리스 선배가 일어섰다.

"무례하군요. 그는 정식 4위 하 자작입니다."

클라리스 선배가 의연하게 대응하자 기사는 입꼬리를 올리며 웃었다.

"모반자에게 작위 같은 건 아무런 의미도 없습니다. 자아, 와라! 애송이!"

나는 그대로 병사들한테 양쪽 겨드랑이를 붙잡혀, 방에서 끌려나왔다.

"모반자라니요?! 그는 영웅이에요!"

"죄송합니다만, 공국과 밀약을 나눈 자를 영웅이라고 부를 수는 없습니다. 그러면 저희는 이만 돌아가겠습니다. 실례했습니다."

기사는 뻔뻔하게 진지한 얼굴을 연기하며 대답했다.

공국과 밀약? 허참, 대체 무슨 말이지?

◇

여자 기숙사.

안제는 호흡이 흐트러질 만큼 서둘러 헤르트뤼더의 방을 찾았다.

방에 있던 헤르트뤼더는 마치 올 줄 알고 있었다는 듯 의자에 다리를 꼬고 앉아 무릎 위에 깍지를 끼고 안제를 맞이했다.

"상당히 허둥대고 있네. 뭐, 다소의 무례는 이 차제에 용서해 줄게."

"무슨 속셈이지?"

헤르트뤼더는 미소를 지었다.

"뭐가? 무슨 말인지 모르겠는데."

"시치미를 뗄 생각인가? 네가 리온이 뒤에서 공국과 이어져 있다는 거짓말을 퍼뜨리지 않았나!"

"이런, 안젤리카. 증거도 없는데 남을 의심하는 건 좋지 않아."

헤르트뤼더가 잡아떼자 안제는 호흡을 가다듬은 뒤 입을 열었다.

"뻔뻔하긴. 최근, 프램튼 후작과 네가 친하게 지냈다는 건 이미 알고 있다. 이런 짓까지 해가며 리온의 실각을 노리는 이유가 뭐지?"

헤르트뤼더는 안제를 불쌍히 여기는 것처럼 말을 이었다.

"겨우 그런 걸 물어보려고 여기까지 온 거야? 소문대로 성격이 급하네. 하지만 그건 도가 지나치면 단순한 멍청이가 될 뿐이야."

쿡쿡 웃는 헤르트뤼더에게 안제는 얼굴을 가까이 댔다.

"다시 묻지. 대체 무슨 속셈이지? 이번에야말로 진짜 전면전쟁이 하고 싶은 건가? 리온 한 명한테 진 너희들이 뭘 할 수 있지?"

그러자 헤르트뤼더는 웃으며 리온의 약점을 이야기하기 시작했다.

"그 '영웅'을 제법 높게 사고 있네. 하지만 짧은 시간이나마 나도 자작을 봐 왔어. 그가 평소에 보여 준 모습은 그냥 범인(凡人)이었어. 아니, 장래성은 있을지도 모르지만, 기사로서는 범인 이하의 못난이지."

안제가 미간을 찌푸리자 헤르트뤼더는 한층 더 웃었다.

"실제로도 그렇잖아? 마음 상냥한 기사── 듣기에는 이상적이지만 전쟁에 나가서 적 하나 죽이지 못한다면 아무런 의미가 없지. 반데르와는 천지 차이네."

헤르트뤼더는 리온을 잘 보고 있었다.

"그 로스트 아이템도 마찬가지. 아무리 성능이 뛰어나도 그의 명령밖에 듣지 않는다면, 그저 돼지 목에 진주 목걸이야."

리온이 진심을 내면── 안제는 그렇게 말할 수가 없었다.

리온은 우수하지만, 기사라고 부르기에는 미숙했다.

이 왕국에서 전쟁이란 남의 일이 아니었다.

적을 죽일 수 없는 기사는 기사라고 부를 수도 없었다.

"그렇게나 우리가 미운 거냐?"

그러자 헤르트뤼더의 얼굴에서 미소가 사라졌다.

"네가 뭘 알아? 아이를, 부모를—— 가족을 잃은 영민들의 슬픔을 알아? 일방적으로 쳐들어와 놓고 용서받을 수 있을 줄 알았어?!"

"어리숙한 녀석이군. 너는 아무것도 모른다. 유학을 결정한 왕궁이 옳았어. 너한테 필요한 건——"

그 순간 헤르트뤼더 방에 여성 기사들이 들이닥쳤다.

"거기까지입니다! 안젤리카 님, 동행을 부탁드립니다."

"뭐라고?"

여성 기사들은 안제를 둘러쌌다.

"이게 무슨 짓이지?"

그러자 여성 기사들이 웃으며 대답했다.

"곤란합니다. 헤르트뤼더 왕녀 전하에게 폭력을 쓰시면."

"공작 영애씩이나 되는 분께서 품위가 없으시군요."

"자, 이쪽으로."

안제는 뒤늦게 상황을 깨달았다. 헤르트뤼더의 호위를 맡고 있던 감시자들은 이미 자신의 적이었다.

안제는 여성 기사들에게 구속당하면서 헤르트뤼더를 쳐다봤다.

"너희는 진심인가?"

헤르트뤼더는 안제 앞까지 다가와 귓가에서 속삭였다.

안젤리카는 헤르트뤼더의 말에 눈을 크게 떴다.

"이번에는 너희 차례야. 호르파트 왕국을 피로 물들이겠어. 그리고 이 대지를 하늘에서 끌어 내릴 거야. 막을 수 있다면 막아봐, 안젤리카."

◇

나는 수상한 편지로 잔뜩 어질러진 내 방을 보며, 벌레를 씹은 듯한 표정을 지었다.

내가 공국과 내통했다는 증거를 만들기 위해 대량으로 날조된 편지들이었다.

설마 증거까지 만들어 함정에 빠트릴 줄이야. 어이없다 못해 도리어 감탄이 나올 정도였다.

기사가 내 앞에 와서 편지를 펼쳤다.

"이건 변명도 할 수 없겠군. 설마 영웅이 뒤에서 적국과 내통하고 있었다고는 생각지 않았다."

뻔뻔하게 연기를 이어가는 기사의 태도에 나는 시선을 돌렸다.

"각오는 되어있겠지?"

얼굴을 가까이 대는 기사를 향해 나는 코웃음을 쳐 줬다.

"나를 떨구려고 잘도 이런 짓을 하는군."

그러자 기사는 웃으면서── 내 얼굴을 후려갈겼다.

내가 쓰러지자 기사의 부하들이 몰려들었다.

"얌전히 있어, 이 반역자가!"

저항하지 않는데도 얻어맞고 있자니, 루크시온이 바닥에 나뒹구는 나를 보고 있었다.

나는 루크시온에게 괜찮다는 제스처를 보내고, 얌전히 구속당했다.

안 좋은 예감이 들긴 했지만, 예상을 뛰어넘는 최악의 전개였다.

"벼락출세하자마자 도로 지위를 빼앗기는 기분이 어떠냐?"

"수상하다고 생각했어. 너 같은 애송이가 자작이라니 말도 안되지."

"뒤에서 잔뜩 악행을 저지르고 있었다는 듯하더군. 고된 취조가 될 테니 각오하라고."

내가 기사들에게 포박당하여 끌려 나오자 문밖에 남학생들이 모여있었다.

나는 그 남학생의 무리 속에서 미오르의 모습을 발견했다.

놈은 나를 보며 의미심장하게 웃고 있었다.

"이 개자식이……."

내 말에 미오르는 더더욱 즐거운 듯이 웃었다.

그 순간 누군가 등을 걷어차는 바람에 앞으로 고꾸라졌다.

곧장 기사가 내 머리카락을 잡아당겨 억지로 일으켜 세우고 걷게 했다. 건물 바깥에 나가자 여학생이나 전속 사용인들이 모여있었다.

"꼴 좋네."

"어쩐지 수상하다고 생각했어."

"나는 처음부터 의심했거든."

하나같이 자기 멋대로 떠들고 있었다.

학생들이 나란히 늘어선 길을 걷고 있자니, 곧 내게 쓰레기가 날아오기 시작했다.

이것들 봐라? 또 그렇게 태도를 뒤집는 거냐? 근데 나는 이런 일을 당할 이유가 없다고.

학생들이 품은 내 인상은 나빠지다 못해 아예 처음 무렵으로 돌아간 듯했다.

나를 뒤에서 걷어찬 기사가 말했다.

"리온 포우 발트파르트 자작—— 아니, 지금은 단순한 리온이었지. 각오해 두라고, 이 범죄자 놈."

기사들이 죄상을 여럿 읊었지만 하나같이 말도 안 되는 생트집뿐이었다.

그리고 그 말도 안 되는 생트집으로 구속당하여 감옥에 들어갈 위기에 놓여 있었다.

"이런 식으로 강등되고 싶던 건 아니었는데 말이지."

농담조로 가볍게 말하자 쓰레기와 함께 발차기가 날아왔다.

인파를 헤치고 리비아가 모습을 보였다.

"리온 씨!"

나는 리비아한테 작게 손을 흔들고, 날아오는 쓰레기들을 맞으며 계속 걸어갔다.

인파 속에는 클라리스 선배와 디어드리 선배 그리고 친구인 다니엘이나 레이먼드도 있었다. 그들은 걱정스러운 듯이 나를 보고 있었다.

나 참—— 이 여성향 게임 세계는 정말로 최악인 세계다.

제04화 「이면」

헤르트뤼더와 프램튼 후작이 찾아간 곳은 호르파트 왕국 왕궁의 보물창고였다.

보물창고에는 온갖 재보와 로스트 아이템이 잠들어 있었다. 재보 중에는 도대체 무엇에 쓰는 건지 알 수 없는 도구들도 많았다.

'찾았다! 왕국의 보물창고에도 있다는 이야기는 들었지만, 이렇게 허술하게 관리하고 있었을 줄이야. 이것의 진짜 가치를 못 알아보다니, 후작도 별것 아니구나.'

그런 보물창고에 찾아온 헤르트뤼더는 원하던 물건을 찾자 멈춰 서서 입을 열었다.

"후작, 이걸 양보해 줄 수 없을까?"

그러자 프램튼 후작이 턱수염을 훑으며 대답했다.

"이 고대 갑옷의 팔을 말입니까? 죄송합니다만, 이건 매우 귀중한 물건이라 제 독단으로 어찌할 수는 없습니다."

후작이 귀중하다고 말하는 건 그저 역사적 가치를 말하는 것뿐이었다. 이 검고 거친 디자인의 갑옷은 현대 사람들도 쓸 방법을 찾지 못해, 단순한 장식품이 되어있었다.

'이런 위험한 물건을 무방비하게 장식해 두다니. 왕국은 참으로 어리석구나. 역시 다른 사람이 진짜 가치를 눈치채기 전에 공

국에서 챙겨야겠어.'

헤르트뤼더의 속마음을 모르는 프램튼 후작은 헤르트뤼더를 재보려는 듯 검은 갑옷을 번갈아 바라봤다.

"무슨 대가를 바라지?"

헤르트뤼더가 팔짱을 끼고 말하자 프램튼 후작은 부드러운 미소를 띠었다.

"허허허, 제법 마음에 드신 모양이군요. 대체 무엇에 쓰려는 것인지 여쭈어봐도 되겠습니까?"

헤르트뤼더는 왕국 보물창고에 들어온 지 얼마 되지 않은 보물들로 시선을 돌렸다.

한쪽에는 마술피리가, 또 한쪽에는 판오스 공국 최강의 기사인【반데르 힘 젠덴】이 애용했던 갑옷용 대검이 놓여 있었다.

저 갑옷용 대검은 특수한 금속을 써 만든 것으로, 본디 공국의 보물이었다. 헤르트뤼더는 이 대검이 왕국의 보물창고에 있는 게 분했다.

"왕국이 공국의 마술피리와 반데르의 대검을 빼앗아 갔으니 우리도 뭐 하나는 가져가야지 않겠어?"

"빼앗았다니 농담이 지나치시군요. 저건 왕국이 손에 넣은 보물입니다."

정확하게는 리온이 빼앗아 헌상한 보물이지만.

프램튼 후작은 그 뒤에도 능구렁이처럼 대답을 얼버무렸지만, 이내 헤르트뤼더가 진심이라는 걸 깨닫고 표정을 굳혔다.

"흠…… 전하, 이 보물을 원하시는 겁니까?"

"그래."

"무엇에 쓰실지는 말씀하실 수 없고요?"

"쓸 방도도 없는 고대 갑옷의 파츠잖아. 감상용 말고 다른 용도가 있을까?"

"지당하신 말씀이군요."

헤르트뤼더는 조금 긴장하고 있었다. 너무 절실하게 원하다가 후작의 의심을 사면 끝이었다.

프램튼 후작은 헤르트뤼더에게 다른 화제를 던졌다.

"저는 공국과의 우호를 생각하고 있습니다."

"그건 나도 기쁘게 생각해."

헤르트뤼더는 기쁘다고 말했지만, 대답에 감정은 담겨 있지 않았다.

프램튼 후작도 그 대답이 빈말이라는 걸 알고 있었으나, 그대로 이야기를 계속했다.

"우호의 가교로 율리우스 전하를 공국으로 보내는 것도 생각하고 있지요."

"성녀님의 연인이잖아."

"부끄러운 이야기입니다. 어서 율리우스 전하도 헤르트뤼더 전하처럼 왕가의 자각을 가져 주셨으면 좋겠군요. 자, 그럼 본론입니다만, 저희는 공국에 왕국 영지 일부를 할양할 용의가 있습니다. 물론 그걸 위해서는 왕국 내를 한번 청소해야 하겠지만요."

프램튼 후작의 제안에 헤르트뤼더의 시선이 후작에게 향했다.

"흥미로운 이야기네. 자세히 말해봐."

"공국도 근원을 거슬러 올라가면 호르파트 왕가의 분가 핏줄이죠. 저는 이걸 기회로 본격적인 우호를 쌓을 생각입니다. 왕국과 공국은 협력할 수 있습니다. 그렇게 생각하지 않습니까?"

프램튼 후작의 말은 즉 자기 계획에 협력해달라는 뜻이었다.

헤르트뤼더는 냉담하게 대답했다.

"들을 가치도 없었군. 땅을 조금 줄 테니, 우리더러 창을 거두라는 거잖아? 게다가 영지를 할양하겠다는 말을 어떻게 믿으란 거지?"

그러자 프램튼 후작은 고개를 가볍게 젓고는 웃는 얼굴로 설명했다.

"헤르트뤼더 전하는 왕국 사정을 모르시는 모양이군요. 영지 할양은 그렇게 어렵지 않습니다."

"사정이라니?"

프램튼 후작은 호르파트 왕국의 내정을 이야기했다.

"공국과 분쟁이 일어나는 땅, 즉 변방에는 왕국 직할령이 없습니다."

영주가 지배하는 영토, 즉 왕국의 영지이지만 왕가의 소유가 아닌 땅이다.

"과연, 필드 변경백의 부유섬도 그런 식이었지. 하지만 그건 당신들이 손쓸 방법이 없다는 소리나 마찬가지 아닌가?"

마리에의 연인 중 한 명인【브래드 포우 필드】의 본가는 공국을 견제하는 역할을 맡고 있다.

필드 가문 이외에도 영주들의 섬은 왕국이 멋대로 할양할 수 없었다.

──표면상으로는.

"지방 영주는 왕국의 지원이 없다면 유명무실합니다. 설마 공국이 그러한 하찮은 영주들도 상대하지 못하지는 않겠지요."

"뚫린 입이라고 잘도 말하네. 공국을 너무 얕보지 마. 그리고, 후작의 이야기가 가령 진실이라면, 그걸로 당신들이 얻는 메리트는 뭐지?"

그저 우호를 위해 영토를 줄이겠다는 건 도저히 믿을만한 소리가 아니었다.

프램튼 후작은 입꼬리를 잔뜩 올리고는 웃으며 대답했다.

"허허, 지방 영주는 왕국의 통치에 방해가 됩니다."

프램튼 후작의 눈이 형형하게 빛났다.

"그게 본심이었나."

'그러고 보니 프램튼 후작과 필드 가는 파벌이 달랐지.'

헤르트뤼더는 복잡한 왕궁 내 사정에 신물을 느끼면서도, 그 제안을 받아들였다.

"좋아. 그 제안을 받아들이지. 그럼 이건 율리우스 전하가 공국에 주는 결혼 예물로 받을게."

헤르트뤼더는 거칠게 생긴 갑옷의 오른팔을 보며 말했다.

프램튼 후작은 미소를 지으며 고개를 끄덕였다.

"알겠습니다. 무척 좋은 거래가 되었군요. 그럼 공국의 준비가 끝나면 알려 주십시오. 왕궁 내를 청소하고, 공국이 승리하였을 때 저희가 개입하여 강화를 체결하는 것이 좋겠지요."

"좋아. 내 이름으로 약속하도록 하지."

'고철 덩어리 하나 팔아서 좋은 거래를 했다고 생각하고 있군. 꼬마 계집 한 명쯤이야 손바닥 위에서 가지고 노는 건 일도 아니라고 생각하고 있는 모양이지만, 틀렸어.'

헤르트뤼더는 웃음이 새어 나오려는 걸 막으며 목적 달성에 만족스러워했다.

'서둘러 공국으로 보내자. 라위다…… 어리석은 언니를 원망해도 좋아.'

헤르트뤼더는 잠깐 마술피리를 바라본 다음 입술을 깨물고 다음 목적을 생각했다.

"아, 참. 발트파르트 자작 건은 어떻게 되었지? 로스트 아이템은 빼앗았어?"

프램튼 후작은 고개를 끄덕였다.

"예. 파르트너라는 비행선과 그리고 아로간츠라는 야단스러운 이름의 갑옷도 이미 손에 넣었습니다. 곧바로 해석할 수 있겠지요. 그 애송이는 당장이라도 처형하고 싶었습니다만, 왕비님이 마음에 들어 하는 녀석이라 조금 애를 먹고 있습니다."

그 말을 듣고 헤르트뤼더는 미소를 지었다.

호르파트 왕국은 자신들의 손으로 비장의 수를 못 쓰게 만들었다.

'발트파르트 자작이 없다면 공국이 유리해. 그 사역마의 태도로 보건대, 이 녀석들은 그 비행선이나 갑옷을 제어할 수 없어.'

"그래. 이걸로 후작이 있는 왕국은 안정되겠네. 재상이라고 부를 날도 가까우려나?"

재상이라는 말에 프램튼 후작은 진심이 담긴 미소를 띠고 있었다.

"허허, 아닙니다. 저 같은 것이 재상이라니 주제넘을 따름입니다."

'거짓말. 처음부터 그럴 생각이었으면서. 레드글레이브 가가 재상이 되지 못하도록 온갖 무리를 했겠지. 하지만 덕분에 목적은 이룰 수 있게 됐어. 고마워, 바보 같은 재상 씨.'

헤르트뤼더는 프램튼 후작에게 부탁했다.

"서둘러서 공국에 편지를 보내고 싶어. 비행선 준비를 부탁할 수 있을까?"

"곧바로 준비시키도록 하지요."

◇

판오스 공국의 상공.

왕국에서 도착한 비행선에 올라탄 '전' 흑기사, 【반데르 힘 젠덴}은 전달받은 물건을 보고 무엇인지 이해하지 못해 고개를 갸웃했다.

갑옷의 부품이라는 건 알겠지만, 만듦새에 기억이 없었다.

애초에 이게 무슨 갑옷이었든 오른팔 한 짝만으로는 아무 의미도 없었다.

"이게 공주님이 보내신 물건이라고?"

"예. 중요한 물건이라고 들었습니다."

이마에서부터 정수리에 걸친 상처가 눈에 띄는 반데르는 나이가 무색할 만큼 늠름한 기사였다.

"설마 로스트 아이템인가?"

"그런 것 같습니다. 왕국의 보물창고에서 발견했다고 하셨습니다."

그러자 반데르 옆에 있던 【게라트】 백작이 손으로 수염이 없어진 턱을 아쉬운 듯 계속 매만지며 말했다.

"공주님은 대체 이런 걸 어디에 쓰라고 보내신 건지. 좀 쓸만한 선물을 보내셨으면 좋겠는데 말이지요. 듣자 하니 【귀축 기사】의 처형도 아직이라지 않습니까."

귀축 기사는 공국이 붙인 리온의 이명이었다. 그가 전장에서 보여 주었던 갖가지 행위들이 도저히 기사라고 부를 수 없는 일들이라 그런 이름이 붙고 말았다.

덧붙여, 리온이 적을 죽이지 않은 탓에 살아서 돌아간 기사나 병사들이 온갖 소문을 퍼트리는 바람에 공국 국민에게 심하게 매도를 당하고 있었다.

다만 반데르도 리온의 이야기대로, 패하고 살아서 돌아온 바람에 늙은이 취급을 받으며 흑기사의 칭호를 잃어버리고 말았다.

"공주님을 모욕한다면 용서하지 않겠다."

하지만 그의 위엄은 아직 건재했다.

반데르가 노려보자 게라트는 전달받은 편지로 도망치듯이 시선을 옮겼다.

"그, 그럴 생각은…… 음?"

눈으로 편지를 읽고 있던 게라트는 갑자기 눈을 크게 열고는 검고 거친 오른팔과 편지를 몇 번이고 번갈아 보았다.

"서, 설마……."

"왜 그러지?"

반데르가 팔짱을 끼고 묻자, 게라트는 기쁜 듯 소리쳤다.

"흑기사 경. 아니, 전 흑기사 경—— 목숨을 버릴 각오는 있습니까?"

반데르는 게라트의 말에 코웃음을 쳤다.

"이미 기사로서 죽은 늙은이다. 공주님을 구하기 위해서라면 무엇이든 할 것이야."

"좋습니다! 그러면 설명해 드리지요. 이건 고대—— 아니, 신화 시대에 만들어진 갑옷입니다. 왕가도 아는 사람이 거의 없는 로스트 아이템이라고 합니다."

그의 이야기를 듣던 사람들의 시선이 검은 오른팔로 향하자,

게라트는 양팔을 펼쳤다.

"어찌 이리도 멋진 선물일까요! 헤르트뤼더 왕녀 전하는 역할을 충분히 완수하셨습니다. 이로써 【헤르트라위다 세라 판오스】 왕녀 전하의 적은 존재하지 않습니다! 귀축 기사도 이번에야말로 끝입니다!"

"이걸 쓰면 귀축 기사와 싸울 수 있는 건가?"

"예에, 이거라면 그 로스트 아이템과 싸워도 이길 수 있겠지요. 뭐── 지금의 귀축 기사는 조국에 배신당해 유폐되어있으니 기회는 없을 것 같지만요. 꼴 좋군요."

"그런가. 전장에서 결말을 지을 수 없는 게 유감이군."

"무인의 마음은 이해할 수 없군요. 단지, 덕분에 헤르트라위다 전하의 적이 한 명 사라졌습니다."

헤르트뤼더의 여동생── 헤르트라위다 제2왕녀.

공국의 하늘을 가득 메운 함대와 몬스터를 이끄는 공국의 히든 카드.

반데르는 눈을 가늘게 뜨고 갑옷의 오른팔을 봤다.

"헤르트뤼더 님을 구한다. 이 목숨을 바쳐서라도."

수염의 복수를 할 수 있게 되었다며 기뻐하는 게라트 옆에서, 반데르는 주먹을 강하게 꽉 쥐고 있었다.

◇

왕궁 지하 감옥.

구중중한 게 차갑고 추웠다.

공기도 가라앉아 있어, 오래 있고 싶지는 않은 장소였다.

일단은 죄수 차림새를 해야 하기에 내 양손에는 수갑이 채워져 있었다.

내가 느긋하게 하품하고 있자, 간수가 내게 신호를 보냈다.

아무래도 손님이 도착한 모양이었다.

그 인물은 나를 보자마자 트집을 잡아 댔다.

"너를 잘못 봤다, 발트파르트!"

당당한 목소리의 소유자는 왕궁의 주인이 되었을지도 모르는 남자.

율리우스 전하였다.

나를 앞에 두고 분개하고 있지만, 나도 네가 이 자리에 있는 게 열 받는다고.

"누구냐, 넌?"

모르는 척하며 놀려 주자, 얼굴이 시뻘게져서는 이름을 댔다.

"율리우스다! 【율리우스 라파 호르파트】! 그것보다도 네가 배신하고 있었다니, 어떻게 된 거냐! 비겁자라고는 생각했지만, 이런 짓을 할 녀석이라고는 생각하지 않았다!"

율리우스 전하는 내가 아무리 교활한 녀석이라도 왕국을 배신할 사람이라고는 생각지 않았던 모양이었다.

하지만 잘 생각하면 배신해도 이상하지 않은 밑바탕은 있지.

157

원인은 너야. 너 때문이라고.

아니, 잠깐 기다려 봐. 이 녀석보다도 결혼 활동이 원인이려나? 결혼 활동 때문에 지독한 꼴을 겪을 때마다 이딴 나라 버려 주겠다며 몇 번이나 생각했던가.

"배신하지 않았습니다. 원죄라고요. 구해줘요, 왕자님."

"농담을 할 수 있는 걸 보니 아직 기운이 있나 보군. 전부 이야기해 줘야겠다, 발트파르트."

아무래도 구해주지는 않는 모양이다.

뭐, 내가 율리우스 전하와 같은 입장이라도 구할 수 없겠지만 말이다.

애초에 이 녀석한테 그런 권한은 없고.

"무엇을?"

"너, 내 앞인데도 태도가 건방지군."

"배신자 취급하며 처형하는 나라에 미련이 있다고 생각하냐? 언젠가 반드시 후회하게 해줄 테니까 두고 보라고. 나는 당하면 배로 갚아주는 남자다."

"그런가. 실은 내 쪽에서도 할 이야기가 있으니, 먼저 그쪽부터 끝내도록 하지."

이 녀석, 내 이야기를 흘려넘겼어.

"네가 소지하고 있던 파트너와 아로간츠는 왕국 기사단이 압류하고 있다. 움직일 수 없는 모양이지만, 그건 문제가 아니다."

내게는 충분히 문제인데.

루크시온이 잘 대처해 줄 테니까 불안은 없지만 불쾌하다.

"사로잡은 너를 처형하려는 움직임도 있지만, 옹호하는 움직임도 있다. 결국은 파벌 싸움에 이용당하고 있는 거겠지만, 아무래도 여느 때와는 달리 낌새가 이상해."

내가 보기에 왕궁은 언제나 이상했는데.

나를 출세시킨다든가, 출세시킨다든가. 어쨌든 딱히 지금만 이상한 거라는 생각은 들지 않았다. 항상 이상하니까. 오히려 정상인 날이 있긴 할까?

"그래서?"

"발트파르트—— 어째서 배신했지? 이번에는 뭘 꾸미고 있나?"

배신자로도 모자라 내가 다른 꿍꿍이를 꾸미고 있다고 생각하다니, 정말 너무하군.

내가 그렇게 지독한 인간으로 보이나?

"원죄라고 말했잖아. 네가 말했듯 나를 붙잡고 싶은 파벌이 있는 거야."

"뭣이?!"

왜 네가 놀라는 건데! 너는 왕궁에서 살던 왕자님이잖아?! 좀 더 상상력을 발휘해! 넌 진짜 너무 순수해!

"내가 진짜 배신했다고 생각했냐? 만약 그럴 생각이었다면 훨씬 더 교묘하게 계획했을 거라고."

"확실히 그렇군. 너라면 좀 더 교묘하게 움직이면서 상대가 싫어할 짓을 했겠지."

납득한 이유가 그거라니, 나는 율리우스 전하에게 열이 받았다. 너, 대체 나의 뭘 신용하고 있는 거야?

율리우스 전하는 그대로 자기 생각을 내게 털어놓기 시작했다. 아니 근데 왜 네가 나한테 상담하는 거냐?

"나는 전쟁을 경험한 적은 없다만, 마치 전쟁 전의 분위기 같다고 생각했다."

나는 자칫 잘못했다간 내란입니다, 하고 말하려다 입을 다물었다.

호르파트 왕국은 큰 나라인 만큼 적도 많다. 공국과만 충돌하고 있는 게 아니다.

그런 상태인데 내란 일보 직전이라니── 공국이 움직이기 딱 좋은 기회가 아닌가.

안 좋은 예감이 드는군.

"……설마 수정력이 작용한 건가."

마치 정체 모를 힘이 그 여성향 게임 세계의 스토리를 억지로 재현하려고 일을 비트는 듯한 느낌이 들었다.

내 중얼거림에 율리우스 전하가 당혹스러워하고 있었다.

"수정? 무슨 말을 하는 거냐, 발트파르트?"

"그냥 혼잣말이야. 나는 계속 여기 붙잡혀 있으니까, 자세한 이야기는 잘 모른다고."

율리우스 전하가 턱에 손을 대고 뭔가 생각에 잠겼기에, 나는 가능성 없는 부탁을 해보았다.

"저기, 꺼내주라."

"그건 무리다. 지금의 나한테는 그만한 권한이 없어."

쓸모없는 왕자님이군. 뭐, 내가 꺼내달랬다고 여기서 덥석 꺼내줘도 곤란하지만.

그보다 조금 의문이 드는군.

공국의 비장의 패인 마술피리는 왕국이 엄중하게 보관하고 있다.

헤르트뤼더 씨가 왕국의 손에 있는 한 공국은 쉽사리 움직이지 않을 터다.

그리고 헤르트뤼더 씨의 수상한 움직임.

마치 진짜로 이야기의 수정력이지 않은가.

"하아, 정말로 기분 나쁜 세계야……."

율리우스 전하는 내 중얼거림을 흘려듣고, 서둘러서 지하 감옥에서 나갔다.

만약 이대로 게임 스토리를 따라 진행된다면 도망칠 수밖에 없었다.

나──아니, 루크시온이라도 공국의 히든카드는 이길 수 없으니까.

율리우스 전하가 지하 감옥을 빠져나가고 조금 지나자 이번에는 헤르트뤼더 씨가 나타났다. 간수는 그녀에게 무언가를 넘겨받더니 내게 눈짓을 하고서는 자리를 비워 줬다.

"제법 혹독한 꼴을 겪고 있네."

"누구 씨 덕분에 말이지. 그것보다 당당히 왕궁 안을 돌아다녀도 괜찮은 건가?"

"걱정하지 마. 허가받고 돌아다니는 거니까. 그리고 당신을 사로잡은 건 내가 아니야. 물론 부탁은 내가 했지만, 당신의 처우를 어떻게 처리할지 정한 건 왕국 귀족들이야."

원인이 너인 건 변함 없잖아.

내가 부루퉁해져 있자, 그녀가 쇠창살에 얼굴을 가까이 가져다 댔다. 사람이 약해졌을 때를 노려 접근하다니, 타고난 사기꾼의 수법이군.

"꺼내 줄까? 이런 나라는 버리고 판오스 공국에 따르도록 해. 좋은 대우를 약속할 테니까. 당신이 바라마지 않는 평온 무사한 인생을 보내게 해줄게."

평온 무사라는 말에 나도 모르게 몸이 움찔하고 반응했다.

이 인간, 내가 뭘 원하는지 철저하게 조사했군.

왕국은 내가 뭘 원하는지 전혀 모르는데 말이야── 참 슬프군.

"어리석지. 공국을 얕보고, 당신을 파벌 싸움에 이용하는 이 나라의 귀족들은 도저히 못 봐주겠어. 나를 이용해서 당신을 짓뭉갤 생각밖에 없어."

같은 전하인데, 율리우스 전하와는 천지 차이군.

이 사람이 더 유능한 것 같다.

"내 앞에 무릎을 꿇도록 해. 그러면 내 기사로 삼아 줄게. 부패한 왕국에 진력하는 것보다 좋은 결과를 얻을 수 있을 거야. 지위도 명예도 아닌, 평온 무사한 인생을 약속할게."

헤르트뤼더 씨는 날 바라보고 웃으며 말했다.

"거절하겠습니다."

내가 단칼에 거절하자 헤르트뤼더 씨의 미소에 짜증이 섞였다. 그녀는 말없이 날 계속 쳐다보고 있었다. 아무래도 내가 거절한 이유를 듣고 싶은 모양이군.

"그렇게나 왕국이 중요해? 당신, 영주 귀족이지? 본가까지 통째로 우리 쪽에 붙어도 괜찮아."

"매력적인 제안이지만, 믿지 못할 상대와 거래할 생각은 없어."

애초에 나는 공국에서 원한을 사고 있다. 그리고 날 끌어내린 건 다름 아닌 이 여자였다.

우리 둘의 대화가 진척이 없자 숨어 있던 루크시온이 모습을 드러내 대화에 끼어들었다.

『마스터를 두려워하여 왕국이 스스로 마스터를 버리게끔 만든 건 당신들이 아닙니까? 이 순간을 노려 손을 내밀다니, 너무 뻔한 책략입니다. 마스터가 판단력을 상실했을 줄 알았습니까?』

헤르트뤼더 씨가 루크시온에게 시선을 향했다.

"훔쳐 듣다니, 불쾌한 사역마네."

『당신이 마스터를 진심으로 포섭할 생각이었고, 진정 약속을 지키려 했다면 저는 마스터를 설득하는 데 협력했을 겁니다.』

"……정말로 짜증 나는 사역마야. 내가 진심으로 포섭했더라도 의심했을 거면서 말은 잘하네."

역시 지금까지 한 이야기는 거짓말이었군.

——아, 슬프다. 매력적인 제안에 마음이 마구 흔들리고 있었는데.

헤르트뤼더 씨가 쇠창살에서 떨어진 뒤 차가운 목소리로 말을 건넸다.

"자랑스러워해도 돼. 당신이 여기 있는 건 공국이 당신을 가장 큰 장애물로 생각했다는 거니까."

지하 감옥에서 떠나가는 헤르트뤼더 씨의 뒷모습을 지켜본 뒤, 나는 침대에 누웠다.

"미움받았겠는데."

떠나가는 헤르트뤼더 씨의 뒷모습은 조금 쓸쓸해 보였는데 기분 탓일까?

『저래도 진심으로 싫어하고 있지는 않습니다.』

"저게?"

『그녀가 정말로 원망하고 있었다면, 마스터에게 굳이 말을 걸러 오지도 않았을 겁니다. 물론, 그녀의 제안에 따라도 약속은 지키지 않았겠지만요. 아마 목숨을 보장해주는 정도가 고작이었을 겁니다.』

"그런가. 진심이 담겨 있었다면 고개를 끄덕였을 텐데, 유감이야."

『그것도 거짓말이군요. 마스터는 헤르트뤼더 씨가 진심이라도 왕국을 배신할 생각이 없지 않습니까.』

"그건 모르지. 조건 나름이야."

『그렇습니까? 그건 그렇고, 마스터의 방에 가짜 증거를 둔 범인을 알아냈습니다. 미오르였습니다.』

"누군가 했더니 누나의 전속 사용인이었냐."

『그들은 마스터에게 원한을 품고 있으니까요. 지금 처분하겠습니까?』

"너는 진짜 살벌하네. 하지만——"

『이런, 간수가 돌아온 것 같습니다.』

루크시온이 재빨리 모습을 감추자, 한발 늦게 돌아온 간수가 내게 말을 걸었다.

"자작님, 커피와 홍차, 다음은 어느 쪽이 좋으십니까?"

"홍차로. 웬만하면 좋은 홍차로 부탁해."

"그건 어렵겠군요. 여기에 고가 홍차 같은 건 없다고요."

"그건 그렇고, 친위대장에서 갑자기 죄수라니. 내 인생은 대체 어떻게 되어있는 거지?"

"저도 놀랐습니다. 왕국이 시작된 이래 처음 있는 일 아닐까요?"

왕국 최초인가! 전혀 기쁘지 않지만.

간수가 다시 밖에 나가 홍차를 준비하러 갔다. 내가 하품을 하고 있자 루크시온이 모습을 보였다.

나는 수갑을 풀어 손가락으로 빙글빙글 돌리며 놀았다.

『지하 감옥에서 너무 유유자적하신 거 아닙니까? 좀 더 긴장감을 품으시는 게 어떻습니까?』

"지치니까 싫어. 그나저나 밀렌 님과 다져놓은 인맥이 이런 데서 쓰일 줄이야. 붙잡히자마자 고문을 당했다가는 나라도 웃어넘길 수 없었을 거야."

『만약 그렇게 됐으면 곧바로 마스터를 구출하고 이 대륙을 파괴했을 겁니다. 아니면, 마스터의 관계자 이외의 모든 인간을 이 대륙에서——』

"거기까지. 대량 학살은 사양이야."

『——참 상냥하시군요.』

가끔 잊고 지내는데, 이 녀석은 발견했을 때 '신인류 따위, 섬멸해 주겠어' 같은 말을 했던 녀석이다.

어쩌면 이 세계에서 가장 위험한 존재일지도 몰랐다.

하지만 이런 루크시온이라도 그 라스트 보스는 이길 수 없다.

정확히 말하자면 지지는 않겠지만 이기는 건 불가능하다.

최후에 필요한 것은 성녀의 힘과 리비아의 힘, 그리고 '사랑'이니까.

그건 그렇고, 내가 여기서 대체 뭘 하고 있느냐, 모든 건 사로잡힌 그 날로 거슬러 올라간다.

——기숙사에서 기사들에게 사로잡혔던 날.

왕궁으로 끌려온 나는 어떤 방에서 두 인물과 마주 보고 있었다.

"길버트 씨, 저, 아무래도 사로잡힌 것 같습니다."

나는 농담을 할 수 있을 만큼의 여유가 있었다. 이유? 언젠가는 이렇게 될 걸 알고 있었으니까.

단지, 눈앞의 두 사람은 내 농담에 웃어 주지 않았다.

한 명은 안제의 오빠, 레드글레이브 가의 후계자인【길버트 라파 레드글레이브】.

길버트 씨는 안도했다는 얼굴로 입을 열었다.

"여유가 있군. 너를 위협이라고 판단한 귀족들은 잘못되지 않았던 모양이다. 이 상황에서 농담을 할 수 있는 담력은 존경한다."

담력? 아닙니다. 미리 알고 있어서, 어느 정도 마음의 준비를 해 놓았을 뿐입니다.

또 한 명의 인물── 밀렌 님이 본론을 이야기했다.

"리온 군, 이번 건 말인데 현재 최대 파벌의 수장인 프램튼 후작이 움직이고 있어."

──모난 돌이 정 맞는다더니.

나 같은 젊은이가 이례적인 출세를 이루면 달가워하지 않는 사람들이 있다.

그리고 그들은 공국에 그 시기심을 이용당했다.

"왕궁도 하나로 뭉쳐 있는 건 아니야. 여러 파벌이 각각의 의도를 가지고 움직이고 있어. 그게 무슨 말인지 알아?"

"후작과 공국의 이해가 일치했다── 아닙니까?"

길버트 씨가 고개를 끄덕였다.

"그래. 율리우스 전하의 실각으로 레드글레이브 가문이 힘을 잃어갈 때, 반대로 힘을 키운 것이 바로 프램튼 후작이야. 어떤 의미로는 네가 원인이고."

"저요?"

밀렌 님은 내가 가진 로스트 아이템—— 루크시온에 관해 이야기했다.

"공국 함대를 홀로 격퇴하는 강력한 비행선을 경계하는 사람이 그만큼 많았다는 거야. 리온 군을 경계하는 후작과 리온 군에게 원한이 있는 공국이 손을 잡더라도 이상하진 않아."

내가 후작 파벌이 뭉칠 계기를 줬단 말인가?

얄궂은 이야기구먼.

"리온 군, 그들은 공국보다 리온 군을 위협으로 생각하고 있어. 프램튼 후작은 특히 더 그렇고."

"예? 설마, 그럴 리가……."

내가 놀라자 길버트 씨가 기가 막힌다는 얼굴로 설명해주었다.

"생각해 보도록. 네가 혼자서 전함 수십 척을 상대로 완승했다는 건, 네가 그만한 함대의 전투력을 갖고 있다는 얘기나 마찬가지다. 나는 네가 왕국에 모반을 꾀할 생각이 없다는 걸 알고 있지만, 네 인격을 모르는 다른 사람들이 과연 나와 똑같이 생각할까? 설령 네가 모반을 일으킬 사람이 아니라는 걸 알았더라도, 자신과 부딪칠 날이 오지 않는다고 확신할 수는 없었을 거다."

즉 이 나라의 귀족들은 공국보다도 내가── 루크시온이 무서운 건가.

그야 더 강력하긴 하겠지만, 그 때문에 공국과 손을 잡는다니, 참 바보 같은 이야기군.

"제가 공국을 물리치는 바람에 다들 공국을 얕보고 있었던 것 아닙니까?"

"그야 농담거리로 삼는 녀석도 있다만, 전쟁을 경험한 사람이라면 네 배가 얼마나 위협적인지 금방 알았을 거다. 다들 입 밖으로는 꺼내지 않아도 내심 초조해하고 있었겠지."

이것 참, 나 말고 마리에와 공국을 경계하라고 말해 주고 싶군.

"그래서 절 두려워한 나머지 원죄를 씌워서 저를 잡았다는 거군요?"

"그래. 미안하지만, 이대로 지하 감옥에 들어가라. 아마 그편이 더 안전할 거다."

나를 사로잡았으니 후작 파벌은 마음을 놓고 있을 거다. 길버트 씨는 이 틈을 이용해 여러 가지로 손을 써 둘 생각인 듯했다.

파벌이 약해진 탓에 레드글레이브 가도 여러모로 고난을 겪고 있군.

아마 밀렌 님도 마찬가지로 고생하고 있겠지.

"몇 개월 전과는 상황이 달라. 리온 군을 암살하려 들어도 이상하지 않은 상황이 되었어."

웃지 못할 이야기에 식은땀이 흘렀다.

"어쩐지 이상할 만큼 절 잡으러 온 기사들이 의욕이 가득하다고나 할까, 원한을 품고 있는 것 같았는데…… 설마 도중에 자기들끼리……?!"

"그래. 중간에 우리가 어떻게든 너를 빼냈기에 망정이지, 간담이 서늘했다."

길버트 씨의 말에 등줄기가 오싹해졌다. 상상했던 것 이상으로 위험한 상황이었던 듯하다.

"리온 군을 왕궁에서 보호할게. 지금은 이게 우리가 할 수 있는 최선이야. 리온 군을 위협으로 보는 건 공작가의 적대 파벌뿐만이 아니야. 리온 군의 로스트 아이템을 탐내는 사람들도 많으니까."

밀렌 님은 마치 작은 어린아이한테 타이르는 것처럼 설명했다.

밀렌 님이 엄마—— 조금 두근두근했지만, 그건 제쳐 두자.

길버트 씨가 긴장감이 묻어나는 목소리로 말했다.

"그리고 프램튼 후작 말이다만, 너를 잡고서 안심했는지 본격적으로 권력을 쥐기 위해 움직이기 시작했다. 이쪽도 바빠질 거다."

밀렌 님이 무서운 이야기를 했다.

"왕궁 내의 분위기가 무서워서 안 되겠어. 자칫 잘못하다가는 내란이 일어날지도 몰라. 더구나 헤르트뤼더 전하도 움직이고 있다면 공국도 때를 놓치지 않으려 하겠지."

그 양반은 진심으로 내란을 일으킬 생각인가?

나를 제거한 다음은 권력 투쟁이라니—— 프램튼 후작도 참 바쁘겠군.

나한테 손을 대지 않았더라면 왕궁에서 뭔 짓을 하든지 방치했을 텐데 말이다.

뭐, 마리에 건도 있으니 주의 깊게 상황을 지켜보기로 하자.

"내란 같은 걸 벌이고 있을 상황이 아닙니다."

밀렌 님이 말했다.

"그건 알고 있어. 하지만 프램튼 후작에게는 이게 기회로 보일 거야. 레드글레이브 가를 밀어내고 왕국에서 권력을 쥘 기회 말이야. 아마 이래저래 무리해서라도 움직이려 했겠지. 그리고 그 희생양이 된 게 리온 군이고."

──너무하지 않아? 출세욕도 없는 사람을 권력 다툼에 휘말리게 하지 말라고.

게다가 권력 싸움을 위해 적국과 손을 잡는 것도 마다하지 않는다니, 정말로 형편없다.

길버트 씨도 기가 막힌다는 얼굴이었지만 프램튼 후작이 왜 그런지는 이해하고 있었다.

"공국과 손을 잡고, 다소의 손해를 보더라도 권력을 쥐고 싶은 거다."

"불쾌한 이야기군요."

"그래. 불쾌한 이야기다."

지금 길버트 씨를 책망해 봤자 아무 의미도 없기에, 나는 대신 신경 쓰이던 걸 물어보기로 했다.

"안제는 제가 보호받는 걸 알고 있습니까?"

"모른다. 아니, 알려줄 수 없다. 우리가 널 보호하고 있는 건 일부만이 아는 극비 사항이다. 그 탓에 혼자서 헤르트뤼더 전하한테 따지러 가 버렸다만."

"――안제는 괜찮은 겁니까?"

"그 아이는 금방 나올 테니 걱정할 거 없다. 신경 쓰이나?"

"물론입니다."

학원에서는 몇 안 되는 이상적인 여자니까 말이지.

그리고―― 친구니까. 걱정이 안 될 리가 없지.

"어머어머."

밀렌 님이 입에 손을 대고 미소를 지었다. 이 사람, 또 착각하고 있는 거 아니야?

정말, 너무 귀여우신 거 아닙니까?

길버트 씨가 조금 기뻤는지 살짝 웃으며 말했다.

"자, 그러면 너한테 부탁하고 싶은 것이 있다."

"무엇인지요?"

――뭐, 이렇게 된 것이다.

요약하자면, 나는 지하 감옥에 갇혀 미끼 역할을 하고 있었다.

이로써 율리우스 전하나 헤르트뤼더 씨같이 낚이는 사람들이 나오기 시작했다.

　나는 여기서 내게 접촉하려는 사람들을 살피면 된다.

　"이것 참……."

　『요 얼마간 마스터 주변을 탐색하고 있던 인물들이 있었는데, 아무래도 정보 수집이나 암살을 노리고 있었던 모양이군요.』

　"뭐? 너, 설마 알고 있었던 거냐?!"

　『걱정하실 것 없습니다. 마스터를 암살하게 두지는 않을 테니.』

　아니, 그런 게 있으면 미리 알려달라고! 신경 쓰지 않고 느긋하게 지내고 있던 내가 바보 같잖아!

　"다음부터는 미리 말해."

　『그건 그렇고, 왕국도 제법 위태로운 상황에 놓였군요.』

　"노골적으로 말을 돌리다니. 뭐, 왕국이 위태롭다는 건 나도 동감이다."

　왕궁 내 파벌 싸움에 공국까지 끌어들여 나를 지하 감옥에 처넣을 정도면 말 다 했지.

　헤르트뤼더 씨의 움직임도 신경 쓰인다. 설마 마술피리를 공국에 돌려보내거나 하지는 않겠지?

　"헤르트뤼더 씨도 끈질기군. 아니, 공국이 끈질긴 건가? 왕국의 권력 투쟁을 이용해서 내부에서부터 공격하다니, 그 여성향 게임의 가벼운 설정은 어디로 가 버린 거야? 너무 질척질척하지 않아. 이런 상황에 용케도 권력 투쟁 같은 걸 할 수 있네."

　『——마스터, 호르파트 왕국의 일그러진 지배 체제 말입니다만,

정상적인 판단을 한다면 있을 수 없을 만큼 부자연스럽습니다.』

"어째서?"

『지방 영주들의 불만을 일부러 높이고 있습니다. 언제 반란이 일어나도 이상하지 않은 상황입니다.』

"그래? 내 본가는 빚을 갚느라 다른 생각을 품을 겨를도 없었는데."

『마스터의 본가를 기준으로 삼지 말아 주세요.』

"그래서, 네 생각은?"

『공국에 비장의 패가 있었던 것처럼, 왕국에도 어떠한 비장의 수가 있는 게 아닐까 하고 생각합니다.』

비장의 수…….

머릿속에 떠오르는 게 하나 있긴 한데.

"아마 그거려나?"

『뭔가 짐작이 있으시면 미리 저한테 상담하지 그러셨습니까.』

"미안. 그래도, 리비아가 없으면 움직이지 않을 거야. ──자, 그럼 우리는 이제부터 어떻게 해야 하려나?"

『우선은 신인류를 멸망시키고──』

"각하. 진지하게 대답해."

『진지한 대답이었습니다만?』

"너, 이따금 진심으로 무서워. 내가 묻고 싶은 건 이대로 가면 어떻게 되는가 하는 이야기였어. 레드글레이브 가와 프램튼 가── 어느 쪽이 이길 것 같냐?"

『마스터가 이기길 원하는 쪽이 이길 겁니다.』

◇

구속에서 풀려난 안제는 그 걸음으로 곧장 본가 저택으로 향했다.

안제가 저택에 들어서자 부친인 빈스가 기다리고 있었다. 안제는 서둘러 헤르트뤼더 건을 보고했다.

"복수인가. 이류군. 그나저나 왕국에 배신자가 이리도 많을 줄이야."

"아버님, 리온을 풀어 주십시오. 리온은 죄가 없습니다!"

그러자 빈스의 눈빛이 날카로워졌다.

"어리광부리지 마라. 이 정도의 일은 왕궁 내에서는 일상다반사다. 내 권력으로 석방해 봤자 정작 중요한 비행선도 갑옷도 돌아오지 않는다."

안제는 빈스의 말에 충격을 받았다.

"──로스트 아이템이 없으면 리온은 무가치하다고 말씀하시고 싶으신 겁니까? 리온은 지금까지 저를 위해 힘써 주었습니다."

그러나 빈스는 차갑게 내뱉었다.

"그것이 어쨌다는 거냐? 그가 출세할 수 있었던 건 틀림없이 로스트 아이템의 힘이다. 배짱은 인정하마. 하지만 로스트 아이템이 없는 그에게 대체 무슨 의미가 있단 말이냐?"

안제가 주먹을 꽉 쥐며 분한 듯이 고개를 숙였다.

"으, 은인입니다. 리온은 제 은인입니다!"

"그에 대한 보답은 마련해 줬다. 너는 학원에 돌아가 있거라."

"──!"

안제는 뛰쳐나가다시피 집무실에서 나갔다.

◇

방을 뛰쳐나간 딸의 뒷모습을 바라보며, 빈스는 작게 한숨을 내쉬었다.

"나 참, 그냥 솔직하게 말하면 좋을 것을⋯⋯."

빈스가 서투른 자신의 딸을 지켜본 뒤 자리에서 일어서자 이번에는 길버트가 방에 들어왔다.

"아버님, 안제가 엄청난 얼굴로 뛰쳐나갔습니다만?"

"감시는 붙일 테니까 걱정할 것 없다. 안제한테는 미안하지만, 진실을 알면 무슨 짓을 할지 모르니까 말이다. 저 애는 너무 감정적이야. 차라리 그대로 마음을 확실히 정해 버리면 좋을 것을."

"지금까지 집안에 도움이 되도록 키워 왔으니 갑자기 자유연애를 하라고 말하면 곤란해하지 않을지요? 사정을 이야기하면 이해해 줄 겁니다."

빈스는 작게 웃고 있었다.

"미묘한 문제가 여럿 얽혀 있는 일이니 어쩔 수 없지. 그리고 우리가 억지로 밀어붙이면 다른 집안에서 불만을 토할 거다. 게다가 우리가 무슨 말을 해도 결국은 저 애의 마음에 달린 문제야. 친구 관계로 남을 건지, 그게 아니면……."

길버트는 천천히 고개를 끄덕이고는 빈스에게 조사 결과를 보고했다.

"지하 감옥에 있는 자작에게 접촉을 꾀한 자들을 조사하였습니다. 녀석들은 파르트너를 움직이지 못해 초조해하고 있습니다. 소유자를 죽이면 새로운 주인을 인정할지도 모른다는 이야기도 나오고 있습니다. 곧바로 처형하자고 폐하께 직소까지 한 모양입니다."

빈스는 팔짱을 꼈다.

"자작이 그렇게도 두려운가. 하긴, 혼자서 공국의 함대를 물리친 기사가 자신에게 화살을 겨눌 수도 있다는 생각이 들면 초조할 법도 하겠군."

공작가와 적대하던 파벌은 언젠가 리온의 화살이 자신을 향할지도 모른다는 막연한 두려움에 빠져 있었다. 빈스는 그들이 초조해하는 것도 이해할 수 있었다.

"신전 사람들도 동요하기 시작했습니다. 권력 투쟁도 한도가 있습니다. 이래서는 자칫 잘못하면 내란으로 나라가 갈라질 겁니다."

빈스는 팔짱을 끼고 있던 팔을 풀고 중얼거렸다.

"올 때가 왔을 뿐이다. 언젠가는 쓰려고 심어놓았던 폭탄이나 마찬가지였으니. 그나저나 나도 적이 참 많군."

빈스는 후작의 세력이 강력해진 이후로 그들에게 어찌 대응해야 할지 줄곧 고민하고 있었다.

"……참으로 어리석은 짓을 했어, 말콤."

빈스는 프램튼 후작의 이름을 중얼거리고는 길버트를 보고 웃었다.

"길버트, 안제가 사람 보는 눈이 있다는 생각이 들지 않느냐?"

길버트는 심경이 복잡한 표정을 짓고 있었다.

안제가 없었다면 공작가도 리온을 강하게 경계했을 테니까.

율리우스와의 약혼 파기는 뼈아팠지만, 그 덕에 공작가는 리온을 포섭할 수 있었다.

"보기에 따라서는 행운이라고 할 수 있겠지요. 섣불리 '제2왕자 전하'를 추대하지 않길 잘했습니다."

빈스도 길버트의 말에 동의했다.

"자, 그럼 너는 영지로 돌아가서 전투 준비를 해라. 나는 여기에 남아 할 일이 있다."

길버트가 고개를 끄덕이고는 잰걸음으로 방에서 나갔다.

그리고 빈스도 왕궁으로 향했다.

◇

학원 상공에 왕국군 군함이 떠 있었다.

갑옷을 착용한 기사들이 군함 주위를 지키고 있었고, 지상에도 기사와 병사들이 돌아다니고 있었다.

삼엄한 경비에 학생들은 팽팽한 긴장감을 느끼고 있었다.

마치 곧 전쟁이 일어날 것 같은 분위기였다.

안제는 학원에 돌아오자마자 교문에서 안제를 기다리고 있던 리비아와 마주쳤다.

리비아는 안제에게 곧장 달려와서는 다급하게 안제의 손을 잡았다.

"안제! 리온 씨가! 리온 씨가 사로잡혀서!"

안제는 리비아를 보며 넘쳐흐를 것만 같은 눈물을 참았다.

교문 앞에서 이야기를 풀어놓기에는 사람들의 시선이 너무 많았다.

"알고 있다. 안으로 들어가자."

안제는 리비아를 데리고 기숙사로 향했다. 발걸음을 옮기는 중에도 리비아의 불안은 가라앉을 줄을 모르고 있었다.

"리온 씨가 끌려가더니 클라리스 선배와 디어드리 선배도 학원에서 나가고…… 대체 무슨 일이 일어나고 있는 거죠?"

분주한 건 왕궁뿐만은 아니었다. 학원에도 파벌 싸움의 영향이 나오고 있었다.

"……전쟁이 일어날 거다."

"전쟁이요?!"

"조용히. 너무 큰 목소리를 내지 마라."

두 사람은 서둘러 리비아의 방으로 들어갔다.

방문을 닫고 나서야 비로소 긴장이 풀린 안제는 그대로 자리에 풀썩 주저앉고 말았다. 리비아의 부축을 받아 겨우 침대에 앉은 뒤 안제는 사건의 전말을 이야기하기 시작했다.

　"공국과 이어져 있는 자들이 있었다. 그 녀석들이 리온을 사로잡아 왕궁 지하 감옥에 처넣었어. 파르트너나 아로간츠도 이미 빼앗겼다."

　"그럴 수가! 리온 씨는 아무 잘못도 없잖아요!"

　"그들에게 그런 건 중요하지 않다. 녀석들은 리온이 방해되니까 제거하려 했을 뿐이야. 나한테 더 강한 힘이 있었다면 그 녀석을 지켜 줄 수 있었을 텐데……."

　한심하다며 침울해하는 안제에게, 리비아는 번뜩였다는 듯이 말했다.

　"왕비님! 왕비님께 부탁하면……!"

　안제는 조용히 고개를 저었다. 안제는 밀렌이 움직일 수 있다면 진작에 움직였으리라는 것을 알고 있었다. 상황이 이런데도 그녀가 리온을 놔두고 있는 건 움직일 수 없다는 의미나 마찬가지였다.

　"밀렌 님은 움직일 수 없으실 거다. 손은 쓰고 계시겠지만, 그게 실행되지 않는다는 건 누군가가 명령을 묵살하고 있거나 혹은 리온만 신경 쓰고 있을 상황이 아니라는 거겠지."

　갑자기 움직이기 시작한 후작 파벌.

　안제는 이것이 뭘 의미하고 있는지 알고 있었다.

본가에서의 정보와 대조해 보면 명백히 알 수 있었다.

"리비아, 이제부터 왕궁 내부는 권력 싸움으로 시끄러워질 거다. 자칫 잘못하면 내전이 일어날 거다."

"네?!"

내전이라는 말을 듣고 놀라는 리비아한테 안제는 자기 생각을 이야기했다.

"왕궁은 어디라고 할 것 없이 전부 엄중 경계 태세다. 아버님이나 오라버님도 움직이고 있어. 피를 흘리지 않았을 뿐이지, 이미 싸움은 시작된 거나 마찬가지다."

안제는 학원에 군함이 온 것도 유사시를 생각한 배치라고 생각했다.

'그렇다고 한다면 학원에 와 있는 비행선은 아버님이나 밀렌 님이 손을 쓴 건가?'

빈스가 학원에서 대기하라고 말한 것은 학원이 안전하기 때문이 아닐까?

그런 생각을 하고 있자, 리비아가 불안한 듯한 표정을 지으며 물었다.

"리온 씨는 어떻게 되는 건가요?"

안제는 괜찮다고 둘러대야 할 것인가 고민했지만, 리비아에게는 진실을 말하기로 했다.

"미안하다. 내 본가는 리온을 단념했다. 로스트 아이템을 빼앗긴 리온에게는 가치가 없다고 말씀하셨지. 밀렌 님도 이 상황에서는 리온을 구할 수 있을지 알 수가 없다. 자칫 잘못하면 처형될 수도 있을 거다."

그러자 리비아는 고개를 숙이더니 갑자기 자리에서 훌쩍 일어나 휘청이는 발걸음으로 방을 나가려고 했다.

안제는 황급히 리비아의 팔을 붙잡아 말렸다.

"어딜 가는 거냐!"

"안제, 미안해요. 저는 리온 씨를 구하고 싶어요. 어떤 수단을 써서라도."

"너……."

리비아 뺨에 눈물이 흐르고 있었다.

안제는 리비아가 무슨 생각을 하고 있는지 알아차렸다.

"기다려라. 나도 가겠다."

안제는 리비아와 함께 방을 나와 리온을 구할 가능성이 있는 사람에게 향했다.

◇

성녀가 된 마리에는 학원으로부터 특별한 방을 받아 쓰고 있었다.

여자 기숙사 중에서도 가장 큰 방. 안제와 같은 수준의 귀족 아가씨가 쓰는 방이었다.

그 방의 호화로운 소파에 다리를 꼬고 앉아 있던 마리에는 눈앞의 두 사람을 보며 속으로 상쾌함을 느끼고 있었다.

"나더러 그 모브 자식을 구하라고? 내가 왜 그래야 하지?"

마리에의 말에 곁에 있던 측근 여자들이 두 사람을 보며 쿡쿡 웃음을 흘렸다.

안제는 다시 한번 마리에한테 부탁했다.

"성녀라면 그를 구할 수 있다고 판단했다. 부탁이다. 리온을 구해줬으면 한다."

리비아도 고개를 깊이 숙였다.

"부탁드려요! 리온 씨를 구해주세요."

마리에는 의기양양한 미소를 띠면서 음료를 입에 머금었다.

'그 모브 자식이 붙잡혔다고 들었을 때는 무척 기뻤는데, 설마 이 두 사람이 나를 의지하다니, 이 어쩜 멋진 일일까!'

두 사람이 의지한 건 성녀인 마리에였다.

'뭐, 그 녀석을 구해줄 이유도 없고, 구할 방법도 딱히 떠오르는 게 없지만.'

마리에가 성녀의 자리에 앉긴 했지만, 아직 얼마 지나지 않았기에 조직을 움직이는 방법은 전혀 모르고 있었다.

당연히 리온을 석방하기 위한 절차도 전혀 모르고 있었지만, 그래도 이 기회를 이용하기로 했다.

마리에는 안제와 리비아를 보면서 말했다.

"너무 뻔뻔하지 않아? 나는 너희한테 있는 말 없는 말 실컷 들었는데?"

안제가 사과했다.

"용서해다오. 내가 어리석었다."

"그렇겠지! 그리고 그쪽의 머릿속 꽃밭녀."

"네, 넵!"

마리에는 리비아를 머릿속 꽃밭녀라고 부르고는 기분 좋게 물었다.

"부탁하는 것치고는 예의가 부족한 것 같지 않아?"

"예? 저기, 그럼⋯⋯."

난처해하는 리비아를 향해 마리에는 말했다.

"너희 둘. 사람들 앞에서 나한테 무릎 꿇고 엎드려서 사과해. 그렇게 하면 모브 녀석을 도와달라는 너희 부탁을 생각은 해 볼게."

마리에는 조건을 내밀며 그렇게 말했지만, 속으로는 별로 기대하지 않고 있었다.

'안젤리카는 자존심이 높으니까 어차피 이 이상은 못 할 거야. 꽃밭녀는 할 것 같긴 하지만, 두 명이 함께하는 게 조건이니 상관없겠지. 뭐, 진짜로 해도 곤란하지만. 자, 알았으면 어서들 가버려.'

마리에는 후회하고 있었다.

'으아아! 어쩌지?! 왜 이렇게 된 거야!'

식은땀이 마구 솟구쳐 나왔다.

학원 광장에 마리에와 안제, 리비아를 둘러싸고 사람들이 잔뜩 모여있었다.

마리에 곁에 있던 측근들이 두 사람의 모습을 보고 저마다 한 마디씩 내뱉었다.

"보세요, 마리에 님. 이 사람들의 불쌍한 모습을."

"공작 영애가 평민과 같이 머리를 숙이고 있어요. 게다가 땅바닥에 이마를 맞대고."

"꼴사납네요."

주위에 있던 학생들이 웃음을 흘렸다.

마리에 옆에 있던 카일이 기가 막힌다는 얼굴로 말했다.

"이런 짓까지 시켜도 괜찮은 건가요? 이건 제가 봐도 좀 아닌 것 같은데요."

광장에서 둘이 나란히 무릎을 꿇고 엎드린 리비아와 안제——주인공과 악역 영애를 앞에 두고 마리에는 식은땀이 멈추지 않았다.

분명 그렇게 하면 생각해 보겠다는 말은 했다. 그런데 이 두 사람이 진심으로 하리라고는 생각지 않았다.

아무리 우쭐대기 쉬운 마리에라도 이 광경은 부담스럽기 짝이 없었다.

'기다려! 진짜 기다려 봐! 어차피 못 할 테니까 아무 말이나 한 거였는데, 진짜로 하면 어쩌자는 거야?! 그 모브를 구할 방법 따

위를 내가 알고 있을 리가 없잖아!'

애초에 마리에는 리온을 구할 방책 따윈 하나도 몰랐다.

두 사람이 사람들 앞에서 엎드려서 사과했는데, 이대로 약속을 휴짓조각으로 만들었다간…….

주위에서는 두 사람을 비웃는 목소리가 들려왔다. 일을 벌인 마리에보다도 주위가 흥분해 있었다.

"공작 영애가 한심하네요."

"이런 사람의 측근을 하고 있었다니, 울고 싶네. 귀족의 오기는 없는 걸까?"

"남자를 위해서래. 그 발트파르트의 어디가 좋은 거람?"

안제의 측근이었던 사람들이 수군거리는 소리마저 들려오기 시작했다.

지위가 있는 사람이 쉽게 고개를 숙이면 아랫사람에게 본보기가 되지 않는다. 그래서 마리에도 안제가 무릎을 꿇지는 않으리라고 생각했다.

마리에가 이러지도 저러지도 못하는 중에도 마리에의 측근들은 안제와 리비아에게 계속 드센 태도를 보였다.

"자, 마리에 님한테 똑바로 부탁하도록 해!"

안제가 머리를 숙인 채 "리온의 목숨을 구해줬으면 한다"라고 간절히 부탁하자, 한층 더 깐족대며 몰아붙였다.

"아니잖아? 부탁하는 방식이라는 게 있지? 공작 영애님은 남한테 뭘 부탁하는 태도도 모르는 걸까?"

"!! 리온의 목숨을 구해주십시오—— 마, 마리에 님!"

마리에는 안제를 몰아붙이는 측근을 보고 한층 더 식은땀을 흘렸다.

"그쪽 평민도 말해."

"리온 씨를 구해주세요, 마리에 님."

"큭큭. 발트파르트가 없으니 참 비참하네. 그 남자 뒤에 숨어서 보호받고 있었으니까 말이지."

마리에의 측근들과 구경꾼들의 웃음소리는 끊일 줄을 몰랐다.

'얘들 왜 이래?! 측근들이 더 무섭잖아! 그냥 내 이름을 빌려서 울분을 풀고 있는 거 아니야?'

자기가 무릎 꿇고 엎드리라고 말한 건 뒷전으로 미뤄 두고, 주위 사람들한테 질색하는 마리에였다.

그리고——.

"마리에 님, 알맞은 발판이 있네요."

마리에 측근 중 한 명이 안제의 뒷머리를 가리켰다.

"어어?!"

다른 측근들도 뒤이어 말했다.

"어머, 그럼 공작 영애를 의자로 삼고 평민을 발판으로 쓰면 되겠네."

"성녀님의 의자가 될 수 있어서 기쁘지, 안젤리카?"

"얼른 대답하란 말이야!"

안제를 짓밟으려고 하는 여자를 보고, 마리에는 절규하고 싶어졌다.

'너희들 뭐 하는 거야아아아! 나를 파멸시킬 셈이야?! 이 녀석들한테 이런 꼴을 겪게 했다는 걸 알게 되면, 그 모브가 날 가만두지 않을 거라고! 이, 이대로 있다간 그 녀석한테 죽을 거야!'

무표정하게 라이플을 겨누는 리온의 모습이 떠오르자, 마리에는 다리의 떨림이 멈추지 않았다.

'그, 그 녀석 치트 아이템을 갖고 있다고! 그런 그 녀석이 진심으로 화냈다간 나는──!'

마리에의 두려움이 극에 달하려던 순간, 율리우스가 손을 뻗어 측근들을 제지하고 나섰다.

"너희들의 각오는 잘 봤다. 마리에, 이 이상은 불필요하다."

브래드도 뒤이어 말했다.

"그래. 이렇게까지 했으면 우리도 상응하는 성의를 보여야겠지."

질크도 고개를 끄덕였다.

"과거의 일은 이걸로 서로 흘려보내고 그녀들을 용서해 주도록 하지요, 마리에 씨."

크리스도 동의했다.

"이 이상 창피를 주면 마리에의 이름에 흠집이 간다."

그렉은 주먹으로 자신의 손바닥을 치고는, 마리에한테 웃어 보였다.

"이 녀석들이 이렇게까지 했다. 발트파르트 녀석을 구해주자고, 마리에!"

이 세계에서 '무릎을 꿇고 엎드린다'는 별다른 의미를 갖지 않는다. 이 다섯 명도 그냥 '이만큼 했으니 용서해 주자' 정도밖에 생각하지 않았다. 하지만 리온은 다르다. 그는 무릎을 꿇고 엎드린다는 것이 무슨 의미인지 알고 있다.

같은 전생자니까.

이 이야기가 리온에게 새어 나갈지도 모른다는 생각이 들자 마리에는 공포로 떨리기 시작했다.

'어, 어쩌지?! 실은 못 구해요, 같은 말을 했다가는 내 인생이 끝날 거야! 아니, 그보다 그 녀석 자력으로 탈출하면 되잖아! 왜 안 하는 거야! 바보 아니야?'

마리에는 어쩔 수 없이 자신만만한 얼굴로 기다리고 있는 다섯 사람에게 부탁했다.

"다들, 부탁해도 괜찮을까?"

다섯 명은 마리에를 향해 고개를 끄덕이고는, 그 자리에서 떠나갔다.

마리에는 한시라도 빨리 이 상황에서 도망치고 싶었다.

엎드리고 있는 두 사람에게 등을 돌리고 걷기 시작하자, 측근들이 따라오기 시작했다.

"마리에 님은 관대하네요."

"저라면 짓밟았을 거예요."

"어머, 나라면 옷을 벗기고 나서 사과시켰을 거야."

측근들의 말을 들은 마리에는 어쩐지 기분이 나빠지기 시작했다.

189

'못 웃겠어. 전혀 웃지 못하겠다고. 측근의 의미가 뭔데? 이 녀석들 대체 뭐야? 생각했던 거랑 전혀 다르잖아!'

떠들썩한 측근들 속에서, 카라만 조용히 마리에를 뒤따르고 있었다.

◇

마리에가 떠나간 뒤.

주위로부터 비웃음을 당하는 가운데, 안제와 리비아는 바닥에서 일어났다.

주위의 목소리는 한없이 차가웠다.

"저렇게까지 하다니."

"공작가는 한물갔네. 머리를 숙이는 의미를 모르고 있어."

"정말로 천박한 여자야. 평민 따위랑 사이좋게 지내고."

학생들의 조소를 들으며 두 사람은 걸어서 그 자리를 벗어났다.

리비아가 안제에게 말했다.

"저만 했으면 됐는데, 어째서 안제까지 그런 건가요? 안제는 본가의 입장이 있을 텐데……."

안제는 슬픈 듯이 웃었다.

"이게 최선이라고 생각했을 뿐이다. 본가에는 면목이 없어. 하지만 나는 그렇게 해서라도 리온을 구하고 싶었다. 나도 정말로 바보 같군……."

안제는 그렇게 말하고 웃는 얼굴로 눈물을 흘렸다.

"가문의 이름에 먹칠을 했으니 이로써 나는 버림 받겠지. 하지만 그렇게 해서 리온을 구할 수 있다면, 나는 그걸로 만족한다."

안제는 도리어 짐을 내려놓고 후련해진 것 같았다.

안제는 마리에에게 약혼자였던 율리우스를 빼앗기고, 약혼을 파기 당했다.

그런 안제가 마리에한테 고개를 숙였다. 리비아는 그게 얼마나 괴로운 일이었을지 상상조차 할 수 없었다.

'안제는 이렇게나 리온 씨를……'

자신과 안제를 비교하는 리비아는 가슴이 괴로워졌다.

◇

판오스 공국 상공.

부유섬을 비행선으로 만든 비행 항모를 중심으로 150척이 넘는 함대가 하늘을 가득 뒤덮고 있었다.

함대 주변에는 몬스터들이 날아다니고 있었다.

헤르트뤼더가 갖고 있던 마술피리는 왕국에 빼앗겼지만, 공국은 문제없이 몬스터를 부리고 있었다.

공국에는 마술피리가 하나가 더 있으니까.

두 번째 마술피리를 들고 있던 건 바로 헤르트라위다 제2왕녀였다.

14살.

언니와 닮은 찰랑찰랑한 검은 머리카락과 이목구비.

자매답게 외모가 비슷했지만, 마술피리 솜씨는 헤르트라위다가 더 뛰어났다.

한 번에 부릴 수 있는 몬스터의 수도 더 많고, 마술피리도 헤르트뤼더가 가지고 있던 것보다 강력했다.

사실 공국은 헤르트뤼더의 선발대만으로 왕국을 무너트릴 수 있을 줄 알았다. 그런데 리온이 나타나고 모든 계획이 수포로 변하자 공국은 매우 당황했다.

결국, 공국은 어쩔 수 없이 계획에 없었던 헤르트라위다를 출진시키기로 했다.

"귀축 기사가 움직이지 않는다는 정보는 틀림없겠지?"

헤르트라위다가 주위에 나란히 늘어선 중진들을 보며 묻자 한 신하가 대답했다.

"틀림없습니다. 귀축 기사는 체포당해 감옥에 있고, 그가 가지고 있던 비행선과 갑옷은 압수당한 상태라는 보고가 있었습니다. 왕국의 바보 귀족들은 태평하군요."

그때 기사의 보고가 올라왔다.

"공주님, 준비가 끝났습니다."

헤르트라위다는 작게 고개를 끄덕였다.

그녀는 곧장 공국의 미래를 건 싸움에 임했다.

"지금부터 왕국을 공격한다! 다들 떨쳐 일어서라! 목표는 호르파트 왕국 왕도. 다른 조무래기한테는 눈길을 주지 마라! ——출진하라!"

헤르트라위다의 목소리에 맞추어 주위 중진들이 위세 좋게 대답했다.

★제 16 화 「거짓된 성녀」

지하 감옥 안.

간수에게 자리를 비켜 달라고 한 나는 지금까지 찾아온 손님들을 떠올렸다.

이 녀석이고 저 녀석이고 제대로 되어 먹지 못한 놈들뿐이었다. 돈을 낼 테니 파르트너를 움직이는 법을 말하라든가, 동료로 삼아 주겠다든가, 자기 말을 듣지 않으면 죽이겠다고 협박하는 사람도 있었다. 하나같이 형편없었다.

루크시온이 어이없다는 듯 말했다.

『파르트너나 아로간츠를 넘기면 목숨만은 살려 주겠다는 귀족들의 입에 발린 말은 어떻게 좀 안 되는 걸까요? 레퍼토리가 매번 같지 않습니까.』

"안 되겠지. 넘겨주면 곧바로 죽이러 올 거면서, 다들 잘도 그런 거짓말을 한단 말이지."

아무래도 파르트너와 아로간츠를 압수해놓고도 쓰는 방법을 몰라 고생하고 있는 모양이었다.

아무리 그래도 그렇지. 나한테 작동법을 물어보다니, 제정신인가?

『정상적인 수단이 안 되니 해체를 시도했습니다만, 결국 도중에 포기했습니다. 파르트너가 불쌍한 취급을 당하고 있습니다. 마스터, 차라리 저희가 왕국을 멸망시키는 게 어떻겠습니까?』

"각하."

『그러면 지배 계층만 골라서——』

"싫어."

아로간츠는 어차피 컨테이너 안에 있으니 손댈 수 없을 테고. 파르트너는 선내를 제법 어지럽힌 모양이지만, 중요한 부분은 해체할 수 없으니 결과적으로는 둘 다 무사했다.

『마스터가 왕국을 저버리지 않는 것은 안젤리카나 올리비아, 그리고 밀렌이 이유입니까? 클라리스나 디어드리도 마스터 안에서 우선순위가 높다고는 생각합니다만, 만약 그 사람들이 지배층에 있어서 왕국을 지키고 싶으신 거라면 대안으로 내부 개혁을 권장하겠습니다.』

이 녀석, 내가 좋아하는 여자가 있으니까 왕국을 지키려 한다고 생각하고 있나?

하지만 그건 정답이 아니다. 물론 내부에서 개혁할 생각도 없다.

"너, 정말로 내가 왕국을 지키고 싶어 한다고 생각하나?"

『아닙니까?』

솔직히 이야기하자면, 난 왕국 따위 어찌 되든 상관없다.

그런데도 내가 왕국을 지키는 건, 나라가 없으면 백성이 곤란해지기 때문이다.

통치자가 없으면 난처한 것이다.

"내가 왕국을 멸망시키면 거기 살던 사람들은 어떻게 되는데? 나는 국가를 운영할 생각은 없어. 의욕 없는 녀석이 그런 짓을 하면 안 되는 거라고."

『그걸로 괜찮은 겁니까? 밀렌 님과 공작 파벌이 실패했을 경우, 마스터는 처형당하게 됩니다. 물론 그렇게 되도록 놔두진 않을 겁니다만, 마스터는 어째서 자신이 나서서 행동을 일으키지 않는 겁니까?』

"──나라가 날 버린다면 도망칠 뿐이야."

다행히 헤르트뤼더 씨도 마술피리도 왕국이 쥐고 있다.

그것들을 도로 빼앗기지 않는 한 왕국은 지지 않을 것이다.

피해는 나오겠지만, 그건 왕국의 책임이다.

『그러면 백성을 위해서 들고일어나 보시는 건?』

"아무도 바라지 않겠지."

이 세계의 전쟁은 영민을 억지로 모아 창을 쥐여 주고 전장에 내보내는 식이 아니다.

만약 영민을 병사로 삼고자 한다면 제대로 된 교육을 거쳐 병사를 만들어야만 한다.

애초에 비행선과 갑옷을 타고 하늘에서 싸워야 하기에 사실 영민을 징발해도 큰 의미가 없었다.

압정을 펼치는 영주도 있긴 하지만, 호르파트 왕국은 비교적 백성에게 상냥했다. 이것만큼은 여성향 게임 세계답게 온화한 설정이었다.

그래서 왕국의 백성은 나라를 향한 불만이 많지 않았다. 싸우는 건 기사나 군인이 하고, 결혼 활동으로 고난을 겪는 건 일부 귀족 남자들뿐.

그야 아예 불만이 없는 사람은 없겠지만, 하필 가장 불만을 품고 있는 게 자작이나 남작 등 나같이 미묘한 귀족들이었다. 뭐 이런 짜증 나는 세계가 다 있지?

어쨌든, 그래서 내가 세상을 바꾸고자 반란을 일으킨다 해도 따라올 백성이 없었다.

다들 지금 생활에 만족하고 있는 거다. 그런 상황에 나 혼자 날뛰어 봐야 나만 나쁜 놈이 될 뿐이었다.

"그리고 이래 보여도 나는 기사라고."

『마스터가 말하는 기사란 여성에게는 상냥하고 국가한테는 호구인 존재입니까?』

"바보 자식. 백성을 지키는 게 기사잖냐."

『그건 겉치레 아닌지?』

"나는 겉치레랑 허울 좋은 말을 정말 좋아한다고. 학원 여자들이 시키는 대로 말을 듣고, 이 나라를 위해서 뼈가 빠지도록 일하는 것보다는 훨씬 나아. 그리고 그렇게 말해야 리비아가 기뻐한다고."

안제는 조금 난감한 표정을 짓겠지만 말이다.

『정말 가벼운 이유였군요. 조금 감동했는데 엉망진창입니다.』

"너는 나한테 뭘 기대하고 있는 거야? 아니, 그보다 뭘 시키고 싶은 거야?”

　오히려 그 이야기로 감동한 게 놀라울 지경이다.

　『함께 신인류를 섬멸할 수 있다면 좋겠다고 기대하고 있습니다.』

　──나는 너한테 어떤 반응을 하면 좋을지 모르겠어.

◇

　이날도 어김없이 감옥에서 지내고 있는 내 앞에 손님이 찾아
왔다.

　“한심하군요, 발트파르트 자작.”

　질크가 쇠창살 너머로 내 앞에 서서는 실망했다는 듯이 고개를
가로저었다.

　“빈정대려고 지하 감옥까지 온 거냐? 너도 참 한가하구나.”

　그러자 질크는 심히 유감이라는 듯이 가슴을 폈다.

　“마리에 씨의 부탁으로 온 것뿐입니다. 당신을 구해줬으면 한
다고 해서 말이지요.”

　“뭐? 마리에가? 무슨 함정인가?”

　“실례되는 사람이군요. 기껏 구하러 와 줬는데, 그 태도는 뭡니
까?”

　질크는 내게 말했다.

　“잠시 기다려 주십시오. 금방 지하 감옥에서 꺼내주겠습니다.”

　“네가?”

이 녀석한테 그런 권한이 있었나? 그건 그렇고, 마리에가 어째서 나를 구하려 하고 있지?

여러 가지 생각이 머릿속에서 맴돌았지만, 일단은 어쩔 생각인지 물어보기로 했다.

"날 어떻게 구하겠다는 거지?"

"이래 보여도 저의 본가는 궁정 귀족입니다. 여러 가지로 연줄이 있지요."

"그건 네 힘이 아니라 본가의 힘 아니야?"

"그게 무슨 문제입니까? 뭐, 안심하고 기다려 주십시오."

질크는 그렇게 말한 뒤 지하 감옥에서 나갔으나── 잠시 후 상당히 너덜너덜한 모습으로 돌아왔다.

머리까지 흐트러진 게 심하게 다툰듯한 꼴이었다.

"──실패했습니다."

"왠지 그럴 것 같더라."

"아, 아닙니다. 제가 이야기를 꺼내기 무섭게 반성부터 하라고 하시면서 제 이야기를 들어 주지 않으셨습니다!"

그건 너의 평소 행실이 나쁘기 때문이라고.

결국, 질크는 어깨를 풀썩 떨군 채 지하 감옥에서 나갔다.

도움이 안 되는 녀석이구먼.

◇

다음으로 찾아온 건 그렉이었다.

이 녀석은 들어올 때부터 이미 꼴이 엉망진창이었다. 어디서 싸움이라도 했는지 옷은 찢어지고 얼굴에는 얻어맞은 흔적까지 있었다.

"──미안하다, 발트파르트. 본가에 가서 너를 꺼내 달라고 부탁했더니 아버지와 싸움이 났다."

아무래도 아버지와 다투기만 하고 실패한 모양이었다.

"너도 마리에한테 부탁받은 거냐?"

"그렇긴 하다만, 나는 네게 빚이 있으니까 말이다. 이번에는 내가 구하려고 생각했는데, 아버지한테는 얻어맞기만 하고, 실패했다."

약간 복잡한 기분이었지만, 날 구하겠다고 마음먹어준 것 자체는 기뻤다.

"아버지한테 사과해 두라고. 너희는 민폐를 너무 많이 끼쳐."

그러자 그렉이 내 얼굴을 물끄러미 보았다.

"뭐야?"

"발트파르트, 나도 너한테만큼은 그런 말을 듣고 싶지 않다."

"아니?! 어째서냐!"

이 자식을 조금은 좋은 녀석이라고 생각했던 내가 바보였다.

◇

다음 방문객은 브래드였다.

앞서 온 두 사람과는 달리 교복에 흐트러짐도 없거니와 싸움을 한 흔적도 없었다.

단지 브래드는 조금 겸연쩍었는지 내 앞까지 와서도 머리카락을 매만지기만 할 뿐, 입을 열지 않았다.

"너도 날 구하러 온 거냐?"

아무리 시간이 지나도 말하지 않기에, 내가 먼저 말을 건넸다.

그러자 브래드는 시선을 이리저리 헤매면서 말했다.

"그, 그럴 생각이었는데── 본가와 연락이 안 된다."

"무슨 일 있었냐?"

"왕도에 있는 필드 가의 저택에 가족이 아무도 없었어. 그래서, 그게……."

그러니까, 나를 구하고자 했는데 의지할 가족이 모두 자리를 비운 상태라 아무것도 못 하고 여기 왔다는 거군.

"알았으니까 울 것 같은 표정 짓지 마."

"우, 울지 않았다!"

이 녀석들은 대체 뭘 하고 싶은 거지?

◇

이번엔 다섯 바보의 네 명째인 크리스가 지하 감옥에 찾아왔다.

"너도 날 구하기 위해 본가를 의지한 거냐?"

크리스가 입을 열기도 전에 먼저 그렇게 물었더니, 그는 놀란 얼굴로 대답했다.

"아, 아는 건가? 아직 아무 말도 하지 않았는데?"

나는 바보 취급당하고 있는 걸까? 그게 아니면 이 녀석이 바보인 건가?

"아침부터 너희들이 번갈아 가면서 계속 같은 실패를 되풀이하고 있으니 좋든 싫든 예상이 간다."

"다들 여기에 왔었던 거냐? 그렇다면 한 명쯤은 성공하겠지. 나는 실패하고 말았다. 미안하다, 발트파르트."

의기소침해하는 크리스였으나, 나로서는 결과보다 크리스의 상태가 더 신경 쓰였다.

"풀 죽기 전에, 얼른 가서 상처 치료부터 하는 게 어때? 뭘 하면 그렇게까지 너덜너덜해지는 거야?"

그렉도 심했지만, 크리스는 그 이상으로 심각했다.

안경 렌즈까지 깨져 있었다.

"아버님께 널 구해 달라고 부탁했더니, 목도를 들고 날 쫓아다니셨다."

"너도 고생이 많구나."

"하지만 그 뒤에 잘 생각해 봤더니, 아버님께 정치적인 움직임을 바라는 건 어렵다는 생각이 들었다."

아버지한테 너덜너덜하게 두들겨 맞고 냉정해졌는지 크리스가 푸념을 늘어놓기 시작했다.

이 녀석은 지하 감옥에 뭘 하러 온 거지?

"아버님은 검성이라 불리며 이 나라의 검술 지도를 맡고 계시지만, 그건 정치적으로는 중요한 위치가 아니니까 너를 구하는 건 어려울 것 같았다."

"그, 그러냐."

"여러 이유를 대며 거절하시기에 '못 하시는 겁니까?'라고 물었더니 이 꼴이 됐다."

그건 아버님도 화내시겠지.

혹시 이 녀석, 본가에 싸움을 걸고 싶었던 건가?

"무리라면 무리라고 말해 주셨으면 했다."

"너, 그런 태도로 구해달라고 말한 거냐? 애초에 나를 구할 생각이 있긴 했는지 의심스러울 정도라고."

이 녀석의 아버님도 정치적인 입장에 여러 가지로 불만을 품고 있었던 걸까?

그런 아버님의 신경을 건드렸다면 이런 꼴이 될 법도 하지.

그리고 최후의 다섯 번째 바보.

율리우스 전하가 내 앞에 나타났지만, 나는 율리우스가 입을 열기 전에 먼저 입을 열었다.

"돌아가!"

"어, 어째서지! 아직 아무 말도 안 하지 않았나!"

당황하는 율리우스 전하에게 나는 말하지 않아도 안다고 전했다.

"네 뺨을 보면 금방 알 수 있어. 나를 구하려다가 실패한 거지?"

율리우스 전하가 눈에 띄게 침울해졌다.

"그렇다. 어머님께 너를 지하 감옥에서 꺼내주었으면 한다고 부탁했더니 이 꼴이다."

따귀를 맞았는지, 율리우스 전하의 뺨에는 깔끔한 손자국이 있었다.

밀렌 님을 화나게 만들다니 굉장한데.

반대로 무슨 짓을 한 건지 물어보고 싶어졌다.

"그것만으로 뺨을 맞은 거냐?"

"아아, 그래. 갑작스러워서 깜짝 놀랐다. 무표정한 얼굴로 때리셨기에 괜히 더 무서웠다."

"그 사람이 그런 짓을 한다니 상상이 안 되는데."

"너는 모르겠지만, 어머님은 무서운 사람이기도 하다. 하지만 대체 뭐가 잘못이었던 거지? 너는 어머님 마음에 든 녀석이고, 지하 감옥에서 꺼내주었으면 한다고 말한 것만으로도 따귀를 때리는 건 이상하지 않나."

나를 지하 감옥에 넣어 놓고 있는 게 네 어머님이라고 말해 주고 싶었다.

하지만 극비 사항이다.

밀렌 님이 이 녀석한테 사정을 이야기하지 않았다는 것은, 그 걸 말할 만큼의 믿음이 없다는 얘기였다.

──조금 불쌍해지기 시작했다.

하지만 이 녀석한테는 전과가 있으니까 말이지.

안제와의 약혼을 파기했을 때처럼, 뭔가 바보 같은 짓을 저질 렀어도 이상하지 않다.

"뭔가 이상한 말이라도 한 거 아니냐?"

"하지 않았다! 게다가, 처음에는 너를 꺼내주었으면 한다고 부 탁하니 복잡한 듯한 표정을 짓고 계셨다. 그래서, 밀어붙이면 가 능한 게 아닐까 하고 이것저것 말해 버렸다."

"이것저것?"

"그래. 마리에가 성녀가 된 덕분에 나와의 사이에서 약혼 이야 기가 떠오른 것은 알고 있나?"

뜬금없는 이야기였지만 나는 일단 들은 적은 있다고 대답했다.

안 좋은 예감이 드는데.

"며느리가 될지도 모르는 마리에의 부탁입니다, 같은 식으로 말했더니 갑자기 어머님의 얼굴에서 표정이 사라졌다. 이번 기회 에 협력하여 사이가 좋아질 계기가 될 수 있다면, 하고 생각했다 만……."

──그야 열 받으실 만도 하구먼. 그건 표정이 사라지는 게 당 연해.

너, 그걸로 밀렌 님이 기뻐할 줄 알았어?

바보야? 아, 바보였지.

"넌 그만 가라."

"오늘은 돌아가지. 하지만 반드시 구해내 주겠다, 발트파르트."

진지한 얼굴로 그렇게 말하고 지하 감옥을 나가는 율리우스 전하를 보고, 나는 밀렌 님도 힘들겠구나 싶어 마음이 아팠다.

숨어 있던 루크시온이 모습을 보이고는 말했다.

『그들은 뭘 하고 싶었던 걸까요?』

"저 녀석들 바보지."

『마스터도 마찬가지라고 생각합니다만?』

"저 녀석들이랑 똑같이 취급하지 마. 화낸다."

『실례했습니다. 그들 이상 가는 왕멍청이였죠.』

"너는 정말로 나를 싫어하는구나."

『그것보다도 마스터, 일이 성가셔지기 시작했습니다.』

"성가셔지다니?"

◇

왕궁 내에 있는 회의실.

그곳에 프램튼 후작 파벌이 모여있었다.

그중 한 귀족이 불안한 표정으로 프램튼 후작에게 물었다.

"후작, 정말로 괜찮겠습니까? 공국군은 몬스터까지 이끌고 대함대로 쳐들어왔다던데, 이대로 있다간 침공당한 영주들이 비참한 꼴을 맞이하는 게……."

──공국군이 움직였다.

그 보고를 받고 대책을 취하기 위해 모인 것이다.

"예정보다도 빨랐던 건 사실이지만 문제없다. 왕국군 편제를 서두르시게."

"곧바로 움직일 수 있는 부대를 먼저 파견해야만 하지 않겠습니까?"

이제부터 일어날 비극을 상상한 귀족에게, 프램튼 후작은 딱 잘라 말했다.

"필요 없네."

"예?"

"공국이 쳐들어간 영지는 밀약으로 공국에 넘기기로 한 땅일세. 이 정도로 공국이 전쟁을 그만두고 우리를 지원해 준다면 값싼 대가 아니겠나."

"하, 하지만, 공국군의 규모가 상상 이상입니다! 자칫 잘못되면……."

귀족뿐만 아니라 영민도 어찌 될지 알 수 없다.

그러나 프램튼 후작은 그것마저 내쳤다.

"왕국을 하나로 모으려면 어쩔 수 없는 희생이네. 뭘, 우리에겐 새로운 로스트 아이템이 있지 않나. 그걸 해석하면 언젠가는 잃은 영지도 되찾을 수 있겠지. 왕국군이 전장에 도착할 때까지, 공국군이 마음대로 날뛰게 내버려 두게나. 왕국군과 공국군이 충돌

하면 적당할 때 공국군이 물러나기로 되어있네. 이걸로 왕국의 체면도 세울 수 있을 걸세."

후작은 이미 변방의 영주들을 내버리고, 공국군이 오든 말든 신경도 쓰고 있지 않았다.

다른 귀족이 프램튼 후작에게 알렸다.

"후작, 신전 측에서 이번 싸움에는 성녀님도 참전시키고 싶다는 요청을 보내왔습니다."

"……성가신 녀석들이군."

"성녀에게는 마(魔)를 물리치는 힘이 있다는 것 같습니다."

"성녀의 힘이라는 건가? 들은 적은 있다만, 정말 믿을 수 있는 건가?"

"신전 측이 자신 있어 하는 걸 봐서는 거짓말은 아닌 듯합니다."

프램튼 후작은 신전이 참가하는 것을 탐탁잖게 여기고 있었다.

하지만 신전 측도 이를 알고 있는지 조건을 걸었다.

"신전은 만약 이번 전쟁에 주축을 신전으로 세워준다면 율리우스 전하의 왕태자 복귀를 포기하겠다고 했습니다."

프램튼 후작은 그 말을 듣고 생각에 잠겼다.

'성녀의 힘을 알리고, 신전의 권위를 높일 생각인가?'

"흠, 공국이 순순히 물러나지 않았을 때를 위한 대비도 필요하겠지."

"예. 병사들도 공국이 몬스터를 조종한다는 소문을 듣고 공포를 느끼고 있으니. 성녀님이 있다면 사기를 높일 수 있을 겁니다."

"어느 쪽이든 이 건이 무사히 해결되면 내 지위는 반석 같아진다. 이 기회에 신전 측에 영예를 양보해서 은혜를 입혀 두는 것도 나쁘지 않겠지."

공국이 침공을 진행하는 와중에도 왕궁 귀족들은 앞날의 이야기로 들떠 올라 있었다.

◇

지하 감옥 늦은 시간.

"최근, 흔들림이 많군."

나는 감옥에서 미세한 흔들림을 자주 느끼고 있었다.

"그건 그렇고, 정말 매일같이 손님이 오는데."

『그만큼 마스터가 우수한 미끼라는 뜻입니다.』

"전혀 기쁘지 않군."

손님이라 해봐야 날 찾아오는 건 나를 속이려 하는 귀족들뿐이었다.

매일같이 찾아와서는 파르트너의 기동 방법이나 아로간츠를 넘기라는 말을 하는 거다.

처형을 들먹이며 협박하기도, 나를 회유하려고 이 방법 저 방법으로 교섭을 시도하기도 했다.

이건 후작 파벌만의 이야기가 아니었다.

여기저기서 여러 인간이 나를 이용하려고 찾아왔다.

그리고 가장 먼저 인내심이 바닥난 건—— 프램튼 후작 파벌이었다.

지하 감옥의 딱딱한 침대 위에 누워 있었더니, 루크시온이 말을 걸었다.

『아무래도 왕국은 마스터의 기대에 부응하지 못한 모양입니다.』

——안제 아빠나 밀렌 님이라도 무리였나.

무장하고 있는 것인지 철컥철컥하는 발소리를 내며 수많은 인원이 지하 감옥으로 가까이 다가오는 것을 알 수 있었다.

"여기까지군."

『마스터는 기대가 너무 과합니다.』

파트너의 잔소리에 귀가 따가웠다.

나를 감시해야 하는 사람은 교대를 위해 자리를 비우고 있었다.

그 타이밍에 찾아온 무장한 녀석들 가운데 낯이 익은 얼굴이 선두에 서 있었다.

프램튼 후작 파벌에 속해 있는 30대의 자작이었다.

그는 손에 든 술병을 나에게 주며 입을 열었다.

"발트파르트 자작, 홀로 외로울 것 같아서 사식을 가져왔네."

볼 것도 없었다. 저건 독이 든 술이다.

"미안하지만 난 나이가 찰 때까지 술을 마시지 않기로 했거든. 가지고 돌아가든가, 다 같이 마시도록 해."

자작은 바보 취급하듯 나를 비웃었다.

"언제까지 추잡하게 살아있을 생각이지? 썩어도 귀족이라면 깨끗하게 죽는 게 옳지 않겠나."

깨끗하게 독으로? 난 제2의 인생은 노쇠로 죽을 예정이니 사양하겠다.

그보다, 결국은 이런 결과가 되었나── 매우 유감이군.

슬슬 지하 감옥에서, 아니, 왕국에서 도망칠까 하고 생각했던 차에 뭔가 분주한 발소리가 들려왔다.

루크시온이 모습을 보이자 자작 일행이 놀라서 권총이나 라이플을 겨누었다.

"보고에 있었던 사역마인가! 사로잡아라! 이걸로 그 비행선은 우리 것이다!"

『설령 마스터가 죽는다고 하더라도, 당신들한테는 따르지 않습니다. 그것보다 뒤를 조심하는 게 어떻습니까?』

감옥 입구에서 뛰쳐 들어온 것은 목검을 든 크리스였다.

그대로 자작 뒤에 있던 기사들을 때려눕혀 나갔다.

"발트파르트, 무사한가!"

어째서 크리스가 여기에? 그렇게 생각하고 있었더니, 곧이어 질크가 나타나서는 자작이 들고 있던 권총을 총으로 쏘아 떨어뜨렸다.

"발트파르트 자작을 죽이게 두지 않겠습니다."

자작이 고통을 이기지 못하고 권총을 놓친 손을 반대 손으로 붙잡으면서 들고 있던 독이 든 술병이 바닥에 떨어져 깨졌다. 자작은 질크 일행을 노려봤다.

"너, 너희들. 자신이 대체 무슨 짓을 저지르고 있는지 알고 있는 거냐? 내 뒤에 누가 있다고 생각하나. 지금의 너희들 정도라면 어떻게든——"

『조용히 하시죠.』

루크시온이 자신의 몸을 흥분해 소리치던 자작의 머리 위에 떨어뜨려 기절시켰다.

질크가 열쇠로 문을 열고는 서둘러서 나를 밖으로 피신시키려 했다.

"자, 서둘러 주십시오."

어째서 이 녀석들이 날 구하러 오는 거지? 루크시온을 봤더니, 외눈을 세로로 끄덕이는 것처럼 움직이고 있었다.

미끼 작전은 어쩌지? 도망쳐도 괜찮은 건가?

"어째서 너희가 여기에?"

"여러 가지로 손을 썼습니다만, 모조리 실패해서 말이죠. 마침 밖에서 큰일이 일어나고 있기에 그사이에 당신을 구하고자 실력 행사에 나섰습니다."

"너희 역시 바보구나."

크리스도 내게 말을 건넸다.

"덕분에 늦지 않았다. 다행이지 않나."

나는 질크나 크리스한테 등을 떠밀리다시피 지하 감옥 계단을 뛰어 올라갔다.

출구까지 가자 브래드와 그렉의 모습이 보였다.

두 사람은 구속된 간수를 내려다보고 있었다.

"너희도 왔던 거냐? 그 사람은 어떻게 된 거야?"

같은 편인 간수마저 쓰러트린 건가 싶었는데, 그게 아니었다.

"우리가 왔을 때는 이미 이 꼴이었어."

"그것보다도 서두르자고. 율리우스가 기다리고 있으니까 말이지."

간수가 무사함을 확인한 나는 네 사람과 함께 왕궁 내를 숨어서 나아갔다.

그때—— 나는 또 지면이 흔들리는 걸 느꼈다.

◇

네 사람의 안내를 받아 도착한 곳은 안뜰이었다.

안뜰의 나무 뒤쪽에 숨어 있던 율리우스 전하가 이쪽으로 다가왔다.

"기다리고 있었다."

"야, 어째서 안뜰 같은 데로 온 거야? 도망치는 거 아니었어?"

내가 그렇게 말하자, 율리우스 전하는 조금 자랑하듯 설명을 늘어놓았다.

"이곳에는 왕족밖에 모르는 탈출로가 있다."

"그런 비밀을 나한테 알려주지 말라고! 바보냐? 너란 녀석은 역시 바보인 거냐?"

"구해줬는데 무슨 말버릇이 그런가. ──이런, 어쩐지 흔들림이 많군."

작은 목소리로 옥신각신하고 있자, 또다시 지면이 흔들렸다.

건물에 둘러싸인 안뜰에서 우리 여섯 명이 모여 이야기를 하고 있었더니 루크시온이 경보를 전했다.

『마스터, 포위당하고 말았습니다.』

"뭐?"

안뜰이 갑자기 쏟아진 빛에 단숨에 밝아졌다. 눈이 부셔서 손으로 눈을 가리자 무장한 기사들이 달음질로 다가오는 소리가 들려왔다.

루크시온에게 아로간츠를 가져오라고 명령한 순간.

"기다려 주십시오, 율리우스 전하! 저희는 적이 아닙니다!"

그런 목소리가 들려왔다. 율리우스가 소리가 난 쪽으로 나를 감싸듯 앞으로 나섰다.

"그러면 이곳을 지나가게 해주겠나."

그러자 기사가 율리우스를 말리며 대답했다.

"저희는 발트파르트 자작을 구출하기 위해서 온 겁니다."

"나를?"

믿어도 괜찮은 건지 고민되는군.

거짓말을 하고 있을 가능성도 있다.

어느 쪽이든 루크시온이 아로간츠를 여기까지 옮기려면 몇 분이 걸린다고 했으니, 일단 교섭하면서 시간을 벌려고 했으나, 내 앞에 예상 밖의 인물이 나타났다.

"……아버님."

율리우스 전하가 들고 있던 검을 내렸다.

"율리우스, 진정하거라. 모두 무기를 집어넣고 이쪽으로 오거라."

율리우스 전하의 부친——【롤랜드 라파 호르파트】국왕 폐하였다.

조금 곱슬기가 있는 긴 회색 머리카락과 수염.

큰 키와 잘 단련된 늘씬한 육체.

왕으로서의 위엄을 지닌 사람이었다.

우리는 상대가 폐하인 걸 알자마자 무릎을 꿇었다.

"발트파르트 자작, 노고를 끼쳤군. 하지만 덕분에 이쪽도 정리가 되었다."

그건 안제 아빠 쪽 세력이 이겼다는 의미인가?

"아버님, 발트파르트는 살해당할 뻔했습니다!"

율리우스 전하의 호소에 폐하는 고개를 끄덕인 뒤 대답했다.

"전부 알고는 있다만, 지금은 느긋하게 이야기하고 있을 시간이 없다."

대지가 흔들리자, 폐하는 심각한 얼굴로 아래를 바라보았다.

◇

내가 옷을 갈아입고 안내받은 곳은 왕궁의 회의실이었다.

회의실의 의자에는 나라의 중진들이 앉아 있었지만—— 이상하게도 수가 적었다.

자리에는 폐하뿐만 아니라 왕비님—— 밀렌 님까지 있었다.

빈스 씨의 모습도 있었다. 과연, 나를 옹호하고 있던 사람들의 모임인가.

"건강해 보이는군, 자작."

"어찌어찌 버텨서 괜찮습니다."

비아냥 한마디라도 해주고 싶었지만, 도움을 받은 상황이라 강하게 나갈 수 없었다.

주위를 보니 율리우스 전하를 비롯한 다섯 바보의 모습은 없었다.

시선으로 누굴 찾고 있는 것인지 알았는지, 폐하가 답해 주었다.

"율리우스와 나머지 네 명은 별실에서 대기하고 있다. 아니, 구속했다고 하는 편이 좋으려나."

그 말을 듣고 경계하자, 밀렌 님이 내게 사정을 이야기했다.

"오해하지 말아 줘. 그 애들을 지키기 위해서 숨기고 있는 거야. 리온 군과 마찬가지란다."

"저를 불러낸 이유를 들을 수 있겠습니까?"

"물론."

대답은 빈스 씨가 했지만, 설명해 준 것은 버나드 대신, 클라리스 선배의 아버지였다.

"공국 함대가 왕국 본토에 상륙했다. 주변 정찰함이나 방어 부대 함정이 10척 이상 격추당했고, 갑옷도 이미 100기 이상 격추당했다."

왕국은 국력으로는 우위에 서 있지만, 각지에 전력을 분산 배치하였기에 힘을 한데 모을 수가 없는지라 공국의 습격에 상당한 피해를 보고 있었다.

"적 함정은 대략 150척. 갑옷의 수는 불명. 몬스터의 수는 헤아릴 수 없다는 보고가 와 있다. 하늘을 가득 뒤덮는 수였다는 듯하더군."

나는 곧장 헤르트뤼더 씨와 마술피리가 떠올랐지만, 빈스 씨는 내가 입을 열기도 전에 보충 설명을 해주었다.

"전하와 마술피리는 지금도 왕궁에 있다. 공국에 마술피리가 하나 더 있었던 모양이야. 우리는 그걸 제2왕녀 전하가 다루고 있는 게 아닐까 생각하고 있다."

상황이 심각한 만큼 집중해서 듣고 있었는데 전혀 예상 밖의 단어가 들려왔다.

"'제2왕녀'라고 하셨습니까?"

빈스 씨가 당연한 듯이 대답했다.

"그렇다. 헤르트라위다 전하다."

공국에 제2왕녀가 있다니, 나는 처음 듣는 이야기였다.

심지어 마술피리도 하나 더 있다? 그런 설정은 그 여성향 게임에 없었다.

아니, 설명하지 않았을 뿐이지 설정에는 있었던 건가?

혼란에 빠져 생각이 정리되지 않았다.

하지만 이야기는 그게 다가 아니었다. 폐하는 나를 바라보며 입을 열었다.

"그뿐만이 아니다. 공국과 발맞춰 다른 나라들도 움직이기 시작했다. 국경을 맡기고 있는 군이나 영주 귀족들에게서 구원 요청이 빗발치고 있어. 사방팔방에서 공격받고 있는 것이 현 상황이다."

버나드 대신이 설명을 이어받았다.

"지방에 배치한 군사들은 그쪽에 대응하느라 움직일 수 없다. 원군은 기대할 수 없을 것 같아."

"왕도에도 전력은 있지 않습니까? 그러모으면 상당한 수가 될 터입니다만."

주위가 너무 비관하고 있는 것처럼 느껴졌다.

내 의문에 대답해 준 것은 밀렌 님이었다.

"며칠 전에 신전 측에서 협력 요청이 있었어요. 신전 측이 성녀를 앞세워 공국군과 싸우겠다고. 왕궁은 회의를 통해 왕국의 군함 200척을 신전 측에 파견했습니다."

밀렌 님이 침울해하며 이야기했다.

마리에라는 성녀를 얻으면서 강경해진 신전 측과 후작의 파벌이 손을 잡고 공국군을 상대하러 갔단 말인가.

그 결과.

"──공국에 패배했습니다. 돌아온 건 10척 정도예요."

◇

며칠 전.

율리우스 일행이 리온 구출을 위해 움직이고 있을 무렵, 마리에가 있는 곳으로 신관이 찾아왔다.

"마리에 님, 성녀로서의 힘을 보이실 때가 왔습니다."

"어쩔 수 없네~."

한껏 치켜세워져 기분이 좋아진 마리에는 아무것도 모르는 채 비행선에 탔다.

"──어?"

비행선 갑판.

성녀의 옷으로 몸을 감싼 마리에는 목걸이, 팔찌, 지팡이 등, 성녀를 나타내는 도구를 들고 있었다.

갑판에 부는 바람은 차갑고 머리카락은 자꾸 흐트러져 불만이 많았지만, 눈앞의 광경 앞에선 사소한 문제였다.

"──이, 이게 뭐야?!"

신전이 보유하는 전력은 30척 정도. 왕국에서 빌린 200척을 합치면 공국보다도 전함 수가 많았지만, 공국에는 쉽게 쓰고 버릴 수 있는 몬스터가 있었다.

말 그대로 하늘을 가득 메운 몬스터에 마리에는 겁을 먹고 떨기 시작했다.

몬스터들이 밀어닥치자 마리에는 비명을 지르며 지팡이를 치켜들었다.

"오지 마아아아!"

그 순간 성녀의 지팡이가 눈부시게 빛나며 함대를 뒤덮을 만큼 거대한 실드를 만들어 냈다.

하얀 무늬가 일렁이는 커다란 빛은 몬스터가 닿는 족족 저편으로 날려 버렸다.

주위의 신관과 신전 기사들은 기적이라며 마리에를 찬양했다.

"성녀님의 힘이다!"

"이길 수 있어. 우리는 이길 수 있다고!"

"전군, 전진하라! 이대로 공국 함대를 쫓아내는 거다!"

마리에가 몬스터를 무력화하자 병사들의 사기도 오르기 시작했다.

경직된 미소를 띤 마리에도 빛이 몬스터를 물리치는 모습을 보고 안도했다.

'뭐, 뭐야. 할 수 있잖아. 조금 걱정이었는데.'

평소라면 이렇게까지 긴장하지 않았겠지만, 이날은 율리우스를 비롯한 다섯 명이 곁에 없었다. 신전 측에서도 다섯 명이 함께 가기를 바라고 있었으나. 운이 나쁘게도 그 다섯은 리온을 구출하고자 동분서주하고 있었다.

늘 곁을 지키던 카일은 신전 측의 반대로 함께 오지 못했다.

결국, 마리에는 혼자서 불안하게 싸워야 했다.

물론 신전 신관이나 기사들이 곁을 지키고 있었지만, 모르는 얼굴뿐이라 마음이 약해져 있었다.

하지만 마리에가 탄 호화로운 비행선이 앞으로 나아가자, 다가오던 몬스터들이 실드에 부딪쳐 저 멀리 튕겨 나갔고, 이를 본 마리에는 점점 기운이 솟기 시작했다.

"그래. 쉽잖아. 나는 성녀야! 이 정도로 쓰러뜨릴 수 있다고 생각했다면 오산이라고!"

처음에 불안해하던 마리에는, 이내 곧 점차 성녀의── 자신의 힘에 도취하기 시작했다.

◇

공국 측은 마리에를 선두로 하여 다가오는 왕국 함대를 보고 있었다.

헤르트라위다도 작전 테이블 위에 놓인 아군과 적 말을 보며 전황을 살피고 있었다.

"성녀의 힘은 진짜인 것 같네."

주위 중진들이 헤르트라위다를 보고 있었다.

헤르트라위다는 의자에서 일어나더니 옆에 있던 여성에게서 마술피리를 받아 들었다.

중진 중 한 명이 말했다.

"공주님, 함대는 이미 왕국 본토에 들어섰습니다. 예정과는 다릅니다만, 작전을 진행하셔도 문제없을 것 같습니다."

"──그래."

헤르트라위다는 그렇게 말하고는 진지한 표정으로 피리를 바라본 뒤, 심호흡을 한 번 하고 입을 댔다.

여기서부터 앞으로 나가면 돌이킬 수 없다.

긴장되지만, 각오를 굳히고 피리를 불었다.

그 음색은 요사스러웠으며 동시에 아름다웠다.

주위 사람들이 눈을 감고 그 음색을 들었다.

'자, 성녀님── 공국의 분노를 막아낼 수 있을까?'

전장 상공에 갑자기 두꺼운 구름이 몰려오면서 전장이 차차 어두워지더니, 구름 속에서 터무니없이 거대한 몬스터가 나타났다.

하얗고 둥근 몸에는 눈이 몇 개나 달려 있었고, 여기저기 혈관 같은 것이 맥박치고 있었으며, 긴 팔도 여럿 달려 있었다.

덩치가 어찌나 큰지, 어중간한 부유섬보다도 거대해 보였다.

몸통만으로도 몇천, 몇만 미터가 될지 알 수 없는 수준이었다.

갑자기 출현한 몬스터에 왕국 함대는 동요하기 시작했다.

헤르트라위다는 피리에서 입을 떼더니 힘이 빠진 듯 휘청였다.

주위 사람들의 부축을 받으며 헤르트라위다는 웃음을 흘렸다.

"이걸로, 왕국은 끝이야."

중진들이 손뼉을 쳤다.

감동에 젖어 눈물을 머금은 자마저 있었다.

"이로써 왕국을 향한 오랜 원한을 풀 수 있습니다!"

"훌륭하십니다, 공주님!"

"수호신님 앞에서 왕국군도 손 쓸 도리가 없겠지요. 이제 왕국에 쳐들어가 헤르트뤼더 왕녀 전하를 구출하기만 하면 됩니다!"

헤르트라위다는 바깥의 상황을 보기 위해 부축을 받은 채 바깥으로 나갔다.

함선 바깥은 바람이 거칠게 불고 있었다.

시선 끝에서 거대한 몬스터가 왕국군을 손으로 공격하는 모습이 보였다.

이윽고 성녀가 발동한 실드가 파괴되자, 거대한 팔이 비행선을 후려치고 수많은 눈에서 빛이 나와 적선을 꿰뚫어 불태우기 시작했다.

"너희의 대지는 하늘과 바다의 협공으로 가라앉을 거야."

진심으로 왕국을—— 대륙을 가라앉히려 하는 공국.

헤르트라위다는 창백한 얼굴로 웃고 있었다.

지쳐서 얼굴이 창백한 건지, 그게 아니면 자신이 한 짓이 무서워져서 얼굴이 창백해진 건지—— 주위에 있는 사람들은 누구도 신경 쓰고 있지 않았다.

◇

거대한 손바닥이 닥쳐왔다.

마리에는 몸을 웅크렸고, 손에서 지팡이를 놓았다.

아군 비행선이 거대한 손에 부딪혀 파괴되어 가자, 주위 신관과 신전 기사가 외쳤다.

"성녀님, 실드를!"

"성녀님의 힘으로 저 괴물을 쓰러뜨려 주십시오!"

"성녀님, 지팡이를!"

지옥 같은 광경에 주변에 있던 사람들이 성녀, 성녀 하며 마리에에게 매달렸다.

마리에는 공포에 젖어 울부짖었다.

"저런 걸 어떻게 쓰러뜨리라는 거야! 나는 몰라. '저 녀석'이 나온다는 말은 안 했잖아! 애초에 나는—— 진짜 성녀가 아니란 말이야!"

마리에의 비명에 주위 사람들이 넋을 놓고 있자, 몬스터 손에 날아간 비행선이 마리에가 탄 배 위를 스쳐 지나갔다.

비행선이 장난감처럼 파괴되고, 날아가고, 불탔다.

눈앞에 있는 것이 무엇인지, 무얼 상대하고 있는 건지 알 수 없었다.

마리에는 이미 공포에 발이 굳어있었다.

그저 몬스터를 올려다보며 눈물을 흘릴 뿐이었다.

"이런 걸 어떻게 하라고——! 어쩔 방법이 없잖아! 누가 구해줘!"

비행선들이 포격으로 격렬히 저항했지만 아무런 효과가 없었다.

괴물은 앞에 있는 모든 것을 파괴하며 천천히—— 왕도를 향해 나아갔다.

신전 기사 중 한 명이 외쳤다.

"퇴, 퇴각! 퇴각이다! 곧바로 후퇴하라!"

마리에가 탄 비행선이 황급히 뱃머리를 돌렸다. 그사이에도 아군 비행선은 잇달아 사라져갔다.

대지에 떨어진 비행선이 폭발하면서 대지에 불꽃이 퍼져 나갔다.

200척이 넘던 비행선이, 이제는 고작 10척도 채 남아 있지 않았다.

마리에는 줄곧 무릎을 끌어안고 주저앉아 울고 있었다.

전생의 그날과 마찬가지로 울고 있었다──.

◇

"──이상이 일의 전말입니다."

밀렌 님의 보고가 끝났다.

폐하가 중얼거리듯이 말했다.

"악몽이군."

빈스 씨도 난처한 얼굴로 말했다.

"이미 함선을 그러모아서 어찌할 수 있는 수준이 아니야. 게다가, 이 지진도 문제일세."

빈스 씨는 음료를 다 마시고 빈 컵을 테이블 위에 눕혔다.

그러자 컵이 천천히 굴러갔다.

대륙이 미세하게 기울어 있다는 의미였다.

몬스터—— 초대형 몬스터가 출현하고 나서부터 지진이 다발하고 있었다.

무언가 관계가 있는 게 분명했다.

"발트파르트 자작, 솔직하게 묻지. 자네라면 이길 수 있겠나? 자네와 자네의 로스트 아이템이라면 저 괴물을 이길 수 있나?"

버나드 씨의 말에 나는 침을 삼켰다.

만약 그 괴물이 마지막 보스와 같은 특성이 있다면—— 불가능하다.

루크시온으로는 쓰러뜨릴 수 없다.

밀리지는 않겠지만 이길 수도 없다.

——아무리 쓰러뜨려도 부활할 테니까.

게임이라면 포기하고 중요한 분기까지 되돌아가서 다시 시작해야 하는 상황이었다. 나조차도 '아, 이거 막혔네' 하는 생각이 들고 말았다.

"……알 수 없습니다."

하지만 그건 전부 내 예상일 뿐이다. 실제로는 상대가 어떤지 모르기에 대답할 방도가 없었다.

빈스 씨가 굴러가던 컵을 손에 쥐면서 말했다.

"그렇겠지. 하지만 우리는 자작에게 기대할 수밖에 없다. 자네만이 움직일 수 있는 로스트 아이템으로 쓰러뜨릴 수 없다면——

왕가의 배를 움직여야 한다."

그러자 밀렌 님이 눈을 가늘게 뜨고 빈스 씨를 노려봤다.

"공작, 그 이야기를 이 자리에서 하다니, 무슨 생각입니까?"

뭔가 말썽을 빚고 있는 모양인데, '왕가의 배'란 스토리 후반에 주인공과 선택받은 공략 대상 남자가 타는 비행선이다.

다른 비행선에 비하면 강력하지만, 루크시온보다 뛰어난 수준은 아니다. 어쩌면 파르트너한테도 밀릴 수 있다.

하지만 왕가의 배는 특별한 힘이 있다.

"지금이 아니면 언제 쓰겠단 말씀입니까? 이 상황에서 전력을 아끼는 건 바람직한 상황이 아닙니다."

"──!"

밀렌 님이 뭔가를 말하려 했지만, 폐하가 끼어들어 제지했다.

"그만둬라. 빈스, 너도 알고 있지 않나── 왕가의 배는 자격을 지닌 자가 모이지 않으면 움직이지 않는다. 그리고 나와 밀렌만으로는 움직일 수 없었다."

있었지, 그런 설정.

게임에서도 주인공과 공략 대상 남자가 함께 타는 게 조건이었다.

하지만 이번에는 다른 문제가 하나 더 있었다.

리비아와 공략 대상인 다섯 명 사이에 사랑이라는 이름의 유대가 존재하지 않는다는 점이다.

사랑이 없다면 왕가의 배는 움직이지 않는다는 설정이었다.

즉 이 상황을 타개하기 위해서는—— 주인공을 대신해 마리에의 힘을 써야 했다.

사랑이라는 이름의 유대와 성녀의 힘을 마리에한테서 빌려야 한다.

"폐하, 부탁이 있습니다. 왕가의 배를 사용하게 해주십시오. 그리고, 마리에와 그 다섯 명의 힘이 필요합니다."

그러자 폐하는 내게 불쾌감을 나타냈다.

"그 의미를 알고 있는 건가? 그리고, 그건 무리다."

밀렌 님이 고개를 가로저었다.

"유감이지만 불가능해요. 왕가의 배는 빌려줄 수 없습니다. 그리고 성녀 마리에는…… 신전이 처형을 발표했어요."

◇

나는 루크시온과 함께 별실로 이동했다.

폐하를 비롯한 다른 사람들은 지금도 회의 중이었다. 나한테는 파르트너와 아로간츠 반환을 약속하고 대기 명령이 내려졌다.

뭐, 나도 아직 왕국의 기사니 대기 명령에는 따라야지. 마침 따로 생각하고 싶은 것도 있고.

의자에 앉아 입 앞에서 양손을 깍지 끼고 생각하고 있자, 루크시온이 내 옆에 다가왔다.

『성녀를 사칭한 마리에는 화형이나 책형을 당하겠군요. 정말

귀족이라는 신인류의 후예는 추하군요. 이제 와서 무의미한 짓을 하다니.』

마리에의 처형은 단순히 자기 입으로 가짜라고 폭로해서 결정 난 게 아니다. 마리에가 뭐라 했든 성녀의 아이템은 분명 마리에를 성녀로 인정했다. 실제로 성녀의 지팡이를 다루기도 했다.

그런데도 마리에의 말 한마디로 처형이 나온 건, 신전과 후작의 파벌이 막대한 피해를 낸 패전의 책임을 마리에의 폭로를 빌미로 몽땅 떠넘겼기 때문이다.

즉, 마리에는 신전 측과 후작 파벌의 정치적 희생양이었다. 웃지 못할 이야기였다.

『그나저나 회의에서 쫓아내고 대기 명령이라니, 어수룩해 빠진 사람들이군요. 아직도 마스터가 충성심을 품고 왕국을 위해 일해 주리라 믿고 있으니 말이지요. 파르트너도 아로간츠도 돌려주마, 같은 태도가 마음에 안 듭니다. 멸망시키겠습니까?』

나는 고개를 가로저었다.

『──유감입니다.』

솔직히 말해서, 내게 '왕국'은 별로 중요하지 않았다.

게임 시나리오상으로도 배드엔딩을 향해 진행 중이고, 덧붙여서 나는 처형 위기에 처해 있었다.

가까스로 막아 주기는 했지만, 왕국이 위기 상황에 내몰려 있다는 사실에는 변함이 없었다.

게다가 지금은 협의의 장에서 쫓겨난 상태였다.

머리 한구석에 이제 그냥 너희들 마음대로 하라지, 라는 생각이 들었지만, 그래도 나는 채 결단을 내리지 못하고 있었다.

『마스터, 무슨 생각을 하십니까?』

"루크시온, 너라면 이 상황에서 이길 수 있겠어?"

루크시온이 내 주위를 떠다니면서 물었다.

『승리 조건이 무엇입니까?』

"대지를 침몰시키는 것을 막는다. '초대형'이 왕도에 오기 전에 쓰러뜨린다."

초대형이라고 호칭하게 된 터무니없이 거대한 몬스터가 내가 알고 있는 마지막 보스와 같다면 왕도를 향하여 나아갈 터다.

실제로 루크시온도 왕도를 향해 전진하고 있다고 말했다.

『불가능합니다. 마스터가 말했듯이, 지지는 않을지라도 상대가 계속 부활한다면 시간 벌이밖에 할 수 없습니다. 그리고, 초대형의 반응은 둘. 허공에 떠 있는 대지를 감싸는 것처럼 하늘과 바다에서 왕도를 향해 오고 있습니다.』

대지에 커다란 구멍을 뚫어 버리면 루크시온이 그 구멍을 이용하여 두 마리와 동시에 싸울 수 있을지도 모르지만, 그런 큰 구멍을 뚫으면 대륙도 무사하다고 하기는 어렵겠지.

결국, 루크시온 본체가 상대할 수 있는 건 어느 한쪽뿐이었다.

"두 마리나 있는 건가? ——최악이구면."

『만약 승리를 노리신다면, 마스터가 왕국의 모든 전력을 움직일 수 있는 자리에 있어야 합니다. 다만, 국왕의 낌새를 보건대 왕국의 모든 전력과 왕가의 배를 맡을 수 있는 자리는 총사령관 뿐일 것 같은데, 지금 마스터의 상황을 생각하면 어려울 것 같습니다.』

정말로 최악의 상황이었다. 왕가의 배를 맡으려면 그만한 지위가 필요한데, 나한테는 그런 지위는커녕 신용도, 실적도 없었다.

승리를 위한 조건이 부족했다.

『이 대륙에서 도망치는 것을 추천합니다.』

도망치는 게 좋다는 건 알고 있다. 나도 이런 왕국에 미련은 없다.

하지만, 그렇게 되면——.

『어라, 마스터가 정말 좋아하시는 스승님이군요.』

방에 노크 소리가 울리자, 루크시온이 모습을 감췄다.

대답하니 스승님이 서빙 카트를 밀며 방에 들어왔다.

"실례하도록 하지요, 미스터 리온."

"스승님……."

스승님은 평소와 다름없이 신사적으로 차를 준비하기 시작했다. 왕국군이 패배했다는 말을 듣고 도망치기 시작하는 귀족이나 기사들도 있는 상황인데도 침착한 모습이었다.

스승님이 내민 홍차를 마시자, 조금 진정이 됐다.

"미스터 리온, 고민하고 있군요."

"아하하하, 그렇게 보이시나요?"

도망쳐야 할 것인가, 싸워야 할 것인가—— 나는 자신의 우유

부단함이 싫었다.

웃으며 얼버무리려 했지만, 미소가 지어지질 않았다.

"사정은 왕비님에게서 들었습니다. 무슨 일로 폐하를 화나게 만들어 퇴석 당했다고요."

왕가의 배를 빌려달라고 말을 꺼낸 게 문제였던 것 같다.

극비로 관리하는 비행선이니까. 말투나 타이밍이 나빴다. 좀 더 신중하게 다가가야 했다.

"왕비님이 걱정하고 계셨습니다. 미스터 리온은 여성의 마음을 사로잡는 것이 저보다 능숙하군요. 다음에 가르침을 받도록 하지요."

나는 스승님의 농담에 애매하게 웃으며 물었다.

"스승님. 스승님은 왕국에서 도망치시지 않는 겁니까?"

"저는 이래 보여도 왕국의 작위와 계급을 가진 기사입니다. 마지막까지 왕국에서 제가 할 수 있는 일을 할 겁니다. 제가 할 수 있는 일은 많지 않겠지만요."

스승님은 남아서 싸우실 생각이었다.

이거다. 이런 거다.

내가 구하고 싶은 사람들도 버릴 수 없는 것이 있어서 왕국에 남은 건지도 모른다.

억지로 데리고 가면 스승님은 어떻게 생각하실까?

"──도망치지 않으시겠습니까?"

"미스터 리온. 당신이 도망친다 해도 저는 책망하지 않겠습니다.

하지만 제 결심은 변하지 않습니다. 이건 신사로서, 그리고 기사로서의 결의입니다."

기사로서?

내가 고개를 갸웃하자, 스승님은 내게 미소를 지어 보였다.

"작금은 여성에게 상냥한 것이 기사라고 합니다만, 저의 기사도는 소중한 사람들을 지키는 것. 기사도를 굽힐 생각은 없습니다."

왕국에 호구처럼 이용당하는 기사도, 여성향 게임이 요구하는 여성에게 상냥한 기사도 아닌, 스승님 나름의 기사도가 있는 모양이었다.

나처럼 게임에서 이름조차 없던 모브인데—— 어찌 이리도 멋진 사람일까.

"기사도입니까."

"미스터 리온의 기사도를 물어봐도 되겠습니까?"

나는 홍차를 다 마시고는 자리에서 일어났다.

"저는 이래 보여도 겉치레를 좋아해서 말이죠. 백성을 지키는 기사도를 정말 좋아합니다."

학원 여자에게 상냥한 기사도도, 나라가 써먹기 편한 기사도도 싫다.

"잘 마셨습니다. 저는 가보겠습니다."

"어디에?"

"이 상황을 타개하기 위해—— 총사령관이 되어야 할 것 같아서 말이죠. 폐하를 설득해볼 생각입니다."

내 말에 스승님이 눈을 휘둥그레 뜨더니, 곧바로 평소의 표정으로 돌아왔다.

웃거나 아니면 화를 내실 줄 알았는데, 진지한 표정을 하고 계셨다.

"그렇다면 왕비님을 의지하도록 하세요. 미스터 리온, 그분은 왕궁 내에서도 상당히 융통성이 있으신 분입니다. 분명 도움이 되어 주실 것입니다."

"폐하보다도, 말입니까?"

"예, 그렇습니다. 다만, 제가 도울 수 있는 건 이 정도입니다. 총사령관이 되고 싶다면, 자신의 말로 왕비님을 설득해 보이도록 하세요."

나는 감사의 말을 전하고 방을 나섰다.

"그렇게 하겠습니다. 스승님—— 감사합니다."

잰걸음으로 복도를 걷자, 루크시온이 나를 따라왔다.

『도망가지 않으시는 겁니까?』

"그만뒀어. 공국이랑 싸울 거다."

『출셋길을 싫어하시는 거 아니었습니까? 총사령관은 마스터가 원하던 자리가 아닙니다. 마스터의 방침과 어긋나 있습니다.』

출세하고 싶지 않은데도 총사령관이 된다니, 모순도 이런 모순이 없었다.

　그러나──.

　"그렇지. 근데, 남자라면 한 번 정도는 그런 자리에 앉아보고 싶은 법이라서 말이야."

　『겉치레로 싸울 생각입니까? 이해할 수 없군요.』

　백성을 위해 싸운다? 확실히 내가 말하니 거짓말 같다.

　하지만 나는 진심이다.

　전생이 일반인이었기 때문일까?

　왕국 백성은 나와 아무런 상관이 없는데도, 나는 차마 그들이 죽어가는 걸 모른 척할 수는 없었다. 예를 들어 하루하루를 이럭저럭 견실하게 살아가고 있는 행복한 가정이 있다고 치자. 대지가 가라앉으면 그 사람들은 모두 꼼짝없이 죽음을 맞이한다.

　마리에 때문에 엉망진창이 된 이 세계 최대의 피해자는 바로 그들이었다.

　나는 그걸 알고 있는데도 나 혼자 도망칠 만큼 대담하진 못했다.

　그것만으로도 이유는 충분했다.

　"몇천만 명이나 되는 사람이 죽는 걸 구경하는 취미는 없어."

　『도망쳐도 문제없습니다. 마스터 책임이 아닙니다. ──그 결단은 이해 불능입니다.』

　"나도 이해 못 하겠어. 지금도 도망치고 싶다고. 하지만 여기서 도망치면 분명히 나중에 후회하겠지. 침대에 누웠을 때, 그걸로 괜찮았던 걸까 하고 끝없이 고민하게 될 거라고. 난 그런 인생은 결단코 사절이란 말이다.”

나는 혼자 도망친다면 이 일을 두고두고 번민할 거란 확신이 들었다. 이후의 인생을 고민 속에서 보내는 건 사양이다.

애초에 나는 기사라고. 지구로 따지자면 나라를 지키는 군인이란 말이다.

그런 사람들이 전쟁이 일어나자마자 가장 먼저 도망친다면, 나도 원망할 거다.

『출세할 생각입니까? 성공한다고 하더라도, 마스터는 성가신 일에 휘말리게 될 거라고요.』

“그런 건 이기고 나서 고민하면 돼. 지금은 생각해봐야 쓸데없는 짓이라고.”

출세는 지금도 흥미가 없다. 가능하다면 태평하게 살고 싶으니까.

하지만——.

“이 녀석이고 저 녀석이고 의지가 안 되니까 내가 하겠어. 너도 도와라, 루크시온.”

『——어쩔 수 없는 마스터군요.』

「유대」

"진심으로 하는 말인가요?"

나는 독실에서 밀렌 님과 마주 보고 있었다.

어떻게든 밀렌 님과 자리를 만든 나는 곧장 지휘권이 필요하다는 뜻을 전했다.

내 말을 들은 밀렌 님은 기가 막힌다는 얼굴을 했다.

학생을 총사령관으로 삼는다는 건 제정신으로 할 수 있는 인사가 아니었다. 나는 그만큼 황당한 부탁을 하고 있었다.

"진심입니다. 지휘권을 원합니다. 부탁드릴 수 없겠습니까?"

밀렌 님의 태도는 냉정했다. 평소의 귀여운 느낌은 온데간데없었다.

"신용과 실적이 너무나도 부족합니다. 당신을 추천하면 제정신이냐는 의심을 살 거예요."

"그렇겠죠. 하지만 이기기 위해서는 그래야만 합니다. 이대로는 이길 수 없습니다. 그게 불가능하다면 저는 망설임 없이 왕국에서 도망칠 겁니다. 저 말고 다른 적임자가 있다고 생각하십니까?"

지금의 왕국에는 판오스 공국과 '초대형'을 상대로 싸울 수 있는 자가 없다.

도망친다는 말을 들은 밀렌 님은 고개를 숙이고 "지금까지 모른척했던 대가가 돌아오는 건가……" 하고 중얼거렸다.

"폐하와 중신들은 공국 본대에 돌격할 생각입니다. 초대형을 무시하고 단기 결전으로 끌고 들어갈 생각이에요."

"그래서는 접근조차 할 수 없습니다. 전멸할 뿐입니다."

"리온 군, 능력만으로 모든 것이 결정되지는 않아요. 설령 당신이 저 뭣한 폐하보다 훌륭하고 유능하다 해도, 사람들은 폐하를 믿을 겁니다. 인간이란 그런 존재예요. 총사령관 자리에 당신을 앉혀도 아무도 인정하지 않을 거예요."

'뭣한'이라니?

폐하한테 가시가 돋친 듯한 말투가 잠깐 신경 쓰였지만, 나는 호기심을 억누르고 교섭을 이어갔다.

내심 밀렌 님이 은근히 날 높게 사고 있는 게 기뻤다.

"다른 녀석한테 맡긴들 이길 수 없습니다. 왕가의 배가 필요합니다. 왕가의 배가 가진 특별한 힘이 말이죠."

어째서 그걸 알고 있는 거지? 그런 표정을 짓는 밀렌 님을 벽 쪽으로 몰아넣고, 나는 벽에 손을 짚었다.

"!! 그, 그게 어떤 배인지 알고 있니? 그건——"

"건국의 원동력이자 왕가가 가진 비장의 패. 다릅니까?"

"그래, 맞아. 쉽게 빌려줄 수 있는 물건이 아니란다. 그건 로스트 아이템이야."

루크시온과는 또 다른 로스트 아이템이지만, 이번만큼은 반드시 그게 필요했다.

나는 밀렌 님과의 거리를 한층 좁혔다.

"필요합니다. 빌려주십시오."

"비, 빌려준다고 해도 움직이질 않는단다. 나와 폐하도 움직일 수 없었어."

"율리우스 전하와 마리에를 쓸 겁니다. 다른 네 명도 모아 주십시오."

"성녀는── 마리에는 처형을 기다리는 몸이잖니."

이건 타협할 수 없다. 무슨 일이 있어도 마리에가 필요하다.

마리에가 죽는다고 곧바로 리비아가 성녀가 된다는 보장도 없고.

가장 확실한 방법을 써야 한다.

비행선을 움직이며 성녀의 힘을 발휘하는 건 마리에와 다섯 바보한테 맡기고, 나머지는 리비아에게 맡기면 된다.

역할을 분담한다. 지금은 이것밖에 떠오르지 않았다.

"루크시온, 왕비님께 설명해 드려."

『예.』

루크시온이 출현하자, 밀렌 님은 "이게 보고에 있었던 사역마?" 하고 놀라면서 루크시온을 바라보았다.

그리고 초대형이 두 마리 존재하며, 하늘과 바다에서 대지를 에워싸는 것처럼 이동 중이라는 말을 듣고 왕비님의 얼굴이 새파래졌다.

"정말?"

『사실입니다. 더욱더 나쁜 소식은, 두 마리가 출현했을 때부터 통신 상황이 상당히 나빠졌습니다. 적이 더 가까이 오면 통신은 거의 사용할 수 없다고 생각해야 하겠지요.』

왕비님이 왼손으로 얼굴을 누르고 있었다.

"들으면 들을수록 성가시네. 리온 군, 이길 수 있겠어?"

"이길 겁니다. 그래서 그걸 준비해달라고 말씀드리는 거니까요."

"성녀와 왕가의 배……. 과연, 총사령관 지위가 필요한 까닭이 그거였구나."

밀렌 님이 표정을 굳게 다잡고 내 눈을 바라봤다.

"당신을 총사령관으로 삼겠다고 말하면, 프램튼 후작이 반대하겠지요. 현재 왕궁 내 최대 파벌을 적으로 돌리게 될 겁니다. 당신을 도와줄 수 있는 사람은 얼마 없어요."

루크시온에게 시선을 향하니, 외눈으로 끄덕이고 있었다.

"상관없습니다."

"하아…… 자업자득이라고는 해도 다른 기사들한테도 당신 같은 충성심이 있었다면…… ."

"자업자득이라 하심은?"

"일부 남성들에게 부담을 강요하는 지금의 왕국을 말하는 거예요. 무사히 돌아오면 알려주도록 할게요. 확실하게 이기고 돌아오도록 하세요. ——알겠지요?"

고개를 끄덕이자, 밀렌 님이 얼굴을 붉히며 귀여운 헛기침을 했다.

"그, 그리고, 리온 군, 슬슬 떨어져 주면 고맙겠는데……."

어이쿠, 그랬지.

거리를 벌리자 밀렌 님이 심호흡하고 나서 나를 봤다.

"리온 군에게는 빚이 있으니 교섭은 제가 진행하겠습니다. 하지만, 정말로 아군은 적어요. 이 상황이니 전력을 기대해도 곤란해요. 그래도 이길 수 있습니까?"

"괜찮습니다. 게다가, 저는 믿는 구석이 있습니다."

문제없다.

지금이야말로 우정이라는 이름의 유대가 지닌 힘을 쓸 때다.

왕도는 대혼란에 빠져 있었다.

도망치는 사람들 속에는 귀족들의 모습도 있었다.

통탄하게도 이런 왕국을 위해 죽고 싶진 않다고 외치며 직무를 내버리고 애인과 도망치고 있었다. 참고로, 다들 정처라고 할까, 본처는 내버려 두고 도망치고 있었다.

이유를 아는 만큼, 영 복잡한 기분이었다.

왕궁에서 학원으로 돌아온 나는 평소와 다른 광경에 자신의 눈을 의심했다.

"자, 잠깐만. 나도 데리고 가!"

"이제 와서 나한테 기대지 말라고. 실컷 무시해 온 주제에!"

'변경 자작가의 후계자'가 매달리는 여자를 난폭하게 뿌리쳤다.

한편 다른 쪽에서는 늘 인기가 있던 '왕도에 사는 부자 자작'이 여자한테 매달리고 있었다.

"날 버리는 거냐! 그만큼 갖다 바쳤는데!"

"여기 남아도 죽을 뿐이야! 왕도가 없어지면 너한테 무슨 가치가 있는데?!"

남학생들이 학원을 떠나면서 평소와 우위 관계가 반대로 뒤집혀 있었다.

──전혀 기쁘지 않은 광경이었다.

루크시온이 나를 안내했다.

『마스터, 이쪽입니다. 다들 모여서 뭔가 의논 중인 것 같습니다.』

"남아 있는 학생이 있어서 다행이군. 루크시온, 너는 리비아와 안제 쪽으로 가라. 두 사람은 어떻게 해서든 지켜! 그리고, 아는 사람들한테도 말을 걸어 둬."

『그건 문제없습니다만, 마스터 혼자서 괜찮습니까?』

괜찮다.

나와 모두의── 다니엘이나 레이먼드와의 우정은 진짜니까!

"걱정하지 마. 다들 분명 협력해 줄 거니까."

"아니, 무리잖아."

"응, 무리."

친구들이 모여있는 곳은 창고로 쓰던 빈 교실이었다.

갑자기 태도가 뒤바뀐 여자들을 피해 여기에 다 같이 숨어 본가에서 마중이 올 때까지 기다리던 모양이었다.

나는 그들 한 명 한 명을 붙잡고 함께 전장으로 나가 달라고 부탁했지만, 다니엘이나 레이먼드처럼 싫다는 대답이나 안 된다는 대답만 돌아왔다.

"너희들 어쩔 생각이야!"

"당연히 도망쳐야지! 왕국군은 사실상 전멸했어. 200척 가까운 함대로도 손조차 못 쓰고 당한 몬스터랑 어떻게 싸우란 건데!"

레이먼드의 냉정한 판단은 틀리지 않았다.

"리온도 포기해. 너도 원죄로 체포당했었잖아? 왕국을 위해 힘낼 필요 없다고. 왕국이 지더라도 공국에 따르면 될 뿐이야."

다니엘도 의욕이 없었다.

보통 부유섬을 영지로 지닌 영주들은 강한 나라에 따르고 있을 뿐이지 깊은 충성심은 없었다. 왕국이 패배하면 다음을 찾을 뿐이다.

주변에 있던 다른 학생들도 다 비슷한 반응이었다.

"그렇지. 너희들 그거 아냐? 공국은 남자 쪽이 더 강한 모양이야. 결혼은 오히려 여자가 안달이 나 있대."

"정말이냐! 난 공국에 충성을 맹세하겠어!"

"나도!"

이 녀석들의 심정은 마음이 아플 정도로 잘 알고 있지만, 너희들 좀 더 충성심을 가지라고!

아니, 나도 없지만 말이야!

친구들이 침착한 이유는 고향이 본토가 아니라 부유섬이라는 점이 크다.

본가로 도망쳐 버리면, 그 뒤로는 폭풍이 지나가는 것을 기다리기만 하면 되는 것이다.

오히려 허둥지둥하고 있는 건 평소 돈으로 거만하게 굴던 그룹이었다.

그들은 본토에 영지를 갖고 있거나 아니면 궁정 귀족의 자제들이라 전쟁에서 도망칠 수도 없었다.

뭐, 말이 그렇다는 거지, 이미 도망치거나 공국에 붙거나 할 생각을 하고 있었지만.

힘이 있는 지방 영주들은 공국 이외에 다른 나라와의 싸움으로 움직일 수 없었지만, 전력을 내보내길 꺼리면서 형세를 관망하고 있었다.

왕국의 위기인데도 참으로 지독한 상황이었다.

왕비님이 말했던 대가라는 건 이런 건가.

나는 남자들뿐인 교실에서 심호흡했다.

속으로 남정네 냄새가 난다고 생각하면서, 품에서 서류를 꺼내 모두에게 보여줬다.

"너희들, 이걸 봐라."

레이먼드가 안경을 손가락을 쓱 밀어 올리면서 서류를 확인했다.

"이거, 비행선 매매 계약이잖아. 이게 어쨌다는 거야?"

"너희들은 이미 나한테서 비행선을 수취했지. 지금쯤은 각자 영지에서 선원 교육을 하고 있을 무렵일 거야. 그렇지?"

다니엘이 고개를 끄덕였다.

"그렇지. 다루기 쉽고 무척 성능이 좋아서 기뻐하고 있었어."

다들 훌륭한 군함을 손에 넣었다며 매우 기뻐했지만, 레이먼드만은 새파래져 있었다.

"리온, 이건——"

"그래. 너희가 가진 비행선은 내 본가에 있는 공장에서만 정비할 수 있어. 믿지 못하겠으면 시험 삼아 다른 공장에 가지고 가봐. 완벽한 정비는 불가능할걸? 신기술이 가득해서 정비를 게을리하면 얼마 안 가서 움직이지 않게 될 거다."

계약서에는 내 독자적인 기술도 많으니까, 정비는 내 공장에 맡기라고 적혀 있다.

기껏 손에 넣은 비행선이 움직이지 않게 된다는 걸 알게 되자, 그들이 당황하기 시작했다.

"나는 공국과 싸울 거다. 그러면 어떻게 될까? 왕국이 이기면 너희는 내게 마음의 빚이 생기겠지. 사실상 나에게 비행선을 저당 잡히고, 앞으로 내 비위를 맞추는 나날이 계속될 거다. 아, 왕국이 져도 골치 아프겠군. 내 본가도 무사하진 못할 테니까. 그런데, 내 영지와 관계가 있는 너희를── 공국이 과연 모른 척 넘어가 줄까?"

그러자 남학생들이 나에게 고함을 질렀다.

"치사하게 약점을 잡다니!"

"차라리 리온을 잡아서 헤르트뤼더 씨한테 넘기자!"

"그 사람은 왕궁에 끌려갔어!"

나는 큰 목소리로 외쳐서 전원의 입을 다물게 했다.

"진정해라, 바보 자식들! 너희는 정말로 공국의 손에서 무사할 수 있다고 생각하냐?! 상대는 공국이다. 왕국을 원망하고 있는 녀석들이라고. 자칫 잘못하면 영지를 빼앗기고 노예 취급당할 거다."

그러자 남학생들이 하나둘 입을 다물기 시작했다. 곧 정적이 흐르자 나는 부드럽게 이야기했다.

"나한테 협력해라. 괜찮아. 너희는 내 뒤에 숨어 있으면 돼. 살아남으면 앞으로도 서비스 가격으로 비행선을 정비해 주지. 잘 생각해봐! 여기서 이기면 너희는 영웅이야. 뒤에서 대포를 쏘기만 해도 영웅이 될 수 있다고! 엄청난 이득이잖아!"

모두가 분한 듯한 표정을 내게 향했다.

"날 믿어. 이길 수 있으니까 싸우는 거다. 나는 이기는 싸움에만 도전하는 남자라고."

그러자 남학생들이 서로 시선을 교환하며 고개를 끄덕였다.

"그, 그런 말을 들으니."

"확실히, 리온은 몇 번이고 위기를 극복해 오긴 했다만."

"리온이 그렇게 말한다면 이길 수 있는 건가?"

나는 평소 행실이 좋으니까, 분명 다들 따라와 주리라고 믿고 있었다.

다니엘이 엄청나게 고민하면서 말을 쥐어짜 냈다.

"너는 왜 항상 비겁한 방식을 써서 날 고민하게 만드냐……."

"어이쿠, 그건 칭찬이려나? 안심해. 그런 비겁자가 너희들의 동료다. 든든하지?"

레이먼드가 머리를 마구 헝클었다.

"그 비겁자 덕분에 남들 다 도망갈 때 우리끼리 공국과 전쟁하게 생겼잖아! 최악이라고!"

모두가 체념── 아니, 각오를 굳혀 주었다.

내게 따르겠다고 말해 주었다.

봤느냐, 공국이여! 이것이 우리 우정의 힘이다!

"다들 고마워! 우리는 앞으로도 줄곧 친구로 있자!"

다들 하나같이 나를 노려보고 있었지만, 신경 쓰지 않았다.

"웃기지 마라!"라든가 "이 악마 놈아!"라든가 "제길, 역시 그 계약서는 함정이었어" 같은 소리가 들려왔다.

어차피 그 정도의 분노는 마지막 보스에 비하면 사소한 문제다.

──자, 그럼 다음으로 가자.

루크시온이 찾아온 곳은 리비아의 방이었다.

"리온 씨가 공국과 싸운다고요?"

리비아가 놀란 얼굴로 되물었다.

안제는 어이가 없다는 얼굴이었다.

"이른 나이에 자작이 되었다고는 하나, 학생을 총사령관으로 삼다니 들어본 적이 없다. 실제로는 폐하나 율리우스 전하가 대장이 되는 건 아닌가? 아니, 그보다 싸울 전력이 있긴 한가?"

루크시온은 외눈을 좌우로 흔들어 부정했다.

『마스터가 총사령관이 되는 것으로 이야기가 진행될 겁니다. 그리고 현재 확보한 전력은 파르트너를 포함하여 20척 전후입니다. 그 이외, 왕국군은 비행선을 얼마나 준비할 수 있을지 알 수 없고, 신전 측의 전력도 기대할 수 없습니다.』

안제는 천장을 올려다보며 이마에 손을 짚었다.

"고작 그 정도로 공국에 덤빌 생각인가? 장군들은 어떻게 된 거지? 영주들의 함대는?"

『왕국군은 밀렌의 교섭 여하에 달렸습니다. 영주 귀족들은 공국과 동시에 쳐들어온 다른 나라들을 막느라 움직일 수 없습니다. 또한, 전력을 내보낼 수 있는 영주들은 형세를 관망하고만 있습니다.』

리비아가 안제를 봤다.

"어째서인가요? 어째서 도와주지 않는 거죠?"

"리비아, 영주들이 왜 왕국을 따르는지 알고 있나?"

"그게, 그러니까—— 충성을 맹세했기 때문이지요?"

"아니다. 그들의 기준은 국력이야. 왕국이 영주들보다 강하니까, 영주들이 왕국을 따르는 거다. 왕국의 군사력이 불확실해진다면 따를 이유도 없다는 거지. 게다가…… 왕국은 그동안 영주들을 지나치게 냉대했다."

"네?"

루크시온은 생각했다.

'역시 그렇군요. 이상하다고 생각했습니다. 마스터는 여성향 게임이기 때문이라며 더 이유를 생각하지 않았습니다만, 당연히 이유가 있었군요.'

공작가는 왕가와 연이 강한 가문이다.

그들의 사고방식은 왕가 쪽에 가깝고, 안제가 영주들에게 품고 있는 인식 또한—— 왕가가 영주들을 어떻게 생각하는지를 여실히 보여 주고 있었다.

"왕국은 그간 영주들이 힘을 키우지 못하도록 억눌러 왔다. 왕국의 일그러진 혼인 관계가 바로 그 일환이다."

안제는 거기까지 말하고는 고개를 가로저었다.

그리고 일어섰다.

"나는 아버님이 계신 곳으로 가겠다. 뭔가 도울 수 있을지도 모르니까 말이지. 나도 리온에게 힘을 빌려주고 싶어."

『괜찮으신 겁니까?』

안제는 미소 지었다.

"리온이 싸우겠다고 말했다면 걱정 없다. 이길 수 있으니까 그런 말을 했겠지. ──나는 그 녀석을 믿겠다."

영주 이야기에 어깨가 살짝 처져있던 리비아도 자리에서 일어났다.

루크시온은 두 사람을 안내했다.

『그러시다면 왕궁으로 가도록 하지요. 공작은 왕궁에 있습니다.』

안제는 진지한 표정을 지었다.

"고맙다. 곧바로 가자. 리비아, 너는 어떻게 할 거지?"

"저도 가겠어요!"

두 사람과 루크시온은 서둘러서 왕궁으로 향했다.

왕도 가까이에 떠 있는 부유섬에는 비행선 출입이 여느 때보다 잦았다.

사람도 어찌나 몰렸는지 걷기조차 힘들 정도였다.

내가 향한 곳에 있던 건 닉스── 내 형이었다.

"리온, 너 무사했던 거냐!"

닉스 형 옆에는 누나── 제나의 모습도 있었다.

"너 탈옥한 거야?!"

제나가 깜짝 놀라 말했다. 제나 옆에 있던 미오르는 나를 보고는 시선이 갈팡질팡하고 있었다.

"마침 잘됐다. 너도 타라. 아버지가 우리를 마중하러 와 줬어."

둘째 형은 아버지가 타고 온 비행선을 가리켰다.

"그래? 베스트 타이밍이군."

나는 비행선 안에 들어가 선원에게 말을 걸었다.

"아버지는?"

"선교(船橋)에 계십니다. 도련님, 이번에는 뭘 한 겁니까?"

"내가 아니야. 나쁜 건 거기 있는 누나의 고양이 귀 노예다. 그 녀석은 절대로 태우지 마!"

나를 배신한 녀석을 누나 옆에는 둘 순 없지.

누나가 뒤에서 내게 뭐라 뭐라 떠들었지만, 나는 무시하고 선내 복도를 뛰었다.

선교에 들어가자 아버지가 선장과 의논하고 있었다.

"바르카스 님, 왕도에서 피난하는 백성이 수많이 몰려들고 있습니다."

"애들을 먼저 태우고 나서 태울 수 있는 만큼 태우고 출항한다! ——앗, 리온!"

아버지가 날 알아차리고는 기뻐하나 싶었더니, 곧바로 험상궂은 표정을 지었다.

"너, 이번에는 뭔 짓을 한 거냐! 감옥에 처박혔다고 들었다!"

"미안, 아버지—— 힘을 빌려줘."

"뭐? 아니, 그보다 무슨 일이 있었던 거냐."

어쨌든 나는 상황을 설명했다. 내가 붙잡힌 이유 등, 정말로 여러 가지 것들을── 미오르 녀석이 한 짓도 고자질해 뒀다.

그러자 아버지의 얼굴이 서서히 창백해지기 시작했다. ──조금 불쌍해졌다.

"역시 넌 바보구나."

"나도 출전할 거지만, 아버지도 힘을 빌려주었으면 해."

"도망쳐도 아무도 책임을 묻지 않을 텐데, 왜 도망치지 않는 거냐. 너는 정말로 바보 아들이야."

아버지에게 선물한 비행선── 군함은 덩치도 크고 성능도 좋았다.

선원들도 훈련이 끝난 상태라 내가 의지할 수 있는 사람 중에서 제일가는 전력이었다.

아버지가 고민하고 있자, 둘째 형과 누나가 선교로 들어왔다. 그 뒤에는 미오르의 모습도 있었다.

둘째 형이 황급히 보고했다.

"아버지, 조라네 가족이 배에 태워달라고 말하면서 동료를 잔뜩 데리고 왔는데 어떻게 해?"

아버지는 작게 한숨을 내쉬고는 그대로 선교를 나가 바깥으로 향하려다가 미오르의 머리를 한 손으로 붙잡더니 그대로 끌고 나갔다.

"자, 잠깐! 왜 미오르한테 난폭한 짓을 하는 거야! 놔줘!"

누나가 아버지한테 항의하고 미오르도 저항했지만, 아버지는 팔 하나로 미오르를 붙잡고 놓지 않는다.

"이거 놔 주십시오! 나는 아무것도 하지 않았어!"

"닥쳐라! 내 아들을 팔아넘긴 녀석이 뻔뻔하게 내 비행선에 올라타다니! 얕보고 있는 거냐, 네놈!"

아버지가 누나를 노려보고 처음으로 화를 냈다. ──진심으로 분노하고 있었다.

"리온을 배신한 이 쓰레기를 내 배에 태우지 마라! 닉스, 너는 선교에 있어라. 제나, 너는 방에서 얌전히 있어라. 누가 얼른 제나를 데리고 나가!"

선원들이 차녀를 데리고 나가자, 나는 아버지와 비행선 출입구로 향했다.

그곳에는 동료를 데리고 온 조라네 가족이 있었다.

조라가 아버지한테 꽥꽥 소리쳤다.

"바르카스! 얼른 우리를 태우세요! 어서 왕도로 가 저택의 재산도 전부 회수해야 해요! 어서요!"

하지만 아버지는 조라의 말은 듣지도 않고 항구로 미오르를 냅다 밀쳤다.

"기, 기다려 줘! 내 이야기를──!"

"닥쳐라."

그러고는 허리에 찬 검을 뽑아 미오르의 목을 베어버리더니 몸통을 항구 밖으로 걷어찼다.

미오르의 머리와 몸이 바다를 향해 따로따로 낙하했다.

조라는 자기가 하던 말도 잊고 입을 다문 채 아버지의 모습을 보며 굳어있었다.

아버지가 조라 뒤에 숨은 맏형── 떨고 있던 루트아트를 노려봤다.

"지금부터 전쟁이다. 루트아트, 너도 참전해라. 첫 전투다."

"시, 싫어! 나한테 명령하지 마! 야만인 시골 영주가!"

내가 잠자코 있자 조라네 가족이 조금 전 충격에서 빠져나왔는지 다시 입을 열기 시작했다.

"바르카스, 대체 누구에게 명령하는 건가요! 누구 덕분에 평화롭게 살아온 줄──"

"루트아트를 이리 넘겨. 이제부터 전쟁이다."

아버지가 평소와 태도가 달라지자 조라는 그 자리에서 발을 동동 구르며 떠들기 시작했다.

"기어오르지 마, 쓰레기 시골뜨기 놈이! 루트아트는 내가 사랑한 사람의 아이야! 너 따위의 피는 흐르지 않는다고! 전쟁을 하고 싶으면 거기 있는 변변찮은 것들에게 시켜!"

아무래도 혼란에 빠진 나머지 말실수를 한 것 같았는데, 정말이지 지독한 이야기였다── 그걸 예상할 수 있었다는 게 말이다.

아버지는 그 말을 듣고 어째서인지 안도하고 있었다.

"그렇지 않을까 예상은 했었다. 하지만 이걸로 개운해졌군. 조라, 여기서 작별이다."

조라가 갑자기 태도를 고쳤다.

"자, 잠깐만. 지금 한 말은 실수야! 그 왜, 저기! 꼭 후계자가 필요하다면 이제부터 애를 만들면 되잖아. 그러니 어서 우리를 태워줘!"

"미안하군. 나는 바쁘다."

아버지가 신호를 보내자 갑주를 착용한 발트파르트 가의 기사들이 갑판에서 내려왔다.

"조라와 그 가족들은 이만 돌아가신다는 모양이다. 그리고 리온!"

"예!"

그간 한심했던 아버지가 오늘은 멋있어 보였다.

"모두를 데려다주고 나면 곧바로 돌아오마. 그리고…… 각오는 되어있냐?"

아버지가 걱정스러운 얼굴로 물어보았다. 그래도 역시 아버지는 아버지였다.

나는 그게 묘하게 기뻤다.

그간 걱정을 끼친 걸 반성하면서 나는 작게 고개를 끄덕였다.

"그러냐. 그럼 나머지는 이쪽에서 처리하마. 너는 네가 하고 싶은 대로 해라. 어차피 내가 말해도 듣지 않을 녀석이니까 말이야. 나 참, 너한테는 언제나 놀라기만 하는군."

──그렇게 하겠어, 아버지.

나는 폐를 끼쳐서 정말로 미안하다고 느꼈다.

정말로 나는── 전생도 지금도, 부모님께 줄곧 폐를 끼치고 있었다.

◇

항구에서 왕궁으로 돌아오자 버나드 씨가 날 발견하고 허겁지겁 달려왔다.

"자작, 왕국군의 소집 규모가 좋지 않네. 지상 전력도 생각만큼 모이지 않아. 제대로 움직일 수 있는 비행선 수는 50척 정도밖에 없을 것 같네."

버나드 씨는 면목 없다는 듯 말했지만 나는 오히려 50척이나 모을 수 있었던 건가 하고 놀랐다.

"저는 파르트너를 합해서 24척을 확보했습니다. ──어이쿠."

점점 흔들림이 커지고 있었다.

버나드 씨도 안색이 좋지 않았다.

"자작, 단도직입적으로 묻지. 이길 수 있나? 대답에 따라서는 가족을 피난시키고 싶어서 말일세."

"공국군에는 이길 수 있습니다. 문제는 그 초대형뿐입니다."

내가 몰랐던 제2왕녀 전하와 또 하나의 마술피리로 불려 나왔다면, 내가 알고 있는 미지막 보스와 같은 특성이 있을 터였다.

초대형을 소멸시키는 방법은── 성녀의 힘과 리비아 자신의 힘이 필요했다.

리비아의 특수한 능력은── 마음에 닿는 목소리.

리비아한테는 남의 마음에 목소리를 전하는 힘이 있다.

어떻게 그러냐고? 내가 알겠냐. 그냥 그런 설정이야.

어쨌든 그 힘이 필요했다. 성녀의 힘만으로는 부족하다.

마리에가 이걸 몰랐다는 게 믿기지 않는다.

"자작은 정말로 대단하군. 어떻겠나? 이 싸움이 끝나면 클라리스를 받아 주지 않겠나?"

나는 버나드 씨가 농담하는 줄 알고 웃으려 했는데 무심코 마주친 눈이 몹시 진지했다.

갑자기 식은땀이 줄줄 흐르기 시작했다.

"──그런 건 이기고 나서 생각하지요. 지금은 그 왜, 여러 가지로 바쁘니⋯⋯."

"그건 그렇군. 이제 곧 알현실의 준비도 끝날 거다. 그때까지는 쉬고 있게. 아, 그리고 자네가 지명한 인물들도 이미 도착해서 자네를 기다리고 있다네."

알현실 근처에 있는 대기실에 안내를 받아 들어가자 마리에와 주변 사람들의 모습이 있었다.

무릎을 끌어안고 주저앉아 있는 마리에는 몹시 꾀죄죄한 모습을 하고 있었다.

새하얀 색이었던 드레스는 때가 타 있었다.

마리에는 계속 무릎에 얼굴을 묻은 채 고개를 들지 않았다.

율리우스 전하를 비롯한 마리에의 연인인 다섯 명도 걱정스러운 얼굴로 마리에를 지켜보고 있었다.

마리에 못지않게 너덜너덜한 차림인 카라는 방 한구석에서 마리에를 지켜보고 있다.

카일이 방에 들어온 날 발견하고는 다가와 어이가 없다는 얼굴로 말을 건넸다.

"원죄로 붙잡혀 죽을 뻔하다니, 당신 저주받은 거 아니야?"

"저주를 받은 건 내가 아니라 네 주인이겠지. 그것보다, 무슨 일이 있었던 거야?"

카일은 지친 얼굴로 지금까지의 경위를 이야기해 주었다.

"주인님이 자기 입으로 성녀가 아니라고 말하자, 그동안 측근을 맡고 있던 사람들이 욕설을 퍼붓기 시작하더라고요. 신전의 신관이나 기사들도 호통을 쳐댔고요. 그러곤 그대로 붙들려서 계속 지하 감옥에 처박혀 있었어요."

"뭐야, 그거? 조금 웃기는데."

"저는 전혀 웃을 수 없는 상황이라고요. 그 이후로는 계속 저런 상태예요. 역시 이대로 처형당하는 건가요?"

성녀를 사칭한 극악인이다. 당연히 신전 측은 용서하지 않으리라.

밀렌 님도 용케 이 녀석을 신전에서 끌어내 올 수 있었군.

"글쎄다. 왕궁은 일시적으로 처형을 연기했을 뿐이니 이기든

지든 목숨은 없다고 생각하는데."

그러자 율리우스 전하가 분노 어린 얼굴로 날 쏘아보더니 곧장 마리에를 달래기 위해 말을 건넸다.

"마리에, 괜찮다. 우리가 같이 있어. 그러니 발트파르트의 말은 신경 쓰지 마라."

하지만 마리에의 대답은——.

"——시끄러워."

"어?"

"시끄럽다고! 대체 뭐가 괜찮다는 건데? 너희가 뭘 할 수 있어? 그 괴물을 본 적도 없으면서 이길 수 있다고 떠드는 거야? 정말로 태평한 녀석들이네."

"마, 마리에?"

——본성을 드러내 버렸다.

"나가! 전부 다 나가! ——너희 전부 다 싫어!"

그러자 카라가 당황해서는 마리에한테 뛰어갔다.

"그, 그럴 리가! 마리에 님은 제 친구가 되어 주시겠다고……."

"당연히 거짓말이지. 너 바보 아니야? 그렇게 생각이 없으니까 고립되어서 괴롭힘당하는 거야. 너를 이용한 건 거기 있는 모브 자식이 조금이라도 열 받게 하고 싶어서였다고. 내가 널 친구라고 생각할 리가 없잖아?"

그러자 카라는 주저앉아 서글프게 흐느끼기 시작했다.

나는 혀를 차고선 말했다.

"본성은 그거냐. 그동안 내숭 한번 잘도 떨어 왔군. 그것도 오늘로 마지막일 것 같지만 말이다."

마리에가 내게 증오가 담긴 시선을 향하자, 크리스가 마리에를 감쌌다.

"발트파르트, 이제 그만해라! 마리에는 지쳐 있는 것뿐이다."

하지만 마리에는 자신을 감싼 크리스도 가차 없이 헐뜯었다.

"하, 그건 내가 하고 싶은 말인데? 너, 검술 재능밖에 없는 주제에 너무 잘난 척한다고."

"뭣?!"

마리에는 멈추지 않고 그렉을 향해 돌아섰다.

"너도 마찬가지야. 입만 살아서는, 도대체 뭐가 실전이라는 거야? 도움이 안 되잖아, 도움이. 거기 있는 보라색도 그래. 너 같은 나르시시스트는 보고 있으면 기분이 나쁘다고. 녹색인 너는 무슨 생각을 하고 있는지 도통 모르겠어. 꺼림칙하다고. 그리고 너. 네가 제일 큰 문제야, 왕태자!"

"마, 마리에? 대체 왜 그러는 거지?"

상황을 이해하지 못하고 굳어있는 율리우스 전하에게 마리에가 웃으며 말했다.

"모르겠어? 넌 왕자님이라는 신분 말고는 아무런 도움도 안 되는 녀석이라고. 너희는 바보야? 지위도 명예도 재산도 몽땅 버리면 여자가 기뻐할 줄 알았어? 정말 어이가 없네."

마리에는 카일에게도 시선을 향했다.

"거기 있는 귀찮은 꼬맹이도 그래. 우쭐해져서는 잘난 듯이 굴고. 내가 용서해 주지 않았다면 넌 진작 노예 상관에 돌아갔을 거라고. 조금은 감사하도록 해!"

그 자리에 있던 모두가 말을 잃고 마리에를 쳐다보고 있었다.

"나한테 더 상냥하게 대하란 말이야! 다들 내가 하는 말만 들으면 돼! 거스르는 녀석도, 도움이 안 되는 녀석들도 싫어, 싫어──정말 싫어!"

나는 고개를 내저었다.

"꼴사납군."

"시끄러워, 사라져! 네가 있으니까 내가 행복해지지 못하는 거야! 돌려내! 돌려내란 말이야! ──내 행복을 돌려내라고!"

마리에가 울기 시작한 차에, 안제와 리비아가 방에 들어왔다.

"리온! 무사했나! ……이, 이게 무슨 일이지? 어떻게 된 상황이냐?"

"마리에 씨는 어째서 울고 있는 건가요?"

모처럼 만난 두 사람에게는 미안하지만, 나는 마리에와 둘이서 이야기를 하기로 했다.

"잠시 둘만 있게 해줘. 난 이 녀석한테 할 이야기가 있어."

마리에는 울음소리가 서서히 줄어드는가 싶더니 그대로 쓰러져 곧바로 잠들고 말았다.

크리스 말대로 정말 지쳐 있었던 모양이었다.

──정말로 열 받는 녀석이다.

◇

──마리에는 꿈을 꾸고 있었다.

그날도 오빠한테 버림받아 울고 있었다.

전생의 기억.

무릎이 까져 주저앉아 울다 지쳐 잠들어 버렸을 때의 기억이었다.

'나도 바보지. 얼른 돌아가면 되는데, 고집을 부려서는. 그러고 보니, 여기서부터 어떻게 돌아갔더라?'

멍하게 바라보고 있었더니, 소년이 가까이 다가왔다.

소년은 투덜투덜 푸념을 늘어놓고 있었다.

"이 바보. 울다 지칠 바에야 그냥 걸으면 되잖아."

오빠가 다시 돌아와 전생의 자신을 업었다.

'아아, 그렇구나. 결국은 오빠가 데리러 돌아왔었지. 그럴 거면 처음부터 업고 가란 말이야, 이 쓰레기 오빠.'

투정을 부리고 싶은 마리에였으나, 눈물이 흘렀다.

등에 업힌 자신은 안심한 얼굴로 잠들어 있었다.

침을 흘려 오빠의 옷이 더러워졌다.

보나 마나 불평을 하겠지 생각했더니,

"나 참, 어째서 나한테 기대는 건지⋯⋯."

아주 약간 기뻐 보이는 오빠의 얼굴을 보고, 마리에는 가슴에 손을 대고 주먹을 꽉 쥐었다.

그렇다. 오빠는—— 입은 험하지만 다정했다.

'망할 오빠—— 죽지 말란 말이야. 왜 죽은 거야.'

문득 오빠가 죽었던 날이 떠올랐다.

'평소처럼 투덜투덜 불평하라고.'

여행에서 돌아왔더니, 부모님께 뺨따귀를 얻어맞았다.

그대로 장례식이 끝나자 집에서 쫓겨났다.

'망할 오빠가 있으면 항상 어떻게든 됐었는데. 망할 오빠가 없으니까 내가 불행해진 거야. 어째서 죽은 거냐고—— 오빠야.'

서로 투덜대면서도 잘 지내고 있었다고 생각했다.

대부분의 일은 오빠에게 맡기면 마지못한 태도를 보이면서도 해줬었고, 해결해 주었다.

그래서 마리에는 오빠에게 어리광을 부리고 있었다. 게임을 떠넘긴 것도 어리광을 부리고 있었기 때문이다.

하지만 의지하고 있던 그런 오빠가 자기가 원인이 되어 죽고 나서부터는 모든 것이 뒤틀리기 시작했다.

클리어할 수 없는 어떤 여성향 게임이 있었다. 자력으로 해결이 안 되자 친구와의 해외여행을 떠나기 직전에 오빠에게 떠넘기고 클리어를 부탁했다.

그런데, 돌아왔더니 오빠는 계단에서 발을 헛디뎌—— 죽고 없었다.

오빠가 엄마한테 보낸 마지막 메시지로부터 자기가 무리를 시켰다는 것을 알게 되었다. 부모님은 냉혹했다.

거짓말을 하고 해외여행을 다녀온 죄도 있어서, 부모님의 믿음을 완전히 잃고 말았다.

마리에는―― 전생에서 오빠를 정말로 싫어한 것은 아니었다.

하지만 지금은 그렇게 의지가 되었던 오빠의 얼굴도―― 떠올릴 수 없었다.

'도와줘. 어째서 도와주지 않는 거야.'

언제나 불평을 늘어놓으면서도 도와줬던―― 상냥한 오빠의 얼굴을 떠올리지 못하는 것이 괴로웠다.

"――오빠야."

잠든 마리에의 얼굴을 보면서 의자에 앉은 나는 지긋지긋한 전생의 여동생을 떠올렸다.

그 녀석한테도 걸핏하면 휘둘리고, 나는 언제나 고생하고 있었다.

그런데 기껏 두 번째 인생을 얻었건만, 지금은 마리에한테 휘둘리고 있었다. 나한테는 여난의 상이라도 있는 것일까?

『마스터, 이대로 재워 둬도 괜찮은 겁니까?』

으름장을 위해 탄환이 들어있지 않은 권총을 테이블에 올려뒀다. 그걸 보면서 말했다.

"조금만 더 자게 내버려 둬. 아직 시간은 있으니까 말이야."

『두들겨 깨워서 억지로 말을 듣게 하려던 게 아니었습니까?』

"너는 나를 뭐라고 생각하는 거야? 아니, 말하지 않아도 돼. 어차피 극악무도한 녀석이라든가 그런 말을 하려는 거겠지."

『유감이지만 아닙니다. 우유부단한 겁쟁이 자식, 입니다. 아까웠군요.』

전혀 아깝지 않잖아. 스치지도 않았다고.

극악무도한 편이 차라리 나았다.

루크시온을 노려보고 있었더니 마리에가 상반신을 일으켰다.

눈이 빨갛게 붓고, 머리카락도 흐트러져 있어 조금 무서웠다.

마리에한테 보이도록 권총을 손에 쥐었다.

"일어났군. 자, 대화 시간이다."

"──싫어! 오빠야가 올 때까지 아무것도 안 할 거야."

뭐, 뭐지, 이 녀석? 혹시 망가졌나? 오빠야라니, 그게 누군데?

정말로 어쩔 도리 없는 녀석이다.

"네 오빠? 보나 마나 변변찮은 쓰레기 자식이겠군."

"오빠야를 바보 취급하지 마!"

마리에가 근처에 있던 물건을 내게 던지기 시작했기에, 루크시온을 손에 쥐고 방패 대신으로 삼았다.

『마스터, 저는 이 일을 잊지 않을 겁니다.』

루크시온이 뭔가 불평을 늘어놓았지만 나는 무시하고 대화를 이어갔다.

"정말로 쓰레기군. 너와 여동생을 겹쳐 보고 있던 내가 바보였어. 그 녀석이 그나마 나았다."

"시끄러워! 네 여동생 따위 어차피 머리가 이상한 바보녀겠지!"

머리가 이상하고, 제멋대로고, 거기다 바보에 열 받는 여동생이지만, 마리에한테 그런 말까지 들을 이유는 없다!

"바보 취급하지 말라고! 너보다 백 배는 나으니까 말이다! 확실히 머리도 이상하고, 성격은 끔찍하고, 덧붙여서 부녀자 취미고, 성격은 최악이지만, 너보다는 낫다고!"

"내 오빠도 너보다 백 배, 아니, 그것보다 훨씬 나아! 모브 같은 얼굴에, 분명히 말해서 눈에 안 띄고, 입은 험하고, 성격도 나쁘고, 입이 험하고── 어, 어쨌든, 오빠야를 바보 취급하지 마!"

──어처구니없어지기 시작했다.

어째서 이 녀석과 이런 거로 싸워야만 하는 거지?

서로 자신의 남매 험담을 하고, 숨이 차서 대화가 끊겼다.

나는 호흡을 가다듬고 나서 마리에한테 물었다.

"어째서 성녀가 된 거냐. 그 여성향 게임을 클리어했다면 리비아의 힘이 필요하다는 건 알고 있었을 텐데? 거기다 왕가의 배도 없이 싸움에 나가다니, 바보냐?"

마리에는 어깨를 들썩여 숨을 가쁘게 쉬면서 대답했다.

"몰랐단 말이야! 나는 오빠한테── 오빠야한테 게임을 클리어해 달라고 했어. 그 뒤에 오빠가 곧장 죽어서, 진정됐을 무렵에 세이브 데이터를 확인한 게 전부란 말이야! 게임에 관한 건 일러스트라든가 영상으로밖에 몰랐다고!"

이 녀석 게임을 클리어하지 않았는데도, 어중간한 지식으로 역하렘을 달성했다고?!

──아니, 잠깐 기다려 봐. 지금 뭐라고 했지? 오빠한테 클리어하게 시켰다?

"──난 여동생이 해외여행을 갈 거니까 그사이에 게임을 클리어해 두라면서 그 여성향 게임을 나한테 떠맡겼는데? 어? 설마, 너── 어어?!?!"

마리에도 "어?" 하더니, 내 얼굴을 뚫어지듯이 봤다.

나도 마리에의 얼굴을 자세히 살펴보았다. 마리에의 얼굴에는 전생의 여동생 모습이 짙게 남아 있었다.

이 열 받는 얼굴은 틀림없어! 마리에는 내 전생의 여동생이다!

"오, 오빠야?! 오빠야아~~~ 아얏!"

손에 쥔 권총 손잡이로 내게 달려들려 한 마리에의 머리를 때려 줬다.

"너였냐아아아!"

내가 절규하자, 문 건너편에서 우당탕하는 소리가 났다.

하지만 나는 지금 거기에 신경 쓸 여유가 없었다.

"오랜만에 만난 여동생한테 너무하지 않아?"

"나는 만약 너랑 재회하면 복수할 거라고 결심하고 있었다, 이 녀석아!"

"오빠가 엄마한테 있는 말 없는 말 다 하니까 이야기가 복잡해진 거잖아! 그 뒤에 내가 얼마나 고생했는지 알기나 해?"

　"따지자면 그것도 다 너 때문이잖냐! 아니, 잠깐! 어머니나 아버지는 어떻게 됐어?"

　루크시온이 우리의 모습을 보면서 말했다.

　『두 분이 연극을 하는 것 같진 않고…… 전생이나 여성향 게임 이야기라는 말이 진실미를 띠기 시작했군요.』

　――이 자식, 아직도 나를 의심하고 있었던 거냐?

★제07화 「운명」

"그래서, 너는 네 아이를 어머니랑 아버지한테 맡겼다는 거냐?"

"으, 응. 아니 글쎄, 나보고 '어차피 너는 못 키울 게 뻔해'라고 했다니까? 너무하지 않아?"

"아니, 전혀 너무하지 않아. 오히려 그편이 애―― 조카한테도 좋았겠지. 도리어 안심했다. 아버지와 어머니가 옳아."

알현실 가까이에 있는 대기실.

거기서 나는 전생의 여동생과 운명적인 재회를 이루었다.

전혀 기쁘지 않은 재회였다.

이 세계를 실컷 어지럽혀 놓은 것이 전생의 여동생이었다니, 울고 싶었다.

다만, 부모님이 어떻게 되었는지 들을 수 있는 건 좋았다.

"그래서? 네 기억은 어디서 끊겨 있지?"

"음, 그러니까…… 남친한테 얻어맞던 중에 아무리 그래도 이 건 좀 위험하려나, 하는 생각이 들고 나서 정신을 차리고 보니 이 세계에 있었습니다."

데헷! 하는 표정을 지었기에 권총을 겨누자 마리에가 겁을 내면서 양손을 높이 들었다.

"나도 여러 가지로 힘냈단 말이양!"

"시끄러워! 안에 든 건 할망구인 주제에 '말이얌!' 같은 거 쓰지 마! 닭살 돋는다."

"그렇게 말한다 이거지?! 망할 오빠야말로 안에 든 건 아저씨 잖아!"

그것보다도 부모님이 어떻게 되었는지 결국 알지 못하는 건 괴롭군.

"어쨌든 너는 리비아한테 협력해."

"저, 저기 말이야? 이대로라면 나는 죽는데?"

"그렇겠지. 하지만 마지막 정도는 진지하게 인생과 마주 보는 게 어때?"

마리에가 울기 시작했다.

"그런 거 싫어! 살려줘, 오빠야!"

망할 오빠라느니, 오빠라느니, 오빠야라느니—— 이 녀석은 대체 나를 뭐라고 생각하고 있는 거지?

마리에는 운다. 정말로 울고 있었다.

"그리고 싫어! 그런 괴물이랑 싸우고 싶지 않아! 절대로 전쟁에 안 나갈 거야."

"뭣이? 야, 웃기지 마. 네가 성녀의 자리를 빼앗는 바람에 이것 저것 뒤틀어진 거잖아. 책임지고 비행선에 타. 리비아를 보조하기만 하면 돼."

눈물을 흘리며 나를 보는 마리에는 "어째서 그 여자인 거야. 날 도와줘도 되잖아!" 그렇게 중얼거리고는 밖으로 뛰쳐나가고 말았다.

"저, 저 바보가!"

그리고 타이밍 나쁘게 버나드 씨가 엇갈려서 방에 들어왔다.

"자작, 준비가 끝났네. 알현실로 와 주게."

대신인데도 일손이 부족한 탓인지 버나드 씨는 몹시 바빠 보였다.

폐를 끼칠 수도 없어서 나는 알현실로 향했다.

——마리에 녀석한테 화를 내면서도, 어떻게 하면 좋을지 고민하면서.

리비아는 마리에가 방에서 뛰쳐나가 그대로 복도를 달려가는 걸 멍하니 보고 있었다.

"마리에 씨가…… 도망쳤어?"

안제가 마리에의 뒷모습을 노려보고 있다.

"저 여자, 여기까지 와서 도망칠 생각인가."

리비아는 안제의 눈빛을 보고 마리에를 쫓게 해서는 안 된다고 판단했다.

"안제는 알현실로 가 주세요. 제가 마리에 씨를 설득해 올 테니까요!"

"아, 알았다."

안제도 알현실로 불린지라 자리를 비울 수 없었다.

'리온 씨에게 있어 중요한 상황이니, 안제가 있어 줘야 할 거예요── 제가 방해를 하면 안 되겠죠.'

리비아는 속으로 그렇게 생각하며 달려 나갔다.

왕궁 복도를 뛰어 마리에를 뒤쫓았다.

갑자기 눈물이 나왔다.

'나는 리온 씨에게 어울리지 않아. 알고 있었는데. 안제가 있는데, 어째서 나는…….'

마리에가 도망친 장소는 왕궁 옥상 중 한 곳이었다.

옥상은 정원처럼 식물이 무성하여 달리 더 도망칠 곳도 없었다.

마리에를 몰아넣은 리비아는 어깨를 들썩이며 호흡할 정도로 숨이 거칠었다.

두 사람이 호흡을 가다듬자── 마리에 쪽에서 리비아한테 말했다.

"──돌려줄게."

"네?"

"전부 너한테 돌려줄 테니까, 나한테도 돌려줘. 너한테 필요한 건 전하랑 그 남자들이야. 그 다섯 명도, 그리고 카일도── 성녀의 지위도 전부 네 것이란 말이야!"

리비아는 무슨 말인지 모르겠다는 얼굴이었지만 마리에는 멈추지 않고 계속 말을 이어갔다.

"그러니까 돌려줘. 오빠야를, 리온을 돌려줘! 전부 너한테 돌려

줄 테니까, 나한테도 돌려줘!"

리비아는 마리에한테 가까이 다가가서는 그대로 오른손을 있는 힘껏 휘둘렀다.

강렬하게 후려갈긴 따귀에 마리에가 쓰러졌다.

마리에는 힘없이 웃으며 뺨을 누르고 있었다.

"아아, 그립네. 부모님한테도 이런 식으로 맞았었지. 엄청나게 아파. 뭐야? 화난 거야? 안심해. 네 것은 전부 돌려줄 테니까. 너는 행복해질 수 있어."

리비아는 눈물을 흘리며 외쳤다.

"——바보 취급하지 마!"

리비아가 갑자기 소리치자 마리에는 리비아를 이상하다는 듯이 바라보았다. 하지만 리비아는 개의치 않고 말을 이어갔다.

"리온 씨는 물건이 아니야—— 하다못해 학원에 있는 동안만이라도 함께 있고 싶었어. 다른 것 따위 아무것도 필요 없었는데……."

귀족과 평민.

리비아와 리온의 사이에는 신분이라는 큰 벽이 있었다. 이 벽에 비하면 리온과 안제 사이에 있는 벽은 어떻게든 해결할 수 있어 보일 만큼 작아 보였다.

——두 사람은 잘 어울렸다.

리비아는 두 사람이 행복해지기를 바랐다.

그리고 그 행복을 위해서, 리비아는 물러서야만 했다.

"나한테 돌려달라는 말 하지 마. 리온 씨는 내 것이 아니야!"

그러자 마리에가 고개를 숙이고 웃었다.

"그럼 뭐야? 결국, 나는 또 잃기만 했을 뿐이잖아? 두 번째 인생도 잃기만 할 뿐이라고!"

그러고는 바닥에 주저앉아 오열을 터뜨렸다.

"전부 다 알고 있었는데! 잘될 줄 알았는데! 어째서 나는 행복해질 수 없는 건데!"

마리에가 서럽게 울기 시작하자 리비아는 뭐라고 말해야 할지 몰라 입을 다물고 말았다.

그때.

"여기에 있었군요."

"마리에 님!"

카일과 카라가 마리에한테 달려왔다.

아무래도 계속 찾아다니고 있던 모양이었다.

마리에가 고개를 들자 두 사람은 걱정 가득한 얼굴로 마리에를 바라보고 있었다.

"너희가 왜……?"

어째서 여기에 있는 거야? 라는 얼굴로 묻자 카라가 울면서 말했다.

"저, 저는—— 마리에 님이 없으면 이번에야말로 정말 혼자가 될 거예요. 그때 손을 내밀어 주셔서 얼마나 기뻤는지 아시나요? 게다가 마리에 님은 상냥하시잖아요……."

카일이 울고 있는 카라를 곁눈질로 보며 약간 황당하다는 얼굴을 하고 있었지만, 이내 곧 조금 쑥스러워하며 입을 열었다.

"저도 잘못이 있었어요. 하지만 이번에는 주인님도 말이 너무 심했어요. 그러니 뭐, 이걸로 비겼다고 치죠. 다른 다섯 명은 어떨지 모르겠지만, 저랑 카라 씨라도 곁에 있어야 덜 불쌍하지 않겠어요?"

마리에의 뺨에 눈물아 뚝뚝 흘렀다.

"미……해, 미안해, ……정말 미안해, 둘 다……."

카일이 소매로 눈을 문지르며 울고 있는 얼굴을 가려주었다.

"자, 가자고요. 가짜라도 성녀님이잖아요. 사람들 앞에서는 폼 잡아야죠."

마리에는 카라와 카일의 부축을 받아 일어섰다.

두 사람은 리비아한테 조용히 고개를 숙인 뒤 마리에를 데리고 실내로 돌아갔다.

리비아는 고개를 숙이고 쓸쓸히 웃었다.

"……거짓말쟁이. 아직 남아 있잖아. 곁을 지켜 줄 사람이 둘이나 있으면서…… 거짓말쟁이……."

그렇게 중얼거리고는, 퍼뜩 정신이 들어 입가를 양손으로 눌렀다.

가슴속에 있는 검은 감정에 눈물이 나왔다.

'나한테는 아무것도 없는데…….'

◇

　안제는 옥상 출입구에 서서 울고 있는 리비아를 바라보고 있
었다.

　마리에 일행이 옆을 지나갔지만, 안제는 리비아가 울고 있는
모습에서 눈을 뗄 수 없었다.

　"리비아…… 그래. 계속 함께였지."

　리비아를 보고 있자니 안제는 가슴이 괴로워졌다.

　리비아의 마음이 어디로 향하고 있는지는 진작부터 알고 있
었다.

　하지만 셋이서 있는 게 즐거워서, 진실에서 눈을 돌리고 있었다.

　"미안하다. 내가 이런 마음을 품지 않았다면 너를 괴롭게 만들
지 않았을 텐데. 용서해 줘, 리비아……."

　안제는 입가를 누르며 눈물을 흘린 뒤, 조용히 눈물을 닦고는,
당당하게 리비아가 있는 곳으로 향했다.

　"리비아."

　안제의 목소리가 들리자 리비아는 얼굴을 가리고는 애써 밝은
척하며 대답했다.

　"안제? 저, 저기, 마리에 씨는 무사히 돌아갔어요. 그, 그게, 지
금은 얼굴을 보지 말아 주세요……. 이것저것 있어서……."

　안제는 솔직하게 자신의 마음을 입에 담았다.

　"나는…… 리온을 좋아한다."

리비아가 입을 다물고 고개를 숙이자 눈물이 지면에 떨어졌다.

"그러니까, 너도 물러나지 마라."

"네?"

안제는 리비아에게 손을 내밀었다.

자신의 손을 잡은 리비아를 일으켜 세우고는, 마주 보며 서로의 양손을 잡았다.

"너는 너대로 나아가도 괜찮다. 리온에게 마음을 똑바로 전해."

"이미 전했어요. 딱 한 번이지만 이미 전했어요……. 하지만 리온 씨는 금방 얼버무리고는 대답을 주지 않았어요. ……아마 안제를 좋아하니까 대답하기 어려웠겠죠."

하지만 안제는 굽히지 않았다.

"그렇다고 하더라도! 그렇다고 해도, 다시 한번 마음을 전해라. 이번에는 도망칠 수도, 얼버무릴 수도 없게 할 거다. 나도 마음을 전할 테니까, 너도 전해라."

안제는 울고 있는 리비아를 끌어안았다.

"괜찮은가요? 안제와 리온 씨는 귀족인데……."

"바보. 신분 차이 따위는 상관없다. 그런 말로는 포기할 수 없으니까 괴로워하는 거 아닌가. 그렇다면 전할 수밖에 없지."

리온이 사실은 누구를 좋아하는지, 두 사람은 그걸 알고 싶었다.

안제는 부드럽게 말을 건넸다.

"나는 너도 소중하다. 그러니까 이제 눈물을 닦아라."

리비아도 안제의 등에 팔을 둘러 그녀를 끌어안고는 고개를 끄덕였다.

"네."

◇

알현실.

시선을 움직여 리비아와 안제를 찾았지만, 두 사람 모두 보이지 않았다.

어쩌지. 조금 불안한데.

이미 자리에 앉은 바보 5인조도 마리에가 걱정인지 다들 마음이 딴 데 가 있었다.

칫, 연애 문제로 고민이나 하고 말이야.

나는 사랑에 관해 진지하게 생각하고 있는데!

애초에 내 계획은 마리에와 너희한테 걸려 있었다고! 근데 이게 뭐야! 계획이 시작도 하기 전에 파탄이 나버렸잖아!

루크시온조차 쓰러뜨릴 수 없는 초대형 몬스터를 쓰러뜨릴 수 있는 게 바로 사랑이라고! 사랑은 굉장해! 정말, 사랑이야말로 최종병기라고 할 수 있다고!

제길, 어딘가에 이 녀석들을 대신할 사랑이 없으려나?

이렇게나 고민하는 나를 조금은 본받아라, 바보 5인조.

내가 그렇게 생각하는 동안 폐하는 알현실에 정렬한 귀족과 기사들을 쓱 둘러보더니 의미심장하게 웃으며 말했다.

"제법 사람이 적어졌군."

이미 많은 귀족과 기사들이 도망쳤고, 병사들도 제대로 모을 수가 없었다.

이 전쟁은 그만큼 절망적인 상황에 놓여 있었다.

나도 일반 병사였다면 곧바로 도망쳤을 거다.

아니, 내가 일반인이었다면 애초에 병사에 지원하질 않았겠군.

"하지만 이 자리에 남은 자들이야말로 진정한 용사들이다! 공국은 비열하게도 몬스터를 앞세워 왕국령을 침략했다. 제군, 지금이야말로 목숨을 걸 때니라!"

남은 녀석들은 배짱이 두둑한 것인지, 그게 아니면 체념한 것인지——.

"공국에 맞서기 위해 우리는 하나가 되어 싸울 필요가 있다! 발트파르트 자작, 앞으로!"

알현실에 깔린 빨간 융단 위를 걸어, 폐하 앞에서 무릎을 꿇고 머리를 숙였다.

"이 위기 상황에 임하여 짐의 이름으로 그대를 총사령관으로 임명한다. 젊다고 얕보는 자도 있을 것이다. 경험 부족을 이유로 따르지 않으려는 자도 있을 것이다. 하지만 이 상황을 타개할 수 있는 건 자작뿐이다. 발트파르트 자작—— 이길 수 있겠는가?"

연극 같은 호들갑스러운 대사였다. 하지만 나는 이게 더 마음에 들었다.

한 번쯤은 해보고 싶기도 했고.

나도 분위기에 따라 어디선가 들은 적 있는 대사로 대답했다.

"폐하께서 그것을 바라신다면."

그러자 곧장 주위가 술렁였다.

"애송이가", "입만은 살았군", "으음~, 70점", "어디서 들은 적 있는 듯한 대사로군"—— 너희들 창피하니까 입 좀 다물어!

"……그런가."

보라고! 폐하께서도 화가 나셨잖아! 아니 잠깐? 왜 갑자기 화를 내시지?

슬쩍 눈을 돌려 폐하 옆에 있는 밀렌 님을 바라보니 약간 기쁜 얼굴로 뺨을 붉히고 있었다. 엥? 어째서?!

폐하가 선언했다.

"발트파르트 자작을 총사령관으로 삼아 지금부터 공국에 결전을 건다!"

그러자 호화로운 의상을 입은 귀족—— 프램튼 후작이 이의를 제기했다.

상당히 지쳐 있는지 눈 밑에 다크서클이 짙게 깔려있었고, 뺨도 앙상했다.

하긴, 마음고생이 이만저만이 아니었겠지. 공국을 포섭한 줄 알고 자신 있게 병력을 내보냈는데 전부 기만이었으니.

"기다려 주십시오, 폐하! 이런 근본 없는 벼락출세한 자를 총사령관으로 삼는다니, 있어서는 아니 되옵니다. 이자는 반역죄를 범한 대역죄인입니다! 그런데 어찌 이자를 처벌치 않으시고 도리어 그를 따라 싸우라고 하신단 말입니까? 저희를 우롱하실 생각이십니까?"

프램튼 후작에게 찬동하는 귀족들도 이의를 꺼냈다.

"그렇습니다. 지금은 공국과 싸울 게 아니라 교섭을 해야 합니다."

"제게 맡겨 주십시오. 반드시 공국과의 교섭에 성공하겠습니다!"

"대역죄인에게 의지하다니 당치 않습니다!"

나는 일어나서 폐하와 밀렌 님의 얼굴을 봤다. 폐하는 눈을 감았지만, 밀렌 님은 무표정하게 입을 열었다.

"꼴사나운 짓은 그만두세요. 자작은 반역자가 아닙니다. 죄를 날조한 것은 당신들이 아닙니까? 게다가 자작을 총사령관에 임명하신 건 폐하이십니다. 후작은 폐하의 명을 거역하겠다는 겁니까?"

폐하의 권위를 빌어 총사령관 임명을 강행한다—— 강행이었지만 달리 방도가 없었다.

프램튼 후작이 붉으락푸르락한 얼굴로 항의했다.

"무슨! 당치 않습니다! 이건 왕비님의 명이라 하여도 용납할 수 없습니다! 저 반역자 밑에서 하나가 되어 싸운다니, 말도 안 되는 이야기입니다!"

후작이 필사적으로 저항하는 까닭은 이대로 내가 총사령관이 되어 공국을 물리치면 후작 파벌에 미래는 없다는 걸 알고 있기 때문이었다. 후작은 어떻게든 이 상황을 막아야만 했다.

나는 후작과 그의 파벌들을 바라보며 천천히 뒤돌아선 후, 품에서 권총을 꺼내 천장을 향해 발포했다.

알현실에 총성과 약협이 바닥에 떨어지는 소리가 울렸다.

그 순간 알현실에 위병과 공작가의 기사들이 우르르 몰려 들어왔다.

내가 빈스 씨에게 시선을 보내니 그도 작게 고개를 끄덕였다.

좋아, 허가가 나왔군. 지금부터는 나의 시간이다.

"그 더러운 입을 다물어라, 쓰레기 놈들."

"뭐, 뭐라고! 위병! 뭘 하고 있나! 이 녀석을 당장── 아니?! 이놈들, 무슨 짓이냐!"

위병들은 그대로 프램튼 후작과 파벌들을 구속하기 시작했다.

"반역자는 내가 아니라 네놈들이다. 공국과 결탁하여 왕국을 위기에 빠트린 후작 일당을 반역죄로 체포한다."

프램튼 후작은 위병들에게 양팔을 붙잡혀 내 앞까지 끌려왔다. 후작은 날 노려보며 소리쳤다.

"우, 웃기지 마라! 감히 누구더러 반역죄라 지껄이는 게냐! 나는 계속 왕국을 위해 일해왔다. 너 같은 애송이가 끼어들 자리가 아니란 말이다!"

"한심하긴. 그 애송이한테 졌으니까 지금 그렇게 붙들려 있는 거야. 네가 말하는 대로, 나는 단순한 애송이야. 하지만 나라의 중핵으로 일하는 인간이 그런 애송이한테 지면 안 되지."

너희들의 실수는 나를 함정에 빠뜨린 것이다.

뭐, 운이 없긴 했지. 그들이 상대한 건 내가 아니라 루크시온이었으니까.

루크시온이 없었다면 애초에 나는 이길 수 없었다.

어라? 잘 생각하니 루크시온이 없었다면 이런 권력 싸움에 말려들지 않았겠군.

뭐, 아무래도 좋아.

"인정할 수 없다! 공국과 내통했다는 증거가 어디에 있지?! 폐하! 이건 잘못되었습니다! 이런 애송이의 말에 귀를 기울여서는 아니 됩니다!"

그러나 후작의 절규에도 폐하는 가만히 앉아서 말없이 프램튼 후작을 지켜보고만 있었다.

그러자 프램튼 후작이 화를 내며 폐하 옆에 앉은 밀렌 님을 노려봤다.

"네 짓이냐. 이 나라를 좀먹는 벌레가!"

아니 이 자식이? 밀렌 님에게 그런 모욕적인 말을 하다니, 아직도 상황 파악이 안 되나?

"프램튼 후작, 보기 흉합니다. 당신이 진 겁니다. 얌전히 받아들이세요."

밀렌 님이 불쌍히 여기면서 그렇게 말하니, 프램튼 후작은 아직 지지 않았다는 것처럼 떠들었다.

"무슨 말을 하는 거냐! 있을 수 없다! 증거도 뭣도 없이 이럴 수는 없단 말이다! 이 악역무도한 놈들아, 천벌이 두렵지도 않더냐!"

후작의 파벌들 역시 저항하며 계속 소란을 피우고 있었다. 다른 귀족들은 이를 차가운 눈으로 보거나 당혹스러운 얼굴을 하고 있었다.

이것 참, 포기할 줄을 모르는군.

조금 골려줄까.

"그렇게 원한다면 증거를 주도록 하지."

내가 그렇게 말하자, 루크시온이 출현하여 알현실 중앙에 입체 영상을 비추었다.

갑작스러운 일에 알현실이 소란스러워졌기에, 나는 목소리를 높여 주목을 모았다.

"유감이군. 매우 유감이야, 프램튼 후작. 나는 마음이 상냥하니, 이제라도 반성하고 하나가 되어 왕국을 위해 싸우겠다고 하면 용서해 줄 생각이었는데, 기어코 마지막 기회를 제 발로 차버리는군."

뭐, 거짓말이지만. 용서할 생각 따위, 티끌만큼도 없다.

"무, 무슨! 폐하! 이자를 멈춰 주십시오! 이 녀석은 알현실에 총을 가지고 들어왔습니다! 이 녀석은 위험합니다! 폐하도 알고 계실 터입니다! 이 녀석은 제멋대로 하게 두어서는 안 됩니다! 이러한 헛것에 속아서는 안 됩니다!"

입체 영상이 움직이기 시작했고, 음성이 방에 울려 퍼졌다.

「후작님! 왕비님이 발트파르트를 사령관에 추천했다는 정보가 들어왔습니다!」

입체 영상 속의 후작이 입을 열었다.

「그런 애송이한테 농락당하다니 한심하군. 다소 유능해도 역시 여자야. 폐하도 그 여자한테 휘둘리기나 하고 한심할 따름이다. 그건 그렇고, 공국이 밀약을 깨다니──」

영상 속의 후작은 지긋지긋하다는 듯이 말을 이어갔다.

「많은 동지를 잃었습니다. 저희는 이제부터 어떻게 하면 좋겠습니까?」

「헤르트뮈더 전하를 교섭 재료로 삼게. 녀석들은 전하와 마술피리를 반드시 되찾고 싶을 터일세. 폐하에게는 내밀하게 일을 진행하는 것을 잊지 말도록. 그리고 그 녀석, 발트파르트가 제멋대로 행동하게 두지 말게. 공국의 비장의 패는 계산 밖이었지만, 녀석도 위험하긴 마찬가지일세. 어쩌면 더 위험할 수도 있지. 여차하면 폐하에게 책임을 넘기고 공국과는 화평을 맺어야 하네.」

폐하에게 책임을 넘겨? 불경이 심각하군.

프램튼 후작이 새파래진 얼굴로 나를 바라보았다.

"거, 거짓말이다! 이건 날조다! 이 녀석이 보여 주는 환각이다! 이 녀석이 나를 모함하고 있는 거다!"

나는 총구를 프램튼 후작의 이마에 밀어붙이고 미소를 지었다.

"너는 바보냐? 내가 어전에서 이렇게까지 해도 가만히 계신 건 그만한 증거가 더 있다는 의미라고."

나는 품에서 서장을 비롯한 서류들을 꺼내 내던져 줬다.

프램튼 후작은 서장을 읽더니 눈을 크게 뜨고 부들부들 떨기 시작했다.

"어, 어째서냐! 이 서장은 부, 분명 불태웠을 터인데?!"

익숙한 자기 필적이 담긴 서장에는 공국과 주고받은 대화가 적혀 있었다.

물론, 루크시온이 복사해 만든 가짜였다. 내용은 진짜였지만.

"아아, 그리고 헤르트뤼더 전하의 전언이다. '생각보다 쓸모가 없네'라고 하시더군. 너희들과 어떤 대화를 주고받았는지 술술 말해 줬어."

프램튼 후작의 이용 가치가 없어지자 헤르트뤼더 전하는 어떤 밀약이 있었는지 전부 이야기해 주었다. 아마 이런 상황에도 집안싸움을 하는 왕국의 모습을 보고 싶어서 다 실토한 거겠지. 이러면 한층 더 싸울 줄 알았을 거다.

정말, 공국의 왕녀님도 민폐가 심각하군.

입체 영상 속의 후작은 여전히 불만스러워 보이는 어조로 이야기를 이어가고 있었다.

내 눈앞에 있는 진짜 프램튼 후작은 얼굴이 시뻘게져서 그, 그 계집년이! 하고 이를 갈고 있었다.

「도대체 정신이 있긴 한 건가?! 지금 뭐가 가장 위험한지 왜 알지를 못해! 성녀는 성가실 뿐이지 문제라고 할 것도 없네. 하지만 그 녀석은 아닐세! 그 녀석 한 놈이 쥐고 있는 힘이 대체 얼마나 된다고 생각하는 건가! 한 척으로 수십 척의 함대를 완전히 물리칠 수 있다는 게 무슨 의미인지 모르느냐 말이야!」

「하지만 지금은 당장 공국을 어떻게 해야 하지 않겠습니까? 일단은 레드글레이브 공작과 협력하여——」

「그렇다면 발트파르트를 공국에 맞부딪쳐 서로 궤멸하도록 만들게! 가족을 인질로 잡아! 어떤 수단을 쓰든 상관없네! 알겠나? 녀석을 단순히 공작가의 파수견이라고 생각하지 마시게! 녀석의 비행선은 선원 한 명 없어도 움직일 수 있단 말일세. 이해가 되나? 그 녀석이야말로 위험한 존재일세!」

「하지만 저번의 패배로 저희도 힘을 많이 잃었습니다. 그만큼 움직일 수 있을지 어떨지…….」

영상 속의 후작이 격노했다.

「빈스 놈도 마찬가질세. 대체 무슨 생각을 하고 있단 말인가! 그 애송이를 제멋대로 움직이게 두면, 그야말로 왕국은 끝장이란 걸 모르는 건가?! 이런 상황에 공국을 물리친들 아무런 의미가 없네. 녀석을—— 녀석만큼은 어떻게 해서든 짓뭉개야만 한단 말일세!」

내가 봐도 내가 불쌍할 정도군. 다들 날 너무 무서워하는 거 아니야?

나는 누가 먼저 건들지 않으면 나도 건들지 않았을 거라고.

아, 그럼, 게임—— 진짜 시나리오에서는 이 녀석들이 뒤에서 암약한 덕분에 주인공이 대두할 기회가 만들어지는 셈인가?

지금은 생각해봐야 아무런 의미도 없다만.

289

"자, 이걸로 만족했나, 후작? 너희들이 공국과 손을 잡는 바람에 왕국은 위기에 빠졌다. 이걸 반역죄라 하지 않으면 무어라 부르겠어?"

프램튼 후작이 날 향해 소리쳤다.

"그게 어쨌다는 거냐?! 모든 건 나라를 위해서 한 일이다. 이 나라를 대체 누가 지탱해 왔다고 생각하는 거냐? 바로 이 몸이란 말이다! 내가 지탱해 온 거다! 너 같은 애송이가 대체 뭘 안다는 거지?! 이 모든 건 왕국을 위해서 해야만 하는 일이었다!"

"그리고 그 결과가 이 위기지. 너는 대응을 그르쳤어. 내가 아니라 공국에 대응했다면 결과는 달랐을지도 모르지만."

"웃기지 마라! 너는 네가 가진 힘이 얼마나 위험한 건지 알고는 있는 게냐?! 아무것도 모르니까 애송이라고 하는 거다! 언젠가 왕국은 너 때문에 파멸할 거다! 다들 눈을 떠라! 이 애송이야말로 나라에 재앙을 가지고 올 거다!"

나를 지나치게 과대평가하는군. 나는 후작을 보며 웃었다.

"정신 차려. 왕국은 지금 공국의 공격에 유례없는 위기를 겪고 있고, 이 사태를 만든 범인은 너야. 판단을 그르쳤군, 할아범. 아니 썩어 빠진 늙은이라고 해야 하려나?"

썩어 빠진 늙은이라는 말을 듣고 프램튼 후작이 난폭하게 날뛰었다. 위병들이 휘둘릴 정도였다.

"네, 네네네, 네놈이 뭘 안다는 거냐! 내가 얼마나 이 나라를 위해 헌신하여 일해 왔다고 생각하느냐 말이다!"

"가만히 있던 나를 무서워하면서, 공국을 만만히 본 결과가 이 꼴이지."

"아무것도 모르는 애송이가! 네가 죽으면 모든 게 원만하게 수습된다. 네 힘을 빌리지 않더라도, 왕국은 이길 수 있다! 나는 잘못되지 않았다! 정치도 모르는 애송이가 내게 뭐라고 떠드는 거냐! 내가 얼마나 나라를 위해 헌신해 왔는지 너는 모른다! 폐하나 왕비가 태평하게 의자에 앉아 있을 수 있는 것도, 이 내가 나라를 위해 일해 왔기 때문이다! 너 같은 애송이가 부정하게 놔둘쏘냐. 너 따위가아아아!"

이 영감님, 내가 자기 인생을 무시한 줄 착각하고 있는 것 같은데?

정정해야겠군.

"뭔가 착각을 한 모양이군, 후작. 나는 당신을 인정하고 있어. 지금까지 훌륭하게 왕국을 받쳐 왔겠지. 아, 그래. 열심히 했어! 존경해! 너는 최고야!"

그러자 주위 귀족, 기사, 병사들이 손짓 몸짓을 하며 떠드는 날 보고 멍하니 바라보기 시작했다.

좀 뜬금없는 소리긴 했지.

나는 휘두르고 있던 손을 내려 다시 총구를 프램튼 후작에게 겨누고 목소리를 낮춰 말했다.

"하지만 실수를 저질렀으면 책임은 져야겠지."

"시, 실수라고?!"

"지금 네가 겪고 있는 이 모든 상황이 너희들이 해온 일의 '결과'다. 설마 모른다고 하진 않겠지? 너희들이 왕국을 위기에 빠뜨렸어. 그 책임을 져라. 그게 너의 일이다."

"나, 나는 후작이란 말이다!"

"그럼, 잘 알고말고. 후작, 참 훌륭한 작위지. 원래 위에 서는 사람이 책임을 지는 거야. 딱 좋네. 뭐, 뒷일을 안심하고 맡겨. 너희들의 뒤치다꺼리는 내가 해줄 테니까. 그래도 다행이지? 나 같은 후진이 있어서."

나는 한껏 도발하며 웃었다.

너의 실수는 나를 화나게 한 것이다. 그래, 그것뿐이다.

"네가 대체 뭘 할 수 있다는 거지, 애송이! 정치도 모르는 애송이가, 잘난 듯이 떠벌리지——"

"으음~ 이상하네? 아직도 모르는 건가? 정신 차리고 똑바로 들어—— 너는 정치에서 졌어. 나라를 위해서 이번에는 너희가 희생될 차례가 된 거라고. 나를 희생시켜서 권력을 손에 넣으려 했지? 아, 물론 나는 그걸 화내고 있는 게 아니야. 단지, 네가 네 일에 책임을 지게 해주려는 것뿐이지."

"어, 어째서 내가……."

"어째서긴. 패배가 그런 거지. 권력 투쟁에서 패하고, 왕국을 위기에 빠뜨렸잖아? 여기까지 오는 동안에도 나 같은 약자들을 실컷 버려 왔지? 출세를 위해서 나에게 그랬듯, 제거해 온 사람들이 있잖아?"

"그게 어쨌다는 거냐? 전부 필요한 희생이었다! 그것이 나쁘다고 말하는 거냐? 그래서 너 같은 애송이는 안 되는 거다. 정치를 전혀 이해하지 못하고 있어!"

——도통 말귀를 못 알아먹는군. 이 정도로 뻔뻔할 줄이야.

대를 위하여 소를 버린다.

실로 멋지다! 세간은 호의적으로 보지 않겠지만, 나는 부정하지 않겠어.

왜냐면, 지금 그걸 해야 하거든.

"할아범, 말했잖아. 나는 당신더러 틀렸다고 할 생각도 없고, 네 의견도 부정하진 않아. 약자는 버려야지. 대를 위하여 소가 희생되어 줘야겠어! 겉치레 따위 필요 없어. 네가 줄곧 해오던 일이니까 너도 이해해 주겠지?"

"네, 네 녀석, 무슨 말을——크헉!"

총구를 프램튼 후작의 입에 처넣었다.

"이제 됐어. 더 말하지 않아도 돼. '약자'. 너희는 버림받은 소수의 약자니까 그냥 받아들여. 흔쾌히 희생되라고. 설마 지금 와서 싫다는 말은 하지 않겠지?"

얼굴이 새파래진 프램튼 후작이 고개를 가로저으려 했지만, 입에 들이밀어 넣은 총 때문에 고개가 돌아가질 않았다.

"이봐, 그러지 말자고. 너희들이 해왔던 걸 그대로 하고 있을 뿐이잖아. 지금 와서 아니라는 말은 하지 말자. 이번에는 나라를 위해서 너희들이 희생될 차례라고."

나는 권총을 입에서 빼고 프램튼 후작의 커다란 코를 향해 주먹을 내리쳤다.

프램튼 후작이 코피와 함께 바닥을 굴렀다.

나는 주위에 명령했다.

"나한테 싸움을 건 건 이 한 방으로 용서해 주지. 이제 가서 나머지 죗값을 치르도록 해. 데려가."

"네, 넵!"

배신자 귀족들이 끌려가자, 알현실에 남은 귀족은 그야말로 한 줌이었다.

남은 귀족들과 군 관계자── 장군들의 시선이 내게 향했다.

"자, 그럼 내가 원죄였다는 걸 알게 된 제군. 일을 시작하기 전에 몇 가지 못을 박아놓도록 하지. 첫 번째── 나는 너희들이 싫다. 이 나라가 싫다. 이유? 너희가 멍청한 탓에 내가 움직이게 되었기 때문이야. 똑바로 일하라고!"

그들의 시선이 날카로워졌다. 뭐 다들 하고 싶은 말이 있겠지만, 그런 건 내가 알 바 아니었다.

애초에 이 녀석들은 나라의 중핵에 있었으면서 대체 뭘 하고 있었던 건지. 아니, 지금 생각해 보니 지구에 있을 때도 비슷했던 것 같군.

어째서 일이 그렇게 된 것인가 싶은 일도 수없이 있었다.

그래도 그때가 그나마 나았던 것 같다. 거기선 내가 움직이지는 않아도 됐으니까.

──아 돌아가고 싶다.

적어도 이런 엉망진창인 상황에 처박히지는 않았겠지── 아니, 마찬가지였으려나? 뭐, 상관없다. 전생 쪽이 살아가기 더 편했던 건 사실이다.

"두 번째── 너희들이 나를 따를 생각이 없다는 건 나도 알아. 나도 너희에게 기대하지 않아. 세 번째── 불만이 있으면 지금 나와. 지금 이 상황을 뒤집고 왕국을 승리로 이끌 수 있다는 녀석이 달리 있다면 언제든 자리를 바꿔 주마."

시선을 돌리는 기사나 군인들.

다들 얼굴에 불만이 있긴 하지만, 아무런 대책도 없이 나서는 녀석은 없었다. 그나마 좀 낫군.

총사령관이 율리우스 전하라면 이 녀석들도 이만큼 불만스러워 보이지는 않았겠지.

오히려 나조차 나 같은 사람이 남들 위에 선다는 말을 들으면 저런 표정을 짓고 있었을 거다.

"마지막은 심플해. 내 명령에 따르면 이기게 해주지. 따를 생각이 없다면 지금 도망쳐라. 내 지시에 의문을 품지 마라. 말대꾸도 하지 마라. 너희들이 할 수 있는 건 내 명령에 복종하는 것뿐이다. 어때, 이해가 됐나?"

술렁이는 알현실에 내 목소리가 잘 울려 퍼졌다.

"나를 위해 싸우다 죽어라. ──대신에 이 나라를 구해줄 테니."

　　　　　　　　　　　◇

　궐기 집회 같은 무언가가 끝난 나는 머리를 감싸 쥐고 있었다.

　"우오오오오! 진짜 최악이야!"

　『이제 와서 그런 말을 하는 겁니까? 자기가 하겠다고 했으면서. 그리고 용케도 그런 말을 술술 내뱉을 수가 있었군요. 공국을 경시한 것은 마스터도 마찬가지 아닙니까? 이 상황도 마스터가 잘 처신했다면 회피할 수 있었으리라고 추측합니다.』

　"시끄러워. 애초에 내가 그렇게까지 해야만 하는 일이야, 이게?"

　『이 상황을 맞이하기 싫었다면 좀 더 힘냈어야 하는 거 아닙니까? 마스터의 부메랑 곡예는 신들린 수준입니다. 존경합니다.』

　내가 꺼낸 이야기지만, 내가 총사령관이라니. 이 나라는 끝장이다.

　인재 부족이 극에 달했어.

　나는 왕궁에서 마련해준 방에서 루크시온과 마주 보았다.

　"어쨌든 피난을 최우선으로 해. 내 명령에 토를 다는 놈들은 공국군의 진로에 있는 주민들을 피난시키는 일을 맡길 거다. 왕도에서도 사람들을 피난시켜야 하고."

　『적은 전력이 한층 줄어들겠군요. 그렇게 준비하도록 지시하는 서류를 만들겠습니다.』

　루크시온이 마련한 프린터 같은 기계가 잇따라 명령서를 작성해 나갔다.

루크시온은 모여드는 자료를 확인해 부대 편제나 절차 등을 직접 조정하고 있었다.

　"공국군의 상황은?"

　『이동속도가 느리니까 왕도에 도착할 때까지는 시간이 있습니다.』

　나는 완성된 서류를 손에 쥐고 사인해 나갔다.

　"네 본체도 움직여야 할 것 같다."

　『본체를 움직이는 건 문제없습니다만, 통신 상황이 나빠서 대륙을 사이에 끼고 있으면, 제가 마스터를 거의 서포트 할 수 없게 됩니다. 그다지 권장하지 않습니다만.』

　"문제없어."

　『──알겠습니다. 그보다 의외로 후작이 유능했군요.』

　"뭐?"

　내가 놀라자, 루크시온은 자랑하기 시작했다.

　『마리에도, 공국도 아닌 제가 섬기는 마스터를 가장 큰 위협으로 본 건 훌륭한 판단입니다. 아마 후작도 왕가의 배에 관한 지식을 갖고 있었겠지요. 그래서 마스터를 위험시하고, 공국을 얕보고 있었던 겁니다.』

　왕가의 배── 게임에서는 주인공의 비행선으로 등장하지만, 설정으로는 왕국을 건국하는 데 큰 도움을 준 로스트 아이템이다.

　그 배가 어떤 배인지 알고 있었다면 로스트 아이템 비행선인 파르트너를 경계해도 이상하지는 않다만…….

"설마, 그가 진짜 유능했다면 이런 상황은 되지 않았겠지."

『그건 마스터도 마찬가지 아닙니까? 저라는 힘을 가지고 있으면서도, 이런 상황을 만든 것도 모자라 원치 않던 지위에까지 앉았습니다. 후작을 비웃을 수 없다고요.』

나는 대체 어디서 그르치고 만 걸까, 하고 생각하며 서류에 사인해 나갔다.

◇

우리는 왕궁 지하 깊은 곳에 있는 격납고로 향했다.

격납고에 잠들어 있는 비행선은 선체가 하얗고 아름다운 모양새를 하고 있었다.

전체적으로는 루크시온과 같은 유선형 비행선이었지만, 이쪽이 디자인에 더 공을 들여놓았다.

이것이 바로 주인공의 모함(母艦)이 되는 비행선이다.

"생각보단 크군."

『약 400m 정도군요. 파르트너보다도 작습니다.』

"강해 보여."

『파르트너에 비하면 미덥지 못하지만요.』

"……디자인도 나쁘지 않아."

『생산성, 정비성을 무시한 호화 여객선 아닙니까? 파르트너의 성능미에는 당해낼 수 없습니다.』

경쟁심에 불타고 있는 건지, 루크시온은 내가 말을 할 때마다 계속 파트너가 더 대단하다며 자랑을 되풀이했다.

나는 뒤돌아서 이 자리에 있는 면면을 봤다.

격납고에서 왕가의 배를 관리하고 있던 정비사들이 정렬해 있었고 그 옆으로 불만스러워 보이는 폐하와 그 폐하를 어이없다는 눈으로 바라보는 밀렌 님이 보였다.

바보 5인조는 말없이 서 있었고, 마리에는 거북한 눈치였다.

한쪽에는 리비아와 안제의 모습도 있었다.

리비아는 내가 데리고 왔고, 안제는 왕가의 관계자 자격으로 이곳에 왔다.

"제법 자신의 배를 자랑하는 사역마군."

폐하의 가시 돋친 말에 나는 식은땀이 멈추질 않았다.

"이, 이 녀석은 지기 싫어하는 성격이라 말입니다. 그, 저기, 어쨌든! 안으로 들어갈까요. 이 녀석이 수리하면 움직일 수 있을지도 모릅니다."

"그건 불가능하다."

"예?"

폐하는 비행선 앞에 시트가 덮여 있는 장치를 손가락으로 가리켰다.

폐하가 명령하자 정비사들이 시트를 벗겼다.

시트에 덮여 있던 건 하트 형태의 받침대와 하트 형태의 배경으로 이루어진 작은 세트장 같은 물건이었다. 솔직히 말해서 이 자리에 전혀 어울리지 않았다.

"서로를 진정으로 사랑하는 사람 둘이 저곳에 서면, 왕가의 배는 그들을 주인으로 인정하여 그 힘을 발휘한다. 주인이 아니면 문도 열리지 않고 안에도 들어갈 수가 없다."

──게임에 그런 설정이 있었던가?

주인공이 파트너와 왕가의 배를 찾으러 오면 자동으로 반응했는데?

폐하는 비행선을 바라보며 뭔가 감개 깊은 듯이 말했다.

"왕가인 호르파트, 그리고 분가인 마모리아에 필드 가와 아크라이트 가, 세버그 가까지. 일찍이 파티를 짰던 영웅들의 후예가 이 자리에 모이는 날이 올 줄이야. 이것도 운명이겠지……."

──이 대사는 게임에서 들었던 것 같군.

호르파트 왕가를 비롯해 이 바보 5인조의 선조는 왕국 건국 전에 파티를 짰던 영웅들이다. 그래서 이 다섯 명…… 정확히는 다섯 가문의 후손들은 왕가의 배를 움직일 자격이 있다던가 뭐라던가.

그리고 사실은 또 한 명, 이름을 알 수 없는 여성 모험가가 있었는데, 그게 바로 리비아의 선조이다. 당시에는 초대 성녀로 활약했다는 설정이었다.

그때는 도저히 흥미가 없었기에 '그래, 그래. 운명, 운명, 잘됐네' 하고 생각하며 게임 설명은 전부 스킵했는데, 이럴 줄 알았으면 좀 더 자세하게 읽어 둘 걸 그랬다.

하지만 언젠가 이 여성향 게임 세계에 전생할 테니 여러 가지를 기억해 둬야지! 같은 생각을 누가 하겠는가. 뭐야, 결국 불가능한 일이었군.

평소에 그런 생각을 하는 녀석이 있다면, 나라면 질색할 거다.

"왕가의 배에 인정받을 수 있는 건 왕가와 나머지 네 가문. 그리고, 잃어버린 마지막 동료의 일족만이 자격을 가진다——라고 되어있다."

폐하는 자신만만한 얼굴로 내게 자랑스레 이야기했다.

왜 제게 그런 얼굴을 하시는 거죠? 내게 뭔가 원한이라도 있는 건가? 아들을 너덜너덜하게 두들겨 패고, 부인을 유혹한 것뿐이잖아.

아, 글렀다. 내가 생각해도 원망받아 이상하지 않은 짓들뿐이잖아. 다른 사람이 들으면 최악의 쓰레기 자식이라고 생각할 법한 내용이라고.

루크시온이 귀엣말했다.

『그냥 문을 파괴하면 선내로 들어갈 수 있습니다만, 분위기를 파악하는 편이 좋을까요?』

어차피 마지막에 필요한 것은 사랑이다.

마침 그 사랑을 확인하기 위한 장치가 있으니 도리어 잘됐다.

나는 루크시온에게 일단 지켜보자고 말한 후 받침대까지 다가갔다.

가까이서 보니 더욱더 충격적이었다.

하트 모양 받침대라고 할지, 스테이지에는 신비성이라고는 손톱만큼도 없었다.

밀렌 님이 우리를 뒤돌아보고 진지한 얼굴로 말했다.

"각오는 되었지요? 이건 평범한 장치가 아니에요."

밀렌 님이 묘하게 긴장한 얼굴로 말했다. 참고로 폐하는 말수가 부쩍 줄어들어 있었다.

"우선은 우리가 사용 방법을 나타내 보이겠어요. 괜찮지요, 폐하?"

"으, 음. 이번에야말로 움직일 터다!"

밀렌 님의 의심쩍은 시선에 폐하가 겁을 먹고 있었다.

두 사람이 하트 형태 스테이지에 올라가자 중앙에 선이 나타났다. 두 사람이 선을 사이에 두고 서자, 하트 형태 스테이지가 빛나기 시작했다.

남성이 있는 장소는 파란색으로.

여성이 있는 장소는 빨간색…… 아니 핑크색인가? 뭐, 그런 느낌으로 빛났다.

그러자 스테이지에서 음성이 들려왔다.

『남성── 25점! 여성── 58점! 유감!』

──으응?

그 자리에 있던 사람들이 영문을 알 수 없다는 듯이 서로 얼굴을 마주 보고 있자, 밀렌 님이 폐하를 도닥도닥 때렸다. 앗, 좀 귀여운데?

"거짓말쟁이! 25점이라니 뭐야! 그건 이미 타인이거나 얼굴만 아는 사이 정도잖아!"

폐하가 황급히 변명하기 시작했다.

"시, 시끄럽다! 너도 고작 58점이지 않나! 너도 이미 나를 사랑하지 않는 거잖아! 아아, 그래. 이제 너를 여자로서 볼 수가 없다! 그게 잘못이란 말이냐!"

둘이서 옥신각신하는 모습을 보고, 나는 이마를 짚었다.

"맙소사. 설마 애정을 수치로 표시하는 기계인가?"

루크시온이 끄덕였다.

『조크 굿즈에 가까운 장치군요. 조금 전의 왕가의 배에 접속해서 조사해 봤습니다만, 아무래도 자산가가 반쯤 장난으로 만든 비행선인 것 같습니다. 제 본체보다도 훨씬 전에 만들어 신혼여행에 한 번 쓴 뒤에 창고에서 잠들어 있었던 모양입니다.』

왕가의 배의 탄생 비화가 너무 미묘해서 무슨 반응을 해야 할지 모르겠다. 고대의 민간선이었다니, 누구한테 말해도 믿지 않을 거다.

『참고로 그 부부는 2년 만에 이혼한 모양입니다.』

"그런 정보는 알고 싶지 않아. 얼른 끝내자고. 방법은 알았어. 이중의 누군가가 타면 움직일 수 있을지도 모른다고 생각했는데, 그럴 일이 아니었군."

마리에와 다섯 바보의 관계는 어떻게 생각해도 수복 불가능했다.

이대로는 왕가의 배를 쓸 수 없다.

『그래도 움직이기만 하면 틀림없이 전력이 되겠군요. 무장도 달려 있고, 이 세계의 비행선보다는 훨씬 성능이 좋습니다. 결국, 수리는 해야겠지만요.』

그야 격납고에서 소중히 보관되어 있었지만, 내부는 그간 아무도 정비하지 못했을 테니까.

예를 들자면, 엔진은 한 번도 정비하지 않은 자동차려나? 내부는 엉망진창인데, 겉모습만은 깔끔한 상태다.

그저, 소유자를 정하기 위한 장치가── 조크 굿즈라는 게 정말이지 어이가 없었다.

"도저히 안 된다면, 진짜 문을 부수고 안에 들어가야 할지도 모르겠다."

『그러면 작업용 로봇을 부르지요. 10분 정도 기다려 주십시오.』

그럼 그사이에 누군가가 인정받기를 바라야겠군. 문을 부수면 고쳐야 하잖아.

그리고 어떻게 움직였다고 해도 역시 왕가의 배가 그 성능을 발휘하기 위해서는 역시 사랑이 필요했다.

이거 정말 이대로 괜찮은 걸까 하고 고민하고 있자니──

"──마리에, 와라!"

"어? 어어?!"

율리우스 전하가 마리에의 손을 잡고 난폭하게 장치 위로 데리고 가서는 말다툼하고 있는 자기 부모님을 억지로 내리고는 자신이 올라섰다.

　나였다면 부모님이 서로 사랑하지 않는다는 걸 알면 충격을 받았을 텐데, 율리우스 전하는 부모님의 부부 싸움보다도 마리에를 우선한 모양이었다.

　장치가 움직이기 시작하고, 두 사람의 사랑을 수치화하여 측정했다.

　『남성—— 90점! 여성—— 17점. 매우 유감스러운 결과로 끝나고 말았습니다.』

　전자 음성은 가차 없이 진실을 고했다.

　루크시온같이 분위기를 읽는 고성능 인공지능은 아닌 모양이었다.

　미리 정해진 대사를 수치에 맞추어 재생하는 노래방 기기 같은 거겠지.

　마리에는 고개를 숙이고 있었다.

　그런데 생각과 달리 율리우스 전하는 미소를 띠고 있었다. 왜 저러지? 현실을 알고 미련이 싹 가신 건가?

　"이게 결과라면 받아들이마. 마리에, 나는 여기서 선언하지. 언젠가 네가 나를 돌아보도록 만들겠다."

　자신을 속인 데다 사랑하지 않는다는 것을 알게 된 여성을 앞에 두고 자신을 돌아보도록 만들겠다는 선언.

　안제가 있는데도 저런 말을 하다니.

　안제의 모습을 힐끔 보니, 기가 막힌다는 표정을 짓고 있었다.

──좋아! 화내고 있지 않다면 문제없다.

마리에를 그 자리에 남기고, 이번에는 율리우스 전하와 교대하여 질크가 장치 위에 섰다.

『남성 89점. 여성 12점. 슬픈 결말로 끝나고 말았습니다.』

아니 근데, 마지막 한마디는 꼭 붙여야 해?

마리에가 이해하지 못하고 곤혹스러워하고 있자, 질크는 다정하게 말을 건넸다.

"전하께 진 것은 분합니다만, 저도 지고 있을 수 없습니다. 마리에 씨, 저도 반드시 당신이 저를 돌아보도록 만들겠습니다."

"질크⋯⋯."

"비켜, 다음은 내 차례다. 마리에, 이게 내 마음이다!"

이번에는 그렉이 장치 위에 섰다.

『남성 91점. 여성── 22점. 짝사랑입니다. 포기하죠.』

그러니까 그런 마지막 코멘트는 이제 그만 좀!

그렉이 점수를 듣고 힘없이 웃었다.

"잔혹하군. 그래도 이걸로 개운해졌다. 마리에, 내 마음은 알았지? ──나는 너를 포기하지 않겠어."

"그렉, 저, 저기!"

"다음은 나다."

그렉이 장치에서 뛰어내리고, 브래드가 자신만만하게 스테이지에 올랐다.

『남성 98점! 여성── 9점. 보기 좋게 엇갈렸습니다.』

제발 그만해. 더는 못 봐주겠어.

——웃음을 참느라 배가 아플 지경이라고!

"제일 낫군."

"미, 미안해. 하지만, 나는!"

"하지만, 이제부터다. 나는 이제부터 마리에의 첫 번째를 목표로 하겠어. 마리에, 우리는 깨달았다. 그때 마리에는 우리를 뿌리친 게 아닐까, 하고 말이야."

이 녀석들은 대체 뭘 착각하고 있는 거지?

크리스가 브래드와 교대했다.

"확실히 우리로는 믿음직스럽지 못할 테지. 하지만, 우리한테는 —— 마리에밖에 없다."

아니, 그 밖에도 좋은 여성이 잔뜩 있다고. 눈을 떠!

『남성 87점. 여성—— 31점! 이 여자 너무 차갑지 않아?』

마리에가 울고 있었다.

"다들, 그런 게 아니야. 내 말을 들어줘!"

율리우스 전하가 마리에의 손을 잡고 장치에서 내려줬다.

"알고 있다. 한심하지만, 우리는 너를 지키지 못했다. 마리에가 우리한테 실망하는 것은 당연하다. 중요할 때 곁에 있어 주지 못했다."

아무래도 다섯 명은 마리에를 홀로 전쟁터로 보낸 바람에 자신들에게 실망했다고 생각한 모양이었다.

이 무슨 착각. 이 좋은 인간성을 마리에와 만나기 전에 발휘했으면 얼마나 좋았을까.

"안심해라, 마리에── 더는 너를 놓지 않겠어."

"아니야! 그러니까, 내 말을 들으라고!"

마리에는 필사적으로 무언가를 말하고 있었지만 다들 '다 알고 있으니까' 같은 태도로 전혀 듣고 있지 않았다.

아무래도 좋다만, 이 녀석들에게 사랑을 기대한 내가 잘못이었군.

이제 어떻게 한다?

시선을 둘러보니, 밀렌 님이 폐하를 타박하고 있었다.

"율리우스와 저 애들은 저렇게나 높은 수치를 냈는데. 당신은 만났을 때부터 40점도 채 안 됐잖아."

"정략결혼에 사랑을 요구하는 거냐? 그렇다면 나도 좋아하는 상대와 결혼하고 싶었다!"

"반드시 수치를 올리겠다고 약속했잖아! 함께 왕가의 배로 하늘을 여행하자, 라면서!"

"그건 거짓말인 게 뻔하지 않나!"

"그렇게 분위기만 만들지. 뭐든 그래. 자기만 기분 좋게 배우처럼 행동하고, 흡족해서── 정말로 입만 살았다니까!"

이쪽도 수복 불가능이군. ──아니, 그보다 밀렌 님이 말한 것처럼 이 녀석은 확실히 평범한 장치가 아니었다. 결과에 따라서는 큰일이 벌어진다.

덧붙여서 폐하가 허울만 좋은 위선자였다는 사실이 슬펐다.

뭐 어렴풋이 눈치채고는 있었지만 말이지. 처음 만났을 때부터 이 녀석 뭔가 얄팍한데? 하고 생각했다고. ——그래 속지 않았어. 나는 알아차리고 있었단 말이다!

나라의 위기는 어떻게 해볼 생각이지만, 부부의 위기는 나라도 수복할 수가 없다.

두 사람의 관계를 지켜보기로 한 나는 잠자코 있는 리비아와 안제를 돌아봤다.

이미 충분히 웃었으니 두 사람을 데리고 돌아가야지. 뒷일은 루크시온에게 부탁해야겠다.

"하아~ 사랑이란 어렵네. 자, 그럼 슬슬 돌아갈까? 나머지는 루크시온한테 맡기면 괜찮을 거야. ——어, 저기? 두 사람? 어째서 내 팔을 붙잡는 거죠?"

마치 양팔에 여자를 낀 남자처럼, 두 사람이 내 팔을 붙잡고 말없이 장치로 끌고 가기 시작했다.

나는 반사적으로 저항했지만 두 사람의 힘이 생각보다 셌다.

"자자자자, 잠깐만! 부탁이니까 기다려! 싫어. 나는 저런 조크 굿즈에 올라타고 싶지 않다고오오오!"

그러나 리비아와 안제는 발을 멈추지 않았다. 아주 단단히 벼르고 있던 모양이었다.

"리온 씨, 어서 올라가세요!"

"이거라면 분명하게 가려낼 수 있겠지. 이래저래 얼버무려 왔던 너도, 이젠 끝이다!"

"싫어! 이런 건 구경할 때나 웃을 수 있는 거라고. 내가 참가한 다니 죽어도 싫어! 나는 저 녀석들처럼 멘탈이 강하지 않다고. 섬세하단 말이야. 안 좋은 결과가 나오면 박살 날 거라고!"

하지만 두 사람은 멈추지 않았다.

아무래도 한쪽에 나를 세우고 반대쪽에 둘이 같이 올라갈 생각인 거 같은데, 그것만은 안 된다. 수치가 높으면 부끄럽고, 낮으면 내 사랑이란 결국, 이런 거였나 하고 자기혐오에 빠지고 말 거다. 그리고── 리비아와 안제의 결과도 같이 나온다.

그건 자칫하면 서로 좋지 않은 결과를 볼 뿐이다. 앞서 많은 이들이 직접 증명하지 않았던가.

그런 건 싫다. 앞으로 어떤 얼굴로 두 사람과 이야기를 하란 말인가!

"둘 다, 사랑을 수치로 재다니 이상하다고! 이런 건 잘못되었어!"

루크시온이 나를 보며 재미있다는 듯 말했다.

『다른 사람은 괜찮지만, 자신은 안 된다는 건 인간으로서 좀 어떤가 싶군요.』

이 인공지능, 마스터인 나를 배신했어!

"그만둬! 안 좋은 결과가 나오면 받아들일 수 없어! 남을 보며 웃을 수 없다고! 이대로 웃으면서 끝내고 싶었는데! 모두를 보고 비웃으면서 끝내고 싶었는데!"

소리를 지르자 율리우스 전하나 다른 사람들이 내게 천천히 모여들었다.

어떻게든 저항하려는 내 어깨에 누군가가 손을 올렸다.

고개를 돌려보니 폐하가 히죽 웃고 있는 얼굴이 눈에 들어왔다.

"후후, 네 녀석만 아무 일 없이 지나가면 시시하겠지? 너의 실실거리는 낯짝에는 열이 받던 참이다. 얼른 올라타거라!"

남자들한테 밀리는 형태로 장치 직전까지 오게 되자, 나는 몸을 웅크려서 저항했다.

이미 장치에 올라선 리비아와 안제가 내 팔을 각각 잡아끌며 스테이지에 올리려 했다.

"리온 씨. 금방 끝나니까요."

"얼른 올라타서 분명히 해라!"

율리우스 전하와── 마리에도 내 등을 밀기 시작했다.

"발트파르트, 너도 각오를 굳혀라!"

"너도 타아아아!"

"너희들, 두고 보라고! 나는 절대로 오늘의 일을 잊지 않을 거다! 아, 잠깐!"

필사적으로 저항하고 있었더니, 스테이지가 핑크색으로 반짝이며 주위에 팡파르를 울렸다.

곧장 신음하는 듯한 비행선 엔진음이 방에 반사되어 울리기 시작했다.

『서로 120점! 축하합니다. 당신들은 진실한 사랑으로 맺어진 관계입니다!』

전원이 우리에게서 손을 놓았기에, 갑자기 풀려난 나는 뒤쪽으로 나뒹굴었다.

스테이지 위에 있는 건 리비아와 안제였다.

"안제……."

"리비아, 너……."

스테이지 위에서 뺨을 빨갛게 물들인 두 사람이 부끄러운 듯이 서로 마주 보고 있었다.

그대로 서로를 끌어안아 허리에 팔을 둘렀다.

거리가 엄청나게 가까웠다.

"그, 저기, 기뻐요."

"나도 같은 마음이다."

나를 포함해 주변 사람들이 멍하니 이 광경을 바라보고 있었다.

『동성끼리가 안 된다는 말은 없었죠. 비행선이 기동했습니다.』

루크시온의 말에 나는 주저앉았다. 솔직히 조금은 기대하고 있었는데…….

아무리 못해도 마리에와 그 다섯 바보보다는 높은 수치가 나오겠지 하는 확신이 있었는데!

저 녀석들 같은 비참한 결과는 피할 수 있을지 모른다고 생각했는데!

그런데, 두 사람이 자신의 마음을 깨닫고 서로를 마주 보고 있는 광경을 봤더니 뼈저리게 실감했다.

"——어차피 나는 개그 담당 모브야! 이런 취급이 고작이라고!"

매우 복잡한 기분이었다.

　무척이나 미인인 지인 둘이 백합 전개를 펼치고 있을 줄은 상상도 못 했다.

　슬픈 것 같은데, 그래도 상대가 다른 남자는 아니니까 그나마 다행이라는 생각도 들고.

　아무튼, 복잡한 기분이었지만 결국 눈물이 흐르는 건 막을 수 없었다.

　밀렌 님이 내 어깨에 손을 올려놓아 주었다.

　"저, 저기, 무슨 말을 건네면 좋을지 모르겠지만── 낙심하지 말렴."

　──나는 울면서 그 자리에서 도망쳤다.

　"이건 너무하잖아!"

　"리온 군?!"

★제08화 「출진」

왕궁 옥상에서 태양이 떠오르는 경치를 보며 나는 심호흡했다.

차가운 공기가 몸에 들어가자, 그 추위로 정신이 또렷해졌다.

왕도에는 비행선이 바쁘게 드나들며 밤새도록 주민의 피난을 이어가고 있었다.

『마스터, 파트너의 준비가 완료되었습니다.』

"이걸로 내 쪽은 싸울 준비가 끝났군."

대규모 피난에 왕도는 혼란에 빠져 있다.

"이대로 예정대로 흘러갔으면 하는데 말이지."

『──'초대형'의 접근에 따라 통신 상황이 한층 더 나빠졌습니다. 본체가 대륙 뒷면으로 돌아 들어가면 저는 마스터를 사실상 서포트할 수가 없습니다. 정말로 괜찮습니까?』

루크시온이 재차 확인했다.

내 옆에 있는 이 외눈 구체는 루크시온 본체의 부속기관이다.

본체와의 링크가 끊어져 버리면 제 기능을 전부 발휘할 수가 없다.

지금도 초대형 때문에 통신 상황이 나빠지면서, 지금껏 잘해왔던 정찰도 하지 못하고 있었다.

즉── 공국의 움직임을 알 수 없었다.

알고 있는 건 초대형이 천천히 왕도를 향해 이동하고 있다는 것뿐.

왕국의 비행선을 내보내 육안 정찰을 하고는 있지만, 수가 부족하여 만전이라고 할 수는 없었다.

"리비아와 안제도 있으니까 괜찮아. 두 사람의 사랑의 힘으로 몬스터들을 날려 주겠어."

『사랑입니까……. 정말로 사랑으로 어떻게든 되는 거라면, 온 세상에 넘쳐나는 사랑이란 대체 무엇일까요?』

"내가 알 리가 없잖냐. 그런 건 이긴 후에 생각하면 돼."

『그것보다도 정말로 괜찮았던 겁니까? 그 뒤로 두 분을 피하고 있지요?』

조크 굿즈로 두 사람이 서로 사랑한다는 걸 알게 된 것이다.

내가 두 사람을 방해할 이유도 여지도 없었다.

"그건 제아무리 나라도 너무 예상 밖이라 아무 말도 할 수가 없었어……."

『두 분은 그 후에 마스터를 찾고 있었다는 것 같습니다만?』

"아니, 딱히 그 일로 피하고 있는 건 아니야. 그냥 내가 둘을 만나고 싶지 않은 것뿐이지."

이미 전쟁은 확정 사항이다.

일이 여기에 이르면 나도 각오를 굳혀야만 했다.

"각오가 둔해질 것 같으니까 만나지 않는 것뿐이야."

『처음부터 솔직하게 말해 주셨다면── 마스터!!』

——루크시온이 하늘을 올려다보며 급하게 외쳤다.

◇

왕궁의 어느 방.

리온의 스승은 아침 일찍부터 차를 준비하고 있었다.

긴장감이 감도는 테이블에는 밀렌과 헤르트뤼더가 마주 보고 앉아 있었다.

"헤르트뤼더 왕녀 전하, 이 전쟁을 멈출 수 없겠나요?"

밀렌이 그렇게 말하자 헤르트뤼더는 즉답했다.

"공국은 이날을 위해서 몇십 년이나 참아 왔어. 이번에는 당신들이 당할 차례야."

희미하게 띤 미소를 보고 밀렌은 눈을 감았다.

"왕국에 원한을 품은 건 이해합니다. 하지만——"

"어머, 협박할 생각이야? 이미 늦었어. 그 애가 가진 마술피리는 하늘과 바다에서 공국의 수호신을 불러낼 수 있지. 그리고 한 번 명령을 받으면 그 명령을 완수할 때까지 멈추지 않아. 다시 말해 이미 늦었어."

헤르트뤼더는 사실상 자신을 붙잡고 교섭을 해도 아무런 의미가 없다고 말한 셈이었다.

밀렌은 고개를 가로저으며 아주 오래되어 보이는 서류와 책 한 권을 테이블 위에 올려놓았다.

"이게 뭐지?"

"우선은 이걸 읽어보도록 하세요."

밀렌이 내놓은 서류는 공국이 막 독립한 시절에 만들어진 문서였다.

거기에는 지금까지의 만행에 관한 배상이 적혀 있었다.

문제는 그게 왕국이 아니라, 공국이 저지른 만행의 배상이라는 점이었다.

"이건 말도 안 돼! 공국은 독립을 위해 부당한 대우를 하는 왕국과 싸운 거예요! 이건 가짜입니다."

밀렌은 어이가 없다는 눈으로 헤르트뤼더를 쳐다봤다.

"역시 아무것도 모르는군요. 훌륭한 꼭두각시 왕녀님이에요."

책에 적혀 있는 건 왕국과 공국 사이에 있었던 역사였다.

초대 공왕(公王)──── 즉 당시 호르파트 왕국 대공은 왕국과 적대하는 나라와 손을 잡고 부추겨 왕국을 몇 번이나 공격해 온갖 약탈을 자행하고 있었다.

대공가의 군사력은 무시할 수준이 아니었고, 왕국은 이 문제를 처리하지 못해 애를 먹고 있었다.

대공가 하나만 상대한다면 쓰러트리는 건 어렵지 않지만, 국경 주변에 있는 적국들이 기회를 엿보고 있어 전력을 낼 수가 없었다.

이에 왕궁은 브래드의 본가인 필드 가문을 변경백으로 삼고 국경 수비를 맡겼다.

"당시 대공가는 군사 시설을 만들고, 비행선을 갖추고, 부유섬을 요새로 삼았습니다. 막대한 자금과 자재를 들여서 말이죠."

결국, 분노한 왕궁은 대공가를 신하가 아니라 '적국'으로 대하기로 하였다.

대공가가 왕국에서 쫓겨나 공국이 되면서 대공가—— 공국은 지금까지 해 왔던 약탈 수법을 쓸 수 없게 되었고, 자금원이 사라진 동시에 필드가의 압박을 받기 시작하면서 점점 피폐해지기 시작했다.

결국, 공국은 전력을 늘리기 위해 극단적인 수단을 쓰기 시작했다. 전력을 늘리기 위해 부유석을 얻고자 사람이 사는 부유섬을 포격하여 파괴한 것이다.

부유석은 비행선을 건조하기 위해 필수 자원이었으나, 이를 위해 사람들을 희생하고 부유섬을 파괴한 공국의 만행에 왕국은 격노했고, 결국 공국은 왕국과 변경백의 공격에 쓰러지고 말았다.

그리고 그때 만든 문서가 바로 헤르트뤼더가 들고 있는 서류였다.

"이후에도 공국은 왕국을 공격했습니다. 변경백을 배치한 뒤에는 피해가 줄어들긴 했습니다만, 원한은 사라지지 않았지요. 이전에 공국을 공격했을 때 몰려간 것도 공국에 짓밟힌 땅에 살던 사람들이에요."

밀렌은 왕국이 '정의'라고 하지 않았지만, 어느 쪽이 되었든 진실은 변하지 않았다.

“공국은 정말로 약탈을 좋아하는군요.”

“아니야! 공국은 독립을 위해 싸운 거야. 왕국이 불평등 조약을 체결한 결과라고!”

“배상을 청구한 것뿐입니다. 당시 공국은 응할 생각 따위, 전혀 없었겠지만요. 결국, 공국이 자처한 일이었습니다. 그런데도 모두 왕국의 책임이라 할 생각입니까?”

헤르트뤼더가 얼굴이 시뻘게져서는 컵을 손에 쥐려고 하자, 스승이 재빠르게 움직였다.

“홍차가 식어 버렸군요. 다시 달이겠습니다.”

헤르트뤼더가 분한 듯이 스승을 노려봤지만, 밀렌이 놓아주지 않겠다는 듯이 말했다.

“당신에게는 알 의무가 있습니다. 확실히 왕국은 공국령에서 약탈을 했습니다. 하지만 그 일만이 모든 사건의 진상이라고 생각하면 안 됩니다.”

헤르트뤼더가 혼란스러워하는 도중, 스승이 갑자기 창밖으로 시선을 향했다.

곧 창밖에서 사이렌이 울렸다. 왕도에 적이 나타났다는 신호였다.

밀렌은 자리에서 일어났다.

“예정보다도 빨랐군요.”

스승이 헤르트뤼더를 봤다.

“왕녀 전하를 구출하려는 것일까요?”

"그럴 수도 있겠군요. 마술피리를 저들에게 건네서는 안 됩니다. 리온 군은 어찌하고 있죠?"

"이미 파르트너가 출격하였습니다. 미스터 리온이 요격하러 나간 것이겠지요. 듬직할 따름입니다."

헤르트뤼더는 부들부들 떨고 있었다. 사실을 받아들이지 못하고, 고개를 숙이고 있었다.

"두 분, 실례하겠습니다!"

스승이 두 사람을 바닥에 엎드리게 했다.

직후, 폭발음이 왕도 상공에 울려 퍼졌다.

◇

왕궁 옥상에 내려선 아로간츠.

곧바로 올라탄 나는 루크시온에게서 설명을 들었다.

『당했습니다. 상공에서 기습한 모양입니다.』

"네 레이더도 별 대단한 것 없네."

『저는 분명 통신 상황이 나쁘다고 말했습니다. 오히려 공격 전에 알아차린 걸 칭찬해주셨으면 하는군요. 파르트너, 긴급 발진합니다.』

왕도의 하늘을 지키기 위해 출격한 파르트너를 본 나는 아로간츠의 조종간을 꽉 쥐고 하늘로 날아올랐다.

왕도에 사이렌이 울려 퍼지고 있었다.

"몇 척이지?"

『30척입니다. 별동대겠지요. 비행선이 강하하는 동시에 폭탄을 투하하기 시작했습니다.』

"격추해."

파르트너가 탄막을 펼치며 폭탄을 요격하기 시작했다.

하늘에서 폭발이 일어나자 검은 연기가 왕도를 뒤덮었다.

아침 해가 아름다웠던 하늘은 갑자기 흐려진 것만 같았다.

『마스터, 왕국군이 지시를 요청했습니다. 요격 부대 출격이 늦어지고 있는 모양입니다.』

"피난을 우선하라고 해. 아군이 출격할 때까지는 너와 나 둘이서 저 녀석들을 어떻게든 한다."

『적이 갑옷과 지상 전력을 출격시켰습니다.』

조종간을 꽉 쥐고, 아로간츠가 짊어진 컨테이너에서 라이플을 꺼냈다.

루크시온이 급강하 중인 공국군 파일럿들의 목소리를 포착했다.

다만 통신에 노이즈가 섞여 알아듣기 힘들었다.

「나왔다! 귀축 기사다!」

「대장, 커다란 갑옷이 엄청난 기세로 접근해 옵니다!」

아로간츠는 대장기에 조준을 겨냥하고 라이플의 방아쇠를 당겼다.

「문제없다. 저 녀석은 사람도 죽이지 못하는 겁쟁이―― 어?」

복부를 꿰뚫어 갑옷이 폭발하자 주위 갑옷들이 허둥대고 있었다.

「대장──!」

「저 녀석은 불살(不殺)의 기사가 아니었나?!」

라이플을 이쪽으로 겨누는 적을 보고, 나는 조종간을 강하게 쥐었다.

──뭐가 불살이냐.

내가 그때 불살을 관철했던 건 아직 어떻게든 손을 쓸 수 있는 상황이었기 때문이다.

왕도까지 밀어닥친 마당에 그런 느긋한 소릴 할 순 없다.

"나를 여기까지 몰아넣은 건 너희들이다. 나쁘게 생각지 말라고."

탄환을 피하고, 맞았다고 해도 아로간츠의 장갑이 튕겨낸다.

왼손에 배틀 액스를 들고 스쳐 지나가면서, 그대로 한 기를 깊게 베어 갈랐다.

가까이 다가온 다른 갑옷을 걷어차고, 라이플로 왕도에 강하하는 비행선의 기관부를 노려 방아쇠를 당겼다.

탄환이 비행선을 꿰뚫자 조금 뒤늦게 비행선이 불길을 뿜었다.

하늘 위에서 우왕좌왕하며 도망치는 공국 군인들.

나는 그 모습을 모니터로 보고 있었다.

"최악이군. 정말로 최악이야. 너희들이 오지 않았더라면 나도 이런 짓을 하지 않아도 됐다고!"

『도망쳤어도 피할 수 있었습니다만?』

"그러면 상황이 더 꼬이니까 싸우는 거잖냐! 왕국도 싫지만, 공국은 더 싫다고! 이럴 바에야 결혼 활동으로 고민하는 편이 나아!"

구역질을 참으며 아로간츠를 조종하자, 내 주위로 적이 모여들었다.

방아쇠에 걸친 손이 떨리고 있었다.

아로간츠를 향해 다가오는 갑옷들.

「녀석을 멈춰라!」

「이 귀축이!」

「귀축 기사한테 혼자서 맞서지 마라! 동시에 덤벼들어라!」

아무래도 '귀축'이나 '귀축 기사'는 내 통칭인 듯했다. ——뭐가 귀축이냐.

귀축은 나한테 이런 짓을 시키는—— 너희들이다.

"적반하장으로 원한 품고 쳐들어오지 말란 말이다!"

또 한 대를 파괴하고, 라이플을 비행선으로 겨눴다.

◇

전장이 된 왕도의 하늘.

율리우스는 왕궁 복도를 뛰다 질크를 발견하고 소리쳤다.

"질크!"

"무사하셨습니까, 전하!"

질크가 달려오는 모습을 본 율리우스는 발을 멈추고 창밖을 올려다보며 분한 표정을 지었다.

"공국 녀석들은 무슨 생각인 거지? 새삼 별동대로 왕도를 공격하는 이유가 뭐냐?"

율리우스가 몬스터도 없이 공국군만으로 왕도까지 쳐들어온 이유를 묻자, 질크는 자기 생각을 말했다.

"헤르트뤼더 왕녀 전하와 마술피리를 되찾으려는 것 아닐까요?"

율리우스가 오른손으로 벽을 치며 노골적으로 화를 냈다.

"발트파르트는 뭘 하고 있나!"

"이미 요격에 나섰습니다. 전하는 물러나 주십시오."

"바보 같은 소리 마라. 나도 나가겠다."

그때, 율리우스 뒤에서 호위와 함께 지나가던 밀렌과 헤르트뤼더, 스승이 다가왔다.

밀렌은 율리우스에게 강한 어조로 말했다.

"그건 안 됩니다."

"어머님?!"

놀라 뒤돌아본 율리우스는 곧장 밀렌에게 출격을 허가해달라고 청했다.

이러한 상황을 잠자코 보고 있을 수 없었다.

"저도 출격하겠습니다. 어머님과 다른 분들은 곧바로 피난을."

"율리우스, 당신에게 싸울 힘은 없습니다. 그리고 당신의 사명은 살아남는 것이에요."

"어째서입니까! 질크는 싸우러 나가려 하고 있습니다! 저한테만 도망치라고 말씀하시는 겁니까!"

"네, 그래요. 당신은 도망치는 것밖에 할 수 없어요."

"비행선을 내보내 달라고는 하지 않겠습니다. 갑옷을 한 기 준비해 주신다면——"

"율리우스, 당신을 위해서 갑옷을 준비할 사람은 없어요."

"그건 질크도 마찬가지 아닙니까!"

자기와 마찬가지로, 질크도 갑옷을 가지고 있지 않을 터였다.

"저는 본가에 부탁하여 한 기를 받았습니다. 다른 세 사람도 마찬가지입니다. 전하, 나머지는 맡겨 주십시오."

그러자 율리우스는 힘없이 고개를 가로저었다.

"어째서냐. 어째서 너희들이 나를 배신하지! 협력하자고 하지 않았나. 그 말은 거짓말이었던 거냐?! 마리에를 함께 지키자고 했던 그 말은!"

고개를 숙인 질크를 책망하자, 밀렌이 제지하고자 끼어들었다.

"율리우스, 이미 왕궁에는 갑옷도 비행선도 없습니다. 당신에게 빌려줄 힘이 없어요. 순순히 우리를 따라 피난하세요."

왕궁이 보유하고 있던 갑옷도 비행선도 이미 모두 출격해 율리우스에게 돌릴 갑옷이 없었다.

하지만 율리우스는 포기할 수 없었다.

"그럼 공작가는 어떻습니까! 공작가의 비행선에는 아직 남아 있는 갑옷이 있었을 겁니다. 기사를 모집하고 있다고 들었으니, 제가 곧바로 간다면——"

"율리우스, 당신은 레드글레이브 공작가에 무슨 짓을 했는지 벌써 잊은 겁니까? 공작가는 이제 당신의 지원자가 아니에요. 질크, 공국군이 강하해 오고 있습니다. 출격한다면 서두르도록 하세요."

"넵! 왕비님, 그리고 전하—— 다녀오겠습니다."

밀렌이 "무운을 빌고 있겠어요"라고 말하며 배웅하자, 율리우스는 그 자리에서 뛰쳐나갔다.

◇

혼란에 빠진 왕궁 내.

안제는 리비아의 손을 잡아끌고 달리고 있었다.

리비아는 창밖을 불안한 얼굴로 바라보았다.

"왜 왕도에 접근할 때까지 알아차리지 못한 거죠?"

"평소보다도 통신기의 노이즈가 심하다. 루크시온이 발견하지 못했다면, 우리로서는 어쩔 도리가 없지. 어쨌든, 왕가의 배까지 이동하자."

안제가 창밖으로 시선을 향하자, 파르트너의 모습이 보였다.

정말 단 한 척으로 왕도의 하늘을 지키고 있었다.

'리온 녀석은 어디에 있지?'

두 사람이 왕가의 배에 인정받은 뒤, 리온은 자취를 감추고 말았다.

이야기를 듣자니 침울해져 있었다는 것 같은데, 왕가의 배에 선택받은 두 사람도 그 후로 바빠져서 결국 리온과는 만나지 못했다.

리비아가 고개를 숙였다.

"들떠 있던 저희한테 정나미가 떨어진 걸까요?"

"그건 아니라고 생각한다만…… 아니, 확실히 우리가 나빴다. 설마 사과할 틈도 없이 사라지리라고는 생각하지 못했다만."

그 후에 루크시온이 부른 로봇들이 왔는데, 문을 억지로 열고 안에 들어가 정비하기 시작했기에 여러모로 야단법석이라 리온을 찾을 겨를이 없었다.

왕도의 하늘에서는 발포음이나 폭발음이 끊임없이 들려왔다.

'아버님도 오라버님도 이곳에는 안 계신다. 타이밍이 너무 나빠.'

왕궁의 하늘에 뒤늦게 출격한 비행선들의 모습이 보였다.

그중 세 척은 공작가가 안제를 위해 남긴 비행선이었다.

여차할 때는 안제를 데리고 도망치기 위해 준비되어 있던 배였다.

그런 안제와 리비아 앞에 어깨를 들썩일 만큼 숨을 몰아쉬며 밖을 바라보는 율리우스가 나타났다.

율리우스는 안제를 알아차리자 곧장 이쪽으로 다가왔다.

"전하, 이런 곳에서 뭘 하고 계신 겁니까?! 당장 도망치십시오."

그러나 율리우스는 안제의 말을 듣지도 않고 머리를 숙였다.

"안젤리카, 부탁이 있다. 네가 가진 전력을── 공작가의 함대를 빌려주었으면 한다.”

리비아는 율리우스의 갑작스러운 말에 두 사람의 눈치를 살폈다.

안제도 갑자기 율리우스가 머리를 숙이는 바람에 놀랐지만, 금방 냉정해져서 고개를 가로저었다.

“그들은 제 호위이지 부하가 아닙니다. 명령할 수 있는 건 아버님이나 오라버님── 또는 리온뿐입니다. 그 말씀에는 따를 수 없습니다.”

그러자 율리우스는 분하다는 얼굴을 하면서도 부탁을 멈추지 않았다.

“그렇다면, 갑옷 하나라도 좋다. 나는 비겁자가 되고 싶지 않아.”

전장에서 도망치고 싶지 않다며 머리를 숙이고 부탁하는 율리우스의 말을, 안제는 강하게 거부했다.

“안 됩니다. 전하, 저희와 같이 피난해 주십시오.”

안제의 말에 율리우스가 고개를 들었다.

“──너의 마음을 배신한 내가 미운 것이냐? 그래서, 나한테 힘을 빌려주지 않는 것이냐?”

안제는 율리우스의 말을 듣고 깨달았다.

‘아, 이제 미운 마음도 분한 마음도 없구나…….’

복수하고 싶다는 마음보다도, 리온을 걱정하는 마음이 더 강했다.

빨리 리온의 얼굴을 보고 싶었다.

"얼마 전까지라면, 그렇다고 대답했을지도 모릅니다. 하지만 저는 이제 리온을 좋아합니다. 전하를 원망하지는 않습니다."

그렇게 말하고 미소를 짓자, 율리우스가 넋을 잃고 안제의 얼굴을 바라보고 있었다.

율리우스가 뭔가 말하고 싶어 하려던 차에, 공작가 기사들이 안제 일행을 발견하고는 달려왔다.

"아가씨, 이쪽에 계셨습니까!"

안제는 곧바로 명령했다.

"지금부터 지하로 가겠다. 전하도 같이 모시고 가라."

"옙!"

기사들이 율리우스를 둘러싸고 지하 격납고를 향해 피난을 개시했다.

리비아가 안제의 손을 잡았다.

"저기, 괜찮으신가요?"

"신경 쓰지 마라. 나는 괜찮다. 도리어 여러 가지로 개운해졌다."

안제가 미소를 지으며 말했다.

그러자 율리우스가 갑자기 고개를 떨구었다.

리비아가 율리우스를 보고 물었다.

"왜 그러시나요?"

율리우스는 자조하며 대답했다.

"안젤리카가 이런 식으로 웃는 모습을 처음 봤다. 그뿐이다."

안제는 율리우스의 말이 들렸지만 이미 안제의 마음속에는 리온의 걱정만이 남아 있었다.

'리온, 꼭 돌아와라.'

◇

공국군 비행선.

함교에는 게라트의 모습이 있었다.

게라트는 하늘 높은 곳에서 왕도를 내려다보며 엄지손가락 손톱을 깨물었다.

"또다시 방해하는 겁니까, 귀축 기사! 감옥에 갇혔다고 들어서 기습 부대에 지원했건만!"

리온이 왕국에 사로잡혀서, 나올 일은 없다고 생각했기에 아로간츠를 발견한 게라트는 심히 당황했다.

파르트너도 아로간츠도, 리온만이 움직일 수 있다고 들었다.

즉, 아로간츠에 타고 있는 건 리온 본인이란 의미였다.

"본대가 올 때까지 마술피리를 회수해야만 하는데!"

본대는 하늘의 수호신이라 불리는 초대형과 함께 행동하고 있다.

출현 장소가 왕도에서 멀고, 수호신의 이동속도가 느리다는 결점이 있어서 본대는 아직 왕도에 도착하지 않았다.

"그 마술피리는 대지의 수호신을 불러내는 귀중한 아이템. 잃어버릴 수는……."

게라트가 회수하고 싶었던 것은 헤르트뤼더가 아니라 마술피리였다.

　마술피리는 공국의 보물이며, 이걸 빼앗긴 건 게라트의 책임이었다. 이 기회에 되찾지 못한다면 앞으로 공국에서 설 자리가 없을 건 불 보듯 뻔한 일이었다.

　그래서 '헤르트뤼더를 구출하겠다'라는 변명을 해가며 헤르트라위다에게 억지로 비행선 30척을 빌려 왕도를 기습했다.

　가까이에 있던 군인이 게라트에게 보고했다.

　"백작, 이미 10척이 가라앉았습니다. 갑옷도 잇따라 격추당하고 있습니다."

　"보면 압니다! 저 귀축 기사, 불살을 포기하다니, 기사로서의 오기가 없어! 이대로 저 녀석이 이곳에 오면, 나는―― 나는, 이, 이런 곳에서 죽을 수는 없다!"

　게라트는 곧장 퇴각을 결단했으나, 이미 아로간츠는 비행선 함교 앞까지 다가와 있었다.

　갑옷에서 목소리가 들려왔다.

　「이 녀석이 기함이군.」

　아로간츠가 비행선을 향해 총구를 겨누자, 게라트가 양손으로 얼굴을 덮었다.

　아로간츠의 컨테이너가 열리더니, 그곳에서 미사일이 발사되었다.

　"이런 곳에서어어어!"

아로간츠가 방아쇠를 당긴 순간, 게라트의 의식은 끊어지고 말았다.

◇

왕도의 어딘가.

클라리스는 왕도에서 애틀리 가문의 비행선으로 주민들의 피난을 돕고 있었다.

"어떻게 해서든 피난민을 지켜!"

클라리스는 열심히 현장을 지휘했지만, 공군에 서서히 밀리고 있었다.

지상에서는 기사들이 만든 바리케이드도 서서히 밀리고 있었고, 하늘에서는 에어바이크를 탄 학생들이 공국군 에어바이크 부대와 교전을 펼치고 있었다.

이윽고 지상을 지키고 있던 갑옷이 공국 갑옷에 쓰러지기 시작했다.

클라리스는 항복까지 각오했지만, 적은 자비를 베풀 마음조차 없는 듯, 곧바로 비행선을 공격하려 했다. 클라리스는 황급히 확성기를 들었다.

"기다려, 이 배는 군함이 아니야! 피난민을 태우고 있어!"

「피난민이라도 상관없다. 왕국의 악마들은 죽음으로써 속죄해야 한다!」

적의 목소리에 클라리스는 어금니를 꽉 깨물었다.

"마음대로 날뛴 건 너희들도 마찬가지잖아!"

이윽고 공국의 갑옷 한 기가 비행선에 다가와 도끼로 선교를 내리쳤다. 천장에 균열이 생기자 공국의 갑옷은 천장을 억지로 뜯어 벌렸다.

곧 공국의 갑옷 안에서 천박한 웃음소리가 들려왔다.

「귀족 여자가 있었군!」

클라리스는 식은땀을 흘리며 몸을 떨었다. 전장에서 사로잡힌 여자는 비참한 결말을 맞이한다.

갑옷이 클라리스를 붙잡으려 하자 근처에 있던 선원들이 라이플로 갑옷을 공격했지만, 갑옷은 라이플의 탄환을 가뿐히 튕겨냈다.

「그런 장난감 총이 먹히겠냐. 너는 네 몸으로 너희의 죄를 씻어라!」

갑옷이 클라리스를 붙잡으려던 순간, 갑자기 갑옷이 무언가에 이끌리듯 비행선에서 떨어져 나갔다. 검회색 갑옷, 아로간츠였다.

아로간츠는 왼손에 갑옷을 붙잡고 오른손에 든 라이플로 다른 공국군을 쓰러트려 갔다.

그러자 아로간츠의 왼손에 붙잡혀 있던 갑옷이 발버둥을 치기 시작했다.

「놔라! 이——」

그 순간, 아로간츠의 왼팔에서 충격파가 발사되더니 공국 갑옷의 움직임이 멈추었다.

아로간츠는 그걸로 일을 다 했다는 듯, 갑옷을 바닥에 내던지더니 곧장 다시 하늘로 날아가 버렸다. 클라리스는 아로간츠가 던진 갑옷을 바라보며 한숨을 쉬었다.

갑옷의 복부가 뚫려 있었다. 리온이 사정 봐주지 않고 적을 쓰러트리고 있다는 의미였다.

클라리스는 리온이 무리하고 있다는 걸 바로 알아챘다.

"리온 군…… 각오를 굳혔구나."

클라리스는 하늘을 바라보며 그렇게 중얼거렸다.

"디어드리 아가씨, 어서 도망치셔야 합니다!"

왕도에 있는 로즈블레이드 가의 저택에도 피난민이 몰려오고 있었다.

하늘에서는 기사들이 공국의 갑옷과 격전을 벌이고 있었고, 비행선들도 서로 포격전을 벌이고 있었다. 왕도는 격추당한 비행선들이 불타면서 여기저기서 연기가 치솟고 있었다.

디어드리는 곁에 있던 호위인 기사에게 말했다.

"이 나한테 도망치라고요? 여기서 도망치면 영지를 지키기 위해 싸우고 있는 아버님이나 오라버님을 뵐 낯이 없어요."

"아가씨는 기사가 아닙니다! 도망쳐도 아무도 뭐라고 하지 않습니다!"

디어드리는 필사적인 기사를 무시하고 명령을 내렸다.

"남은 비행선도 내보내세요! 어떤 비행선이라도 좋아요. 백성들을 당장 피난시키세요!"

"아가씨도 그 비행선에 타시겠지요?!"

"네, 탈 겁니다. 가장 마지막에."

"아가씨는 바보오오오!"

호위 기사가 울면서 디어드리의 명령을 전하기 위해 달려 나갔다.

적들이 저택으로 다가오자 하늘을 지키고 있던 로즈블레이드 가문의 화려한 갑옷들이 그쪽으로 향했지만, 공국군은 집요하게 귀족의 저택들을 노리는 중이었고, 이윽고 한 공국의 갑옷이 호위 병력을 돌파하고 저택 정원에 내려섰다.

도망친 피난민들이 사방으로 뿔뿔이 흩어지는 도중, 공국 갑옷이 피난민을 향해 무기를 겨누었다. 디어드리는 격노했다.

"그것이 기사가 할 짓입니까!"

"뭘 하고 계시는 건가요, 아가씨!"

호위 기사가 달려와 디어드리를 붙잡고 말렸다.

공국 기사가 받아쳤다.

「너희들이 할 소린가! 어차피 왕국은 곧 멸망한다. 우리 손에 죽던 대지와 함께 가라앉던 어차피 결과는 변하지 않는단 말이다!」

공국 갑옷이 총구를 디어드리에게 겨누었다.

「아니면, 내 앞에서 살려 달라고 빌어보던가.」

무서워서 움직일 수 없었지만, 디어드리는 다부지게 행동했다.

"로즈블레이드 가의 딸에게 목숨 구걸 따위는 어울리지 않아요. 어차피 죽일 생각이지요? 얼른 죽이도록 하세요!"

"아가씨, 상대를 자극하지 마세요!"

기가 드센 디어드리의 태도에 화가 난 공국군이 곧바로 방아쇠를 당기려 했으나, 바로 위에서 날아온 공격에 꿰뚫려 그대로 쓰러졌다.

공국 갑옷은 그대로 움직임을 멈추었다.

디어드리가 하늘을 올려다보자, 부랴부랴 돌아오는 호위 갑옷들을 앞질러── 컨테이너를 짊어진 갑옷이 다음 전장을 향해 날아가고 있었다.

"어머. 내게 인사도 없다니, 얄미운 사람이네요."

호위 기사가 안도하여 가슴을 쓸어내리며 말했다.

"아가씨, 다리를 떨면서 강한 척하지 마시고 얼른 피하시죠."

"기, 기다리세요! 다리가 떨려서 못 움직이겠다고요!"

호위 기사가 한숨을 크게 내쉬고는, 디어드리를 부축하여 저택 안으로 데리고 갔다.

◇

아로간츠의 콕피트 안.

나는 멀미 봉투에 대고 벌써 몇 번째인지도 모르는 토를 내쏟고 있었다.

톡 쏘는 위액 냄새가 기분 나빴다.

이만큼 움직였는데도, 공국군은 아직도 멈출 줄을 모르고 있었다.

"제길, 슬슬 항복하라고. 왜 멈추지를 않는 건데. 이미 승부는 났잖아."

기함을 파괴하고 우두머리를 제거했는데도, 공국군은 집요하게 왕국을 공격했다.

『항복해 봤자 달라지는 건 없다는 거겠지요.』

시야 한구석에 왕국군이 항복한 공국군을 쏘아 죽이는 모습이 보였다.

왕도는 연이은 시가전으로 곳곳에서 연기가 오르고 있었다.

공국 비행선이 추락한 곳은 이미 불바다가 되어있었다.

"이 녀석들이 어느 정도 정리되면 구조대부터 보내야겠군. 나를 따르지 않는 녀석들을 써먹을 때다."

『그들도 고향을 위해서라면 일하겠지요.』

나는 거칠게 입가를 닦은 뒤 주위를 봤다.

"다음 전장은 어디지?"

루크시온에게 물어봤지만, 루크시온은 곧장 대답하지 않았다.

『──마스터, 아무래도 시간이 된 것 같습니다. 지금부터는 간단한 서포트밖에 할 수 없습니다.』

루크시온의 목소리가 왠지 미안해하는 것처럼 들렸다.

"그러냐. 어쩔 수 없지. 힘내라."

『정말로 괜찮으신 겁니까?』

"괜찮으니까 가. 네가 아니면 할 수 없는 일이라고."

루크시온은 외눈으로 나를 본 뒤에 고개를 끄덕이는 것처럼 외눈을 한 번 움직였다.

『왕가의 배는 정비를 끝마쳤습니다. 그 배에 다른 인공지능을 서포트로 붙여 두었으니 무슨 일이 있으면 그쪽을 이용하세요.』

"다른 인공지능?"

『네. 그리고, 무리하지 마시길—— 어려운 상황이라면 퇴각—— 해주——십———』

말이 끝나기 전에 전자음에 노이즈가 섞이더니, 이내 곧 평소와 조금 다른 억양의 목소리로 바뀌었다.

같은 전자음인데도 마치 다른 사람처럼 들렸다.

『본체와의 링크가 단절되었습니다.』

기계적인 어조에 나는 아주 약간 불안을 느끼면서도 조종간을 다시 잡았다.

"……부탁한다, 파트너."

루크시온은 왕국의 대지와 바다의 사이를 날고 있었다.

대지가 태양 빛을 가려 거대한 그림자가 진 탓에 주변이 어두웠다.

바다에서 대지를 향해 물기둥이 뻗어 있는 모습이 보였다. 대지에서 바닷물을 퍼 올리는 건데, 오늘은 그 물기둥 말고도 촉수 같은 팔들이 바닷속에서 뻗어 나와 대지에 꽂혀 있었다.

해수면에는 인간의 얼굴같이 생긴 초대형 몬스터가 모습을 비치고 있었다.

그 바다의 수호신은 전장이 700m가 넘는 우주선인 루크시온조차 작아 보일 만큼 거대한 크기를 자랑하고 있었다. 너무 거대한 탓에 몬스터가 섬처럼 보일 지경이었다.

『정말 커다란 몬스터군요.』

루크시온은 단 한 척으로 바다의 수호신이라 불리는 몬스터와 대치하고 있었다.

『뭐, 몇 번이고 쓰러트리는 건 어렵지 않습니다만.』

루크시온의 주포가 빛을 내뿜자, 대지에 꽂혀 있던 팔이 전부 잘려 검은 연기로 변해 갔다.

커다란 얼굴의 눈동자가 루크시온을 보더니, 해수면에서 잇따라 촉수가 출현하여 루크시온을 휘감았다.

『절 건들지 마시죠.』

그렇게 말하자, 회색 선체에서 잇따라 레이저 총구가 열리더니 촉수를 모조리 잘라버렸다.

곧이어 미사일 한 발이 날아가더니 초대형 몬스터의 몸에 명중한 순간, 대폭발과 함께 대형 몬스터를 날려버렸다.

몬스터에서 검은 연기가 솟아오르며 주변을 검게 물들였다.

『정말로 서서히 부활하고 있군요. 마스터의 정보대로라는 겁니까.』

해수면에서 다시 촉수가 솟아오르자 루크시온은 촉수를 잇달아 격추했다.

사람의 얼굴을 지닌 오징어 같은 몬스터가 루크시온 앞에 모습을 드러내자 해수면이 크게 요동쳤다.

루크시온은 곧장 주포를 쏴서 몬스터를 다시 검은 연기로 바꿨다.

『제가 이곳에 있는 한, 당신의 목적은 달성할 수 없을 겁니다.』

이 정도라면 이쪽은 걱정이 없을 것 같았다. 문제는 또 한 마리──하늘의 수호신을 직접 상대할 수가 없다는 점이었다.

고스란히 리온과 파르트너에게 맡기는 수밖에 없었다.

루크시온은 부활과 재생을 반복하는 적을 계속 쓰러트리며 움직임을 억눌렀다.

『정말로 지지도 않지만, 이길 수도 없는 상황이 되었군요. 마스터의 생존 확률이 예상보다도 낮아지고 있습니다.』

루크시온은 함내에 있는 공창(工廠)에서 슈베르트── 리온의 에어바이크를 개수하기 시작했다.

『슈베르트, 마스터를 위해 다시 태어나도록 하세요.』

대지와 바다 틈새에서, 루크시온은 초대형 몬스터를 끝없이 상
대했다.

제09장 「마인」

하늘의 수호자와 함께 이동 중인 공국군 본대.

헤르트라위다 앞에 노기사 한 명이 무릎을 꿇고 있었다.

전 흑기사인 반데르였다.

다만 전과 다른 점이 있다면, 그의 오른팔이 검은 무언가에 뒤덮여 있다는 점이었다.

헤르트라위다는 차가운 어조로 말했다.

"출격은 허하지 않는다고 말했을 텐데?"

반데르는 대답하지 않았다. 결국, 헤르트라위다 근처에 있던 중진이 반대 이유를 설명했다.

"반데르 경, 만약 왕국이 저항하고자 한다면, 그들은 저희 본대를 노릴 것입니다. 반데르 경은 그때를 대비해 이곳을 지키셔야 합니다."

헤르트라위다는 반데르의 검은 오른팔을 날카로운 시선으로 바라보았다.

'마장(魔裝)의 오른팔…… 결국, 쓸 수 있었던 건 반데르뿐이었나.'

마장의 오른팔을 사용할 기사를 고르기 위해 10명 이상이나 희생되었다.

결국, 마장의 기생에 살아남은 건 반데르뿐이었다.

오른팔에 달린 눈깔들이 헤르트라위다에게 시선을 향했다.

반데르는 그 눈을 왼손으로 가리고 사죄했다.

"실례. 아직 완전히 제어하지 못하는 모양입니다. 헤르트라위다 전하, 부디 헤르트뤼더 전하 구출 허가를."

"구출 부대는 이미 내보냈다. 아니면, 귀축 기사와의 2차전에서 도망칠 생각인가?"

왕국이 저항을 포기하지 않았다면 본대를 노릴 건 불 보듯 뻔한 일이었다.

하늘의 수호신은 상대할 방법이 없을 테니까.

왕국의 통신 상황이 나쁜 것과 마찬가지로, 공국군도 통신 상황이 좋질 못했다.

경계는 하고 있지만, 언제 왕국군이 올지 알 수가 없었다.

그리고 그때 가장 성가신 상황은 리온이 전장에 나오는 경우였다.

그를 상대할 수 있는 건 사실상 반데르뿐이었다.

그는 본대 수비의 마지막 방어선이나 마찬가지였다.

"저를 보내주신다면 확실하게 공주님을 구출해 오겠습니다."

반데르의 말에 헤르트라위다는 작게 웃었다.

"언니는 너를 마음에 들어 하셨지……. 그래, 구출 부대를 보냈으니, 어찌 되었는지 결과를 보고할 자도 필요하겠구나."

중진이 놀라 곧장 반대했지만, 헤르트라위다는 상대하지 않았다.

반데르가 일어섰다.

"그러면 곧바로 출격하겠습니다."

"발이 빠른 비행선을 준비시키지."

"괜찮습니다. 이 몸—— 아니, 이 갑옷 하나로 충분합니다. 비행선 따위 방해될 뿐입니다."

반데르가 떠나가자 옆에 있던 중진이 숨을 돌리며 식은땀을 닦았다. 그의 시선은 반데르의 오른팔을 향하고 있었다.

검게 변색해 흉측하게 짝이 없는 데다, 기생의 영향인지 반데르의 눈에도 핏발이 서 있었다.

"저것이 로스트 아이템【마장】의 일부입니까? 마치 괴물이지 않습니까."

헤르트라위다는 의자 등받이에 몸을 기댔다.

"목숨을 대가로 막대한 힘을 준다는 이야기를 몇 번인가 듣기는 했다만, 설마 실물을 보는 날이 오게 될 거라고는 생각하지 않았다."

"저걸로 귀축 기사에게 이길 수 있겠습니까?"

"이길 거다. 설령 반데르가 이기지 못하더라도, 우리에게 패배는 없어."

헤르트라위다는 눈을 감았다.

'언니, 부디 무사하세요. 반데르가 마중하러 갑니다.'

◇

왕도의 하늘.

전투가 끝나고 서서히 비행선이 모이고 있었다.

파르트너의 갑판 위에는 영지에서 비행선을 타고 돌아온 친구들의 모습이 있었다.

레이먼드는 왕도를 놀란 눈으로 바라보고 있었다.

"엉망진창이잖아……."

"통신도 잘 안 되는 마당에 하늘 높이 숨어서 기습했으니."

"정말로 이길 수 있어? 고작 30척 상대해놓고 이만큼 너덜너덜해졌잖아?"

친구들이 불안한 얼굴을 하고 있기에 나는 기운을 북돋워 줬다.

"내가 비책도 없이 싸울 리가 없잖아. 미리 다 준비해 놨어. 저기 봐라."

나는 드디어 지하에서 빠져나온 하얗고 반짝이는 비행선을 가리키며 말했다.

왕가의 배.

다만 매번 그렇게 부르는 건 귀찮기에 루크시온이 이름을 붙였다.

【바이스(Weiß)】. 루크시온이 말하길, 백색이라는 의미란다.

실로 잘 어울리는 이름이었다. 슬슬 아로간츠의 뜻이 뭔지도 물어볼까?

분명 내게 잘 어울리는 의미가 담겨 있을 거다.

"저 비행선이 비밀 병기라고?"

"진짜냐? 파르트너보다 작잖아."

"뭔가 엄청난 무기라도 달아 놨냐?"

다들 바이스를 흥미롭게 바라보고 있었지만, 영 믿음이 가지 않는 눈치였다.

비행선 자체는 파르트너보다도 성능이 낮다.

하지만 저 비행선에는 리비아와 안제가 타고 있다.

서로 사랑을 확인한 두 사람이 있다면, 저 비행선은 분명 굉장한 힘을 발휘해 줄 것이다.

──나는 아주 복잡한 기분이지만 말이야.

두 사람이 서로 사랑하고 있었다니, 대체 내 입장은 어떻게 되는 걸까?

내 생각이 점점 안 좋은 쪽으로 기울자 다니엘이 나를 걱정했다.

"야, 괜찮냐? 안색이 안 좋은데?"

"괜찮아. 그것보다 보급을 받고 나면 이후에 대한 설명을──"

그때, 갑자기 하늘에서 무언가가 왕궁을 향해 날아오더니, 요란한 소리와 함께 왕궁의 벽을 부수고 무언가가 안으로 들어갔다. 부서진 벽에서 연기가 솟아올랐다.

나는 곧바로 루크시온의 단말을 보며 물었다.

"무슨 일이야?!"

『확인하고 있습니다.』

역시 평소보다 반응이 느렸다. 말투도 그렇고, 루크시온의 소리였지만 루크시온이 아닌 것 같았다.

"아로간츠를 내보내. 내가 나간다."

『보급 및 정비 중입니다. 잠시 기다려 주십시오.』

게다가 융통성도 없었다.

왕궁이 곧 소란에 휩싸였다.

왕궁에 날아온 것은 맨몸의 반데르였다.

반데르는 왕궁의 보물창고에서 마술피리를 찾아 왼손에 든 뒤, 오른손에 아다만티스로 만든 자신의 갑옷용 대검을 찾아 들었다.

자신의 몸보다도 커다란 검을 들고 바라보자, 입꼬리가 절로 올라갔다.

"내 짝이여, 마중하러 와 주었다. 공주님의 덤이지만 말이다."

대검을 어깨에 짊어지자, 문 앞으로 왕국 기사들이 몰려와 막아섰다.

반데르가 왕궁 벽에 뚫은 구멍 너머로도 허공에 떠 있는 왕국 갑옷들이 보였다.

"웬 놈이냐!"

"무기를 버리고 투항해라!"

"아니, 신경 쓰지 마라, 쏴라!"

기사들이 총을 쐈지만, 마치 투명한 방어막이라도 있는지, 총

탄은 반데르에게 닿기도 전에 모조리 튕겨 나갔다.

오른팔에 달린 수많은 눈이 두리번두리번 움직이며 주위를 바라보았다.

기사들은 경악하여 방아쇠를 당겼다.

"괴, 괴물이다——! 쏴라, 마구 쏴라!"

갑옷도 왕궁 안으로 들어와 반데르를 제압하려 했다.

하지만 반데르는 맨몸으로 갑옷에 덤벼들더니 그대로 대검을 휘둘러 갑옷과 기사들을 모조리 반 토막 냈다.

그야말로 한순간이었다.

반데르는 쓰러진 기사들을 내려다봤다.

"한심한 녀석들. 자, 그럼 공주님을 찾아야겠군."

오른팔의 눈들이 두리번두리번 움직이더니, 이내 곧 한 곳을 향했다.

"그쪽인가."

걷기 시작한 반데르는 그대로 기사나 병사들을 쓰러뜨리며 나아가 헤르트뤼더가 사로잡혀 있는 방에 이르렀다.

문을 난폭하게 열어젖히자, 헤르트뤼더의 모습이 눈에 들어왔다.

"공주님!"

그 순간 오른팔의 모든 눈이 감겼다.

"반데르? 어째서 당신이 여기에? 구출 부대는 패했다고 들었는데?"

반데르는 미간을 찌푸리며 고개를 끄덕였다.

"참으로 한심한 자들입니다. 공주님을 구하지도 못하고, 왕국의 겁쟁이들에게 지다니. 자, 저랑 함께 돌아가시지요. 헤르트라위다 왕녀 전하께서도 기다리고 계십니다."

"라위다가?"

반데르는 헤르트뤼더에게 마술피리를 건네더니 살짝 물러서며 말했다.

"공주님, 조금 물러나 주십시오."

그 순간 헤르트뤼더 앞에 믿기지 않는 광경이 일어났다.

반데르의 오른팔이 갑자기 팽창하더니 그대로 반데르를 집어삼키고는 갑옷 형태로 변해 갔다.

그 모습이 어딘가 아로간츠와 비슷해 보였지만, 기계 같은 느낌이 아니라 흉측한 생물의 느낌이 들었다. 박쥐 같은 날개나 파충류의 가시 같은 부분도 있었다.

심지어 소리도 기계의 구동음이 아니라 심장이 맥박치는 듯한 고동이 들려왔다.

"반데르, 설마 그 마장의 오른팔을?!"

헤르트뤼더는 공국에 보낸 흉측한 갑옷의 검은 오른팔을 반데르가 썼다는 걸 금방 깨달았다.

이 검은 갑옷은 힘을 주는 대신 목숨을 가져간다. 이를 알고 있던 헤르트뤼더는 눈물을 흘렸다.

그것이 반데르는 조금 기뻤다.

'저를 위해서 눈물을 흘리지 말아 주십시오, 공주님.'

"어째서 당신이 그걸 쓴 겁니까!"

갑옷에 뒤덮인 반데르의 목소리는 흐릿했다.

「공주님—— 이 늙은이의 마지막 봉공입니다. 자, 타십시오.」

"지금 이 마술피리를 사용할 수 있다면 모든 게 정리되는데."

헤르트뤼더가 마술피리를 양손으로 꼭 쥐고 고개를 숙이자, 반데르는 황급히 제지했다.

「안 됩니다! 이미 헤르트라위다 전하가 수호신님을 불러내셨습니다. 이젠 헤르트뤼더 전하만이 공국의 희망입니다!」

헤르트뤼더는 다시 눈물을 한 줄기 흘리고는 고개를 끄덕였다.

반데르가 왼손을 내밀자 헤르트뤼더가 그 손에 탔고, 반데르는 왕궁을 뛰쳐나갔다.

밖에는 수많은 갑옷이 기다리고 있었지만, 반데르는 개의치 않았다.

「왕국의 조무래기들이! 너희들은 상대가 되지 않는다! 나를 막고 싶거든 귀축 기사를 데리고 와라!」

반데르는 헤르트뤼더를 지키며 오른손에 든 대검으로 왕국의 갑옷을 잇달아 파괴하고 도망쳤다.

도중에 파르트너의 모습을 발견했지만, 헤르트뤼더의 구출이 우선이었기에 무시했다.

갑판 위에 있는 리온의 모습도 보였지만, 승부는 미루기로 했다.

「귀축 기사냐! 공주님은 돌려받았다.」

분한 듯한 리온의 얼굴을 보면서 반데르는 웃고 있었다.

「너와의 결판도 금방 지어 주마.」

그렇게 말하며 멀리 도망가는 반데르에게, 왕국군은 추격 부대를 내보내지 않았다.

◇

헤르트뤼더 씨도, 그리고 마술피리도 빼앗기고 말았다.

근데, 저 검은 갑옷의 모습을 어디선가 본 적이 있는 것 같은데?

어디서 봤던 건지 떠오르질 않자 더 신경 쓰여서 견딜 수가 없었다.

팔짱을 끼고 생각하고 있자, 둘째 형이 머리를 때렸다.

"자지 말라고!"

"아야. 안 잤어."

머리를 누르며 파르트너 주변에 떠 있는 수많은 비행선을 봤다.

나에게 계약으로 속박된 친구들과 왕국의 위기에 달려온 영주들의 비행선이 200척 가까이가 정렬하여 날고 있었다.

아버지는 이 광경에 긴장하고 있는 듯하다.

"리온이 이 함대를 이끈다는 말은 금시초문인데. 대체 뭐가 어떻게 된 거냐?"

아버지에게는 아들이 도와달라고 해서 서둘러 달려왔더니 아들이 총사령관이 되어있는 상황일 테니 놀랄 만도 했다.

"분위기와 기세로 사령관이 되어 버렸습니다."

"그럴 리가 있냐!"

둘째 형은 포기한 표정을 짓고 내게 물었다.

"그래서, 어떻게 공국군한테 이길 건데? 멀리서 봤다만, 저 무식하게 커다란 몬스터를 정말로 쓰러뜨릴 수 있냐?"

나는 비행선 함대 중앙에 떠오른 하얀 배—— 바이스를 보며 말했다.

"나는 이길 수 없는 싸움은 하지 않아. 우리도 비장의 수가 있다고."

아버지가 미심쩍은 시선을 보냈다.

"안젤리카 님과 올리비아인가? 너, 그 두 사람을 전장에 내보내려는 거냐? 아무리 그래도 그건 아니지 않냐? 너, 그 두 사람을 좋아하잖아?"

——그 이상은 말하지 말라고.

"이번 작전에는 그 두 사람이 꼭 필요해."

아버지는 내키지 않는 얼굴이었지만 내가 필요하다고 단언했기에 더 이야기를 꺼내지 않았다.

"반드시 지켜라. ——여기서 저 두 사람을 잃는다면 너는 평생 후회할 거다."

그런 말 하지 않아도 잘 알고 있다고.

둘째 형도 나를 걱정하고 있었기에 웃어 보였다.

"알고 있어."

우리가 가족의 대화를 나누고 있자 마리에가 머리를 가로저으며 끼어들었다.

"잠깐만. 나는 왜 이 배에 있는 건데?"

"당연히 여기 있어야지. 파트너를 선두로 적을 향해 돌격해야 하는데, 배리어 정도는 있어야 할 거 아냐. 확실하게 일하라고."

그러기 위해 신전에서 성녀의 장비도 모조리 억지로 빼앗——아니, 맡아 왔다. 신전은 내키지 않는 눈치였지만.

이번에야말로 톡톡히 일하라고.

둘째 형과 아버지가 고개를 갸웃하고 있었다.

"이 사람은 누구야? 어디선가 본 적이 있는 것 같은데? 아버지, 알아?"

"나는 모른다만. 리온, 이 애는 누구냐?"

"이 녀석? 성녀님이야. 돌격할 때 방패로 써먹을까 해서."

두 사람이 나를 보며 '야, 그건 좀 아니지……' 하는 표정을 지었다.

"여자애를 방패로 쓰다니, 네 아버지로서 정이 떨어지는구나."

"흥, 나는 쓸 수 있다면 부모님이라도 이용할 거라고. 이 녀석도 예외는 아니야."

"너 진짜 최악이네!"

나는 마리에의 머리를 쿡쿡 찌르고는 진지한 눈으로 쳐다봤다.

"……목숨을 걸고 일해. 그러면 네 조명(助命)에도 협력해 줄 테니까."

마리에는 울상이 되어 머리를 누르고 있었다.

"여기서 죽으면 의미가 없잖아!"

"그런 거 내가 알 바냐! 오기로라도 책임지고 살아남아. 도망치면 내가 죽인다. 땅끝까지라도 쫓아가서 죽일 테니까 말이다."

마리에가 고개를 숙였지만, 이것 말고는 목숨을 구할 방법이 떠오르질 않았다.

지면 죽는다. 이겨도 성녀를 사칭한 죄로 죽는다.

솔직히 방도가 없다. 목숨 걸어서 구국의 전공을 세우고 은사(恩赦)를 기대할 수밖에.

"마리에, 불안해하지 마라."

갑판 위에 제법 화려한 색깔을 띤 갑옷들이 내려왔다.

빨간색 갑옷을 보고 나는 혀를 차고 싶어졌다.

"너희는 또 뭐 하러 왔냐……."

빨간색, 파란색, 보라색, 초록색—— 네 명의 파일럿이 갑옷에서 내려와 마리에가 있는 곳에 모였다.

"이 그렉 포우 세버그가 너를 지켜 주마."

자신만만한 그렉을 보고 마리에는 눈물을 흘리고 있었다.

"너, 너희들……."

"나도 잊으면 곤란하지."

크리스가 안경을 벗고 마리에한테 미소를 향했다.

"우리가 있는 한 괜찮아."

브래드가 앞머리를 뒤로 넘기는 것처럼 쓸어 올리며 포즈를 취하자, 질크가 마리에한테 손을 내밀었다.

"마리에 씨, 이번에는 저희가 곁에 있습니다. 당신은 혼자가 아니에요."

"다들── 나, 나는!"

그리고 마리에의 말을 가로막으며 파르트너 선교 위에 갑옷 한 기가 내려앉았다.

"나도 함께하겠다!"

하얗게 반짝이는 갑옷은 푸른 망토를 바람에 펄럭이고 있었다.

나는 그걸 올려다보며 말했다.

"넌 돌아가!"

흉부 장갑이 열리자 가면을 쓴 기사 한 명이 내려왔다.

어떻게 봐도 율리우스 전하잖아!

율리우스는 딱 맞는 파일럿 슈트에 가면을 쓰고 망토까지 걸치고 있었다.

너는 대체 뭘 하고 싶은 거냐? 그 바보 같은 옷차림은 뭔데?! 그만둬! 보는 내가 다 창피하다고!

하지만──

"다, 당신은 누구입니까?"

율리우스 전하와 형제나 다름없는 사이이자 절친한 친구일 터인 질크가 놀라며 물었다. 아니, 연기하는 거지? 분위기를 파악하고 모르는 척하고 있는 거지?

그레이 마리에 앞에 나와 갑쌌다.

경계심을 노골적으로 드러내고 있었다.

"가면 자식, 대체 뭐 하러 온 거냐!"

──어?!

나는 주위를 봤다. 다들 진심으로 놀란 표정을 짓고 있었다.

자초지종을 모르는 아버지와 둘째 형은 그냥 멍하니 보고만 있었다.

크리스가 검을 뽑았다.

"마리에, 물러나라."

"어? 아니, 저건 율리──"

브래드가 마법으로 양손에 불꽃을 휘감아 언제든 싸울 수 있도록 준비했다.

너희들 뭐냐고! 저건 어떻게 봐도 율리우스 전하잖냐!

가면을 쓴 율리우스 전하가 우리 앞에 뛰어내렸다.

네 사람이 경계하는 가운데, 훌륭하게 착지하고 천천히 일어서더니── 이름을 댔다.

"내가 누구인지 신경 쓰이는 모양이군. 그래──『가면의 기사』라고 불러 주겠나."

"가면의 기사라고요?"

급기야 질크가 가면의 기사라고 칭한 율리우스 전하에게 권총 총구를 향했다. 이젠 내가 답답해 죽을 것 같았다.

"그렇다. 너희들의 마음가짐에 감동했다. 나도 미력하나마 도움을── 뭐, 뭐 하는 거냐! 발트파르트 자작, 이거 놓아라!"

"됐으니까 따라와, 이 바보 자식아."

가면의 기사의 목에 팔을 감아 모두에게서 떼어 놓고는, 우리는 그늘에 숨어 둘만이 되었다.

내가 가면에 손을 뻗자, 율리우스 전하는 양손으로 가면을 누르며 지켰다.

"뭐 하러 온 거야, 전하."

"아, 아니다! 나는 율리우스 전하라는 고귀한 분이 아니다. 연유가 있어서 얼굴을 드러낼 수 없지만, 한 명의 기사로서 이 싸움에 힘을 보태기로 했다. ──율리우스 전하가 아니라고."

──이 자식, 날 바보 취급하고 있는 건가?

"됐으니까 왕궁으로 돌아가."

"잠깐! 발트파르트 자작, 지금은 조금이라도 전력이 필요할 때가 아닌가!"

"신원 불명인 수상한 녀석은 쓸 수 없다고. 자, 돌아가."

"기, 기다려다오! 어, 어쩔 수 없군."

그렇게 말하고 가면을 벗는 율리우스 전하는 내게 민낯을 드러냈다.

"──나는, 율리우스다."

"아니, 이미 알고 있어. 저걸 어떻게 눈치 못 채냐?"

"뭐라고! 변장은 완벽했을 터다."

"네가 나를 바보 취급하고 있다는 걸 잘 이해했어."

"알았다. 그러면 너한테만은 진실을 이야기하지. 이번 싸움 말이다만, 나도 참가하고 싶다."

"가시는 길은 저쪽입니다."

출구를 가리키자 이 바보 자식이 나한테 매달리기 시작했다.

"부탁이다! 나는 모두와 함께 싸우고 싶다."

"네가 죽으면 내가 책임져야 한다고!"

"그러니까 가면을 쓰고 온 것이지 않나!"

가면을 썼으니까 뭐 어쨌다는 거지? 그걸 쓰고 있으면 안 죽냐?

"돌아가!"

"싫다!"

이 녀석, 이대로 돌려보내도 따라와서 멋대로 죽는 것 아닐까? 푼수 왕자가 되어 버린 이 녀석은 너무 위험하다.

대체 어떻게 하면 좋지?

내가 답답한 마음에 눈을 돌리자 바이스의 모습이 보였다.

──좋아, 그렇다면 귀찮은 녀석들을 통째로 한곳에 모아 버리자.

바이스에 태우고, 리비아나 안제 호위를 시키면 된다.

저 배는 방어가 가장 두꺼우니까 살아남을 확률이 높았다.

하지만 후방으로 물러나라고 하면 이 녀석은 투덜투덜하며 순순히 듣질 않겠지. 말을 좀 돌려서 헤아겠군.

"──진심이냐?"

"물론이다."

"그러면 가장 힘든 장소에 배치해 주마."

"선봉이냐? 훗, 잘 알고 있지 않나. 발트파르트."

기뻐하는 듯한 이 녀석의 얼굴을 후려갈기고 싶었지만, 지금은 참아야 했다.

"바보 같은 소리 마라. 이번 작전의 핵심은 바이스—— 왕가의 배다. 저 무식하게 큰 몬스터를 쓰러뜨리기 위해서 왕가의 배를 쓸 거다. 적이 최우선으로 노리는 장소지."

율리우스 전하의 표정이 진지하게 변했다.

마리에도 붙여 두면, 필사적으로 지킬 거다.

"그 배에 마리에도 태울 거다. 적이 몰려오는 가장 위험한 장소야. 그 위험에 맞설 각오는 있냐?"

율리우스 전하는 가면을 쓰면서 입가에 미소를 띠고 있었다.

"맡겨 주실까, 총사령관님."

——바보라서 다행이군.

이러면 마리에도 뒤쪽으로 물려야 하지만, 덤으로 5인조도 후방으로 물릴 수 있다면 나쁘지 않은 결과였다.

"좋아, 바이스로 가라."

"아아, 너의 기대에 부응하도록 하지. ——그런데, 호기롭게 갑옷에서 뛰어내렸다만, 어떻게 해야 다시 올라갈 수 있지?"

가면 기사가 자신의 갑옷을 올려다보며 어떻게 올라갈지 생각하고 있었다.

하아, 이런 얼간이 놈.

◇

　바이스 함교.

　리비아는 안제와 함께 자신의 눈을 의심했다.

　"저기── 루크 군?"

　올리비아 옆에 하얀 몸체에 푸른 외눈이 달린 구체가 날고 있었다.

　목소리도 루크시온에 비하면 여성에 가까운 전자 음성으로, 루크시온과는 전혀 다른 느낌이었다.

　『유감이지만 아니야. 나는 당신들이 말하는 사역마로, 이 비행선 제어를 명령받았어.』

　그 말에 안제가 놀라 물었다.

　"그런 게 가능한가?"

　『제법 낡은 배였지만, 개수했으니 가능해. 내가 있으면 선원도 필요 없어.』

　바이스를 움직이고 있는 건 파르트너와 마찬가지로 로봇들이었다.

　타고 있는 건 리비아와 안제, 그리고 둘을 호위하는 사람들뿐이었다.

　리비아는 루크시온과 닮은 사역마를 만졌다.

　"이름은?"

　『이름이라── 난감하네. 번호로는 밋밋할 테니까 '크레아레'라고 불러 줬으면 해.』

"크레아레 양?"

『어떻게 부르든 상관없어. 그건 그렇고, 그 성격 배배 꼬인 루크시온이 당신들을 제법 마음에 들어 하는 모양이네. 확실하게 지키도록 하겠어.』

안제가 고개를 숙이자 크레아레가 아주 약간 몸을 기울여 의아하다는 듯이 안제를 봤다.

『왜 그래, 안젤리카?』

"──리온을 만날 수 없나? 이대로 출발하면 마음을 전할 수가 없다."

『마스터를 향한 마음? ──알았어. 연결할게.』

"뭐?"

크레아레가 그렇게 말하자, 중앙에 영상이 표시되었다.

그곳에는 리온의 모습이 있다.

가면을 쓴 남자가 언뜻언뜻 보였지만, 리비아도 안제도 신경 쓰지 않았다.

"리온 씨!"

"리온, 그게── 저기!"

「음? 뭐야, 이건?」

가면을 쓴 남자가 리온을 밀어젖히고, 화면이 꽉 찰 만큼 얼굴을 들이밀었다.

두 사람은 큰 목소리로 가면 남자에게 비켜 달라고 말했다.

"거기 이상한 사람은 비켜 주세요!"

"무슨 해괴한 차림이냐. 그 이상한 가면과 망토는 뭐지? 거기다 전신 타이츠? 변태인가? 됐으니까 얼른 리온을 내보내라!"

침울해하는 가면 남자가 화면에서 사라지자, 리온이 아주 복잡한 표정을 짓고 있었다.

두 사람의 모습을 보고는 시선이 여기저기 헤매며 계속 헛기침을 했다. 몹시 어색한 모양이었다.

「어~ 아, 음. 무슨 용건이야?」

리비아가 가슴에 손을 대고 말했다.

"리온 씨, 드릴 이야기가 있어요!"

「그래? 협의해야 할 일이 있으니, 짧게 부탁해.」

리온이 이야기를 듣겠다 하자 안제는 호흡을 가다듬었다.

"요전 건이다. 실은, 너에게 꼭——"

그 순간, 이번에는 화면에 그렉이 끼어들면서 리온을 가렸다.

「이봐, 그 가면 기사는 어디에 있지? 그 녀석의 얼굴을 확인하지 않으면—— 응? 오, 뭐냐, 이거?!」

그렉의 얼굴이 화면 가득 비치자, 안제가 이마에 핏대를 세웠다.

곧이어 질크와 브래드, 크리스까지 다가왔다.

다들 영상이 신기한지 리비아와 안제를 향해 의미도 없이 손을 흔들었다.

「굉장한 물건이군요. 상대의 얼굴이 보이고 목소리도 들립니다.」

「우리도 그쪽에 갈 테니까 기다리고 있어 줘.」

「마리에도 가니까 준비를 부탁하지.」

리온에게 이야기를 하려 했더니, 갑자기 끼어들어서는 마리에를 맞을 준비를 해달라는 소리를 늘어놓자 결국, 안제의 인내심이 끊어졌는지 화면에 주먹을 내리치며 소리쳤다.

"너희는 비켜라! 우리는 리온에게 할 이야기가 있다!"

그 순간, 영상이 지직거리더니 이내 곧 사라졌다.

"앗?!"

리비아가 크레아레를 보자, 파란 외눈을 가로저었다.

『통신 상황이 나빠서 이 이상은 불가능할 것 같아.』

"내, 내 잘못인 건가?"

화면을 쳐서 통신이 끊긴 건가 하고 안제가 불안한 얼굴로 돌아보자 크레아레가 다시 파란 외눈을 가로저었다.

『단순하게 통신 상황이 나쁠 뿐이야.』

리온과 이야기를 하지 못해 리비아가 고개를 숙이자, 안제가 리비아의 손을 잡았다.

"괜찮다. 반드시 둘이서 마음을 전하는 거다."

"──네."

그러자 크레아레는 두 사람을 놀리듯 말했다.

『어머, 뜨겁네. 진실한 사랑이라는 말을 들을 만해. 하지만, 슬슬 출발할 시간이야.』

리비아가 앞을 향했다.

"엄청난 광경이네요."

공국과의 결전에 임해 비행선 200척이 한꺼번에 움직이기 시작했다.

"급한 대로 그러모은 거라 연계 전술은 어렵다. 숫자는 어떻게든 채웠지만, 이렇게 해서 이길 수 있다면 기적이라 불러야겠지."

"리온 씨라면 기적이라도 일으킬 수 있어요."

"그래. 그 녀석이라면 어떻게 해주리라 믿는다."

크레아레가 결전에 관해 보충 설명했다.

『아무래도 결전은 큰 호수 위에서 벌일 것 같아. 바닷물을 끌어올리고 있는 장소. 대지 뒤쪽과도 이어져 있어.』

리비아가 긴장된 얼굴을 하고 왼손으로 가슴을 눌렀다.

"호수 위에서 결전인가요."

"그래. 추락해도 살아날 가능성이 있으니까 말이지."

그 때문에 공중전을 벌일 때는 호수 위에서 치러지는 경우가 많았다.

리비아도 호수 위에서 싸우는 이유는 알고 있었다. 다만 이로인해 또 다른 사람이 말려드는 게 아닌가 하는 생각이 들었다.

"물이 더러워지겠네요."

전쟁으로 나온 쓰레기가 호수에 떨어져 오염을 일으킨다.

주위에 사는 사람들에게는 좋을 게 없는 이야기였다.

"이번에는 사느냐 죽느냐의 싸움이다. 미안하지만, 거기까지 신경 쓰고 있을 여유는 없어. 모든 게 끝나면 부흥 작업으로 일손을 내보낼 거다."

함대 선두를 나아가는 파르트너로부터 소형 비행선이 나와 바이스로 다가왔다.

　거기에는 조금 전의 가면 기사나 마리에 일행이 타고 있었다.

◇

　나는 파르트너 갑판 위에서 혼자 남아 있었다.

　알맹이가 빠진 루크시온의 허물에 지시를 내린 나는 앞을 보았다.

　멀리 보이는 두꺼운 구름── 앞으로 하루도 지나지 않아 공국군과 결전이 시작된다.

　"비장의 수는 이쪽에 있다. 그 두 사람을 전장에 데려오고 싶지는 않았지만 말이지."

　뒤늦게 이런저런 후회가 들었다.

　좀 더 잘 처신했으면 달라지지 않았을까?

　예를 들어, 루크시온을 써서 정보를 모았다면 이야기가 이렇게까지 어긋날 일은 없었을 터다.

　또 한 명의 공국 왕녀님, 그리고 또 하나의 마술피리의 존재도 알아차릴 수 있었을지도 모른다.

　일찍부터 움직였다면, 내가 총사령관이 될 필요도 없었다.

　애초에 이 오합지졸 함대가 쓸 수 있는 전술은 돌격밖에 없다.

　군이 내가 아니어도 가능했던 거 아니야?

"──아."

그때, 나는 그리운 기억을 떠올렸다.

율리우스 전하가 쓰고 있던 그 가면 말인데, 게임에 등장하던 캐릭터가 쓰던 물건이었다.

은근히 눈에 띄었지만, 마지막까지 누구였는지 알 수 없었다.

물론 율리우스 전하가 쓴 것도 아니었다.

조금 연극조인 행동거지와 은근히 푼수 같은 구석이 있었지만, 강한 녀석이었다.

뭐, 지금은 아무래도 좋은 정보지만.

"그런데 설마 그 녀석이 그 가면을 쓰고 올 줄이야."

가면의 기사── 실제 인물은 대체 누구인 걸까?

◇

왕궁.

롤랜드 라파 호르파트는 자신의 방에 있는 비밀 장소에서 애타게 물건을 찾고 있었다.

"어, 없다! 내 변신 세트가 없어! 특별 주문하여 만든 갑옷의 키도 없다. 누, 누가 이런 짓을 한 거지? 설마 밀렌인가? 그 아줌마가 분명해!"

롤랜드가 그런 소릴 하며 격노하고 있자 그 비밀 장소에 밀렌이 찾아왔다.

"폐하, 율리우스를 보지 못하셨나요?"

롤랜드는 화들짝 놀라서는 매우 당황한 얼굴로 뒤돌아봤다.

"유, 율리우스라고?! 여, 여기에는 없다만, 그보다 왜 여길 보고도 놀라지 않는 거냐?"

"진작부터 알고 있었으니까요. 안에 뭘 보관하고 있었는지는 관심이 없으니 무시했지만. 그것보다도 율리우스예요. 그 애의 모습이 안 보여요."

롤랜드는 마음에 들지 않았다.

"뭐라?! 알고 있었다고? 내, 내 비밀 장소가 실은 비밀이 아니었다니…… 크흠, 율리우스가 어디 있는지는 나는 모른다. 부루퉁해져서 자기 방에 틀어박혀 있는 것 아닌가?"

"없으니까 묻고 있는 거예요. 그 애는 당신을 닮았으니까 말이에요. 뭔가 저지르지는 않았을지 불안해요."

롤랜드의 손이 갑자기 멈추었다.

"──잠깐, 설마 율리우스도 내 비밀 장소를 알고 있나?"

"당연하죠. 한참 어릴 적부터 알고 있었어요. 제게 와서 비밀 장소를 찾았다고 보고까지 했다고요."

그 말을 들은 롤랜드는 황급히 자신의 방을 뛰쳐나갔다.

"무슨 일이신가요, 폐하!"

"율리우스다. 그 녀석, 내 변신 세트와 갑옷을 가지고 나간 게 틀림없어!"

밀렌의 표정이 새파래졌다.

"왜 그런 걸 가지고 있는 거예요?!"
"그건 남자의 로망이란 말이다!"

제10화 「리비아의 힘」

공국군 함교—— 헤르트라위다의 방.

헤르트라위다 옆에는 마술피리를 꼭 쥐고 있는 헤르트뤼더가 앉아 있었다.

"언니까지 대지의 수호신을 부르시면 안 됩니다. 하늘과 바다 ——쌍방의 수호신이 있으면 충분해요."

"너한테는 힘든 일을 떠맡기고 말았구나. 내가 마술피리를 사용했더라면……."

헤르트라위다는 고개를 가로저었다.

"결국은 어느 한쪽은 짊어져야 할 일이었어요. 언니가 실패하면 제가 왕국으로 향하기로 했었던 일이잖아요."

헤르트뤼더는 마술피리를 꾹 쥐고 눈물을 흘렸다.

마술피리의 진정한 힘을 꺼내는 자는 죽는다.

피리를 분 사람의 목숨과 맞바꾸어 수호신이라 불리는 초대형 몬스터를 부리는 것이 피리의 진정한 힘이었다.

"라위다, 나는 모르겠어. 정말로 나쁜 건 어느 쪽이었던 걸까?"

헤르트뤼더의 물음에 헤르트라위다는 명확한 답을 내놓지 않았다.

이미 여기까지 온 이상 어떤 답을 내든 의미는 없었다.

"밀렌 왕비님의 말이 진실이었다고 해도, 이제 돌이킬 수 없어요. 왕국을 멸망시키고, 대륙의 부유석을 빼앗아 새로운 공국의 대지를 얻어야 합니다. 공국이 진정한 대국으로 거듭나기 위해서는 꼭 해야만 하는 일이에요."

공국의 마지막 목적은 왕국 대륙의 부유석이었다. 공국의 대지를 넓히려면 그 부유석이 있어야 했다. 그리고 공국이 자력으로 왕국에서 대륙의 부유석을 뺏기 위해선, 이만큼 강경한 수단을 써야만 했다.

"우리는 옳은 걸까?"

"저는 판단할 수 없어요. 모든 것이 끝나면, 언니에게 뒤를 부탁할 수밖에 없으니까요."

자매의 부모는 사고로 죽었다.

왕족은 그 밖에도 있었지만, 후계자로서 구전(口傳)이나 교육을 받은 건 두 사람뿐이었다.

어느 한쪽이 살아남아 나라를 이끌어야만 했다.

"언니, 왕국에서는 어떻게 지내고 계셨나요?"

헤르트뤼더가 여동생과 이야기할 수 있는 시간은 얼마 남지 않았다.

되도록 즐거운 대화를 하고 싶었다.

"학원이라는 장소에 있었단다. 거기에 유학생으로 다녔지. 상상 이상으로 지독한 곳이었어."

여학생이 노예를 데리고 다니며, 남학생들을 깔본다는 이야기는 헤르트뤼더도 들어 알고 있었다.

하지만 직접 자기 눈으로 본 현실은 더욱더 충격적이었다.

"그 귀축 기사도 여성에게 굽실굽실 머리를 숙이고 있었어."

"반데르를 쓰러뜨린 귀축 기사가? 왕국은 어째서 그렇게 되어 버린 거죠? 공국이 대공가였던 시절에는 우리와 다를 바 없었다고 들었는데요."

"그러게. 이상한 나라지. 여자를 위해서 비행선까지 내보내 모험을 하지 뭐야. 나도 엘프들의 마을이 있는 부유섬에 가서 유적을 보고 왔어."

눈을 반짝이는 라위다의 모습을 보고, 헤르트뤼더는 모험 이야기를 했다.

공국 또한 왕국에서 시작한 나라. 즉, 뿌리는 왕국과 마찬가지로 모험가였다.

어릴 적부터 모험가 이야기를 듣고 자란 헤르트라위다 역시 흥미를 품고 있었다.

헤르트뤼더가 이야기를 끝내자, 라위다는 방실방실 웃고 있었다.

"언니는 모험을 다녀오신 거군요. 부러워요. 저는 이제 시간이 없어요……."

"──라위다, 미안해. 정말로 미안해."

여동생을 불쌍히 여기는 헤르트뤼더였으나, 시간이 오고 말았다.

기사가 보고하러 왔다.

"헤르트라위다 왕녀 전하! 왕국군의 함대를 발견하였습니다!"

보고를 들은 라위다는 얼굴을 냉정한 왕녀의 표정으로 바꾸었다.

"곧바로 가겠습니다. ──언니, 제가 쓰러지면 뒷일은 부탁할게요."

왕도── 대륙 중앙까지 앞으로 거리가 얼마 남지 않았다.

그곳에 도착하면 모든 것이 끝난다.

헤르트뤼더는 여동생에게 미소를 향하면서도, 눈물이 흐르고 있었다.

"맡기도록 하렴. 그리고, 나도 곁에 있을게."

"든든해요, 언니."

아로간츠를 갑판 위에 앉혀 둔 나는 콕피트 안에서 눈앞의 광경을 보며 휘파람을 불었다.

"게임으로 봤을 때보다 훨씬 박력 있네."

공국의 함대는 초대형 몬스터의 바로 아래에서 보호를 받듯 자리 잡고 몬스터를 따라 천천히 움직이고 있었다.

『목표, 사정권 내에 들어옵니다.』

덩치가 무식하게 큰 탓에 구름을 두르고 다니던 몬스터의 수많은 눈이 왕국군을 향했다.

나는 파트너 뒤에서 따라오는 왕국군 비행선과 함께 공국군에 돌격을 감행했다.

초대형 몬스터의 손 중 하나가 우리를 향해 다가왔다.

『목표, 접근해 옵니다.』

"날려버려!"

그러자 껍질이 된 루크시온에게서『알겠습니다』라는 대답이 돌아왔다.

늘 하던 독설도 없이 간결한 대화만 돌아올 뿐이었다.

『미사일, 발사합니다.』

파트너에서 미사일 세 발이 발사되었다.

미사일은 초대형을 향해 똑바로 날아가더니, 대폭발과 함께 커다란 손을 날려버렸다.

파트너조차 한 번에 쥘 수 있을 것 같은 커다란 손이 날아가 검은 연기로 변해 갔다.

"좋아 계속 팍팍 쏴볼까!"

『포격 개시.』

파트너의 대포가 잇달아 불을 뿜자 초대형의 몸에 커다란 폭발이 일어났다.

미사일도 차례차례 팔을 제거해갔다.

파트너는 그대로 선수의 방향을 바꾸어 가속했다.

『적 함대, 대열 변경을 확인.』

"느리다고!"

라스트 보스의 팔이 줄줄이 날아가자 황급히 급히 요격할 준비를 시작한 것이리라.

다만 통신 상황이 나쁜 건 저쪽도 마찬가지인지 움직임이 우물쭈물했다.

파르트너 바로 뒤에서 가족이나 친구들이 탄 비행선이 따라왔다.

지금 파르트너를 제외하고 가장 성능이 좋은 건 이 비행선들이다.

나는 갑판 위에서 아로간츠를 세워 라이플을 겨누고 공국군 함대 주위를 날고 있는 몬스터들을 쏴서 격추했다. 몇천, 몇만이나되는 몬스터들—— 저 녀석들을 상대하는 게 파르트너 이외의 비행선이 할 일이었다.

파르트너는 초대형을 상대하는 것만으로도 바빠서 함대전이나 몬스터 퇴치까지 신경 쓸 여유가 없었다.

점점 적과의 거리가 줄어들자 아군이 포격을 개시했다.

몬스터들이 잇달아 검은 연기로 변했다.

공국도 파르트너를 향해 포탄을 발사했지만, 공국의 공격은 파르트너가 가진 배리어만으로도 전부 튕겨낼 수 있었다.

공국의 함선은 포가 측면에 달려 있기에 공격을 하려면 반드시 측면을 보여야만 한다.

"산산조각 내 버려."

파르트너가 공국군 코앞까지 접근하자, 바로 뒤의 아군 함선이 선수에 단 대포를 잇달아 발사했다.

공국군 함정이 마법으로 배리어를 펼쳤지만, 포격을 막을 수는 없었다.

"핫, 최신식 대포의 맛은 어떠냐? 그딴 얄팍한 방어막으로는 어림도 없다고!"

적함이 가라앉자, 공국이 갑옷을 내보내기 시작했다.

공국 함선 하나가 파르트너의 진로를 가로막듯 끼어들어 측면의 대포를 쏘기 시작했다. 하지만 역시 파르트너의 배리어에 줄줄이 막히고 말았다.

"그 정도로는 멈출 수 없다고. 그리고 미안하지만, 파르트너는 육탄전도 특기거든."

파르트너의 선수가 적 비행선 측면에 돌격하자, 적 함선이 '〈' 모양으로 꺾이더니 반으로 쪼개져 추락했다.

"파고들면 유리한 건 내 쪽이라고."

파르트너는 이미 초대형 바로 아래로 파고들어 와 있었다.

이 상태라면 초대형의 공격을 받지 않을── 터다!

파르트너 뒤를 따르는 왕국군 비행선이 갑옷을 출격시키자 양군은 혼전 상태로 돌입했다.

"제1단계 클리어로군."

파르트너가 발사한 미사일이 폭발하자 초대형은 폭풍에 밀려나면서 검은 연기로 변했다.

그 검은 연기와 소용돌이치던 구름이 섞이면서 한층 더 검고 커다란 구름이 되었다.

아침 일찍 나와 밝았던 하늘도 점차 두껍고 검은 구름으로 뒤덮이고 있었다.

그리고 그 검은 구름을 가르고 부활한 초대형이 다시 움직이기 시작했다.

초대형 몬스터의 눈이 전부 파르트너를 향하고 있었다.

"부활 속도가 생각보다 빠르군. 이대로 공격을 계속해서 움직임을 봉쇄하겠어."

『──적기 접근.』

그때 아로간츠를 향해 공국 갑옷들이 날아왔다.

「찾았다, 귀축 기사!」

"귀축? 너희는 뭐가 다른데?!"

나를 죽이러 오는 너도, 너를 죽이려는 나도 같은 처지란 말이다.

라이플을 겨누고 방아쇠를 당기자 복부를 꿰뚫린 적이 갑판에 나뒹굴었다.

올려다보니 비행선이나 갑옷이 파르트너를 둘러싸고 있었다.

바로 위에 있는 비행선에 라이플을 향하고 방아쇠를 당기자 공국 비행선 기관부에 명중하여 불을 뿜더니 파르트너 위로 추락했지만, 파르트너의 배리어를 뚫지는 못했다.

공국의 갑옷에서 노이즈 섞인 목소리가 들려왔다.

「안 되겠어, 갑옷으로 파괴한다!」

「녀석을 죽이면 출세다!」

「그 목숨, 받아 가마──!」

나는 왼손에 도끼를 들고, 접근해 온 갑옷을 가차 없이 베었다.

복부까지 한 번에 갈라버렸으니 파일럿도 무사하지 못할 게 뻔했다.

루크시온이 내게 지적했다.

『반응이 늦어지고 있습니다.』

"알고 있어!"

또 한 기를 도끼로 내려쳐 머리부터 몸통까지 갈랐지만, 재빨리 뽑아낼 수 없어서 도끼를 손에서 놓고 라이플로 세 번째 기체를 쏘면서 다른 무기를 꺼내 들었다.

"──부탁한다."

딱 한 번 바이스로 시선을 향한 나는 하늘을 올려다보며 도약했다.

바이스 함교.

공국군에 돌격하여 혼전 상태로 끌고 간 왕국군은 격렬하게 싸우고 있었다.

안제는 그 모습을 보며 떨고 있는 리비아를 끌어안아 주었다.

"리비아, 조금 쉬어라."

고개를 가로젓는 리비아의 눈에서는 눈물이 흘러넘치고 있었다. 양손으로 머리를 누르며, 호흡이 흐트러져 있었다.

"괴로워요. 어째서 다들 싸우는 건가요? 이렇게나 괴로운데——어째서."

안제는 뭐라 대답해야 할지 고민했다.

"——어째서일까."

답은 알고 있었다.

안제는 그 답을 배웠지만, 실제로 보게 되니 그게 진정 답인지 확신할 수 없었다.

리비아가 가슴을 누르고 있자, 성녀의 옷을 입고 있던 마리에가 소리쳤다.

"잠깐! 이 배 주위에도 적이 모여들고 있거든!"

안제는 마리에를 노려보며 소리쳤다.

"조용히 해라!"

"네, 넵!"

"주위에 호위함이 이 배를 지키고 있다. 게다가 이 배도 쉽게 격추될 배가 아니다."

허공에 떠 있던 크레아레가 외눈을 끄덕였다.

『가장 큰 위협은 초대형이라 부르는 몬스터야. 저것 말고는 아무도 이 배를 격추할 수 없을 거야. 그것보다도, 두 사람의 준비는 괜찮을까? 그리고 마리에도.』

마리에는 인짢아 보였지만, 안제가 무시운지 입을 다물고 있었다.

안제는 리비아를 받쳐 주며 다정하게 말을 건넸다.

"리비아, 이런 싸움은 빨리 끝내자. 할 수 있지?"

리비아가 울면서 고개를 끄덕이고, 가슴 앞에서 양손을 깍지 꼈다.

기도를 올리는 듯한 모양새가 되자, 안제도 그 모습을 따라 했다.

'뭐지? 가슴이 괴롭다. 게다가── 슬퍼서 눈물이…….'

주위의 목소리가 들려온다.

《살려줘! 죽고 싶지 않아!》

《어머니, 살려줘요!》

《전쟁 따위 하고 싶지 않았다고.》

사라져 가는 목숨이나 목소리를 느끼고, 안제도 가슴이 괴로워 지기 시작했다.

'너는 이걸 줄곧 느끼고 있었던 건가?'

크레아레의 목소리가 났다.

『일종의 공명인가? 올리비아의 능력에 반응하고 있어. 매뉴얼 에 이런 기능은 없었는데.』

한편 마리에는 전방을 보며 소란을 피우고 있었다.

"끼야아아악! 앞에서 커다란 몬스터가!"

몬스터가 커다란 입을 벌리고 닥쳐오고 있었다.

크레아레가 『에잇』 하고 중얼거리자, 바이스의 주포가 몬스터를 꿰뚫었다.

『마리에도 어서 일해.』

"어? 뭘 하면 되는 거야?"

『두 사람을 흉내 내기만 하면 돼. 그 뒤는 성녀 파워로 어떻게든 될 거야.』

마리에가 황급히 두 사람을 흉내 내어 기도하기 시작하자, 바이스가 떨리기 시작했다.

마치 진심을 발휘하려는 듯이——.

안제는 천장을 올려다보고 양팔을 펼쳤다.

'——따뜻한 마음이 넘쳐난다. 그리고, 진정되는군…….'

안제의 마음에 떠오른 것은 여름방학 때—— 셋이서 온천에서 돌아오는 길의 광경이었다.

석양이 아름다웠으며, 그리고 즐거웠다.

그런 날이 언제까지나 계속되면 좋을 텐데, 하고 생각하는 안제였다.

◇

접근하는 몬스터를 베어 넘기고, 나는 뒤돌아봤다.

주위의 갑옷도, 그리고 비행선도 움직임을 멈췄다.

전투가 멎고, 몬스터들이 검은 연기가 되어 사라져 갔다.

바이스에서 뿜어져 나오는 따뜻한 빛이 전장을 감싸기 시작했다.

"……과연, 최종병기답군."

몬스터들이 바이스의 빛에 닿을 때마다 점차 사라져 갔다. 하늘 위에 있던 초대형 몬스터도 눈을 감고 빛을 막아내려는 듯 수많은 팔을 교차시켰다.

하지만 그 초대형 몬스터도 빛에 닿자 서서히 사라지기 시작했다.

"이걸로 끝인가."

많은 갑옷이 손에 들고 있던 무기를 내려놓기 시작했다.

통신이 돌아오고, 하늘을 뒤덮고 있던 두꺼운 구름마저 지워, 푸른 하늘이 보이기 시작했다.

"사랑이란 굉장하구먼! ──윽?!"

이겼다고 생각하여 웃으려 했더니, 갑자기 전의가 빠지기 시작했다.

하지만 내가 느낀 건── 공포였다. 마치 억지로 마음을 만지는 듯한 감각이었다.

──갑자기 어디선가 목소리가 들려왔다.

'더는 싸우지 마. 나는── 이런 싸움을 보고 싶지 않아. 부탁이야, 싸움을 그만둬!'

리비아의 목소리였다.

"크윽, 그런가. 이게 리비아의 진짜 능력……."

리비아의 목소리는 사람의 마음에 잘 닿는다.

사람의 마음을 흔드는 명언이 아니더라도, 리비아가 말하면 사람들의 마음을 붙잡는다.

　리비아의 목소리가 바이스로부터 직접 주위 사람들의 마음에 전달되고 있었다.

　──거스를 수가 없었다.

　'이제, 그만두죠. 이대로는 너무 많은 사람이 희생됐어요. 이제 싸움을 멈춰 주세요.'

　그런 말로 싸움이 끝나면 이런 고생은 하지도 않았다고.

　하지 않지만── 정말로 싸움이 끝났으면 한다는 마음이 마음속에 비집고 들어왔다.

　루크시온의 빈 껍질이 중얼거린다.

　『정신 공격을 감지.』

　아, 그런가. 말 그대로 정신 공격이군.

　바이스의 성능으로 강화된 리비아의 능력은 터무니없이 흉악했다.

　왕국을 원망하고 있던 공국 기사들마저 무기를 버리고 리비아의 목소리를 듣고 있었다.

　'웃기지 마라!', '이대로 끝날 수 있겠냐!' 같은 감정들이 리비아의 슬픈 마음 앞에서 녹아 가고 있었다.

　이윽고 내게도── 그리운 전생의 추억이 보이기 시작했다.

　나는 초대형이 기분 나쁜 소리를 내며 사라져 가는 것을 올려다보며 중얼거렸다.

"그야말로 최종병기다운 지독한 공격이잖아…….”

이 힘은 다시는 쓰면 안 된다── 그런 생각이 들었다.

◇

헤르트뤼더 역시 공국군 기함에서 이 광경을 보고 있었다.

그녀의 얼굴에도 눈물이 흐르고 있었다.

"어째서 우리를 위해서 마음 아파하는 거야. 그만둬. 당신들은 우리의 적이어야만 해. 슬퍼하지 마! 부탁이니까── 이제 그만해!”

리비아의 마음속 고통이 흘러들어와 가슴이 괴로웠다.

주위 사람들도 멍하게 있거나, 눈물을 흘리며 그 자리에 주저앉아 있었다.

전의를 빼앗겨 간다.

"이런. 이런 거로 우리한테 원한을 잊으라는 거야? 이런 거로?!”

──분하다.

하지만, 그 복수심조차 차츰 빼앗겨 갔다.

점점 자신들이 올바른지 알 수 없게 됐다.

헤르트뤼더가 헤르트라위다를 꼭 끌어안았다.

"라위다, 이제 끝내자. 하늘의 수호신은 이미 자취를 감추고 말았어…….”

헤르트라위다는 고개를 가로저었다.

"싫어. 싫어. 이대로 끝낼 순 없어! 나는, 나만은 싸워야 해! ——나는 뭘 위해서 죽는 거냐고!"

마술피리를 꽉 쥔 헤르트라위다는 억지로라도 일어서려 했지만, 마음이 거부하고 있었다.

증오해야 할 상대를 증오할 수 없다.

"——비겁해! 왕국은 비겁하다고! 증오하지도, 원망하지도 못하게 하다니 최악이야. 나한테서 싸울 의지조차 빼앗고 사람의 마음조차 지배하다니, 웃기지 말란 말이야······."

울음을 터트린 헤르트라위다를 끌어안으며, 헤르트뤼더도 눈물을 흘렸다.

"미안해. 나 대신 그런 일을 하게 해서—— 정말로 미안해."

이윽고 하늘의 수호신이 완전히 사라졌다.

그 순간, 헤르트라위다가 쥐고 있던 마술피리도 산산이 조각나 흩어졌다.

"——말도 안 돼. 바다의 수호신까지 지다니······."

서서히 생기를 잃는 헤르트라위다는 언니의 품 안에서 의식이 멀어져 갔다.

"라위다!"

"언니—— 어쩐지, 무서운데 따뜻해요."

리비아의 능력에 서서히 모든 공포가 사라지고, 따뜻함에 감싸이는 듯한 느낌이 들었다.

싸울 마음을 빼앗기고, 헤르트라위다는 평온한 표정이 되었다.

"미안해요, 언니. 혼자 두고 가버려서—— 미안해요."

헤르트라위다는 천천히 눈을 감고는, 의식이 사라져 가는 것을 느꼈다.

헤르트뤼더의 슬픈 울음소리가 들려왔지만, 그것도 차츰 들리지 않게 됐다.

◇

반데르는 헤르트뤼더 앞에서 이 광경을 지켜보고 있었다.

울고 있던 헤르트뤼더는 차츰 웃기 시작했다.

"공주님."

"반데르. 나, 이상해. 슬플 텐데, 마음이 따뜻해서 행복해. 라위다가 죽었는데 슬퍼할 수조차 없어."

정말로 왕국 인간은 지독하다고 중얼거리는 헤르트뤼더의 어깨에 반데르는 살며시 손을 올려놓았다.

"제게 맡겨 주십시오. 이 반데르가 모든 것을 매듭짓고 오겠습니다."

"반데르?"

마장의 오른팔이 지닌 효과인지, 반데르는 정신 공격을 버텨내고 있었다.

"자, 아직 싸울 의지가 남아 있을 때 명령해 주십시오."

헤르트뤼더는 고민하는 얼굴이었다. 반데르는 문득 어릴 적과 똑같은 얼굴이구나 하는 생각에 그리움이 들었다.

"공주님!"

"──반데르, 가세요. 공국의 의지를 내보이도록 하세요."

반데르는 고개를 크게 끄덕이고는 그 자리에서 당당히 걸어 나갔다.

헤르트뤼더의 시선에서 벗어난 반데르는 바깥으로 나오자마자 입가를 누르며 기침을 토했다.

손바닥이 피로 빨갛게 물들어 있었다.

"여기까지 잘도 버텼군."

자신의 몸에 감사하면서 오른팔을 바라보았다.

"왕국의 그 배만큼은, 반드시 제거해야 한다."

멀리 보이는 하얀 배.

반데르가 오른팔에 힘을 담자 마장의 오른팔이 부풀어 전신을 뒤덮더니 곧 갑옷 모습으로 변했다.

「──자, 시작할까.」

날아오른 반데르는 일직선으로 하얀 배── 바이스를 향해 돌격했다.

◇

정신이 멍한 상태였다.

이렇게 잠들면 안 된다는 걸 아는데도 졸고 있는── 그런 감각이었다.

아니 조금 다른가?

왜 싸워야 하는지 이유는커녕, 의지조차 사라져가고 있었다.

『마스터에게서 정신 오염을 확인.』

빈 껍질 루크시온의 목소리가 들려왔지만, 그저 다 귀찮게 들릴 뿐이었다.

나는 왜 여기까지 와서 싸우고 있던 걸까?

애초에 나쁜 건 마리에다.

그 녀석을 저버린들 아무도 화내지 않는다.

누구도──아니, 이젠 만날 수 없는 전생의 부모님은 화내려나?

오빠니까 여동생을 돌봐줘야지, 라면서.

하지만 나는 그런 오빠가 아닌데…….

『적기 접근. 바이스로 향하고 있습니다.』

시선을 향하자 아로간츠의 짝퉁 같은 검고 흉측한 갑옷이 바이스로 돌격하는 모습이 보였다.

그래, 저 갑옷도 어디선가 본 적이 있었지.

그러나 어디서 봤는지 여전히 떠올릴 수 없다.

"응? 뭐? 바이스?"

직후, 검은 갑옷이 바이스의 선체에 구멍을 뚫고 바이스에 폭발이 일어나는 광경이 눈에 들어왔다.

"제기랄!"

서둘러 조종간을 꽉 쥐고 아로간츠를 움직이자 의식이 선명해졌다.

"뭐지? 마치 꿈이라도 꾸고 있었던 것 같은데."

『정신 공격입니다. 피아(彼我) 상관없이 바이스에서 나온 정신 공격을 받았습니다.』

"……정말 무시무시하군."

무언가 따뜻함에 감싸이는 감각은 행복감을 주려 했지만, 나는 동시에 공포를 느꼈다.

주위 비행선이나 갑옷들은 아직 움직이지 못하고 있다.

"그건 그렇고, 저 기체를 대체 어디서 봤지?"

『왕궁에서 헤르트뤼더, 그리고 마술피리를 빼앗은 기체입니다.』

"흑기사 할아범이었냐!"

나는 서둘러 아로간츠를 움직였다.

대륙 뒤편.

루크시온은 초대형이 사라지는 것을 확인하는 동시에, 적을 없애 버린 힘을 위험하다고 판단했다.

『이것이 올리비아의 능력입니까. 확실히 최종병기라는 말을 들을 만하군요.』

루크시온의 선체는 과열로 인해 연기를 뿜어내고 있었다.

『통신 상황이 점차 개선되고 있습니다. 조금만 더 있으면 부속

단말과의 링크가 회복되겠군요.』

　선체를 한 번 바다에 가라앉히자, 선체의 열이 식으면서 물이 증발했다.

　주위가 하얀 김으로 뒤덮여 루크시온의 선체는 마치 안개에 감싸인 것처럼 됐다.

『아무 일도 없다면 좋겠는데 말이지요.』

　최악의 경우라도 리온만 살아있다면 괜찮다고까지 생각하고 있었다.

　루크시온은 선체를 식히면서 이후의 예정을 생각하고는 천천히 움직이기 시작했다.

◇

　가지고 있던 검으로 하얗고 아름다운 선체를 베어 가른 반데르는 함내로 발을 들였다.

「뭐지?」

　그러나 함내에 있는 건 다리가 없는 갑옷같이 생긴 정체 모를 녀석들뿐이었다.

　반데르는 무기를 들고 달려오는 녀석들을 대검으로 쳐서 날려버리고 하나를 왼팔로 붙잡았다.

「설마 사람이 타고 있지 않은 건가? 제법 기괴하군.」

　반데르는 그대로 손으로 쥐어 으스러트리고, 배를 부수면서 나아갔다.

「이런 배는 존재해서는 안 된다. 왕국은 역시 악이다. 악——그래, 멸해야만 하는 악이다!」

오른팔이 부풀어 오르더니 수많은 눈이 뜨이고, 거기서 마법이 발사됐다.

내부에서 폭발이 일어나자 바이스도 커다란 대미지를 받았다.

서서히 고도가 낮아지고, 곳곳에서 불을 뿜기 시작했다.

「그래. 쓰러뜨려야만 한다—— 왕국은 적이다!」

반데르는 파괴하면서 나아갔고, 함교에 도달했다.

그곳에는 세 명의 여자애가 있었다.

「여자라고? 그런가. 그건 너희들이 한 짓이로군.」

겁을 먹은 세 사람을 앞에 두고 반데르는 대검을 치켜들었다.

앞으로 나선 건 갈색 머리 여자아이였다.

"기다려 주세요. 이제 그만 해요. 이런 싸움은 끝내지 않으면 안 돼요!"

「아직이다!」

반데르는 피를 토하며 세 사람에게 자신의 감정을 쏟아냈다.

「아직 끝나지 않았다! 아니, 끝낼 수 없다! 공국이 있는 한, 그리고 왕국이 있는 한 우리는 싸울 것이다. 너희들이 해온 짓을 생각하면 당연하지 않은가!」

그러자 기가 드세어 보이는 또 한 명의 여자가 입을 열었다.

"웃기지 마라. 너희들 공국은 아무 짓도 하지 않았다고 말할 생각이냐.”

반데르는 그 여자가 공국의 과거를 알고 있다는 걸 바로 눈치챘다.

그러나 반데르는 물러나지 않았다.

「그게 어쨌다는 거지? 너희들은 눈앞에서 가족이 죽는 심정을 아나? 아내는 딸을 지키려 했다. 딸은 아직 어렸다. 그런데도 너희들은!」

반데르가 대검을 내리치려 한 순간, 뒤에서 와이어가 날아와 갑옷을 묶더니 그대로 함교에서 끌어냈다.

반데르가 뒤돌아보니 그곳에는 눈에 띄는 오색 갑옷의 모습이 있었다.

「거기까지다!」

하얗고, 망토를 걸친 갑옷이 검을 들고 육박해 왔다.

와이어를 억지로 잡아떼고 대검으로 막아냈다.

반데르는 갑옷 안에서 웃고 있었다.

「그 정도로 멈출 수 있다고 생각하지 마라!」

튕겨냈더니, 이번에는 녹색 갑옷이 라이플을 쐈다.

그러나 탄환은 반데르의 갑옷에 간단히 튕겨 나가고 말았다.

「이걸 튕겨내는 겁니까.」

상대가 초조해하고 있는 것을 손에 잡힐 듯이 알 수 있었다.

곧이어 날아다니는 창 여러 자루가 반데르를 포위하듯 날아왔다.

그러고는 갑옷의 틈새── 관절 부분에 박혔다.

「어떠냐! 내 창에서는 도망칠 수 없──」

「홉!」

그러나 반데르가 힘을 주자, 창이 간단히 부러졌다.

「이 자식──!」

「네 마음대로 하게 두지는 않는다!」

빨간 갑옷과 파란 갑옷이 반데르를 포위하며 공격을 펼쳐 왔지만, 한 기는 대검으로 날려 버리고 또 다른 한 기는 꼬리로 쳐서 튕겨냈다.

추락하기 시작한 바이스 근처에서 반데르는 다섯 기를 상대하며 웃고 있었다.

「어떻게 된 거냐, 애송이들아! 그 정도로 이 반데르를 잡을 수 있을 줄 알았더냐!」

그러자 하얀 갑옷에 탄 남자가 경악했다.

「반데르?! 공국의 흑기사인가!」

「그렇다. 지금은 전 흑기사지만 말이다. 그나저나, 손맛이 없는 녀석들이구나. 그냥 순식간에 정리해 주마.」

가속하여 하얀 갑옷을 양단하고자 대검을 내리쳤더니, 빨간 갑옷이 몸통 박치기를 하는 바람에 검의 궤적이 흐트러졌다.

파란 갑옷이 앞으로 나와 이쪽을 베고자 덤벼들었다.

「그 칼솜씨. 설마 검성인가! 아니, 그보다는 서투르군.」

「우오오오오!」

파란 갑옷의 맹공을 대검으로 막으면서, 포위당한 반데르는 웃음을 흘렸다.

「그래. 더 진심을 발휘해라! 이 반데르를── 흑기사를 상대해 보란 말이다!」

눈이 충혈되고, 정신이 서서히 불안정해져 갔다.

다섯 기는 반데르 한 명을 상대로 매우 고전하고 있었다.

반데르의 갑옷── 마장이 부풀어 오르더니 온몸에 눈이 출현했다. 너무 흉측한 모습에 다섯 기가 뒷걸음질했다.

「겁먹은 거냐, 겁쟁이 놈들! 그렇다면 죽어라!」

반데르가 웃으면서 대검을 휘두르려던 순간, 또 다른 갑옷이 나타나 반데르를 들이받았다.

「뭣──?!」

예상 밖의 강력한 공격에 반데르가 놀라 돌아보았으나, 새로운 적의 정체를 알고 환희했다.

반데르는 사나운 미소를 띠었다.

「기다리고 있었다, 귀축 기사!」

그곳에 있던 건 아로간츠였다.

"이상한 이름 붙이고 말이야. 내가 귀축이면 너희는 그 이상의 쓰레기잖냐."

기뻐하는 반데르의 입꼬리에서는 피가 흘러나오고 있었다.

◇

눈앞의 흉측한 갑옷은 아무리 보아도 대체 뭔지 알 수가 없었다.

생물 같은 느낌도 들고, 기계 같은 느낌도 드는데, 정확히 뭐라고 판단할 수가 없었다.

갑옷 표면에 있는 눈이 두리번두리번 움직이고 있어서 기분 나빴다.

「너와 싸울 날을 계속 기다리고 있었다.」

"기쁘지 않은 고백을 해줘서 거참 고맙구먼. 나는 두 번 다시 만나고 싶지 않았어. 그것보다, 그건 대체 무슨 갑옷이냐."

그러자 기분 나쁜 갑옷에서 흑기사가 웃는 소리가 들려왔다.

「안 그래도 너한테—— 왕국에 감사 인사를 전해야겠다고 생각하고 있었다. 이건 왕국의 보물창고에 잠들어 있던 마장의 오른팔이다. 너희들이 가치도 알지 못하고 공국에 보내준 갑옷이지!」

"뭐라고?"

「이걸로 갑옷 성능 차이는 없는 거나 마찬가지다. 순수한 기량을 따지는 싸움을 시작해 보자꾸나!」

몸통 박치기를 하는 흑기사를 피했지만, 곧바로 이쪽 뒤로 돌아 들어왔다.

루크시온의 빈 껍질이 경고했다.

『적, 후방에서 접근.』

"너도 반응이 늦어, 안 그러냐!"

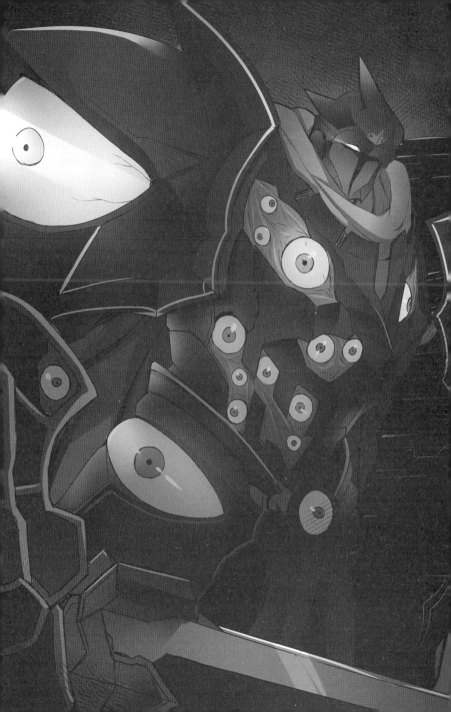

급한 대로 라이플로 방어하자, 라이플이 대검에 잘려 나갔다.

곧바로 라이플을 내던지고 새로운 무기를 양손에 쥐었다.

그의 말대로 흑기사의 새로운 갑옷은 아로간츠와의 성능 차이가 거의 느껴지지 않았다.

그렇다면—— 나는 당해낼 재간이 없다.

"끈질기다고, 할아범!"

「네 목을 베기 전까지는 죽을 수 없다!」

대체 내가 너한테 뭘 했다고 그러는 거야!

아로간츠로 하늘 높이 날아오르자, 흑기사도 따라왔다. 그뿐만이 아니라——.

「죽어라아아!」

흑기사의 갑옷에 달린 눈에서 마법이 발사되었다.

수많은 불덩어리가 엄청난 기세로 내게 닥쳐왔다.

아무리 달아나도 계속해서 자동으로 추격하여 따라왔다.

"뭐야 그게, 사기잖냐!"

아로간츠의 스피드를 올려 뿌리치려 했지만, 불덩어리가 한층 더 추가되었다.

"드론을 꺼내!"

『드론을 전개합니다.』

컨테이너에서 드론이 나와 머신건으로 불덩어리를 공격하기 시작했지만, 불덩이들이 드론의 공격을 맞고 폭발하자 드론도 그 불길에 휩싸여 격추당하고 말았다.

흑기사가 들고 있던 대검에 쪼개진 드론도 있었다.

"망할 자식이!"

「너만큼은———— 아니, 아니지. 그보다 우선 해야 할 것이…….」

흑기사가 갑자기 움직임을 멈추더니, 바로 밑에 보이는 바이스로 시선을 향하고 있었다.

"이 자식, 웃기지 말라고!"

「그래. 저 배만은 반드시 제거해야 한다.」

흑기사의 온몸에 달린 눈이 바이스로 향했다.

나는 황급히 급강해 파괴된 바이스의 함교 앞으로 날아왔다.

아로간츠의 뒤로 리비아나 안제, 덤으로 마리에의 모습이 보였다.

함교에서 도망치려고 해도, 통로가 막혀 도망칠 수 없는 모양이었다.

"실드를 전개해!"

『실드를 전개합니다.』

나는 아로간츠의 실드로 날아오는 불덩어리를 직접 받아냈다. 하지만 결국 다 막을 수는 없었는지, 불덩어리가 바이스에 명중해 커다란 폭발이 일더니 본격적으로 바이스가 추락하기 시작했다.

어느샌가 5인조도 다가와 리비아 일행을 지키고 있었다.

주위에서도 전투가 재개되기 시작했다.

"젠장, 기껏 끝나려 하고 있었는데."

계속해서 발사되는 불덩어리를 받아내고 있자, 흑기사의 목소리가 들려왔다.

「이런 끝은 인정할 수 없다. 어느 한쪽이 쓰러질 때까지, 이 싸움은 끝나지 않는다! 끝내게 둘까 보냐!」

나는 가면 기사에게 지시를 내렸다.

"야, 변태 기사!"

「가면의 기사라고 말하지 않았나!」

"어느 쪽이든 좋으니까, 셋을 데리고 피난해. 여기는 내가 막는다."

「——알았다.」

뭔가 말하고 싶은 듯했지만, 이미 감당할 수 있는 선을 넘었다고 생각했는지 순순히 따라 주었다.

——그거면 된다.

"할아범 상대는 내가 하지."

아로간츠를 돌격시키자 흑기사는 대검을 치켜들었다.

그때였다.

호수가 솟아오르고, 거기서 산이 출현했다.

"……거짓말이지?"

나는 그 산—— 아니, 적을 보고 식은땀을 흘렸다.

『새로운 적을 확인. 앞서 상대한 몬스터와 다른 타입입니다만——초대형의 별종인 것 같습니다.』

빈 껍질이 된 루크시온의 목소리가 들렸고, 긴장을 늦춘 순간에 흑기사에게 베여 지면으로 추락했다.

◇

마술피리를 쥔 헤르트뤼더는 바닥에 누인 라위다를 보고 있었다.

"미안해. 글러 먹은 언니라 미안해── 어째서 이렇게 되어 버린 걸까?"

울고 있는 헤르트뤼더에게 중진 중 한 명이 다가왔다.

어디서 다쳤는지 이마에서 피를 흘리고 있었다.

"실패하다니, 한심한 계집년들이!"

그는 왕족을 향한 경의도 없이 천박한 욕을 내뱉었다.

귀족이 라위다를 걷어차려 했기에, 헤르트뤼더는 재빨리 라위다를 감싸 대신 맞았다.

"그만둬! 라위다는 힘냈어!"

"그게 어쨌다는 거냐! 노력 따위는 무의미하단 말이다! 결과를 내라, 결과를! 너희나 네 부모는 정말로 쓸모가 없군. 네 아비도 어미도 전쟁에 반대하기에 제거하고 너희를 이용해 여기까지 왔는데!"

중진은 이 상황에 자포자기한 것처럼 보였다.

"끝장이다. 전부가 끝이야. 이대로라면 왕국은 위신을 걸고 공국에 쳐들어올 거다! 저 괴물을 쓰면 이길 수 있다고 생각했는데! 설마, 왕국이 무력화시킬 줄이야!"

헤르트뤼더는 움직이지 않게 된 라위다의 손을 잡고 있었다.

"당신은 대체 무슨 말을 하는 거야?"

"아직도 모르겠느냐? 부모와 자식이 다 같이 얼간이로군. 너희들은 우리한테 이용당하고 있었던 거라고."

눈앞의 남자가 하는 말을 듣고 헤르트뤼더 안에 증오가 생겨났다.

남자는 헤르트뤼더를 보고 웃었다.

"아니, 아직이다. 너의 목을 왕국에 가져다주면 나만은 살아날 수 있겠지. 어리석은 짓을 멈춘 영웅이 될 수 있어!"

남자는 헤르트뤼더에게 권총을 겨눴으나, 그때 비행선이 흔들렸다. 남자가 휘청이는 사이, 헤르트뤼더 근처로 마술피리가 굴러왔다.

"제, 젠장!"

귀족이 다시 총구를 겨누는 것과 동시에 헤르트뤼더는 마술피리를 손에 쥐고 있는 힘껏 불었다.

'전부 다—— 사라져 버려!'

그러자 검은 연기를 내뿜으며 남자 주변에 몬스터들이 나타났다.

몬스터들은 남자에게 덤벼들어 그를 물어뜯었다.

"그, 그만! 살려줘!"

울부짖는 남자는 몬스터들에게 뜯어먹혀 죽어갔다.

천천히 일어선 헤르트뤼더는 마술피리를 들고 바깥이 보이는 장소로 향했다.

부모님의 사고사에 얽힌 진상이나 남자의 언동, 라위다의 죽음——그것들로 인해 대체 자신들이 뭘 위해 목숨을 걸어왔는지 알 수 없게 됐다.

갑판으로 나온 헤르트뤼더의 눈동자는 탁했다.

바깥에서는 전투가 재개되어 바이스가 반데르한테 파괴되고 있던 참이었다.

헤르트뤼더는 눈물을 흘리며 마술피리에 입을 댔다.

요사스러운 음색이 주위에 울려 퍼졌다.

'이제 됐어. ——다들 죽어 버려.'

마술피리는 대지의 수호신을 부르기 시작했다. 리온이 말하던 바로 그 라스트 보스 몬스터였다.

피리를 손에서 놓은 헤르트뤼더는 미친 것처럼 웃기 시작했다.

"전부 사라져 버리면 되는 거야!"

——그 광기 어린 명령에, 대지의 수호신이 응답했다.

◇

리온의 아버지, 바르카스는 함교에서 지시를 내리고 있었다.

"또 무식하게 큰 녀석이 나왔다! 대체 무슨 일이 일어나고 있는 거지?"

왕국군이 공국군에 돌격했나 싶더니만, 갑자기 의식을 잃고, 다시 정신을 차렸을 때는 하늘에 있던 초대형 몬스터가 사라지고 없더니, 이번에는 호수 위를 이동하는 산처럼 커다란 몬스터가 출현했다.

상황을 따라갈 수가 없었다.

함교에 있던 닉스가 창밖을 가리켰다.

"아버지, 몬스터가 또 나왔어! 게다가 전보다도 수가 많아!"

"갑옷을 내보내. 나도 나가겠다."

"아니, 아버지는 지시를 내려야지! 내가——"

"안 돼! 알겠냐, 모든 일에는 순서가 있는 법이다. 너는 여기 남아 있으면 돼. 무슨 일이 있으면, 네가 집안이나 가족을 지켜야 해. 알겠지?"

닉스는 죽게 해서는 안 된다.

그렇게 생각한 바르카스는 닉스의 머리에 손을 올리고 거칠게 머리를 쓰다듬었다.

"나한테 무슨 일이 생기면, 형제끼리 사이좋게 지내도록 해라. 리온이 살아남으면 부려먹어서라도 영지를 지켜. 그 녀석은 유능하지만, 바보니까, 네가 확실히 돌봐줘라."

"그 녀석을 돌보는 건 나한테는 무리라고! 애초에 아버지가 남으면 되잖아!"

"자식놈이 나보다 먼저 죽는 거 아니다! 너희들, 닉스를 부탁한다.”

그렇게 말하고 바르카스는 함교에서 나갔다.

◇

결국, 마지막 보스까지 나와버렸고, 흑기사는 엄청나게 강해졌고, 대체 왜 이렇게까지 꼬이는 건지.

「귀축 기사아아아!」

바이스가 가라앉자 이번에야말로 흑기사 할아범이 나를 끈질기게 쫓아오기 시작했다.

전혀 기쁘지 않다고. ——귀여운 여자애가 쫓아와 준다면 좋을 텐데.

“쳇!”

흑기사의 대검을 막아내자, 들고 있던 도끼가 너덜너덜해졌다.

“미사일! 전부다!”

『일제사.』

컨테이너가 열리고 작은 미사일이 흑기사에게 날아들었다.

흑기사는 내게서 거리를 벌리더니 미사일을 기분 나쁜 움직임으로 회피하면서 갑옷에 달린 눈으로 나머지 미사일을 요격했다.

이제 내 손에 남은 무기는 너덜너덜한 도끼뿐이었다.

붙잡기라도 하면 충격파를 먹일 수 있겠지만, 애초에 흑기사가 붙잡히지 않았다.

"치트를 가지고 있어도 이 꼴인가. 나 자신이 한심하군."

몰아넣었다고 생각했더니 도리어 이쪽이 궁지에 몰려 있기를 몇 번이고 반복했다.

이젠 정말 어쩔 수 없는 건가 싶은 생각이 들 무렵, 초대형 몬스터가 산 같은 부분에서 가시를 꺼내더니, 적, 아군 할 것 없이 주위에 있던 비행선을 잇달아 꿰뚫어 나갔다.

「──아니?!」

제아무리 흑기사라도 이건 예상 밖이었는지 당황한 눈치였다.

「공주님!」

초대형 몬스터는 아군과 적을 가리지 않고 날뛰고 있었다.

"파르트너는 어떻게 됐어!"

『방해를 받아서 뜻대로 초대형을 공격할 수 없습니다.』

파르트너는 초대형에게 공격을 계속하고 있었지만, 동시에 공국군에 집중포화를 맞고 있었다.

"──너희들, 내 배를 노리기 전에 먼저 쓰러뜨려야 할 상대가 있잖냐!"

나는 도끼를 거머쥐고, 흑기사의 대검을 막아내며 소리쳤다.

「네 상대를 하고 있을 여유가 없어졌다. 얼른 죽어라!」

"거절하지! 나는 이런 곳에서 죽고 싶지 않다고!"

전쟁에서 죽다니 절대로 사절이다.

「기사의 긍지도 없거니와 오기도 없군. 너는 정말로 도리에서 벗어난 놈이다!」

"그게 어쨌다는 거냐. 네 긍지나 오기를 나한테 강요하지 말라고!"

기사도? 미안하군, 왕국에서는 여자애를 지키는 게 기사도라서 말이지.

너의 미학에 어울릴 생각은 없다고.

그때 파르트너가 남은 탄약을 전부 토해내어 초대형을 날려 버리더니 루크시온의 빈 껍질이 끔찍한 보고를 전했다.

『파르트너, 가동 한계입니다.』

"큭!"

계속해서 집중포화를 맞고 있는 상황에서 배리어가 사라지자 곧 파르트너가 포탄과 마법을 맞고 불타오르더니 그대로 호수로 추락해 갔다.

루크시온에게 미안하게 됐군.

그리고 내 앞에는 여전히 흑기사가 대검을 휘두르고 있었다.

「이걸로 끝이다아아아!」

조종간을 꽉 쥐고 마지막까지 발버둥 치려는 순간, 루크시온의 음성이── 익숙한 소리가 들려왔다.

『컨테이너를 분리합니다.』

"돌아왔냐?!"

아로간츠가 등에 지고 있던 컨테이너를 분리하자, 컨테이너가 그대로 흑기사를 향해 날아갔다.

흑기사는 대수롭지 않다는 듯 컨테이너를 베었지만, 그 순간 폭발에 휘말리고 말았다.

아로간츠의 움직임도 눈에 띄게 느려졌다. 컨테이너에 엔진 노즐이 있었는데 그걸 버린 탓이었다.

"갑자기 돌아왔나 싶더니 컨테이너를 버리다니, 이 상황을 어떻게 할 생각이야?!"

이젠 흑기사의 공격에서 도망칠 수도 없었다.

『문제없습니다. 슈베르트, 옵니다.』

루크시온의 말에 주변을 둘러보았더니 하늘에서 슈베르트(?)가 날아오고 있었다.

"뭐야, 저건?"

『슈베르트입니다.』

"어디가?! 내가 알던 모습이랑 전혀 다르잖냐!"

저게 어떻게 에어바이크냐. 저건 비행기잖아!

『사소한 문제입니다.』

슈베르트는 그대로 아로간츠 뒤로 다가오더니, 컨테이너가 있던 자리에 붙어 아로간츠와 합체했다.

"합체했어?! 끝내주는데!"

비행기같이 변한 슈베르트와 합체하니, 마치 아로간츠의 등에 날개가 달린 것 같은 느낌이 되었다.

『파츠 교체입니다. 대형 블레이드가 있으니 써 주세요.』

아로간츠가 슈베르트에서 나온 검을 뽑았더니, 흑기사가 들고 있는 검과 비슷한 대검이 나왔다.

"이걸로 싸울 수 있는 건가?"

『문제없습니다. 시스템 업데이트도 완료하였습니다.』

컨테이너가 폭발하면서 남긴 연기를 헤치고 흑기사가 뛰쳐나왔다.

급히 아로간츠를 뒤로 물리려고 하자, 아로간츠의 몸체가 뒤로 당겨지듯 엄청난 속도로 후진을 하기 시작했다.

"우오오, 너무 빠르잖아아아?!"

『적응하세요. 공격을 개시합니다.』

슈베르트에서 레이저 같은 빛이 발사되더니 요리조리 움직이며 흑기사에게 덮쳐들었다.

"레이저가 휘었어!"

『혀를 깨물 수도 있으니 입 다물고 있어 주세요.』

──뭐야, 마스터를 마스터라고도 생각하지 않는 이 인공지능은?

조금 전까지 쓸쓸했는데, 돌아오자마자 묘하게 부글부글 끓게 만드네.

"하지만, 이거라면 흑기사와 싸울 수 있겠어."

다시 흑기사 쪽을 향한 나는 대검을 거머쥐었다.

「애송이── 아직도 그런 숨겨둔 수를.」

"마지막에 이긴 녀석이 강한 거다. 불평하지 말라고, 할아범!"

★第11章 「사랑의 힘」

리비아 일행은 침몰하는 바이스에서 탈출해 소형 비행선에 옮겨 타고 있었다.

가면 기사가 갑옷에서 내려 리비아 일행이 무사한지를 확인했다.

"다행히도 다들 무사한 것 같군."

안제가 힘을 써서 초췌해진 리비아를 부축하고 있었고, 마리에도 카라의 부축을 받고 있었다.

안제가 가면 기사를 봤다.

"덕분에 살았군. 감사를 표하지."

"──그럴 필요 없다. 그것보다도 이제부터가 문제다. 전투가 재개되고 새로운 초대형까지 나왔는데 우리는 싸울 방법을 잃었다. 너무 불리해."

파르트너가 초대형을 한 번 쓰러뜨렸지만, 그 뒤에 적의 포격에 침몰하고 말았다. 안제는 추억이 있는 비행선이 가라앉는 모습에 조금 쓸쓸했지만, 고개를 가로젓고 표정을 다잡았다.

새로이 출현한 초대형은 적과 아군을 불문하고 공격하고 있었기에 전장은 삼파전으로 치닫고 있었다.

갑옷에 탄 질크가 라이플을 거머쥐고 다가오는 몬스터들을 쏘아 격추했다.

「이대로는 위험합니다. 퇴각하지요.」

그러자 그렉이 즉각 반대했다.

「대체 어디로?! 이대로 저 거대한 놈을 왕도로 보낼 생각이냐!」

「그러면 어쩌자는 겁니까? 저희 힘만으로 저걸 이길 수 있다는 겁니까?! 파르트너도, 바이스도 침몰했습니다. 이길 방법이 없습니다!」

격렬하게 싸우는 아로간츠와 흑기사를 본 가면의 기사는 주먹을 꽉 쥐고 있었다.

"발트파르트도 손을 멈출 수가 없는 상황이다. 우리가 무언가 할 수 있다면……."

암울한 분위기에 감싸여 있자, 마리에가 고개를 들었다.

"기다려. 있어── 이길 방법이 있다고!"

가면의 기사는 마리에에게 바싹 다가섰다.

"정말인가, 마리에! 아니, 마리에 경."

"응. 저건 마술피리로 불러낸 거야. 그러니까 그걸 한 번 더 불면 저 커다란 녀석을 없앨 수 있어. 하지만……."

마술피리의 소유자가 어디 있는지를 모른다.

애초에 소유자가 한 번 더 피리를 불어 줄지도 알 수 없었다.

"과연, 설득해야 하는 건가."

그건 불가능에 가까운 일이 아닌가── 모두가 그렇게 생각하는 와중에, 리비아가 입을 열었다.

"──가죠. 이 싸움은 끝내야만 해요."

"리비아, 너는 쉬어라. 이미 녹초이지 않나."

그러나 리비아는 고개를 가로저었다.

"제가 멈추고 싶어요. 그리고, 저희밖에 할 수 없는 느낌이 들어요."

주위는 혼란에 빠져 있었고, 리온도 손을 멈출 수 없었다. 통신 상황도 다시 나빠지고 있었다.

"우리밖에 할 수 없는 일인가⋯⋯."

가면 기사가 작게 고개를 끄덕이고는 비행선을 조종하는 카일에게 말했다.

"마술피리 소유자가 있는 곳으로 향해라!"

그러자 카일이 매우 불쾌한 얼굴을 했다. 가면 기사에게 명령받는 것이 싫은 것이리라.

"어째서 당신이 저한테 명령하는 거죠? 애초에 소유자가 어디 있는지도 모른다고요."

『아, 내가 알아.』

허공에 떠 있는 하얀 구체에 모두의 시선이 모였다.

『길 안내는 맡겨줘.』

리비아가 크레아레에게 부탁했다.

"아레야, 부탁해. 우리를 안내해 줘."

『어머, 그게 내 호칭이야? 친근감이 느껴지네. 자, 그러면 이대로 전진해.』

카일이 비행선을 크레아레의 지시에 따라 움직였다.

"전장 속을 나아가다니, 특별 수당을 받지 않으면 못 해 먹을 일이라고요!"

카일은 투덜거리면서도 비행선을 몰기 시작했다.

가면 기사는 포즈를 취했다.

"가자! 우리가 이 싸움을 끝내는 거다!"

그러자 크리스가 불평을 토했다.

「이 자식, 너무 친근한 듯이 구는데.」

그때, 갑자기 비행선 주위에 로봇들이 잇따라 모여들었다.

"뭐, 뭐냐?!"

가면 기사가 황급히 경계했지만, 크레아레가 가면 기사를 말렸다.

「호위야. 아무래도 그 성격 배배 꼬인 녀석이 온 모양이네.」

"성격 배배 꼬인 녀석?"

그 순간, 하늘 높은 곳에서 빛의 기둥이 출현하더니, 초대형을 꿰뚫어 검은 연기로 만들어버렸다.

그 검은 연기 속에 섞이다시피 하며, 리비아 일행이 탄 비행선은 공국 기함을 향해 나아갔다.

"뭐, 뭐였지?"

「아하하! ——마법이야. 엄청난 마법.」

"그게 마법이란 말인가?!"

가면 기사가 놀라 소리쳤다.

『보이기 시작했네.』

　그러나 가면 기사의 눈에는 검은 연기로 뒤덮인 전장 말고는 아무것도 보이지 않았다.

　"시야가 나빠서 보이지 않는다만?"

『감속하지 않으면 부딪친다?』

　카일이 황급히 감속하자, 검은 연기 너머로 비행선이 보이기 시작했다.

　브래드가 당황해서 소리쳤다.

「이봐, 진짜 부딪치겠어!」

　크레아레는 즐거운 듯이 웃고 있었다.

『괜찮아. 이 속도라면 무사히 도달할 수 있어.』

　더욱 다가가자 갑판 위에 주저앉은 헤르트뤼더의 모습이 보였다.

　몬스터들이 주변을 돌아다니며 헤르트뤼더를 지키고 있었다.

　가면 기사는 갑옷에 올라탔다.

　"선도 역할은 내게 맡겨 주실까."

　리비아를 부축한 안제가 그런 가면 기사를 보며 작게 웃었다.

　"이상한 가면을 쓰고 있는데 의지가 되는군."

　"가면의 기사라고 불러 주었으면 한다!"

　갑옷에 올라탄 가면 기사는 전원에게 말했다.

「나를 따르라!」

　그러자 질크도 결국 불만을 토했다.

「저희에게 명령하지 마십시오!」

다섯 사람은 헤르트뤼더 주위에 있던 몬스터들을 쓰러뜨리고, 리비아와 안제—— 그리고 마리에가 갑판에 내리는 것을 도왔다.

◇

갑판에 내린 리비아 일행은 헤르트뤼더 앞에 섰다.

주위에서는 가면 기사를 비롯한 다섯 명이 리비아와 안제, 마리에를 지키고 있었다.

주저앉은 헤르트뤼더는 마술피리를 꽉 쥐고 있을 뿐, 누가 오든 반응조차 보이질 않았다.

"헤르트뤼더 씨, 부탁이 있어요."

헤르트뤼더는 대답하지 않았지만, 리비아는 이야기를 계속했다.

"이제 전쟁을 멈춰 주세요. 이대로는 모두 죽을 뿐이에요."

그러나 헤르트뤼더는 여전히 아무런 반응이 없었다. 안제가 짜증을 냈다.

"마지막까지 날뛰는 게 너의 바람인가? 이제 승패는 결정 났다. 항복해라."

너무 반응이 없자 불안해진 마리에는 성녀의 지팡이를 꽉 쥐고 주위를 둘러보았다. 지금도 여기저기서 전투가 이어지고 있었다. 어쩌다 이곳으로 유탄이라도 날아오면 그야말로 끝장이었다.

그때, 눈 밑에 다크서클이 짙은 헤르트뤼더가 조용히 고개를 들었다. 마리에가 저도 모르게 "히익!" 하고 비명을 질렀지만, 리비아는 헤르트뤼더를 바라보며 진지하게 말을 걸었다.

　"이제 그만 끝내도록 해요. 아니, 끝내야만 해요. 이대로라면 공국 사람들도 다 죽고 말아요!"

　안젤리카도 리비아를 거들었다.

　"공국군도 이젠 사실상 괴멸 상태다. 이만 물러나라. 그게 서로를 위한 일이다. 저 괴물은 그 피리로 멈출 수 있지?"

　그러자 헤르트뤼더가 다시 고개를 숙이더니 마술피리를 꽉 쥐고는 크게 웃기 시작했다.

　"그래. 포기하는 편이 현명하겠지. ——하지만, 죽어도 싫어."

　일어서는 헤르트뤼더는 양팔을 펼치고 외쳤다.

　"죽이고 싶다면 죽이도록 해! 나를 죽여도 대지의 수호신은 멈추지 않아. 아무리 쓰러뜨려도 되살아날 거야. 너희가 과연 언제까지 버틸 수 있을까?"

　리비아는 자포자기한 헤르트뤼더를 설득했다.

　이미 바이스는 가라앉았다. 달리 초대형을 없애 버릴 수단은 없었다.

　다행히 초대형이 부활할 때마다 빛의 기둥이 다시 초대형을 쓰러트리고 있었지만, 초대형도 계속 부활을 반복하고 있었다.

　"공국 사람들도 공격받고 있어요. 이대로는……"

　"——그게 어쨌다는 거지?"

"네?"

"웃음밖에 나오지 않아. 한 가신이 찾아와서 그런 말을 하더군. 우리를 이용했다고 말이야. 이제 누구도 믿지 않겠어. 전부—— 전부 사라져 버리면 되는 거야!"

리비아가 헤르트뤼더에게 다가가 말했다.

"그건 아니에요! 헤르트뤼더 씨를 생각해 주는 사람도 분명 있어요!"

"그래, 있었지! 하지만 이미 다 떠났어! 반데르는 이대로 있으면 죽을 거고, 라위다는—— 단 하나뿐인 여동생은 이미……!"

리비아가 놀라서 물러나자, 헤르트뤼더는 웃었다.

"이 마술피리로 수호신을 불러내는 대가는 사용자의 목숨이야. 그런데 계획이 실패하고 수호신은 제 몫을 다하기 전에 사라졌는데도 여동생은 목숨을 빼앗기고 말았지. 너희들한테 좋을 대로 농락당한 거나 마찬가지라고!"

분한 마음도, 원망도, 증오도 빼앗긴 채 헤르트라위다는 숨을 거뒀다.

"정말로 잔혹해. 우리의 마음마저 가지고 노는 너희들이 너무 끔찍해 보인다고!"

리비아가 고개를 숙여 버리자 안제가 감쌌다.

"헛소리 마라. 너희가 한 짓은 뒷전으로 돌릴 셈인가?"

마리에가 쭈뼛쭈뼛 말했다.

"그…… 하, 한 번 더 마술피리를 불면 일단 죽음은 피할 수 있는 거로 아는데……."

헤르트뤼더가 마리에한테 감탄했다.

"잘 알고 있네. 네 말대로, 도중에 그만두면 죽지는 않아. 나는 두 번 다시 마술피리를 사용하지 못하고, 수호신이 나를 죽이려 할 테지만 말이야. 하지만 나는 이대로 죽는 게 무섭지 않아. 대신 이 썩어 빠진 세계를 파괴하고 싶을 뿐이지. ──나는 여동생의 원수를 갚을 거야!"

그런 헤르트뤼더의 외침에 리비아는 강하게 반대했다.

"그렇다고 하더라도── 이건 잘못되었어요. 원수를 갚아서 뭐가 어떻게 된다는 건가요! 여동생분은 기뻐하지 않아요!"

두 사람의 말다툼이 길어지자, 잠자코 보고 있던 마리에가 갑자기 두 사람 사이에 끼어들더니 리비아에게 화를 냈다.

"아! 답답해 죽겠네, 이 머릿속 꽃밭녀가!"

리비아와 안제, 헤르트뤼더조차도 놀라서 마리에를 바라보았다.

마리에는 오른손에 지팡이를 쥐고, 왼손을 허리에 대고서 큰 소리로 말했다.

"애초에 네가 뭔데 잘못되었단 소릴 해?! 너한테는 잘못되었어도, 이 애가 보기에는 그게 옳은 일인 거야! 원수를 갚는 게 잘못되었다고? 얘가 알 바야?! 그리고 헤르트라위다가 복수하지 말라고 말할지 어떨지 네가 어떻게 알아? 멋대로 다른 사람의 마음을 대변하는 거 아니야! 뻔뻔한 줄을 알아야지!"

"하지만, 이대로는 아무도 행복해질 수——"

리비아가 받아치려 했으나, 마리에는 반론조차 허용하지 않았다.

"그럼 네가 바라는 그 무언가를 위해서 이 애는 복수심조차 삭히고 불행하게 지내야만 한단 말이야? 원수를 갚는 건 잘못된 일이니까 그만두라고? 그러면, 이 애의 마음은 어떻게 할 건데?! 잘난 듯이 설교하고 있는데, 너는 소중한 사람이 다른 사람 손에 죽으면 잠자코 있을 거야? 잘못된 일이니까 모른 척할 거냐고?"

"그, 그건⋯⋯."

"소중한 사람을 잃어본 적이 있긴 해? 그 때문에 한껏 후회해 본 적이 있냐고? 그게 얼마나 괴로운지 알아? 소중한 사람이 죽으면, 상상도 못 할 만큼 괴롭다고! 게다가 네 말은 하나같이 얄팍한 소리뿐이야. 마음 착하신 너는 허울 좋은 말만 늘어놓을 뿐이고, 알맹이가 전혀 없다고!"

궁지에 몰린 리비아를 안제가 옹호했다.

"너는 어느 쪽 편이냐! 원수를 갚느니 어쩌니 하는 소리는 아무래도 좋다. 지금은 저 괴물을 멈추는 게 선결이지 않나!"

"시끄럽네! 이 정도로 멸망해 버릴 세계 따위 얼른 멸망해 버리면 되는 거야!"

진심이 담긴 마리에의 외침에 안제도 주춤하고 말았다.

그러나 마리에는 멈추지 않았다.

◇

　마리에는 짜증을 느끼고 있었다.

　원수를 갚는 건 잘못이라고 떠드는 건 그 사람의 사정이다.

　'그래. 나는 이 머릿속 꽃밭녀가 싫었어. 게임에서도 허울 좋은 말만 늘어놓고, 거짓말 냄새나는 대사들뿐. 전쟁 같은 건 안 돼요? 원수를 갚는 건 잘못되었어요? 머리가 이상한 거 아니냐고!'

　"안 된다는 것도, 잘못되었다는 것도 알아. 그걸 누가 모르겠어! 얘는 그걸 알고도 멈출 수 없으니까 여기까지 온 거라고!"

　사실 마리에도 자신이 왜 헤르트뤼더를 감싸는지 알 수 없었다.

　단지, 헤르트뤼더가 잘못되었다는 소리를 듣고 있는 걸 보고 있을 수 없었다.

　마리에는 소중한 사람을 잃는 고통을 알고 있었다.

　전생에서 오빠가 죽었을 때도 무척 슬펐다.

　그러나 안제는 마리에를 책망했다.

　"그 때문에 더 많은 사람이 죽는 걸 보고만 있겠다는 건가? 주위를 봐라! 이미 승부는 났다. 더 해봐야 또 누군가의 소중한 사람이 목숨을 잃을 뿐이다!"

　──이미 전사한 기사나 군인에게도 소중한 사람이 있을 것이다.

　그들이 돌아오기를 기다리는 사람들도 있을 것이다.

　주위를 둘러보니── 공국군이 백기를 내걸고 있었다.

공국의 함대도 왕국군과 초대형의 공격에 거의 남아 있지 않았다.

"여기서 더 싸워 봐야 아무런 의미도 없다. 지금 물러나면 그나마 교섭의 여지라도 있겠지. 더 오기를 부려봐야 잃기만 할 뿐이다."

마리에는 반론하지 못하고 있었다.

"진정 의미 없는 이 소모전을 계속할 생각인가?"

가령 여기서 공국군이 반격에 나서서 어찌어찌 이긴다 해도, 병력을 다 잃어버린다면 언젠가 다른 나라의 공격을 받아 패배할 뿐이었다.

"판오스 공국가도 근원을 거슬러 올라가면 호르파트 왕가의 일족이다. 지금 물러난다면 아직 교섭할 수 있을 거다."

헤르트뤼더가 고개를 숙인 채 웃고 있다.

"그렇겠지. 하지만, 공국을 기다리고 있는 건 노예 같은 미래겠지만."

패배한 국가 앞에 기다리고 있는 건 괴로운 현실이다.

리비아가 헤르트뤼더에게 말을 건넸다.

"병사분들에게도 기다리고 있는 가족이 있어요. 이 이상 그들에게서 소중한 사람을 빼앗지 마세요."

마리에도 리비아의 말이 지당하다는 건 알고 있었다.

하지만—— 그러면 헤르트뤼더는 어떻게 되는 건가?

마리에가 무언가를 말하기 전에, 헤르트뤼더가 입술을 움직였다.

"설마, 한심한 성녀님한테 비호를 받을 줄이야. 네가 없었다면 이런 마음이 들지 않았을 텐데……."

그렇게 말하고 헤르트뤼더는 천천히 마술피리를 불기 시작했다.

전장에 피리의 고운 소리가 울려 퍼져 나갔다.

"너……."

마리에가 헤르트뤼더를 바라보자 부서져 가는 마술피리에서 입을 뗀 헤르트뤼더가 작게 웃으며 말했다.

"원한은 사라지지 않아. 하지만 성녀님을 보고 있었더니 좀 침착해졌어. 그래. 이미 알고 있던 일이지. 이런 짓을 해도 의미는 없다는 거. 그래도 멈출 수 없었어. 나는…… 우리는 대체 어째서 이렇게 되어 버린 걸까……."

헤르트뤼더가 눈물을 흘리며 주저앉자, 마리에가 부드럽게 어깨를 끌어안았다.

어느새 전장의 소리가 멎어 있었다.

고개를 들어보니 다섯 명이 탄 갑옷이 마리에 일행을 지키는 것처럼 감싸고 있었다.

헤르트뤼더가 눈물을 닦았다.

"공국은…… 항복하겠습니다."

그렇게 말했을 때, 크레아레가 경고했다.

『무언가가 급속히 접근 중! 다들 조심해!』

주위를 둘러싸고 있던 다섯 기가 경계하자, 갑판에 검은 기체가 난폭하게 착지했다.

　이미 너덜너덜해진 갑옷 여기저기에서 액체가 흘러나오는 모습이 마치 피를 흘리고 있는 것처럼 보였다.

　──흑기사였다.

「공주님에게서 떨어져라. 악독한 왕국 놈들!」

　갑옷에 달린 수많은 눈이 마리에 일행을 보고 있다. 마리에는 저도 모르게 불평을 흘렸다.

　"으엑, 저 녀석 기분 나쁘게 생겼네."

　헤르트뤼더는 그런 모습의 흑기사를 보고 울었다.

　"반데르, 이제 됐어. 그만 끝내자. 날 위해서 잘 싸워 줬어. 고마워. 그러니까, 이제 괜찮아. 끝난 거야."

　그러나 흑기사는 납득하지 않았다.

「──공주님, 꼬임에 넘어가신 겁니까.」

　"반데르……?"

「안심해 주십시오. 곧바로 왕국군을 무찔러 보이겠습니다.」

　흑기사가 일어서자 온몸에서 피 같은 액체가 더욱 뿜어져 나왔다.

　"아니야. 이제 됐어, 반데르!"

「끝낼 수 있을까 보냐!」

　가면 기사가 흑기사를 향해 달려가 검을 휘둘렀으나, 흑기사의 대검에 가뿐히 튕겨 날아갔다.

　다른 기체도 덤벼들었지만, 흑기사를 당해낼 수는 없었다.

「그래. 끝낼 수 없다. 아직, 끝낼 수는……! 가족의 복수가 끝나지 않았다. 같은 기분을 왕국 놈들에게도 보여 주기 전까지는, 아내나 딸의 원수를 갚을 때까지는 끝낼 수 없단 말이다!」

흑기사는 마리에 일행을 향해 차츰 다가왔다.

부활한 초대형 몬스터도 마리에 일행을 향해 다가오고 있었다.

마리에는 한순간 '여기서 끝나는구나' 하고 생각했다.

지난날을 돌이켜 보니 두 번째 인생도 계속 실패만 거듭했다는 생각이 들어 쓸쓸한 기분이 들었다.

그때, 리비아가 흑기사 앞으로 걸어 나가 양팔을 펼쳤다.

"흑기사 씨, 이제 그만해 주세요."

마리에는 놀라 리비아를 향해 손을 뻗었다.

"바, 바보! 뭘 하는 거야!"

흑기사는 움직임을 멈추고, 대검을 치켜들었다.

「네가 그 공격을 한 여자인가. 그렇다면 이 자리에서 죽여야겠군. 너만은 살려 둘 수 없다.」

마리에는 지팡이를 꽉 쥐고 성녀의 힘으로 마력 실드를 전개했다.

그러나 흑기사는 그 실드를 왼손으로 쳐서 쉽게 파괴했다.

「성녀도 이 정도인가!」

"반데르, 이제 그만해!"

헤르트뤼더가 외쳤지만, 흑기사는 리비아에게 대검을 내리쳤다.

"리비아!"

안제가 리비아를 감싸기 위해 뛰쳐나갔다.

마리에는 눈을 질끈 감았다.

이대로 죽는 걸까 하는 생각이 들었을 때, 마음속에 그의 얼굴이 떠올랐다.

'구해줘, 오빠야!'

그 순간, 마리에의 귀에 익숙한 목소리가 들려왔다.

"──쳐 죽여 버린다, 망할 할아범!!!!"

◇

"젠장, 방해하기는."

흑기사와 교전을 벌이고 있자니, 그를 돕기 위해 공국 갑옷이 내게 모여들었다.

그런데 어쩔 수 없이 공국 갑옷들을 먼저 쓰러뜨리고 보니 근처에 흑기사의 모습이 없다.

도망친 흑기사를 다시 발견했을 때, 놈은 공국군 비행선 갑판에서 리비아와 다른 사람들에게 대검을 휘두르려 하고 있었다.

순식간에 피가 거꾸로 솟았다.

"너 이 새끼, 뭐 하는 짓이야──!!! 쳐 죽여 버린다, 망할 할아범!!!!"

아로간츠로 몸통 박치기를 하여 흑기사를 날려 버리자, 흑기사가 고함을 치기 시작했다.

「끝나지 않는다! 끝내게 둘까 보냐! 왕국의 악마 놈들을 모조리 죽여 주마!」

그러자 루크시온이 외눈을 가로저었다.

『이미 정상이 아니군요. 이미 저것의 지배를 받고 있습니다.』

마장의 오른팔에 지배당하는 흑기사가 대검을 거머쥐었다.

『마스터, 슬슬 끝내도록 하지요. 초대형이 이쪽으로 다가오고 있습니다.』

나도 대검을 거머쥐고 가속했다.

"할아범, 그만 잠들라고!"

나는 루크시온의 서포트를 받으며 흑기사의 검술을 따라 검을 휘둘렀다.

몇 번이고 흑기사와 공격을 주고받으며, 그 와중에 수정을 반복해 왔다.

한순간, 목에 매단 부적이 빛나는 느낌이 들었다.

「네 녀석이이이이이이이!」

서로의 대검이 갑옷에 박혔다.

아로간츠의 어깨에 흑기사의 대검이 깊게 파고들었고, 내 대검은 흑기사의 몸통 부분에 박혀 있었다.

"루크시온, 해 버려!"

『맡겨 주십시오. ──임팩트!』

대검의 칼날이 빨갛게 빛나며 전광(電光)을 내뿜자 흑기사가 폭발을 일으키며 날아갔다.

마치 물풍선이 터진 것처럼 검은 액체가 날아가 사라지며, 흑기사 할아범이 비행선 갑판으로 떨어졌다.

아로간츠가 다 망가져 가는 왼팔을 멋대로 뻗어 흉측한 오른팔을 주워들었다.

그 손등에 눈이 나타나더니 아로간츠를 보고는 당황한 건지 눈을 심히 두리번두리번하고 있었다.

마치 아로간츠에게 겁을 먹고 있는 듯했다.

『마스터, 준비는 언제든 되어있습니다.』

파츠를 내던지자, 하늘에서 빛이 쏟아져 내려와 마장의 오른팔을 소멸시켰다.

"후우…… 이걸로 개운해졌냐?"

『네. 남은 건 저 녀석입니다.』

시선 끝에는 움직이는 산, 초대형 몬스터가 있었다.

"그럼 마지막은 화려하게 가볼까."

『그게 좋겠지요.』

아로간츠는 대검을 집어넣고, 양팔을 펼쳤다.

갑판에 떨어진 반데르에게 헤르트뤼더가 매달렸다.

"반데르!"

반데르가 힘겹게 눈을 떴지만, 배에서 피가 흐르고 있었다.

검은 오른팔도 어디론가 사라지고 없었다.

"아아…… 또 진 것인가."

울고 있는 헤르트뤼더를 보고 반데르는 미소 지었다.

'그 애송이, 강해졌군.'

"공주님, 죄송합니다."

"날 두고 가지 마!"

"아무래도 저는 여기까지인 것 같습니다……."

하늘을 보니 아로간츠가 양팔을 펼치고 있었다.

마법진이 여러 개 나타나 서로 합쳐졌다. 무언가 준비를 하고 있었다.

마법이 전문이 아닌 반데르도 본 것만으로 엄청난 마법이라는 걸 알 수 있었다.

이윽고 하나로 합쳐진 마법진이 아름다운 빛을 내기 시작했다.

막대한 에너지가 한곳에 모여 포탄이 되어 빛을 흩뿌리며 대지의 수호신을 향해 나아갔다. 아로간츠조차 부하를 견딜 수 없는지 관절에서 불꽃이 튀며 파직파직 방전하고 있었다.

포탄이 대지의 수호신에 명중하자, 거대한 폭발이 일어났다.

폭발과 연기와 여기까지 느껴지는 진동에, 흔들리는 비행선 위에서 반데르는 모든 게 끝났음을 실감했다.

아로간츠는 마법이 끝나자 여기저기서 불을 내뿜더니 그대로 호수로 추락했다.

리비아 일행이 비행선을 타고 아로간츠로 향하고 있었다.

다만 마리에는 이곳에 남아 헤르트뤼더와 반데르 옆에 있으면서 두 사람을 지켜보고 있었다.

그 모습을 보고 반데르는 아주 약간 안도했다.

'공주님을 걱정해 주고 있는 것인가? 아직 그런 사람이 남아 있다면 괜찮겠지……. 이걸로 복수도 끝이군. 가족이 있는 곳으로 갈 때다…….'

반데르는 입에서 피를 토한 뒤 웃고는 그대로 눈을 감았다.

◇

호수 위.

아로간츠는 튜브를 펼쳐 호수에 떠 있었다.

나는 루크시온과 함께 콕피트 안에서 하늘을 올려다보았다.

"저기 말이다, 나는 옳았던 걸까?"

애초부터 루크시온 본체를 대지의 뒤편이 아니라 이쪽에 놓았다면, 아무도 죽지 않고 끝났을지도 모른다. 그렇게 하지 않았던 이유가 있긴 했지만, 어쨌든 이 선택을 한 건 나였다.

『제 본체가 세상에 알려졌다면, 마스터를 기다리고 있는 것은 긴장을 늦출 수 없는 인생이었을 겁니다. 게다가 대지의 아래에서 싸우는 건 지금의 왕국이 하기에는 너무 위험한 전투였습니다. 바다의 초대형도 무시할 수 없었으니, 최선은 아닐지라도 그나마 나은 선택이 아니었을지?』

호수 위에 떠 있는 비행선이나 갑옷의 잔해를 보고 있으면 아무래도 좀 더 잘할 수 있지 않았을까? 하는 생각이 들었다.

"결국, 나는 너를 완벽하게 사용하지 못했군."

『동의합니다. 단지, 앞으로 배워 나가면 되는 것 아니겠습니까?』

"수많은 사람이 죽었어. 수많은 사람을 죽였어."

『유사 이래 인간은 끊임없이 싸우고 있으니 안심하십시오. 마스터가 한 건 새 발의 피입니다.』

"우와, 전혀 기쁘지 않은 위로네."

『위로는 서투른지라.』

"나는 죽으면 지옥행에 떨어지겠군."

『지옥이 있다고 전제했을 때 이야기지만요. 함께 가 드릴까요?』

"너는 염라대왕한테까지 싸움을 걸 것 같다. 내 죄가 무거워질 것 같으니 사양할게."

『평소, 주위 사람들에게 싸움을 걸고 있는 마스터가 그런 말을 합니까?』

"훗. 나는 건들면 안 되는 상대 정도는 구분할 줄 안다고. 아부도 자신 있고. 지금부터 염라대왕한테 아양을 떨기 위한 말을 생각해 둘 거다."

『역시나 마스터로군요. 너무 형편없어서 할 말도 없습니다.』

 바보 같은 대화를 하고 있자니 우울한 기분이 누그러졌다.

『——마스터가 수많은 사람을 구한 것 또한 사실입니다. 두 나라 모두 피폐해졌으니 더 전쟁을 이어가기도 어렵겠지요. 결과적으로 마스터는 잘해냈다고 생각합니다. 파르트너나 아로간츠도 망가져 잃어버린듯한 연출도 할 수 있었고요. 하기에 따라서는 바라던 평온이 겨우 손에 들어올지도 모르겠습니다.』

이게 어느 이야기의 주인공이었다면 분명 모두를 구하고 해피엔딩을 맞이하는 장면이겠지.

하지만 나로서는 해피엔딩을 얻을 수 없었다. ──역시 모브군.

만약 전부 다 구해주는 주인공이 있다면 나는 전력으로 아양을 떨 거다.

──그러니까, 도와줘. 누구든 좋으니까 도와달라고.

──나는 주인공이나 히어로 같은 활약은 할 수 없어.

"하아~ 좀 더 잘하고 싶었는데 말이지. 내 책임이야."

『마스터가 있든 없든, 양국 사이에서 전쟁은 일어났을 터입니다. 자의식 과잉이네요.』

이 녀석 나름의 격려겠지만 역시 듣고 있으니 열 받는군. 빈 껍질 상태보다는 훨씬 낫다만.

"파르트너와 바이스 건은 미안하다. 둘 다 침몰하고 말았어."

『파르트너는 회수하여 수리할 겁니다. 다만 바이스는 추천하지 않습니다. 그 정신 공격은 위험합니다. 아무래도 어떠한 장치를 나중에 실은 게 아닐까 합니다. 그 배 자체에는 그런 기능은 없었습니다.』

"사랑으로 전쟁을 끝낸다는 건 상상 이상으로 무서운 거였어. 싸울 마음을 모조리 빼앗긴다니 너무 무섭다고."

『가라앉은 채로 두는 게 사정상 좋겠군요. 그러지 않으면 올리비아와 안젤리카의 목숨이 위험합니다. 왕국이 비장의 수로 숨겨두고 있었던 이유를 알겠습니다.』

두 번 다시 두 사람 앞에 바이스를 가져다 놓아서는 안 된다.

이후에도 그럴 일이 존재한다면 바이스의 소유자가 된 두 사람에게는 항상 암살 위험이 따라다니게 될 테니까.

두 사람을 위해서는 더는 쓸 수 없다고 생각하도록 하는 게 좋다.

"두 번 다시 쓰게 하고 싶지 않아. 뭐가 사랑이야. 그냥 정신 공격이잖아."

『현명한 판단입니다. 하지만 사랑이 싸움을 끝낸 것은 사실 아닙니까?』

"그게? 나라도 질색할 정도였는데?"

『마스터가 그 두 사람을 사랑했으니까 도운 것 아닙니까? 게다가 가족, 그 밖에도 여러 아는 사람들을 지키고 싶다는 마음도 사랑이지요. 그래서 왕국이 승리할 수 있었던 겁니다.』

"하, 멋지네. 덤으로, 싸움을 시작한 것도 사랑이라는 거냐?"

『다양한 이유가 있습니다만, 이용할 수 있다면 효과적이지요. 민중을 선동할 때 가족이나 연인을 지키기 위해서라고 말하면 사기가 높아집니다.』

"구역질이 나오는군."

『사람은 사랑을 위해서 싸운다. 다른 사람을 위해서 목숨을 걸수 있다. 멋진 일이네요.』

이 녀석의 비아냥에 어울려 주고 있었더니, 소형 비행선이 아로간츠 근처에 내려왔다.

비행선이 착수하면서 물결이 일어 아로간츠가 흔들렸다.

비행선에는 리비아와 안제 두 사람이 타고 있었다.

어? 둘 다 울고 있잖아?

"어라? 혹시 두 사람 다 내가 죽은 줄 아는 건가?"

『농담하지 말고, 밖으로 나가서 안심하도록 해주는 게 어떻습니까? 이제 그만 각오를 굳히지 않으면, 저도 짜증을 낼 것 같습니다. 두 사람을 좋아하는 것이지요?』

"바보 같긴. ──좋아하니까 소중히 여기는 거라고."

각오? 결혼할 수가 없는──책임을 질 수 없는 상대에게 손을 댄다니, 나는 못 한다.

왜냐면 나는 성실한 남자니까.

"이번에야말로 평생 할 몫만큼 힘냈잖아. 이젠 정말 조용히 살고 싶다고."

『설령 평온한 미래가 있다고 해도, 마스터는 저 두 사람에게서 도망칠 수 없을 것 같습니다만.』

"내가 저 둘에게 어울린다고 생각해? 더 잘 어울리는 남자가 달리 있겠지."

『그걸 결정하는 건 두 사람과 마스터입니다. 안심해 주세요. 주변머리라면 제가 어떻게든 해 드리죠.』

"네 호의가 기뻐서 눈물이 다 나올 것 같다."

아로간츠의 해치를 열고 바깥으로 나오자 리비아와 안제가 비행선에서 뛰어내려 그대로 내게 안겨들었다.

"리온 씨!"

"이 바보가!"

나를 부둥켜안는 둘의 등에 팔을 둘렀다.

"뭐라고 말해야 좋을지 생각하지 않았네. 으음── 뭐, 다녀왔어."

리비아가 눈물을 흘리며 내 가슴에 이마를 눌렀다.

"리온 씨, 걱정시키지 말아 주세요!"

"어라? 걱정해 준 거야?"

안제가 내 팔을 꼬집었지만, 파일럿 슈트이기에 그다지 아프지 않았다.

"농담하지 마라. 그리고, 어째서 그때 도망친 거지?"

"그때라니?"

"지하의── 그, 리비아랑 내가 서로 사랑한다는 걸 알았을 때 말이다."

안제가 부끄러워하며 말하는 모습을 보고 있자니, 약간 놀리고 싶은 기분이 들었다.

"아아~ 그거~. 아니, 그도 그럴 게 방해하면 미안하려나 싶어서~."

"누가 방해된다고 했나! 두 번 다시 그런 말을 하지 마라! 너는 우리에게 있어 소중한 사람이다."

아버지의 비행선이 우리 근처에 착수했다.

아무래도 우리를 마중하러 와 준 모양이다.

전쟁은 끝났다.

남은 건—— 뒷정리와 사후처리인가.

◇

왕궁에 돌아가니 분주하게 여러 가지가 결정되었다.

공국 건은 일단 판오스와 화평을 맺는 것으로 마무리되었다.

왕국은 지금도 각지에서 다른 나라의 공격을 받고 있어 공국에 신경 쓰고 있을 여유가 없었다.

어디에 쳐들어가고 할 상황이 아니었다.

다만 공국도 변화를 맞이했다. 이번 일로 힘을 잃은 '판오스 공국'은 소멸하고, 판오스 공작가가 되어 왕국 산하에 들어오게 되었다. 그리고 동시에 굴욕적인 조약을 맺었다.

배상금도 그렇지만, 판오스는 이제 일정량 이상의 병력을 가질 수 없게 되었다. 이를 위반하면 벌금을 내야 하며, 왕국에서 감시자가 나와 판오스를 항시 감시하기로 하였다.

또, 왕국이 병력 지원을 요청했을 때, 판오스는 무조건 이에 응해야만 한다.

다른 영주들보다 상당히 안 좋은 대우였다.

살리지도 않고 죽이지도 않은 채, 몇백 년이고 착취당하는 미래가 기다리고 있었다.

하지만 이건 내가 관여할 수 있는 이야기가 아니었다. 그리고 그 무렵의 나는——

"리온 님, 멋진 활약을 하셨다면서요?"

"그야말로 영웅이에요!"

"리온 님의 활약상을 들려주시어요."

——왕궁에서 여자애들한테 둘러싸여 있었다.

"아하하하! 그렇지! 보여줄 수만 있다면 보여줬을 텐데, 참 아쉬워! 그야말로, 공국 녀석들을 찢어발기고는 던지고, 찢어발기고는 또 던지고!"

참고로 나를 둘러싸고 있는 건 학원 학생들이 아니라 입학하기 전인 후배들이었다.

노예 하나 없는 고귀한 아가씨들로, 아직 세상 물정이라고나 할까, 학원 여자들처럼 나쁜 물에 물들지 않은 순수한 여자애들이었다.

뭐, 그녀들도 일단은 귀족 가문의 딸이니 여러 가지로 속내가 있긴 하겠지만, 학원 여자와 비교하면 귀여운 수준이었다.

게다가—— 이거 정말 기분 좋다고.

사실상 왕궁에 갇혀 있는 내게 매일같이 귀여운 여자애들이 찾아오고 있었다.

그야 물론, 뒤에서 뭔가 다른 생각을 품고 움직이는 듯한 낌새가 느껴지긴 했지만, 이제 이것저것 신경 쓰면서 살아가는 데 지친 나는 그저 이 순간을 즐기기로 했다.

"내년에 학원에 입학하면 리온 님이 선배가 되는군요."

"학원에서 같이 지낼 수 있다니, 꿈만 같아요!"

"리온 님의 다회를 기대하고 있겠사와요."

가련한 후배들의 모습에, 나는 가슴이 벅차올랐다.

학원 여자들과 달리 순진한 소녀들—— 사실, 내 인생은 여기서부터 시작이었던 게 아닐까? 여기가 진정한 시작이 아닐까?

아니, 어쩌면 전쟁이 끝나면서 그 여성향 게임의 주박도 함께 사라진 걸지도?!

"나도 너희가 입학하기를 기대하고 있을게."

내가 그렇게 말하자 여자아이들이 뺨을 물들였다.

크으, 이런 나도 '영웅'이 되면 인기 폭발!

도저히 웃음이 멈추질 않았다.

정말 지독한 여존남비 세계라고 생각했는데—— 평범한 하렘물 전개가 날 기다리고 있었다니!

정말 최고잖아!

내가 한껏 들떠서 웃음을 흘리고 있자, 방으로 밀렌 님이 들어오셨다.

"발트파르트 자작, 잠깐 괜찮을까요?"

"——밀렌 님?!"

내가 놀라 바라보니 밀렌 님이 약간 슬픈 얼굴로 나를 바라보고 있었다.

아, 안 돼! 안 됩니다! 그런 얼굴로 절 보지 마십시오!

여자애들이 분위기를 파악하고 재빨리 방에서 나가자, 나는 불륜 현장을 들킨 남자처럼 허둥댔다.

"미, 밀렌 님, 이, 이건 그럴만한 사정이……."

"알고 있어요."

"그럼요! 물론 알고…… 예?"

갑자기 이게 무슨 말씀이지? 내가 여자들에게 둘러싸여 한껏 들뜬 걸 이해해 주신다는 말씀인가? 맙소사! 어쩜 이리도 속이 깊은 여성이란 말인가! 밀렌 님, 너무나도 멋지다.

"이렇게 해서라도 마음을 달래고 싶겠죠. 당신에게 너무 무거운 짐을 맡기고 말았습니다. 이미 보고를 받고 오는 길입니다. 전장에서 사자분신(師子奮迅)의 활약을 했다고……. 오히려 그래서 괴롭겠지요."

"……."

아무래도 밀렌 님이 착각하신 게 아닐까 생각했는데, 오히려 나를 꿰뚫어 보고 계셨던 모양이다.

나는 변명을 그만두고 어깨를 으쓱했다.

"이것 참, 당해낼 수가 없군요. 하지만 여자아이들에게 둘러싸여 기뻤던 것도 사실입니다. 학원에서는 이럴 일이 없어서 말이지요."

"후후, 남자애답네요."

밀렌 님은 웃으며 나와 마주 보고 자리에 앉았다.

"발트파르트 자작. 무사히 돌아오면 진실을 가르쳐 주겠다고 했던 말, 혹시 기억하고 있나요?"

"싸우기 전에 그런 말씀을 하셨죠. 지금이 그때입니까?"

밀렌 님은 고개를 끄덕이고는 자세를 바로 하고 나를 똑바로 바라봤다.

"그래요. 자작은 모든 것을 받아들일 준비가 되었나요? 진실은 때론 잔혹한 법입니다."

왕국이 이렇게 된 원인이라······.

근데, 여성향 게임의 설정에 이유 같은 게 있었나?

나는 자세를 바로 고쳤다.

"이래 보여도 순진무구한 소년은 아니라서 말입니다. 각오 되어 있습니다."

그리고 나는 이때 안이하게 이 말을 내뱉은 것을 후회했다.

"그러면, 이번 건의 결말과 함께 이야기하지요."

★제12화「잔혹한 진실」

"발단은 대공가의 반란이었습니다. 하늘에서 치르는 전쟁은 늘 방어가 불리하다는 건 발트파르트 자작도 잘 알고 있지요?"

이 세계의 전쟁은 땅에서 치르는 전쟁과 달리, 거의 모든 공격이 하늘에서 이루어지기에 완벽한 방어선을 펼치기는 사실상 불가능하다.

"예. 실제로 왕도에서 방어전을 할 때도 상당히 힘들었죠."

밀렌 님이 고개를 끄덕이며 뒷말을 이었다.

"대공가의 반란으로 크게 고생한 왕가는 제2의 대공가가 나오는 걸 두려워했습니다. 하지만 당시 왕국에서는 남작 이상의 귀족이 급속히 전력을 늘릴 방법이 있지요. 영주 귀족인 자작도 잘 알고 있을 겁니다."

"비행선을 늘리는 것이로군요. 비행선으로 다른 가문을 공격하여 세력을 확대하는 방법이 있었다는 이야기는 들은 적이 있습니다."

비행선의 비행 동력은 부유석이라는 편리한 물건 하나로 해결할 수 있기에 비행선 유지비도 놀라울 만큼 싸다. 부유석만 있다면 비행선 건조도 그다지 비싸지 않다.

즉, 당시에는 전력(비행선)을 모아 다른 영주를 공격해 부유섬을 얻어가면 남작이라도 왕국을 공포에 떨게 할 세력을 가질 수 있었다.

"심지어 당시에는 자기 영지에만 틀어박혀 있으면서도 왕국을 얕보는 영주들도 많았다고 해요. 실제로 왕국을 얕보고 쳐들어왔던 영주들도 많았다고 합니다."

과연, 그렇게 착각에 빠진 영주들이 왕국을 공격했다 참패하고 돌아갔지만, 계속 방어하는 왕국도 무시하지 못할 피해를 계속 입었다는 얘기인가.

"왕국이 왕도에 학원을 만든 것도 영주 귀족들에게 왕국의 힘을 과시하기 위해서예요. 그들에게 왕도를 보여줘서 격의 차이를 깨닫게 만드는 거죠."

루크시온도 그런 말을 했었지.

하지만, 이 이야기만으로는 왜 이런 상황이 되었는지 모르겠군.

그러고 보면 밀렌 님이 일부 남자에게 부담을 떠넘겼다는 듯한 말을 했던 것 같은데.

"그러나 그것만으로는 부족하지요. 그래서 왕국은 영주들의 힘을 깎기 위해 대책을 준비했습니다. 바로 왕국에 새로운 가치관을 심는 거죠."

"으음? 가치관으로 힘을 깎을 수 있습니까?"

"자작은 왕국의 여성 귀족들이 왜 극단적인 우대를 받는지 알고 있나요?"

"그건……."

"남성은 전쟁에 나가 희생당하는 일이 드물지 않기에 여성과 비교해 수가 적습니다. 지금도 학원에 있을 때는 잘 느끼지 못하겠지만, 졸업하고 나면 여실히 깨닫는 사람이 많지요. 실제로 결혼하지 못하는 여성도 꽤 많습니다."

남자가 부족해서 여자가 결혼을 못 할 수준이라고? 그런 상태인데도 여성이 결혼을 우대받는단 말인가? 이건 이상한 정도가 아니라 모순이지 않은가.

그 정도라면 오히려 여자들이 남자를 쟁탈하려 들면서 남자가 상대를 고르는 상황이 찾아와도 이상하지 않다.

어라? 혹시 내가 학원에 입학하기 전에 이상한 곳에 끌려가 강제로 결혼할 뻔한 것도 설마 남자가 적기 때문인가?

——뭔가 갑자기 여러 가지가 이어지기 시작했다.

"그런데도 왕국에서는 여성이 우대를 받고 있지요. 그건 학원에서 귀족들에게 공통의 가치관을 주입했기 때문입니다. 여성의 입장을 우대하게끔 말이죠. 왕국의 여성 우대는 거기서부터 시작된 겁니다."

이봐, 잠깐만.

그럼 설마 이 상황을 만든 게 왕국이란 말이야?!

"그, 그럴 수가! 그게 대체 무슨 의미가 있단 말입니까? 그런 대우를 받으면 여차할 때 귀족들이 움직이지 않으려 할 겁니다. 도리어 좋지 않은 결과가 일어나지 않습니까!"

실제로 이번에도 그랬다.

나와 같은 처지에 놓인 남자들은 왕국이 불리하다는 걸 알자마자 나라를 배신하려 했다.

밀렌 님은 나를 진정시킨 뒤, 천천히 설명을 계속했다.

"왕국도 처음에는 이러한 상황을 상정하지 않았겠지요. 같은 가치관이나 동료 의식을 갖게 해서, 영주들의 힘을 조금이나마 깎을 수만 있다면 된다고 생각했을 겁니다. 하지만 예상 밖의 부작용이 일어나고 말았지요. 여성들이 이 가치관을 등에 업고 거만해지기 시작한 겁니다."

덕분에 귀족들은 학원에서 배우며 왕국의 힘을 깨닫고 싸움을 거는 일이 줄어들었다. 다만, 그 교육에서 여성 중시 사고관으로 여성들이 생각 이상으로 힘을 갖고 말았다.

혼인 관계에 왜곡이 나타난 것은 그게 원인이었다.

"……문제가 일어나자마자 수정했으면 어떻게든 됐던 거 아닙니까?"

"그럴 필요가 없었겠지요. 실제로 저도 그 시절의 당사자라면 무시했을 거예요. 그만큼 왕국에 안성맞춤이었던 겁니다. 가만히 있어도 영주 귀족들은 절로 피폐해지고, 왕도에는 재산이 모이니까요. 그만큼 반란을 일으키는 귀족들도 격감했고요."

밀렌 님은 담담하게 대답한 후, 학원의 또 다른 존재 의의를 이야기했다.

"──그리고, 학원의 또 하나의 목적은 왕국의 교육 체제를 확립하는 것입니다."

어라? 그러고 보니 흘려들었던 루크시온의 이야기 중에 그런 화제도 있었던 느낌이 드는데.

"새로운 교육 체제 확립하여, 귀족이 아니라 평민에게 교육을 베풀 생각이었던 거죠. 이 의미를 아시겠나요?"

내가 시선을 돌리자, 밀렌 님이 미소 지었다.

"수백 년 뒤에, 귀족이 없는 세계를 만들기 위해서예요."

맙소사. 듣고 싶지 않았다.

이런 이야기가 밖으로 새어나가면, 자칫 과격한 귀족들에게 제거당할 거라고.

"학원을 마련했을 당시의 왕가는 몇백 년에 걸쳐서 정치 체제의 변혁을 실행할 생각이었어요. 아니, 그래야만 한다고 생각했겠지요."

영주 귀족을 상대하는 것조차 싫은 나머지, 왕가는 여러 가지로 생각한 끝에—— 정치 체제를 바꾸기로 했다.

뭐야, 그게? 그 왕족들, 너무 미래에서 살았던 거 아니야?

"그 대공가만 봐도 알 수 있듯, 귀족들이 틈만 나면 야심을 불태우던 끔찍한 시대였으니까요. 자작도 귀족이라면 알 거예요."

물론 좋은 녀석도 있지만, 정녕 인간인가 싶은 쓰레기도 많다.

힘만 있으면 무력으로써 출세하고자 하는 녀석들도 많고.

"물론, 학원에서도 그러한 젊은 아이들의 생각을 교정하려고 했어요. 귀족들이 멀쩡하면 왕국도 그만큼 과감한 개혁을 할 필요가 없을 테니까요. 다만, 학원에는 이미 변수가 자리 잡고 있

445

었죠."

이미 학원의 가치관이 뒤틀어진 탓에 멀쩡한 귀족 교육을 기대할 수 없었다는 건가.

"결국, 영주 귀족들의 힘을 깎기 위해서 방치한 결과, 남작가부터 백작가까지 일부 여성들이 폭주하여 왕궁이 생각했던 것보다 지독한 상황이 되었습니다."

그것이 지금으로 이어진 거군.

"지독한 이야기군요."

"네, 지독한 이야기죠. 단지, 영주 귀족들의 재산이 왕도에 모이면서 힘을 깎는다는 의도가 어느 정도 효과를 본 것도 사실이에요. 특히 왕도에서 사치스러운 삶을 보내고 싶은 여성들은 왕국이 이용하기 좋은 사람들이었죠. 결국, 그렇게 왕국은 남성에게 부담을 떠넘기면서 여기까지 오고 말았고요."

왕국이 보기에 귀족, 특히 영주 귀족은 도저히 믿을만한 자들이 아니었다.

'학원을 만들고 평민에게 교육을 베풀어 차차 귀족을 줄여나간다'라…… 밀렌 님의 말투로 보건대, 어쩌면 학원 내에서 폭주하는 여자들을 일부러 묵인하고 있었을지도 모르겠군.

언젠가 내버릴 귀족들을 고르기 위해서 말이다.

백작가 이상의 영애들이 노예를 가지지 못하게 했던 것도, 이 사실을 눈치채고 있었거나, 알고 있었기 때문이 아닐까?

정치 체제를 바꿀 때까지 살아남아, 새로운 체제의 중요한 위치에 앉는 것을 노리고 있었던 거다.

아무것도 모르는 귀족들이 폭주하더라도 왕가에는 '왕가의 배'라는 비장의 수가 있었으니, 개혁도 마냥 꿈같은 소리는 아니었을지도 모른다.

설마 그 엉망진창인 학원에 그런 의도가 숨어 있을 줄이야.

자세한 것은 나중에 루크시온한테 묻자.

그리고——.

"그럼 리비아가 특대생이란 명목으로 학원에 입학한 것도……."

"다음 단계로 나아갔다는 이야기죠. 귀족들은 위기감을 가져야 할 거예요. 그녀를 시작으로 매년 평민을 입학시켜 수를 늘려나갈 생각이니까요. 물론 1~200년 앞을 바라보고 가야 하는 일이지만요."

그래. 전생에서 이런 이야기를 배운 적이 있었지.

봉건제도 다음은…… 중앙집권제 절대왕정이었던가.

"중앙집권……."

"어머, 왕가가 지향하는 바를 단적으로 표현한 좋은 말이네요."

밀렌 님이 칭찬했지만 나는 마냥 기뻐할 수 없었다.

이건 영주에게서 모든 것을 빼앗고 귀족이 하던 일을 평민에게 시키겠다는 말이다.

학원의 설립 목적이 이런 것일 줄은 상상도 하지 못했다.

"……예정대로 나아가지 않는 법이네요."

밀렌 님은 그렇게 말하며 쓴웃음으로 나를 바라보았다.

——그만둬. 나를 시험하지 마.

나는 이 이야기를 들은 게 화근이 되어 누군가 죽이러 오는 게 아닐까 걱정이 이만저만이 아니었다.

만약 이 이야기를 학원의 귀족 남자들이 들으면 분노로 미쳐버릴 게 분명했다.

물론 이 이야기도 하루 이틀 된 이야기는 아닐 거다. 지금의 왕가를 책망하려 해봐야 의미도 없다.

그렇지만 이건 너무 지독하잖아…….

"역시 영웅은 다르군요. 저는 이 이야기를 처음 들었을 때 귀를 의심했어요. 그런데도 리온 군은 침착하군요. 욕이 나오더라도 들을 각오를 하고 있었는데."

초조해져서 말이 없어진 내 모습을 보고, 밀렌 님은 착각을 한 모양이다.

"그리고, 이건 왕비가 아니라 제 개인으로서 드리는 이야기입니다만……."

밀렌 님은 자리에서 일어나더니 바닥에 앉더니 내게 머리를 숙였다.

……어?! 왜 바닥에 머리를 숙이는 거지?! 아니, 그럴 리가! 이 세계에 바닥에 머리를 숙인다는 건 존재하지 않았을 터! 설마 학원제 때 내가 했던 것을 그냥 따라 하시는 건가?!

"자, 잠깐! 그만하십시오! 갑자기 왜 그러시는 겁니까?"

"발트파르트 자작. 이런 이야기를 해 놓고 부탁하는 건 염치 없

다고 생각하지만, 부디, 아들인 율리우스를 구해주세요. 그 애의
어머니로서 부탁드립니다."

——그 자식, 또 뭔 짓을 한 거야?

◇

　지하 감옥에 투옥된 여섯 명, 마리에를 비롯하여 율리우스, 질
크, 브래드, 그렉, 크리스 각자는 조용히 자신들의 처우가 결정되
기를 기다리고 있었다.
　마리에는 눈물을 흘렸다.
　"다들…… 미안해."
　율리우스가 울고 있는 마리에를 위로하기 위해 미소 지었다.
　"할 수 있는 게 이런 것밖에 없었을 뿐이다. 신경 쓰지 마라, 마
리에."
　질크가 슬픈 얼굴로 율리우스를 바라보았다.
　"전하께서 전장에 나가지 못한 건 어쩔 수 없습니다. 게다가 전
장에서는 가면 기사라 칭하는 자가 도와주었습니다."
　브래드도 가면 기사를 떠올렸는지 불만스럽게 투덜댔다.
　"아, 그러고 보니 갑자기 없어졌지, 그 녀석. 뭐, 나름대로 실
력은 있는 녀석이었지만."
　그렉도 양반다리를 하고 앉아 손에 턱을 올리고 가면 기사의 이

야기를 했다.

"뭐, 율리우스만큼은 아니었지만, 도움은 되었지."

크리스도 고개를 끄덕였다.

"그래. 본 적도 없는 갑옷에 타고 있었어. 검 실력도 나쁘지 않았어. 하지만 대체 누구였는지는 끝까지 알 수 없었어. 발트파르트는 뭔가 알고 있는 것 같았다만······."

그런 네 사람의 반응에 율리우스는 작게 미소를 지었다.

"그런가····· 나도 만나 보고 싶군."

"아뇨, 전하께서 만날 필요는 없습니다. 갑자기 튀어나와서는 그 자리를 지휘하던 남자입니다. 오히려 다음에 만나면 누구인지 캐물어야겠지요."

마리에는 울상이다가도 다섯 명의 대화를 듣고 차츰 어이없다는 표정을 지었다. 그녀의 얼굴이 다들 진심으로 말하고 있는 거야? 하고 말하고 있었다.

"무슨 소리야. 그건 율리우스가······."

그 순간, 마리에의 말을 가로막듯 지하 감옥에 발소리가 들려왔다.

감옥을 감시하던 기사들이 발소리의 주인을 보고 경례했다. 감옥으로 다가오던 남자는 기사들을 물러나도록 하고 감옥으로 다가왔다. 그 남자 뒤에는 흑발 여성도 있었다.

"앗!"

마리에는 감옥에 다가온 남자를 반짝이는 눈으로 바라보았다.

"……너희는 진짜 바보냐?"

바로 리온과 헤르트뤼더 전하── 아니, 헤르트뤼더 공작 영애였다.

"정말로 어이가 없네요."

마리에는 흑발 여성의 말을 무시하고 쇠창살에 매달려 리온에게 구조를 요청했다.

"나 힘냈단 말이야~! 부탁이니까 구해줘~!"

리온은 골치가 아픈지 미간을 찌푸리고는 오른손으로 이마를 누르며 말했다.

"하아…… 너희들의 죄상은 알고 있냐?"

율리우스는 리온을 똑바로 바라보며 대답했다.

"창피하게 여길 생각은 전혀 없다."

"너희들, 당당한 얼굴을 할 상황이 아니야! 조약을 체결하자마자 왕자가 공작 영애를 습격한다니, 웃지 못할 이야기라고! 너 때문에 왕궁이 얼마나 창피를 당했는지 알긴 하냐?!"

헤르트뤼더가 한숨을 내쉬면서 고개를 숙였다.

"저 때문에 무모한 짓을 한 건가요?"

"그것도 이유이긴 하다. 그 조약은 내가 보아도 너무 혹독했다. 게다가 그대로라면 나는 너의 집안에 장가를 가야 했으니 나도 가만히 있을 수는 없었다. 그리고 마지막 이유는…… 마리에한테 부탁받았기 때문이다."

"그쪽이 본심인가요."

왕궁은 율리우스를 장가보내 판오스 공작가를 엄격한 관리하에 둘 생각이었을 거다.

　헤르트뤼더와 결혼시키면 공작가 사람의 감정도 어느 정도 누그러질 테니까. 그런데 하필 그 타이밍에 율리우스가 헤르트뤼더를 습격했다.

　물론 진짜가 아니라 습격한 척이었지만, 그 때문에 왕궁의 체면은 완전히 뭉개졌다.

　결국, 조약을 맺을 때도 이를 빌미로 왕궁은 다소 양보를 해야만 했다.

　당연히 율리우스가 공작가에 장가를 간다는 이야기도 백지가 되었다.

　'그대로 결혼해도 괜찮았는데.'

　마리에는 이 와중에 속으로 그런 생각을 했다.

　리온은 다른 네 사람에게도 시선을 향했다.

　"너희들도 알고 있겠지?"

　그렉이 코 밑을 손가락으로 문지르며 조금 쑥스러운 듯한 표정을 지었다.

　"마리에를 지키기 위해서다. 후회 따윈 없어."

　"그게 아니지! 후회하라고! 마리에를 데리러 온 신전 관계자를 두들겨 패서 쫓아내다니, 바보냐? 응? 정말로 바보야? 바보지?!"

　그러자 크리스가 가슴을 펴고 대답했다.

　"정당방위다."

"어디가 정당방위냐! 도가 지나쳤다고. 신전 측에서 항의가 왔단 말이다! 나도 이래저래 예정이 있었는데 다 어지럽혀 놓고 말이야!"

사실 신전의 관계자들은 마리에가 갖고 있던 성녀의 아이템을 회수하러 왔을 뿐이었는데, 그 틈에 마리에를 제거하려는 자들이 보낸 암살자가 섞여 있어, 마리에에게 독을 탄 술을 먹이려 했다.

마리에한테 모든 책임을 떠넘길 생각이었던 거다.

곧 여기 네 사람이 달려왔고, 신전 관계자를 모두 두들겨 패서 왕궁에서 쫓아냈다.

사실 여기까지라면 문제가 없지는 않지만, 어떻게든 수습할 수 있었다. 진짜 문제는 그다음이었다.

"하아…… 알겠냐? 마리에는 성녀의 도구에 인정받았다고. 얘가 자기 입으로 가짜라고 말했건 아니건 간에, 성녀라는 건 변함이 없단 말이다. 여기까지는 이해가 되냐?"

그러자 칭찬받았다고 생각했는지 마리에가 쑥스러워했다.

"어? 그런 거야? 뭐야, 그러면 내가 성녀님이네!"

"그 성녀님의 남자가 신관들을 두들겨 패는 바람에 이야기가 꼬인 거잖아! 취조도 하지 않고 때려서 쫓아내니까, 신전이 화가 단단히 나서 무슨 일이 있어도 마리에를 인정하지 않겠다는 말을 꺼냈다고!"

헤르트뤼더는 뭔가 하고 싶은 말이 있는 듯했지만, 리온에게 맡긴 채 말하지 않았다.

"내가 뒤에서 얼마나 손을 썼다고 생각하냐? 응? 내 노력을 왜 헛수고로 만드는 건데?"

그러자 브래드가 격노하여 일어서서는 항의했다.

"그러면 그대로 마리에한테 죽으라는 거냐! 우리는 그런 건 인정 못 한다!"

"아, 그래! 확실히 너희 '생각'은 옳아. 독살 따위를 하려던 녀석들 따위, 봐줄 이유도 없지. 나도 이 녀석들 바보인가? 하고 생각했어. 근데—— 쫓아낸 후에 소란 피우면 이야기가 달라진다고! 그 길로 신전에 몰려가서 행패 부리다니, 바보 아니냐?!"

마리에가 네 사람을 감쌌다.

"기다려! 다들 내가 신전에서 처형당하는 걸 막으려고 항의한 것뿐이야."

"갑옷을 가지고 나가서 날뛰는 건 항의가 아니라 실력행사라고 하는 거다! 독살 건까지 빌미로 잡아서 쉽게 이야기를 해결할 수 있었는데!"

왕궁 관리들이 보기에는 지하 감옥에 투옥된 이 여섯 명은 정말로 열 받는 녀석들일 것이다.

헤르트뤼더가 리온을 동정했다.

"당신도 여러모로 힘들겠네. 우리한테 올래? 지금이라면 좋은 대우를 약속할게. 공작 지위를 마련하겠어."

"흥미 없어."

리온은 단칼에 거절하고 마리에한테 가까이 다가갔다.

헤르트뤼더는 조금 분한 듯이 "이번에는 진심이었는데, 또 차였어" 하고 중얼거렸다.

"너, 사람들이 뭐라고 부르는지 알아? 장래가 촉망되던 다섯 명을 홀린 희대의 마성의 여자라고 불리고 있다고."

"어? 그래?"

말뜻 못 알아먹은 마리에가 쑥스러워하자 리온은 화를 냈다.

"웃을 상황이 아니라고! 너희들 때문에 항의가 쇄도하고 있단 말이다! 너희 다섯의 본가는 격노하고 있고, 왕궁 관리들은 용서하지 않겠다고 이를 갈고 있고, 신전은 모조리 처형시키겠다고 씩씩대고 있다고!"

마리에는 곧장 절박한 얼굴로 리온의 발목을 붙잡고 말을 단숨에 뱉었다.

"제발부탁이야구해줘!"

"나도 구해주려고 했어! 근데 너희가 전부 다 망쳐 버렸다고! 나한테 원한이라도 있는 거냐? 응? 어떻게 하면 이런 지독한 상황이 되는 거냐고! 다들 깜짝 놀라고 있다!"

리온은 분노를 넘어 울상을 짓고 있었다.

"아니야! 우리 힘으로 어떻게든 하려고 한 거야. 그랬더니, 이런 일이 되어 버렸을 뿐이라고."

"그래서 더 환장하겠다는 거야! 좀 더 생각하고 나서 움직이라고!"

마리에가 울음을 터뜨리고 말았다.

"그럼, 우리 죽는 거야?"

리온은 뭔가 말하려다가, 말을 집어삼키고는 등을 돌렸다.

"후우…… 밀렌 님도 도와달라 부탁하셨으니, 할 수 있는 한 협력은 할 거다. 하지만, 그다지 기대하지는 마."

마리에가 미소를 지었다.

그렇다. 전생의 오빠── 리온이 움직이면 대부분은 어떻게든 된다.

'고마워, 오빠야!'

마리에 일행의 건을 해결하기 위해 나는 폐하를 찾아갔다.

마침 폐하 주위에는 빈스 씨와 버나드 씨도 함께 있었다.

내가 용건을 전하자 세 사람 모두 난색을 보였다.

"그 여섯 명의 목숨을 구한다는 게 무슨 의미인지 모르는 모양이군."

그 여섯 중 하나는 자기 아들인데도 폐하는 차가운 반응을 보였다.

"이번 보수와 교환이라도 상관없습니다. 부족하다면 제 재산도 바치겠습니다."

폐하는 코웃음을 쳤다.

"재산? 그대가 가지고 있던 공장은 아버지인 발트파르트 남작

에게 양보했고, 그나마 있던 로스트 아이템도 전부 잃어버렸는
데, 뭘 가져가란 말인가? 나는 오히려 왕가의 배를 잃은 책임을
누구에게 물어야 할지 고민이 되는데."

깐족깐족 빈정대다니, 얼마 전에 누가 말했던 것같이 '뭣' 같은
녀석이군.

사실 파르트너나 아로간츠는 수리하면 그만이지만, 나는 일부
러 모른척했다. 그편이 내게 유리하니까 말이지.

"그걸 부디 어떻게든, 부탁드립니다."

내가 살짝 고개를 들어서 보니, 폐하는 으스대는 자세로 앉아
나를 보며 히죽히죽하고 있었다.

이 자식, 나를 너무 싫어하는 거 아니야?

그러자 버나드 씨가 말했다.

"사실, 목숨만을 구하는 거라면 간단하다네. 하지만 그 여섯 명
을 풀어주고 그걸로 모른척할 수도 없는 노릇이지. 율리우스 전
하는 왕족이고 다른 네 사람은 명문 귀족의 전 후계자, 그리고 나
머지 한 명은 가짜 성녀니까 말일세."

폐하가 버나드 씨의 말에 화들짝 놀라 버나드 씨를 바라봤지
만, 빈스 씨도 내 의견에 긍정적이었다.

"감시할 수 있는 부유섬에 가둬 두는 게 무난하다만, 그런 적당
한 섬을 마련할 여유는 없어. 왕궁이 굳이 그런 부유섬을 찾으려
하지는 않겠지. 즉, 그들을 살리고 싶다면 자네가 발견한 부유섬
을 쓰는 수밖에 없는데, 정말로 괜찮겠나?"

내가 발견하여 영지로 삼은 부유섬을 바치라는 말인가.

폐하는 이조차 불만인지 원망스러운 듯이 빈스 씨를 보고 있었다.

애초에 빈스 씨와 버나드 씨는 '왕가의 배'가 침몰한 건 어쩔 수 없다고 생각하는 모양인지, 언급조차 하지 않았다.

빈스 씨가 폐하를 무시하는 모습을 보니 내 속이 다 후련하군.

하지만 내 이상이 가득 담긴 영지를 바치는 건 뼈아픈데.

음? 가만──? 애초에 내가 왜 영지를 가지고 있어야 하지?

표면상으로는 나한테는 아무것도 남지 않는 셈이지만, 그걸로 괜찮지 않은가.

"그걸로 목숨을 구해주실 수 있다면 상관없습니다."

버나드 씨가 내게 물었다.

"그렇게까지 해서 전하 일행을 지키고 싶다고? 무엇이 자네를 그렇게 만드는지 물어봐도 되겠나?"

나는 입을 다물고 잠시 생각에 빠졌다.

이들이 좋아할 만한 대답을 내놓을 수도 있지만, 그간 나는 굳이 그들의 점수를 따려고 노력해 봐야, 귀찮은 일만 늘어날 뿐이라는 걸 톡톡히 배웠다.

나는 결국 솔직하게 이야기하기로 했다.

"귀족이라는 자리에 지쳤습니다. 자작 지위도 필요 없습니다. 할 수만 있다면 반납하고 싶을 정도입니다. 전 사실 준남작 정도의 자리에서 느긋하게 지내고 싶었습니다."

"호오."

빈스 씨가 내게 시선을 향했지만 나는 그게 무슨 의미인지 알 수 없었다.

"비행선도 갑옷도 잃어버렸으니, 이제 전 특별할 것도 없습니다. 이참에 처음부터 다시 시작하는 것도 나쁘지 않겠지요. 그리고 굳이 제가 그 여섯 명을 돕는 건…… 지긋지긋한 인연이 있기 때문이려나요?"

세 사람은 진지한 얼굴로 내 이야기를 흥미롭다는 듯이 듣고 있었다.

"지긋지긋한 인연, 이라. 전하는 좋은 친구를 얻은 듯하군. 폐하, 여섯 명의 처우 말입니다만, 이렇게 처리해도 괜찮겠습니까?"

"흠? 아아, 음, 맡기겠다."

버나드 씨의 말에 폐하는 생각에 빠졌다.

빈스 씨가 나를 물러나게 했다.

"알겠다. 나머지는 이쪽에서 처리하지. 자네에게 제법 무거운 짐을 맡기고 말았군."

"저도 이번만큼은 부정하지 못하겠습니다. 그러니, 이번에는 도와주십시오. 저는 은거해서 느긋하게 살고 싶기에."

"그 나이에 편하게 은거 생활인가. 하지만 흠, 그렇군…… 반드시 사례하도록 하지."

역시 말하고 볼 일이군.

빈스 씨의 사례라…… 기대되는데?

◇

『뭐, 잃은 것은 금방 되찾을 수 있지만 말이지요.』

"야, 너무 그런 말 말라고. 다른 건 어쨌든, 그 부유섬을 잃은 건 꽤 뼈아프단 말이야. 기껏 쌀도 재배해 수확할 날만 기다리고 있었는데. 쌀밥과 된장이 눈앞에서 사라졌다고."

나는 루크시온과 둘이서 방 안에서 대화를 나누고 있었다.

『그건 그렇고, 마스터의 은거를 용케 인정해 주었네요.』

"뭐, 날 어찌해야 할지 고민이 많았을 테니까, 왕궁이 보기에도 썩 나쁘지 않은 제안이었겠지. 마침 로스트 아이템도 잃어버렸으니 이제는 날 위협으로 생각하지도 않을 테고."

『기뻐 보이는군요.』

"어떠려나~."

끝나 보니, 조금 다르긴 해도 바라던 형태로 귀결되었다.

힘쓴 보람이 있었다는 것이다.

"자, 그럼 새로운 모브 라이프를 위해서 모험 여행을 떠나고자 생각하는데, 어떨까?"

『함께 가겠습니다. 어차피 마스터는 제가 없으면 아무것도 할 수 없으니까요.』

"마스터에게 못 하는 말이 없구먼."

자유로워지면 또 루크시온을 타고 하늘 여행을 즐기자.

이제 성가신 일은 지긋지긋하다.

아, 본가에서 느긋하게 지내는 것도 괜찮겠네. 둘째 형── 아 참, 아니지.

둘째였던 닉스 형은 이번에 경사롭게 장남으로 승격해 어엿한 가문의 후계자가 되었다.

그걸 도우면 되겠군.

"내 인생이 이제야 겨우 시작됐군."

『지금까지는 인생이 아니었던 겁니까?』

지금 생각해 보면, 변태 할망구에게 팔릴 뻔한 뒤로 정말 분주하게 움직였다.

"우선은 학원을 졸업해야겠지. 가만? 그 난리가 났는데 학원이 다시 열리기는 할까?"

『확인은 하지 않았습니다만, 왕도의 상황으로 보건대 다시 열린다 해도 종래대로는 안 되지 않을까 합니다.』

그때, 갑자기 방문이 벌컥 열리더니 리비아가 황급히 뛰어 들어왔다.

"리온 씨, 귀족을 그만두신다는 이야기가 사실인가요?!"

"뭐야, 벌써 소문이 났나?"

나는 리비아에게 앉으라고 권유했지만, 리비아는 앉지 않았다. 나는 어쩔 수 없이 그대로 이야기를 이어갔다.

"애초에 자작에 4위 하는 내게 어울리지 않는 자리였어. 이참에 영지도 손에서 놓고 원래 있던 자리로 돌아갈 거야. 뭐, 다시 독립한다 해도 그냥 일반 기사 정도겠지."

"하지만 리온 씨가 그만큼 힘썼는데, 이건 너무하잖아요. 가뜩이나 안제도……."

"걱정해 주는 거야? 하지만 나한테는 이게 딱 좋아."

"제가 하려는 말은 그런 게 아니에요……."

리비아가 고개를 숙였다.

뭔가 리비아의 반응이 이상해서 살펴보니, 스커트를 꽉 쥐고, 눈에 눈물을 머금고 있다.

"안제가 리온 씨를 위해서 마리에 씨에게 엎드려서 고개를 숙였던 일이 문제가 되는 바람에 안제도 상황이 안 좋은데, 리온 씨까지 이렇게 되다니……."

"……다시 말해봐. 그게 무슨 이야기야?"

◇

빈스 씨에게 불려 왕궁으로 온 안제는 학원에서 있었던 일에 관해 질문받고 있었다.

저택이 아니라 왕궁의 방으로 불려간 이유는 빈스가 사후처리로 바빠 움직일 틈이 없기 때문이었다.

"너한테는 실망했다."

"네."

학원의 광장, 그것도 많은 사람이 보고 있는 앞에서 공작 영애가 무릎을 꿇고 머리를 숙였다.

"가문의 이름에 먹칠을 하다니."

"알고 있습니다."

리온을 위해 머리를 숙인 건 후회하지 않지만, 그건 가문에 오점을 남기는 일이었다.

"네가 기대한 남자는 지위도 명예도, 그리고 영지도 손에서 놓았다. 그런 남자를 위해서, 공작가의 이름에 흠집을 낸 너를 내가 어찌해야겠느냐?"

빈스가 그리 물었지만, 안제는 딱히 돌려줄 대답이 없었다. 결국은 빈스의 판단에 달려 있었다. 하지만 굳이 대답하자면——.

"자결일는지요?"

"결단이 과감하구나."

빈스는 천장을 올려다봤다.

"너 같은 녀석을 공작가에 둘 수는 없다. 걸맞은 상대를 준비해 줄 테니 그곳으로 시집을 가거라."

안제가 자결을 각오하고 있었던 걸 생각하면, 그래도 꽤 관대한 처우였다.

안제가 작게 "예" 하고 대답하자, 빈스가 안제를 보며 갑자기 훗 하고 웃었다.

"누구에게 시집가는지 궁금하지 않은 게냐?"

"누구입니까?"

누가 되었든 이미 관심조차 없었지만, 이름 정도는 알아야 상대를 조사할 수 있었다.

빈스는 그런 안제에게 말했다.

"마침 영지도 모자라, 작위나 계급마저 손에서 놓으려 하는 바보 같은 기사가 있더구나. 젊은데도 은거를 생각하고 있는 멍청이다만, 너한테 어울리는 상대라고 생각하지 않느냐?"

"아버님?"

"공작가가 돌봐 주마. 네 친구의 사정도 듣기는 했다만, 거기까지 양보할 수는 없는 노릇이니, 미안하지만 그 아이는 측실로 만족해 줘야겠다."

제법 자세히 조사했는지 빈스는 세 사람의 관계를 알고 있었다.

안제가 머리를 깊숙이 숙이자, 빈스는 웃었다.

"가, 감사합니다!"

"너무 들뜨진 말아라. 아직 결정된 이야기는 아니니. 이제부터 본인과 상담을——"

그때, 길버트가 빈스의 말을 끊고 황급히 방에 뛰어 들어왔다.

"아버님!"

"무슨 일이냐. 소란스럽구나."

"크, 큰일입니다. 리온 군이——!"

"이거 놔라 이놈들아아아! 이 녀석만은 반드시 목을 베어버려야 한단 말이다!"

나는 손에 칼을 쥐고 지하 감옥에서 미친 듯이 날뛰고 있었다.

감옥 창살 너머에 혼자 남아 있던 마리에는 벌벌 떨면서 목숨을 구걸했다.

"자, 잠깐만! 나는 나쁘지 않아! 가벼운 분위기로 사람들 앞에서 무릎 꿇고 고개를 숙이게 했을 뿐이라고!"

"하고 싶은 말은 그것뿐이냐? 그럼 당장 목을 내밀어! 마지막 자비로 단칼에 끝내주마아아!"

내가 더욱 날뛰자, 날 억누르고 있던 기사나 병사들이 당황해 소리쳤다.

"진정해 주십시오!"

"자작, 무기를 집어넣어 주세요!"

"심정은 이해합니다만, 이러시면 안 됩니다!"

마침 다섯 바보도 부재중이기에 마리에를 지키고 감쌀 녀석도 없었다.

어디 갔냐고? 다들 처우가 결정되어, 부유섬으로 가기 전에 각자 본가에서 설교를 듣는 중이다.

하지만 녀석들이 있건 없건, 그건 중요하지 않다. 난 오늘만큼은 이 녀석을 용서할 생각이 없었다.

"자비를 베풀어 준 내가 바보였어! 너는 그 목숨으로 속죄해라!"

"구해주겠다고 했잖아!"

"리비아와 안제를 무릎 꿇린 것도 모자라 고개를 숙이게 해 놓고 진정 내 용서를 받을 수 있을 줄 알았냐?! 웃기지 마! 여기서 당장 처단해 주마!"

내가 기사나 병사들을 질질 끌며 쇠창살에 가까이 다가가자, 뒤쪽에서 누군가가 분주하게 지하 감옥으로 뛰어 내려오는 소리가 들려왔다.

바로 이 사건의 당사자인 리비아와 안제였다.

"리온 씨, 잠깐만요! 진정하세요!"

"너는 대체 무슨 생각을 하는 거냐!"

나는 두 사람을 바라보며 마리에를 손가락으로 가리켰다.

"말리지 마! 난 이 녀석의 목을 베고 머리를 챙겨야겠어!"

내 말에 리비아와 안제가 질겁했다.

"머리를 챙기다니요?!"

나는 왼팔로 눈가를 훔쳤다. 둘에게 미안해서, 눈물이 멈추지 않았다.

"조금만 기다려줘. 내가 반드시 둘에게 이 녀석의 머리를 선물할 테니!"

"필요 없으니까 진정해라! 이런다고 네게 득이 될 건 없다!"

안제도 마리에의 머리는 필요 없는 모양이었다.

주위 기사나 병사들도 안제의 말이 옳다며 나를 제지했지만, 이미 나는 마리에한테 정나미가 뚝 떨어졌다.

이 녀석만큼은 반드시 내 손으로 처치해야 한다.

전생에서 실컷 여동생의 뒤치다꺼리를 했던 만큼, 이번 생에서 이 녀석을 할복시키는 것이 한때 남매였던 자의 책무다.

내가 계속 저항하며 소란을 피우고 있자, 이윽고 밀렌 님마저 감옥에 내려왔다.

"리온 군, 기다리세요!"

밀렌 님 뒤에는 그 바보 5인조도 함께 있었다.

"발트파르트, 이성을 잃은 것이냐!"

진작에 이성을 내버린 네가 할 말이냐!

"그래! 너만큼은 아니지만 말이다!"

마리에가 다섯 명에게 울며 애원했다.

"다들, 살려줘! 이 녀석이 내 목을 베려고 해!"

그러자 그렉이 내 팔을 붙잡았다.

"발트파르트, 너라는 녀석은! 마리에의 목을 벤다니, 절대로 용납하지 않을 거다!"

크리스도 내 반대 팔을 붙잡고 칼을 빼앗으며 말했다.

"마리에한테는 손가락 하나 댈 수 없다!"

질크가 마리에를 감싸듯 감옥 앞에 서서 말했다.

"물러나십시오!"

브래드도 내 머리를 붙잡고 쇠창살에서 떼어 놓으려 했다.

"이제 처우도 결정되었는데 뭘 소란을 피우고 있는 거냐!"

다섯 명이 달라붙어 날 막으려 하는 바람에 어느샌가 기사나 병사들은 내게서 떨어져 있었다.

"너희들한테 그런 말을 듣고 싶지 않아! 됐으니까 이거 놓으란 말이다! 젠장——! 루크시온, 해 버려어어!"

『괜찮으신 겁니까?』

"얼른 해! 방해하는 녀석들을 용서하지 마!"

『그러면, 실례——.』

그 순간 루크시온이 무언가 지직거리는 걸 우릴 향해 뿜어냈다.

"끄아아아악!"

사내놈 여섯 명의 비명이 지하실에 울려 퍼지고, 곧 여섯 명 모두 사이좋게 바닥에 쓰러졌다.

"너, 너 인마! 나까지 마비시키면 어쩌자는……."

다시 정신이 들어 주변을 살펴보니 나는 왕궁 어딘가에 있는 소파 위에 누워 있었다.

근처에는 밀렌 님과 리비아, 안제가 있었다.

다들 내가 눈을 뜬 걸 보고는 안도의 한숨을 내쉬더니 곧 어이 없다는 표정을 지었다.

"정말. 소란을 들었을 때는 무슨 일인가 싶었어요."

나는 밀렌 님에게 어리광을 부려 봤다.

"밀렌 님~ 저, 마리에의 머리를 갖고 싶어요."

내가 어리광을 부리자 밀렌 님은 난처한 얼굴로 고민하기 시작하셨다. 약간 마음이 흔들리는 모양이었다.

역시 밀렌 님은 모성본능을 자극하면 곧잘 들어주시는군.

하지만 이번만큼은 이내 곧 고개를 저었다.

"미안하지만 이런 일은 한 번 결정하면 뒤집는 건 어렵단다. 리온 군의 부탁이라면 들어주고 싶지만, 이번에는 안 될 것 같아."

이미 바보 여섯 명을 부유섬에 가두기로 했는데, 뒤늦게 지금 와서 머리를 갖고 싶다고 해봐야 이미 떠나간 일이란 거군.

안제가 걱정스러운 얼굴로 내게 물었다.

"대체 갑자기 왜 그런 거지? 영지를 헌상하면서까지 그들을 구하려고 하지 않았나."

"너희 둘한테 무릎을 꿇고 머리를 숙이게 했으니까."

내가 고개를 숙이고 힘없이 중얼거렸더니, 리비아가 쓴웃음을 지었다.

"아아, 그건 그……."

그러자 밀렌 님이 이제야 알겠다는 얼굴로 말했다.

"리온 군은 몰랐구나. 나는 이미 이야기를 들은 줄 알고 있었단다. 그래서 똑같은 방법으로 부탁해본 거였는데."

그럼 밀렌 님이 그러셨던 것도 마리에 녀석 탓이란 말인가? 걔는 그딴 부탁법을 퍼뜨려서 대체 뭘 하고 싶었던 거지?

내가 소파 위에서 무릎을 끌어안자 안제가 날 불렀다.

"리온, 잠깐 괜찮나?"

"응?"

──고개를 드니, 안제와 리비아가 손을 잡고 있었다.

★ 제13화 「게임 클리어」

지하 감옥에서 객실로 자리를 옮긴 마리에는 내게 불만스러운 표정을 내비치고 있었다.

"시골에 갇힌다니, 싫어~."

"기껏 구해줬더니, 하는 말이 그거냐?"

내가 죽이려 들었던 마리에와 굳이 단둘이 앉아 이야기를 나누고 있는 건, 이 녀석에게 물어보고 싶은 게 여럿 있기 때문이었다. 부모님은 어떻게 되었는지, 내가 죽고 난 뒤에는 무슨 일이 있었는지. 사실 이걸 듣기 위해 살려 둔 거나 마찬가지였다.

아, 이런…… 지금 와서 생각난 거지만, 내가 이 녀석을 죽이면 전생의 부모님이 슬퍼하시겠군.

솔직히 도저히 용서할 마음이 들지 않고, 그럴 권리만 있다면 그 다섯 바보도 너덜너덜해질 때까지 두들겨 패고 싶지만…….

……아니, 기다려 봐? 지금이라면 때려도 어떻게 넘어갈 수 있지 않을까?

"나는 도회지에 있어야 빛나는 여자라고!"

"이 자식, 내가 정성 들여 정비한 영지에 트집을 잡을 셈이냐?"

"오빠는 슬로우 라이프니 뭐니 하면서 소극적이고 네거티브한 사고를 지녔으니까 글러 먹은 거야."

슬로우 라이프는 소극적인 것도 네거티브한 것도 아니라고.

"누구더러 글러 먹었다는 거냐! 너야말로 전생에서 한 효도라고는 아버지와 어머니에게 손주를 안겨 드린 것뿐이잖아. 나는 오히려 부모님이 불쌍할 지경이라고!"

"불효인 건 오빠도 마찬가지잖아! 아빠랑 엄마보다 일찍 죽었으면서!"

"내 사인은 너 때문이잖냐!"

"항상 여자애가 나오는 게임 하면서 히죽거리고 있었잖아! 그 정도로 죽다니 말도 안 된다고!"

"사내놈이 나오는 게임 하면서 히죽거리고 있었던 녀석이 할 말이냐!"

옥신각신하고 있었더니, 차츰 어느 쪽이 잘못인가 하는 이야기로 변해 갔다.

"오빠가 나빠!"

"네가 나빠!"

둥실둥실 떠 있는 루크시온이 흥미 없다는 듯이 이쪽을 보고 있었다.

"루크시온, 너도 한마디 해주라고. 역하렘 같은 걸 목표로 하다가 최악의 결말을 맞이할 뻔한 건 너 때문이라고 말이다!"

"오빠도 악역 영애랑 주인공을 곁에 두고 있잖아!"

"나는 깨끗한 교제라고! 너 같은 문란한 관계가 아니란 말이다!"

"겁쟁이에다 졸보라서 손을 못 대는 것뿐이잖아!"

"뭐 인마?! 루크시온! 빨리 이 녀석한테 말해 주라고. 잘못되었고 머리가 불쌍한 여자는 너라고 말이다!"

"거기 동그란 거, 어느 쪽이 옳은지 가르쳐 주도록 해. 이 불쌍한 글러 먹은 오빠한테 말이야!"

루크시온은 외눈으로 우리를 번갈아 가며 본 뒤 대답했다.

『그러면, 제 의견을 말씀드리지요. 두 분 같은 자식을 가진 전생의 부모님이 제일 불쌍하십니다.』

크윽! 이 자식, 그 말을 하는 건가. 말해 버리는 건가!

내가 급격히 냉정해지고, 죄악감이 가슴에 퍼지자 마리에가 작은 목소리로 말을 걸었다.

"저기, 이 녀석 너무하지 않아? 분위기 파악 못 하지 않아?"

"진짜 매번 가차 없이 마음을 푸욱 하고 찌른다니까. 이렇게 냉정한 대답을 듣고 싶은 게 아니었는데."

『사실이라서 마음이 아픈 것 아닙니까? 게다가 마리에는 전생의 딸을 볼 낯이 있는 겁니까?』

마리에가 가슴을 누르며 시선을 갈팡질팡하고 있었다.

"크윽! 그, 그래도, 여기에는 없는걸! 게, 게다가, 부모님께 맡기고 나서도, 때때로 만나서 이야기했어. 그러니까 그 애는 이런 거로 나를 저버리지 않을 거야!"

이 녀석도 일단 어머니라는 자각이 있긴 했나 보군.

"같이 밥을 먹으면서 '엄마, 제대로 생활하고 있어?'라며 걱정해 주는 착한 딸이었다고!"

진짜냐……. 아무래도 조카는 훌륭하게 성장한 듯하다.

삼촌으로서 조카나 부모님의 행복을 바라는 것밖에 할 수 없는 게 너무 안타깝다.

『자신의 모친이 남자 여섯 명을 홀려 역하렘을 만들었다는 말을 들으면 그 애도 분명 울 겁니다.』

결국, 루크시온에게 격침당했는지 마리에가 힘없이 풀썩 주저앉았다. 나는 배를 움켜잡고 꼴좋다는 듯 웃었다.

"그거 봐! 역시 네가 더 최악이지!"

『마스터도 마찬가지입니다.』

"어어?!"

루크시온이 나의 나쁜 점을 열거하기 시작했다.

『지금도 두 사람의 고백을 피해 절찬 도망 중 아닙니까? 슬슬 각오를 굳히는 게 어떻습니까?』

그렇다.

그날, 두 사람에게 불려간 나는——.

왕궁 옥상에 있는 정원.

나는 긴장한 두 사람 앞에 서 있었다.

두 사람의 긴장된 얼굴을 보고 있자니 나까지 긴장되었다.

'저녁놀이 아름답다' 같은 생각을 하고 있을 여유도 없었다.

"리온— 나는 너를 좋아한다."

안제가 내 얼굴을 똑바로 바라보며 말했다.

나는 숨을 삼켰다.

"언제부터였을까. 전하보다 네 생각을 하는 시간이 늘어났다. 같이 있는 게 즐거웠다. 네 옆에 있는 게 마음 편안했다."

내가 입을 뻐끔뻐끔하고 있자, 안제가 반짝이는 듯한 미소를 보였다.

"너를 좋아한다."

——인생 두 번째의 고백.

문제는 이 두 번째 고백이 첫 번째 고백의 주인 앞에서 일어났다는 점이었다.

내가 어색하게 고개를 돌려 리비아를 바라보니, 리비아도 미소를 짓고 있었다.

뭐지?! 왜 이런 상황에 웃고 있는 거지?! 의미를 모르겠다! 루크시온한테 구원을 요청해야 하나?!

그렇게 생각해서 시선으로 도움을 요청하려 했더니, 루크시온 대신 뭔가 루크시온과 닮은 가짜가 자리를 지키고 있었다.

"누구냐, 넌!"

『크레아레야. 오랜만이네.』

오랜만이라고? 가만 이 여성 음성, 어디서 들은 것 같은데? 설마 엘프 마을에 있던 유적을 관리하던 인공지능인가!

"루크시온은 어디야!"

『걔는 분위기 파악을 못 하니까 딴 곳으로 보냈어. 네가 이 자리에 없으면 반드시 마스터가 곤란해할 거야, 라고 말했더니 기뻐하면서 가던데.』

——그 녀석의 성격, 너무 비뚤어지지 않았나?

"리온 씨."

"예, 옙!"

등을 쭉 펴고 몸통째로 리비아 쪽을 향했다.

"저는 지금도 리온 씨를 정말로 좋아해요. 이 마음은 누구에게도 지지 않는다고 생각하고 있어요."

"그, 그렇구나."

어떻게든 고개를 끄덕였지만, 솔직히 이런 상황은 예상 밖이었다.

설마 내 인생에 두 사람으로부터 동시에 고백받는 상황이 올 줄이야.

"……그러니, 들려주세요. 여기서 대답을 알고 싶어요."

안제가 자신의 가슴 앞에서 손을 쥐며 말했다.

"나와 리비아—— 아니, 우리 말고 다른 좋아하는 사람이 있어도 괜찮다. 어느 쪽을 선택해도 원망하지는 않을 거고, 우리를 선택하지 않아도 좋다. 그러니, 네 마음을 들려다오."

얼버무리고 도망칠 방법이 없을까 하는 생각이 들었지만, 진지한 두 사람의 표정을 보고 더는 도망칠 수 없다는 걸 깨달은 나는 각오를 굳혔다.

바람이 불자 두 사람의 머리카락이 나부꼈다.

석양에 비쳐 이 광경이 거룩하게 빛나 보였다.

나는 양팔을 펼치고 힘껏 대답했다.

"둘 다 좋아해!"

직후 두 사람이 미소를 지으며 내 뺨따귀를 때렸다.

　정말 엄청났지.

　처음에 안제가 손바닥으로 뺨따귀를 후려갈긴 뒤에, 곧바로 반대쪽 뺨에 리비아의 손바닥이 날아왔다. 참 훌륭한 콤비네이션이었다.

　『최악이군요.』

　"어쩔 수 없었다고. 귀여운 애가 둘이 같이 고백해 오다니, 두 인생 통틀어 처음 있는 일이었단 말이야."

　내가 그렇게 변명하자 역하렘을 저지른 망할 여자가 나를 보며 질색했다.

　"제정신이야? 저질."

　"뭐 인마? 자기는 여섯 다리나 걸쳐놓고선, 나한테 그런 말이 나오냐?"

　내가 도발하자 마리에는 분한 얼굴을 하더니 곧 한숨을 내쉬고는 자신의 심경을 토로했다.

"······나도 반성하고 있다고. 역하렘은 말만 그럴듯하지, 힘들기만 하고 전혀 기쁘지 않아. 그래서 이 관계도 그만 끝내려고 했던 건데······."

그러고 보니 스토리를 잘 모른다고 이야기한 적이 있었지.

지금 보면 납득이 간다. 이 녀석은 게임을 중반까지밖에 플레이하지 않았고, 종반은 CG나 동영상으로만 봤다. 처음부터 나와는 가진 정보량이 달랐다.

그 결과 앞날도 모른 채 성녀가 되어 상황을 마구 휘저었고──남자 여섯 명은 여전히 들러붙어 있었다.

"뭐, 그건 나도 동정한다만······."

역하렘에 지칠 대로 지친 마리에는 카일 이외의 다섯 명과의 관계를 해소하려고 했다.

하지만 다섯 명 모두 '언젠가 내게 반하게 만들겠다'라는 예상치 못한 대답을 돌려줄 뿐 마리에를 도통 놓으려 하질 않았다. 덕분에 마리에는 장래 무직 확정인 다섯 명을 먹여 살려야만 하는 상황에 놓이고 말았다.

나 참, 남매 둘 다 변변치 못하군.

"뭐, 힘내라. 나는 빠질 거지만 말이야."

"어어?"

마리에가 엄청나게 놀란 표정을 짓고 있지만, 나는 이미 할 만큼 했다.

"난 이 세계에서 충분히 힘썼다고. 헤르트뤼더 씨한테 여동생이 있는 줄은 몰랐고, 뭘 수습하려 해도 그때마다 네가 마구 휘저어 놓는 통에다 여러모로 큰일이긴 했지만."

나는 열심히 했다. 너무 열심히 했다고까지 생각하고 있다.

"여동생? 헤르트라위다 말이야?"

"그래. 그렇게 게임과 미묘하게 다른 게 여럿 있어. 뭐, 그거 아닐까? 게임 세계라고 생각하고 있으면 안 되는 패턴? 뭐, 어느 쪽이든 나는 나라를 위기에서 구해냈으니 이쯤에서 빠질 거야."

애초에 이 이상의 사건이 일어날 수 있을까? 게임으로 말하자면 라스트 보스를 격파하고 게임을 클리어한 상황이다.

주인공인 리비아가 누구와도 맺어지지 않고, 그 대신 마리에가 사내놈 여섯 명을 자기 것으로 만들었을 뿐.

게임이 아니라 현실로 보자면 배드엔딩이라 할 정도는 아니지만, 약간 미묘한 상황이긴 했다.

그래도 뭐, 무사히 클리어할 수 있었으면 됐지.

마리에가 눈을 휘둥그레 떴다.

그러고는 알겠다는 듯 혼자서 몇 번인가 고개를 끄덕였다.

"아무래도 오빠는 모르는 모양인데──"

마리에는 그렇게 말하고는 내가 몰랐던 이 세계의 진실을 이야기했다.

◇

며칠 뒤.

왕도에 있는 묘지에는 사망자를 애도하기 위해 수많은 사람이 몰려와 있었다.

가족을 잃은 사람.

연인을 잃은 사람.

친구를 잃은 사람.

이 묘지는 좋든 싫든, 이야기에 이면이 있다는 걸 보여 주고 있었다.

이기고 끝인 게 아니라, 여기서부터 시작이라는 것을.

식전을 몇 끝마친 나는 그 광경을 마차 안에서 창 너머로 보고 있었다.

"가족분에게는 미안하지만, 이렇게 당신과 이야기를 하고 싶었어요. 젊은 애가 아니라서 유감이겠지만 말이에요."

마주 앉은 밀렌 님이 그렇게 말했다.

"조금 가시가 돋친 말투네요. 화나셨습니까?"

"당신은 언제나 그래요. 주위에는 헤실헤실 웃어 보이고, 문제는 자기 혼자서만 끌어안죠. 눈 밑에 다크서클이 생겨나 있다고요."

눈 밑을 손가락으로 만져보았다. 실은 어제도 잠들지 못했다.

진짜 루크시온한테 수면제를 달라고 해야 하나?

"이번 건, 정말로 수고가 많았어요. 식전도 이제 하나만 남았네요."

최근에는 전승회 등 여러 식전이 연이어 거행되면서 바쁜 나날이 계속되고 있었다.

"마지막이 제 해임과 보수에 관한 건이었던가요?"

"그래요. 임시라고는 해도 총사령관이니까요. 게다가 당신은 결과도 냈잖아요?"

'표면상'으로 나는 왕국에 막대한 보수를 받기로 되어있었다.

사실은 몇몇을 살리는 조건으로 내가 왕국에 여러 가지를 바쳤지만, 세간에는 불합리해 보일 테니 왕국은 내가 보수를 받았다고 알릴 필요가 있었다.

신상필벌은 엄격하게 하지 않으면, 아래쪽에서 불만이 올라오기 마련이다.

"보수로 강등을 바란 분은 처음이에요."

한 번에 내려오기는 어려울 테니 수년 후부터 조금씩 내려가 언젠가 평범한 기사가 될 예정이었다.

"어차피 자작에 4위 하라는 신분은 제 분수에 맞지 않는 자리였습니다. 영지도 손에서 놓았으니, 평범한 기사가 딱 좋겠지요. 파르트너도 아로간츠도 쓸 수 없으니 더는 큰 도움을 드리기도 어렵고요."

내가 그렇게 말하자 밀렌 님이 미안한 얼굴을 하셨다.

그래서 살짝 웃으면서 아까 하신 말을 갚아 준 거라고 해줬더니, 밀렌 님은 삐쳐서 고개를 팩 돌리고 말았다.

어찌 이리도 귀엽단 말인가. 지금이라도 밀어 자빠뜨리고 싶다.

"……그 건 말입니다만, 자작의 바람대로 하기로 했어요."

"다행이군요."

내게는 딱 좋은 상황이 만들어지고 있었다.

"다만, 전쟁으로 잃어버린 당신의 로스트 아이템이 조금 마음에 걸리네요. 수리는 가능할 것 같나요?"

"회수는 했지만 어려울 것 같습니다. 일단은 제 공장에 보관하고 있습니다."

"결국, 왕국이 빼앗은 꼴이 되어버렸군요. 정말로 리온 군에게 얼마나 의지한 건지……. 제가 할 수 있는 일이 있다면 뭐든 말해주세요. 가능한 한 들어주도록 할게요."

한순간── 정말로 딱 한순간, 야한 망상이 떠올랐지만, 왕비님을 건드렸다가는 이번에야말로 진짜 내 목이 날아갈 게 뻔했다.

"그럼 빚으로 치겠습니다. 그게 더 재미있을 것 같으니까요."

"큰 빚이 되겠네요."

그대로 이것저것 이야기하고 있었더니, 마차 창문 너머로 왕궁이 보이기 시작했다.

자, 그럼 마지막 일을 할까.

◇

대기실.

식전을 앞두고 가족들이 한곳에 모여있어서 그런지 매우 소란스럽고 어수선했다.

"이, 이걸로 괜찮은 건가?"

"당신, 단추를 잘못 끼웠어요."

어머니는 아버지의 흐트러진 복장을 정돈하고 있었고, 한쪽에서는 형이 거울 앞에서 옷매무새를 확인하고 있었다.

공국과의 결전에 참전한 아버지는 공을 인정받아 6위 '상'으로 승진했다.

형이 여전히 거울을 보며 불평했다.

"어째서 나까지 나가야 하는 거야? 아버지나 리온이 있으면 난 필요 없잖아."

"형은 우리 집의 차기 당주니까 당연히 나가야지. 첫 싸움이 화려한 승리라 잘됐네."

"나는 아무것도 하지 않았는데 말이지. 그것보다도 루트아트 형님은 어떻게 되는 거지? 아니, 실은 형님이 아니었지만. 그 가족은 어떻게 됐는지 궁금하네."

조라가 살던 저택은 왕도 방어전 때 비행선이 추락하면서 모든 게 사라졌다.

조라네뿐 아니라 왕도 이곳저곳이 엉망진창이 되었기에 지금 왕도는 부흥 작업으로 한창 바쁘게 돌아가고 있었다. 이 세계에는 갑옷이라는 파워드 슈트가 있어서 작업도 생각보다 빠르게 진행되고 있었다.

"적을 앞에 두고 도망친 죄로 루트아트는 기사 칭호를 박탈당했대. 조라는 귀족의 딸일 뿐이지 작위는 가지고 있지 않으니까 딱히 깎을 것도 없었고. 루트아트는 기사 칭호 말고는 아무것도 없었으니 이젠 사실상 평민 대우가 아닐까?"

아버지에게 버림받은 조라는 본가로 돌아갈 수밖에 없는데, 그 본가도 이번에 말소가 결정되었다. 딱히 특별한 이야기도 아니었다. 이번 전쟁에서 도망친 수많은 귀족이 말소되었고, 그중에 조라의 본가도 있었다. 그저 그뿐이었다.

"어떻게 알고 있냐?"

"밀렌 님에게 들었어."

그러자 형이 매우 미묘한 표정으로 날 바라보았다.

"왜 거기서 왕비님의 이름이 나오는 거냐. 너, 설마…… 손을 댄 건 아니겠지? 야, 엉뚱한 생각 품고 있으면 당장 버려! 진짜로 하지 마! 이 이상 네 성가신 일에 말려드는 건 사절이라고!"

실례구먼. 나도 그 정도는 알고 있다고.

"그것보다 누나는 어디 갔어? 이런 행사는 늘 희희낙락하면서 나오잖아."

"제나는 집에 틀어박혔어. 그 왕도에서 피난할 때, 아버지가 그 녀석의 전속 사용인을 베어 죽였잖아? 그 일로 어찌나 발광해 대던지. 지금은 유메리아 씨가 시중을 들어 주고 있어."

그런 이유였나. 어쩐지 새로운 노예를 사 주면 곧바로 방에서 나올 것 같은 느낌이 드는데.

하지만 곧 학원의 방침을 크게 바꾼다는 모양이니 그것도 이젠 불가능할 거다.

제나의 전속 사용인이었던 미오르가 나를 함정에 빠뜨렸던 게 세상에 알려지면서 전속 사용인 제도가 문제가 많다는 의견이 올라오기 시작했다. 남자들은 이참에 전속 사용인 제도를 철저하게 짓부수기를 단단히 벼르고 있었다.

왕궁에서도 전속 사용인 제도를 폐지하는 방향으로 이야기가 흘러가고 있었다.

여자의 한도 무섭지만, 남자의 한도 굉장하군. 온 남자들이 하나가 되어 제도를 재검토하자고 할 줄이야.

그때, 대기실에 노크 소리가 울렸다. 아무래도 시간이 된 듯하다.

"——자, 마지막 일을 해 볼까."

이게 정말로 마지막이다.

◇

왕궁의 알현실.

왕좌로 이어지는 빨간 융단 위에 무릎을 꿇은 나는 폐하의 말을 듣고 있다.

"금번의 활약, 참으로 수고가 많았노라"——부터 시작해서, 호들갑스러운 대사로 나를 포함해 전쟁에 나간 귀족들을 칭찬하고 있었다.

이거 언제 끝나는 거지? 하고 생각하고 있었더니 폐하가 갑자기 날 바라보며 이상한 말을 했다.

"리온 포우 발트파르트 자작—— 아니, 백작. 귀공을 총사령관에서 해임한다. 그리고 이 자리에서 백작으로의 승작과 3위 하 계급을 수여한다!"

주위 귀족들이 술렁이고 있는 가운데, 나는 고개를 숙인 채 눈을 휘둥그레 떴다.

——뭐? 이 바보 자식, 대체 지금 뭐라고 한 거지?

"폐, 폐하. 바, 발언하여도 괜찮겠습니까!"

갑작스러운 사건에 내가 손까지 떨어가며 발언 허가를 요구하자 폐하는 수염을 매만지며 나를 내려다보고 말했다.

"인정하마."

"감사드립니다! 백작, 그리고 3위 하 계급이라니 어떻게 된 일인지요? 저 같은 풋내기에게 그러한 지위는——"

혼란에 빠진 나는 일단 '백작이라니 말도 안 돼! 계급을 받아도 난 아무것도 못 한다고!'라는 뜻을 전했다.

주위에 있던 귀족들도 같은 반응이었다.

당장 옆에서 "저 나이에 백작이라고?", "벼락출세가 극에 달했군!", "한 대만에 백작이라니 이례적이라고!", "3위 하라니, 사실상 최고위이지 않은가!" 등등의 불평이 들려오고 있었다.

3위 하는 사실상 장관급이다.

3위 상부터는 왕족이나 그 관계자가 앉는 자리니, 나는 왕국에서 도달할 수 있는 최고의 지위를 손에 넣은 셈이었다.

그런 계급을 받아도 기쁘지 않아!

학생한테 내일부터 네가 장관이야, 라는 말을 해 봤자 '뭔 소리야?' 하는 반응이 돌아올 게 뻔하잖아? 회사로 말하자면 경영진에 가까운 사람이라고. 근데 난 책임은커녕, 그만한 자리를 감당할 일도 할 수 없단 말이야!

고개를 드니 폐하—— 롤랜드 자식이 히죽히죽하며 나를 내려다보고 있었다.

"이만한 공적에 보답하기 위해서는, 왕국은 그대에게 상응하는 작위와 계급을 수여해야만 한다. 무얼, 걱정할 필요는 없다. 그대라면 머잖아 작위에 걸맞은 공헌과 계급에 어울리는 활약을 해줄 테지."

높은 평가를 해주셔서 감사합니다, 너무 고마워서 구역질이 나올 지경입니다!

이 자식, 일부러군.

내가 싫어하리라는 걸 알고서 이런 짓을 한 것이다.

주위를 보니 관리들도 영문을 몰라 서로 무슨 일인지 묻느라 정신이 없었다.

왕비인 밀렌 님조차 눈을 휘둥그레 뜨고 있었다. 정말 아무도 이 이야기를 듣지 못했던 것 같다.

——이 자식, 진짜 독단으로 나를 승진시켰어!

까불고 있어.

내가 뭔가 말하려 했더니, 롤랜드 녀석이 먼저 역겨운 연극조 말투로 지껄였다.

"불만이 있는 자는 이름을 대고 나오도록 하여라."

알현실에 적막이 흘렀다.

내 승진에 불평을 늘어놓던 자들도, 내 승진을 막으려 하지는 않았다.

지금 내 승진을 막으려 드는 건 도리어 불리하게 작용한다는 걸 알고 있기 때문이었다.

만약 여기서 내 승진을 막는다면, 이후로는 승진 안건이 나올 때마다 내 활약과 비교를 당해야 한다. 사실상 출셋길의 문턱만 높이는 꼴이었다.

"발트파르트 백작, 이후의 활약에 기대하지."

"서, 성은이 망극하옵니다."

크으윽! 저 으스대는 얼굴에 대고 '까불지 마, 이 자식아!'라고 소리칠 수만 있다면 얼마나 좋을까……!

하지만 이 자리에는 내 가족도 있다. 그런 짓을 했다간 가족에도 폐가 될 수 있다.

젠장! 아비나 그 자식 놈이나 하나같이 나한테 민폐를 끼치다니!

나는 롤랜드 녀석이 실실 웃는 모습을 보며 마음속으로 맹세했다.

──언젠가 복수해 주마.

◇

왕궁의 어느 방으로 돌아온 나는 미친 듯이 날뛰었다.

"그 자식! 내가 출세하고 싶지 않다는 걸 알고 일부러 출세시키다니!"

나는 소파에 놓여 있던 쿠션을 집어 던졌다.

깨지는 물건은 무서워서 못 던진다.

아버지와 어머니가 나를 보고 소곤소곤 이야기하는 소리가 들려왔다.

"저기, 아들이 백작이 되면 어떻게 접해야 하는 거지? 역시 존댓말을 써야 하려나?"

"아, 아마도요? 하지만 저 애가 그런 걸 신경 쓸까요?"

"하지만 백작이라고. '3위 하'는 말 그대로 격이 다르잖아?"

"그러면, 존댓말로······."

나는 두 사람을 돌아보고 절규했다.

"알맹이가 없는 허울뿐인 백작인데 무슨 소릴 하는 거야?! 이건 그냥 왕궁이 날 괴롭히는 거라고! 그런데 거기에 존댓말이라니?! 기분 나쁘니까 그만둬!"

그러자 형이 생각났다는 듯이 말했다.

"그 뭐냐, 너무 긱징하시 마라. 아버지가 공장을 리온에게 돌려주면 수입이 늘어날 테니 어떻게든 될 거야."

"그 정도로 어떻게든 될 거 같으면 고민을 안 해!"

공장의 수입이 적은 건 아니지만—— 그래도 부족하다.

백작이라는 건 그만한 신분이다.

공장 하나로 어떻게 할 수 있는 수준이 아니었다.

아버지가 손바닥에 주먹을 내리치며 "그렇지!"라고 말했다.

"아예 궁정 귀족이 되면 어떠냐? 궁정 귀족은 왕궁에서 연금이 나오지 않냐. 그럼 영지가 없어도 괜찮을 거다!"

"당연히 안 되지! 불가능하다고! 이 계급으로 궁정에 들어가면 그야말로 나라를 운영하는 일에 끼어야 한단 말이야! 내가 그런 걸 어떻게 해?!"

"하긴, 그건 그렇군. 네가 그런 자리에 앉아 있으면 나라도 이 나라는 끝났다는 생각이 들 거다."

나는 지나치게 솔직한 아버지에게 쿠션을 내던지고 방을 뛰쳐나갔다.

"이런 나라, 당장 떠나버릴 거야아아아!"

어머니가 내 뒤에 대고 말을 건넸다.

"저녁 식사 전까지는 돌아오렴!"

——네.

◇

왕궁 복도를 걷고 있자 누군가가 말을 걸었다.

"리온!"

고개를 들어보니 복도 맞은편에서 안제가 드레스의 스커트를 밟지 않도록 양손으로 살짝 들고 나를 향해 뛰어왔다.

황급히 왔는지 약간 뺨이 달아오른 게 호흡도 살짝 흐트러져 있었다.

"리온, 이게 대체 무슨 일이지? 너는 알고 있었나?"

폐하가 저지른 독단을 말하는 건가. 나는 고개를 힘없이 가로저었다.

"폐하가 멋대로 결정한 거야. 나도 처음 듣는 이야기였어."

"그야 생각해 보면 그런 자리에서 너를 강등할 수는 없겠지. 오히려 승진시키는 게 왕국도 더 편했을 거다. 하지만 아버님조차 모르고 계실 줄은······."

그 자식, 정말로 아무한테도 상담하지 않고 결정한 건가?

뭐 그따위 민폐인 핏줄이 다 있지?

율리우스 전하도 그렇고, 롤랜드 자식도 하나같이 최악이다.

"어쩌지? 어쩌면 좋다고 생각해? 솔직히 말해서, 이런 상황에 백작이 되어봤자 곤란할 뿐이라고."

"그렇겠지. 지위가 있다 해도 가문도 영지도 없는 상황이니. 궁정 귀족이 되어도 문제가 생길 테고. 내가 보기에는 데릴사위로 들어가는 게 제일 무난할 것 같다."

데릴사위?

"대귀족은 딸에게도 새로운 가문과 영지를 마련해 주는 경우가 있다. 거기에 데릴사위로 들어가면 뒷배도 얻을 수 있고, 여러모로 이득이지.”

그런 방법도 있는 건가 하고 생각하고 있었더니, 마찬가지로 드레스 차림인 클라리스 선배가 얼굴을 내비쳤다.

“어머, 딱히 데릴사위로 들어가지 않더라도 리온 군이 새로운 가문을 일으키면 되잖아. 안 그래도 저번 일로 귀족이 많이 줄어 버렸으니까. 어찌 보면 독립할 기회 아니겠어?”

왕국은 이번 사건으로 수많은 가문을 말소했다.

공국과 이어져 있던 집안은 물론이지만, 구원 요청을 무시한 녀석들은 인정사정 볼 것 없이 말소하거나 영지를 몰수하는 등, 처벌 순서가 돌아오기만을 기다리고 있었다.

즉, 사람은 부족하고 토지는 남아도는 상황이었다. 독립한다면 절호의 기회였다.

“클라리스, 무슨 볼일이지?”

“데릴사위로 들어가게 되면 여러모로 성가신 일도 생기잖아. 더구나 백작이 데릴사위로 들어간다니, 체면도 서질 않아.”

“리온의 경우는 예외다.”

갑자기 둘이서 옥신각신하기 시작했다.

“데릴사위로 들어갈 것인가 아니면 가문을 세울 것인가── 근데 그거, 어느 쪽이든 결국은 독립인 거 아냐?”

내가 그런 소릴 하고 있자, 화려한 드레스로 몸을 감싼 디어드리 선배가 이쪽으로 다가왔다.

“조금 전부터 듣고 있으려니, 둘이 모여서 무슨 말을 하는 거죠?”

클라리스 선배가 디어드리 선배를 노려봤지만, 디어드리 선배는 시치미를 뗀 표정을 짓고 있었다.

"방해하지 마시죠, 디어드리 선배."

"독립의 선택지가 영주 귀족 하나뿐이라니, 둘 다 시야가 좁다고 생각했을 뿐입니다."

안제가 한쪽 눈썹을 치켜세우며 물었다.

"……무슨 의미지?"

디어드리 선배가 가슴을 펴고 당당하게 내 미래에 관해 이야기해 주었다.

"로즈블레이드 가는 궁정 귀족에 분가를 가지고 싶다고 생각하고 있던 참이라서 말이죠. 궁정 귀족도 제법 줄어든 것 같으니, 노려봄 직한 목표가 아닌가요? 알맹이── 내용물은 로즈블레이드 가문이 마련할 테니, 백작은 그 명예와 지위를 마음껏 발휘하기만 하면 된답니다."

그 말인즉, 내게 로즈블레이드 가의 분가 당주가 되라는 건가?

이것도 데릴사위인 걸까?

세 사람이 서로 노려보기 시작했기에, 나는 슬슬 도망치는 게 좋을 것 같다는 생각이 들어 살금살금 이 자리를 떠났다.

복도를 걷자니 모퉁이 너머에서 "꺄앗" 하고 귀여운 비명이 들려왔다. 내가 발걸음을 옮겨 보니, 드레스 차림의 리비아가 비닥에 주저앉아 있었다. 아무래도 드레스가 익숙지 않은 탓에 치맛자락을 밟고 넘어진 모양이었다.

그리고 그 리비아 앞에 한 남자가 손을 내밀고 있었다.

"괜찮나, 아가씨?"

"네, 넵!"

"그거 다행이군. 혹시 괜찮다면 거기 있는 방에서 쉬지 않겠나?"

뜬금없는 권유에 당황했는지 리비아의 시선이 갈팡질팡하고 있었다.

나는 리비아를 도와주기 위해 재빨리 다가갔으나 헌팅 자식의 얼굴을 보고 자기도 모르게 미간을 찌푸렸다.

"폐하, 왕궁에서 여성을 유혹하다니, 부끄럽지 않으신 겁니까?"

"바보 녀석. 여기선 다들 이러고 다니──음? 뭐야, 너였나."

헌팅 자식은 나라는 걸 알아차리자마자 즐겁다는 듯 웃음을 흘렸다.

"크크크, 여어, 백작. 출세한 기분이 어떤가?"

"최악입니다! 강등하겠다는 이야기는 어떻게 된 겁니까?! 출세시키면 이후에 강등하기 어려워지니까 작위는 그대로 두겠다는 이야기였잖습니까!"

"아아, 그거 말이냐? 물론 고려는 해 봤다. 하지만 생각하다 보니 여러모로 귀찮아져서 말이지. 구국의 영웅에게 그런 대우를 했다는 게 알려지면 내 기량을 의심받을 게 아니냐. 그래서 숙려한 결과, 역시 승진시키기로 했지."

"──그럼, 여기서부터 강등해 주겠지요?"

"작위가 내려갈 만한 짓을 하면, 말이지."

이 자식, 내가 싫어할수록 기뻐하고 있다.

"약속이 다르지 않습니까?"

"아아, 그렇지. 나도 마음이 아파. 하지만, 나는 너를 싫어하니까 말이다. 네가 기뻐할 짓은 하지 않기로 했다."

이 자식, 내 앞에서 대놓고 싫어한다고 지껄였어!

내가 황당해하고 있었더니, 기분이 좋아진 롤랜드는 몸짓 손짓을 섞어 가며 말했다.

"전쟁 전에 나 이상으로 눈에 띈 게 용서할 수 없다. 뭐가 '폐하께서 그것을 바라신다면'이냐. 쓸데없이 멋있잖아. 나는 그런 건 용납 못 한다. 모처럼 내 멋진 모습을 보여 줄 자리였는데 방해한 네가 나쁜 거다."

"엑?! 그런 이유?!"

어느새 일어난 리비아가 우리 대화를 듣고 안절부절못하고 있었다.

곤란해하는 표정이 귀엽다.

하지만 문제는 눈앞에 있는 아저씨다.

"내 멋진 모습을 보여 줄 자리는 거기뿐이었다고. 내 대사에 망설이는 너를 놀려 주고, 어른의 여유를 보여 주고 싶었는데 네 녀석 때문에 내 계획이 전부 허사가 되어 버렸다. 그 후의 후작과의 대화에서도 눈에 띄었던 게 열 받아."

"아들을 흠씬 두들겨 팼다든가, 아내를 유혹했다든가 하는 그런 이유가 아니라?"

그러자 롤랜드 녀석은 팔짱을 끼더니 나를 머리끝부터 발끝까지 훑어보았다.

"그런 말을 아무렇지 않게 하다니, 쓰레기로군. 허나 그 정도로 화를 내고 있어서야 왕궁에서는 생활할 수 없다. 아들이 얻어맞은 건 아들 책임이고, 새삼 왕비를 유혹한다고 해도 나는 솔직히 관심이 없다. 물론 측실한테 손을 댄다면 처형했겠지만 말이지."

──이 녀석도 어디 가서 꿀리지 않을 쓰레기 자식이었나! 나보다도 쓰레기 아니야?

롤랜드가 리비아 쪽을 보고 돌아서서는 자세를 바로 고치고 손을 내밀었다.

"자아, 아가씨. 함께 하룻밤의 추억을 만들지 않겠나?"

그러고 보면 게임에서 왕비님은 악역 영애와 함께 주인공의 적으로 나오는데, 이상하게도 왕은 이해심이 좋게 나왔었지.

그런데 설마 그 이유가 '왕이 젊은 여자를 좋아하는 밝힘증 아저씨라서'였다니.

여성향 게임이라면 좀 더 꿈이 담긴 인물로 해달라고!

"칫, 여기서 너를 너덜너덜하게 두들겨 패면 강등을 얻어낼 수 있으려나?"

"오호, 애송이. 기어코 처형당하고 싶은 모양이군. 좋다, 이 자리에서 위병을 불러 주마!"

이 와중에 위병을 부르는 거냐. 한심하긴.

내가 그런 생각을 하고 있자 폐하의 등 뒤에서 익숙한 목소리가 들려왔다.

"——폐하."

밀렌 님이 시녀들을 데리고 이쪽으로 다가오고 있었다.

롤랜드가 목소리만 듣고 고개도 돌리지 않은 채 도망가려 하기에, 나는 즉각 손을 붙잡았다.

"이, 이거 놔라!"

"어이쿠~ 어딜 가시는 겁니까, 폐하~."

내가 히죽히죽하며 팔을 꽉 붙잡았더니, 폐하가 엄청난 얼굴로 날 돌아보았다.

"너, 너 이 자식! 정말로 처형할 거다!"

"밀렌 님! 폐하가 저를 처형하겠다고 하십니다~! 살려주세요!"

"또 젊은 여자애를 유혹하고! 게다가 간언한 사람을 처형하겠다니, 대체 어찌 된 건가요! 백작은 왕국의 은인이고 영웅인데도! 오늘만큼은 용서하지 않겠어요!"

"아, 아니다! 나는 그저 왕족의 책무를 지키려 했을 뿐이다! 아이를 낳게 하는 건 내 의무 같은 거라고! 젊은 여자에게 손을 대는 게 뭐가 나쁘다는 거냐!"

"그런 말을 하면서 얼마나 많은 여자를 끼고 있는 건가요!"

밀렌 님이 롤랜드를 데리고 어딘가로 가 버렸다.

롤랜드와의 싸움은 내 승리로 막을 내렸다.

"훗, 악은 물러갔군."

리비아가 쓴웃음을 짓고 있었다.

"그, 저기, 리온 씨. 그게…….”

"응? 아아, 드레스 잘 어울려.”

"감사합니다! ……앗! 그, 그게 아니라!”

리비아가 가슴에 손을 대며 심호흡했다.

"요전 건 말이에요.”

내가 황급히 시선을 돌렸더니 리비아가 내 손을 잡았다.

"어째서 대답해 주시지 않는 건가요?”

리비아의 촉촉한 눈동자가 내게 향했다.

이런 연인이나 아내가 있다면 얼마나 행복할까.

나 역시 아무 문제가 없다면 고개를 끄덕이고 싶은 참이다
만…….

아니, 대체 어쩌다가 두 사람 모두 날 좋아하게 된 거지?

그보다, 이거 정말 어느 한쪽을 선택해야 하는 거야?

이 내가?

"안 된다면 그래도 괜찮아요. 하지만, 똑바로 대답해 주셨으면
해요.”

애초에 말이지, 이 세계는 게임이라고 생각하며 지내왔던 내
가, 이 세계에서 그야말로 '인생'을 살던 이들에게 호감을 받아도
되는 걸까?

내가 실컷 바보 취급해 왔던 마리에와 뭐가 다르지? ──그래
서 대답하기 난감한 거다.

리비아가 표정을 단호하게 고치고, 다리 폭을 약간 벌려 당당

하게 말했다.

"확실히 해주시지 않는다면, 저한테도 생각이 있어요!"

"뭐, 뭐라고!"

"반드시—— 반드시 리온 씨가 절 돌아보게 할 거예요!"

어쩜 이렇게 늠름한 대사란 말인가.

그 다섯 명이 똑같은 말을 했을 때는 '이 녀석들, 바보군'이라고 생각했는데, 리비아를 보고 있자니 '누님!'이라고 부르고 싶어졌다.

내가 여자였다면 홀라당 넘어갔을 거다.

"그러니까, 같이 있어 주세요. 계속 함께 있어 주세요!"

하지만 끝에 가서는 평소의 리비아로 돌아왔는지 결국 울상이 되었다.

나는 머리를 긁적이며 대답했다.

"아…… 미안. 그건 무리야."

에필로그

조금 이른 감이 있는 봄방학.

본가에 귀성한 나는 공장으로 발걸음을 옮기고 있었다.

눈앞에는 외뿔이 인상적인 200m급 비행선,【아인호른(Einhorn)】
이 건조 중이었다.

외뿔도 그렇지만, 아인호른은 파르트너에 비해도 장식이 정말
많았다.

"장식이 너무 많은 거 아니야?"

『호르파트 왕국의 대표로서 부끄럽지 않은 비행선을 준비하라
는 게 왕궁이 제시한 조건이었으니 말이죠.』

공장에서는 사람과 로봇이 섞여 작업하고 있었다.

로봇들이 주력을 담당하고, 사람들이 잡일을 맡고 있었다.

애초에 공장을 가동한 지 이제 수개월 남짓이기에 믿고 맡길만
한 숙련된 기사(技師)가 단 한 명도 없었다.

수년 정도 지나면 일을 맡길 수 있을 것 같다 하니, 그때까지는
로봇들을 주력으로 쓰기로 했다.

"파르트너는 수리가 끝나도 내보낼 수 없고, 정말 여러모로 귀
찮네. 근데 크레아레는 어쨌어?"

『그 녀석은 왕도에 남기고 왔습니다. 올리비아와 안젤리카가
마음에 들었다는 것 같더군요.』

"너보다도 자유분방한 인공지능이구먼."

『부정할 수 없네요. 뭐, 갑자기 배신한다거나 할 일은 없으니까 괜찮겠지요. 그런 일보다 마스터는 이제부터를 생각해야지 않겠습니까?』

내가 굳이 새로운 비행선을 준비하는 이유는—— 다른 나라에 유학하기 위해서였다.

"하아…… 설마, 그 여성향 게임이 시리즈물이 되어있었다니, 누가 예상이나 했겠냐고……."

나는 마리에와 단둘이 나누었던 대화를 떠올렸다.

◇

왕궁에서 마리에와 이야기하던 날.

나는 이 세계의 새로운 진실을 알고 전율했다.

"아무래도 오빠는 모르는 모양인데, 그 여성향 게임은 시리즈물이 되었어."

"……뭐?"

밸런스 엉망에 유저의 불만이 폭발한 그 게임이 시리즈물이 되었다고?

마리에는 잘난 듯한 태도로 이야기를 이어갔다. 알려주는 건 고맙다만 왜 네가 잘난 척하는 거냐?

"헤르트라위다는 3탄에 나온 캐릭터야."

"사, 삼 탄? 야, 기다려 봐. 잠깐 기다려!"

3탄이 있다는 건, 그 사이에 2탄이 있다는 의미다.

나로서는 금시초문이었다.

"몰라도 당연하지. 오빠는 1탄을 클리어하자마자 죽었으니까. 속편은 그 뒤에 나왔고. 3탄에는 율리우스의 남동생이 입학하는 이벤트가 있어."

"그 녀석한테 남동생이 있었냐!"

"있어. 측실이 낳은 아이라 율리우스와는 이복형제지만. 조금 그늘이 진 느낌이 있어 멋있는 캐릭터야. 무법자 같은 느낌?"

그런 설정은 아무래도 좋다.

하지만 지금 생각해 보면 알현실에서 몇 번인가 그럴듯한 어린 애를 봤던 것 같군.

철석같이 왕자는 율리우스뿐이라고 생각하고 있었다.

확실히, 왕가에 왕자가 한 명이라는 건 문제가 있지.

"혹시, 내가 몰랐던 두 마리의 괴물은 3탄의 마지막 보스였던 건가?"

"맞아. 하늘과 바다의 수호신이 3탄의 마지막 보스야. 참고로 3탄 시작 시점에는 율리우스 일행은 3학년이야. 그래서 1탄의 이벤트와 이어지는 내용이 나오고, 졸업 후의 모습도 즐길 수 있는 특전이 딸려 있었어."

그런 정보는 필요 없다──고 생각했지만, 그런 이벤트가 있었던가?

학원에 율리우스 전하의 동생이 입학하는 이벤트는 들어본 적이 없는데?

"아니, 3학년 때 율리우스의 동생이 입학하는 이벤트 같은 건 게임에 없었잖아?"

"그야 나중에 갖다 붙인 설정인 게 뻔하지."

──제길, 돌직구 설명 고맙다!

그렇구나. 그럼 어쩔 수 없지── 하고 납득할 수 있겠냐!

"하, 하지만, 그건 즉, 3탄의 보스도 몽땅 쓰러뜨렸다는 의미니까 이젠 괜찮은 거겠지? 왕국의 위기는 물러간 거지?"

그러자 마리에는 씨익 미소를 띠었다.

"오빠, 2탄의 무대는 호르파트가 아니야. 【알제르 공화국】이라고."

어라? 어디선가 들은 적이 있는 나라인데?

"자, 잠깐. 기다려 봐! 그러면……."

"2탄의 마지막 보스는 건재해."

마리에의 히죽히죽하는 얼굴을 보면서, 나는 머리를 감싸 쥐고 그 자리에 주저앉았다.

"젠자아아아아앙!"

어떻게 이런 일이 있을 수가 있단 말인가. 이 세계── 그 여성향 게임에 속편이 있고, 실은 세계의 위기가 아직 끝나지 않았다니, 믿고 싶지 않다. 전부 다 끝났다고 생각했는데!

마리에가 갑자기 우쭐한 미소를 지으며, 나를 바라보았다.

"자, 그럼 교섭을 할까?"

이 녀석, 2, 3편의 지식을 미끼로 나와 교섭을 할 생각이군.

제법 강한 자세로 나오잖냐.

"태도가 거만한데."

"후후, 그런 말을 해도 괜찮을까? 나는 오빠가 가지고 있지 않은 게임 지식을 가지고 있다고."

"쯧, 뭐가 필요한데."

"우선은—— 생활비 송금을 부탁드려요! 생활비가 필요해!"

거만한 태도는 어디로 갔는지, 마리에는 엎드려 머리를 숙이고는 도와달라고 빌었다.

"생활비? 딱히 필요 없지 않냐? 어차피 부유섬에 갇히는 마당에. 더구나 필요한 물건은 미리 준비할 거야. 아니, 그보다 이미 살아가는 데 필요한 걸 거의 갖춰 놓았어."

"안 그래! 조금은 고생을 알도록 하세요, 하고 자급자족 생활을 하게 되었단 말이야! 그야 필요한 도구나 부차적인 것들은 제공해주겠지만, 막상 일하는 건 바로 그 다섯 명이라고! 카일이나 카라는 몰라도, 그 다섯 명이 농사일을 할 수 있을 것 같아? 분명히 실패할 거야!"

뭐, 다섯 모두 도련님이니 갑자기 농사일을 지으라 해봐야 못하겠지.

그보다 카라도 널 따라가는 거냐?

"거기 있는 쌀이나 그런 건 제대로 챙겨서 보낼 테니까, 제발 생활비만 어떻게 해줘! 그 다섯 명 모두 본가에서 버려진 거나 마찬가지라 생활비 지원은 기대할 수도 없다고!"

마리에가 앞날을 이토록 불안하게 보는 이유는 그 다섯 바보가 '농사일쯤이야, 식은 죽 먹기지' 하고 생각하고 있는 탓인 듯했다.

자급자족 생활도 나쁘지 않지~ 하고 만만하게 보고 있는 거다.

"이대로는 안 돼. 그 다섯 명한테 맡기면 반드시 망할 거야. 내 감이 그렇게 말하고 있어. 어떻게 아냐고? 그 애들이 하는 말들이 전생에서 만났던 전 남자친구가 했던 말들이랑 같거든! 물러 터진 생각도 그렇고, 어떻게든 된다고 꿈 같은 소리나 하면서 기둥서방 짓을 하던 남자친구들이랑 똑같아!"

기묘한 우연이군. 나도 같은 의견이야. 그 녀석들이 실패하는 모습이 눈에 선하다.

그나저나 이 녀석은 정말 글러 먹은 남자들한테 인기가 많군. 글러 먹은 남자가 이 녀석한테 가까이 다가가는 건지, 이 녀석이 남자를 글러 먹게 만드는 건지―― 글쎄, 어느 쪽이지? 혹시 글러 먹은 남자를 끌어들이는 전파라도 내보내고 있는 걸까?

마리에는 절실하게 나한테 부탁했다.

"그러니까, 정보를 팔 테니 생활비를 부탁드려요!"

뭐, 정보는 타협할 여지가 없다. 어쩔 수 없군.

"생활비는 보내줄 테니까, 그 알제르 공화국에 관해서 이야기해."

"고마워, 오빠!"

마리에는 생활비를 얻은 게 기뻤는지 일어나서 덩실거렸다.

얼른 이야기하라고 말하니, 마리에는 헛기침하고 나서 알제르 공화국에 관해 이야기했다.

"알제르 공화국은 귀족 공화제 국가야. 왕국보다도 진보해 있고, 평민이라도 다닐 수 있는 학원이 있어. 거기서 공략 대상 남자들과 친해지는 거야."

학원물인 건 1탄과 마찬가지인가.

"그리고 2탄의 주인공은 몰락한 대귀족의 피를 이은 여자애야."

"흐음~."

"최종적으로 그 주인공이 공략 대상 남자와 가문을 다시 일으키는데——"

——마리에한테 들은 정보에, 나는 할 말을 잃었다.

"공략 실패하면 세계의 위기라니, 그런 게 어디 있어. 제발 좀 봐줘."

자세한 이야기는 생략하겠지만, 결론은 2탄의 주인공이 좋은 느낌이 되지 않으면 세계가 멸망한다는 내용이었다.

이 세계는 뭐야 대체? 왜 항상 연애 사정으로 멸망의 기로에 서는 건데?

『마스터도 잔걱정이 많은 성격이군요.』

"세계의 위기를 어떻게 모른척하냐! 젠장, 아무것도 몰랐다면 학원에서 평범하게 2학년 생활을 보내고 있었을 텐데!"

『마스터도 참 큰일이군요. 이번 일로 남녀의 결혼 사정도 달라질 테고. 마스터는 백작에 3위 하라는 계급도 있으니 다가오는 사람도 많았을 텐데, 이 모든 걸 두고 유학을 하겠다니.』

왕궁에서 여러 가지를 손보면서 결혼 사정도 상황이 확 바뀌었다. 현명한 여자는 이미 발 바쁘게 움직이기 시작했다.

『여기 남으면 그야말로 마스터가 바라던 행복한 학원 생활을 볼 수 있는 거 아닙니까?』

"그렇겠지! 나도 가고 싶지 않아! 하지만 안 갈 수도 없다고!"

당장 제일 큰 문제는 나나 마리에같은 전생자가 더 있는 경우다.

실제로 있는지 어떤지는 아직 모르지만, 만약 있다면 마리에처럼 스토리를 무시하고 제멋대로 행동한 끝에 세계가 위기에 빠지는 상황이 올 수도 있다.

기껏 힘내서 여기까지 왔는데, 어이없게 세계가 멸망하게 둘 수는 없다.

"일단 직접 가서 낌새를 봐야지. 아무 일도 없다면 단순한 유학으로 끝낼 수도 있을 거야."

『언어가 다른데 괜찮겠습니까?』

"어찌어찌 인사 정도는 할 수 있게 됐어. 대화는 안 될 거 같다만."

『제가 통역할 수도 있습니다만?』

"뭐?! 그런 건 일찍 말하라고! 아무것도 모르고 필사적으로 공부했잖아!"

『공부하는 게 당연한 겁니다.』

떠들고 있었더니, 형이 마중하러 왔다.

"리온, 아버지가 널 부르신다."

"아버지가?"

아버지의 집무실에 얼굴을 내민 나를 기다리고 있던 건—— 결혼 이야기였다.

"즉, 결혼식을 한다고?"

"아니, 약혼식이다. 너도 참가해야 하니까, 제대로 준비해 둬라."

"나도? 누가 하는데? 설마 누나?"

"……제나는 글렀다. 네 엄마 말로는 제대로 할 줄 아는 집안일이 하나도 없다더군. 지금은 여자애 쪽이 결혼하기 어려우니까, 제나를 정말 시집보내려면 억지로라도 신부 수업을 해야 한다는 모양이다."

남자의 숫자가 여자보다 적으니, 정상적인 흐름이라면 남자가 결혼 활동에서 우위에 설 수밖에 없는데, 이런 상황이 되도록 집안일을 전혀 못 하는 제나는 다른 여자들보다 경쟁력이 낮았다.

지금은 어머니가 처음부터 하나하나 가르치는 중이란다.

뭐, 사실 영웅의 누나랍시고 나와의 인맥을 미끼로 삼으면 어딘가에는 시집갈 수 있을지도 모르지만, 부모님은 그건 농담으로도 할 결혼이 아니라고 생각하셨는지, 누나를 가만히 놔두질 않았다.

그럼 누나는 사실상 논외고, 남는 건 닉스 형밖에 없는데?

형은 남작가의 후계자로서 아버지의 일을 돕고 있다. 이미 학원도 졸업했으니 결혼 이야기가 나와도 이상할 게 없었다. 다만…….

"그냥 결혼하면 되는 거 아니야? 왜 약혼식을?"

"뭐, 여러 가지로 사정이 있어서 말이다. 그래서 갑작스럽게 미안하다만, 유학처에 가기 전에 너도 참가해 줘야겠다."

형도 여러 가지로 큰일이구먼.

"그래, 알겠어."

"좋아. 그러면 준비를 해 둬라."

◇

방을 나와서 계단을 내려가자, 차녀에서 장녀로 승격한 제나가 청소하는 모습이 보였다.

아무래도 유메리아 씨에게 청소 방법을 배우고 있는 모양이었다.

"아가씨, 그렇게 건성으로 닦으면 안 돼요. 이렇게, 꼼꼼히 닦

509

으셔야 해요.”

일단 손은 움직이고 있었지만 입을 꾹 다물고 있는 게, 매우 불만스러워 보였다.

“아, 안 돼요! 거기는 이렇게 해서——”

아이를 가진 엄마라는 게 믿기지 않을 만큼 귀여운 유메리아 씨는 직접 시범까지 보여 주며 청소를 가르쳐주고 있었지만, 결국 누나의 한계가 먼저 찾아오고 말았는지 누나가 갑자기 소리 지르며 걸레를 던졌다.

“아악! 못 해 먹겠네! 이런 일은 사용인한테 시키면 되잖아!”

“주인마님께서 아가씨께 청소를 가르치라고 하셔서…….”

아직도 현실을 받아들이지 못했는지, 누나는 헛된 꿈을 품고 있었다.

“어차피 학원에 가면 남작가의 후계자들이 있을 거란 말이야. 그런 녀석이랑 결혼하면 돼! 그래, 마침 잘됐네. 리온! 네 친구를 나한테 소개해. 상황이 상황이니까 시골 영주 귀족 정도로 타협해 줄게.”

유메리아 씨가 당황한 얼굴로 내게 머리를 숙였다.

나는 유메리아 씨에게 “괜찮아요” 하고 부드러운 미소를 보내고는, 누나를 보며 대놓고 비웃었다.

“이러이런, 백작님에게 그린 태도를 보이다니, 아주 대단한 배짱이군. 뭐, 말이 나온 김에 얘기하는데, 안타깝지만 내 친구들은 이미 다른 여자들에게 열렬한 어프로치를 받는 중이라서 말이지.

내가 누나를 소개해준들 아무런 의미도 없을걸?"

——그야말로 인기 만점이다. 너무 부럽다.

나는 백작이라는 지위가 있는 탓에 다가오는 여자들도 하나같이 그만한 지위가 있는 아가씨들뿐인데 말이지. 물론 아가씨들이 다가오는 건 기쁘긴 하지만, 그 사람들은 섣불리 손을 댔다간, 그대로 책임을 져야 할 수도 있기에 경솔하게 놀 수가 없었다.

"너, 너 말이야, 누나한테 무슨 태도가 그래!"

"사실이 그렇잖아? 그 노예 놈이 저지른 일 때문에 위기에 빠진 누나를 구한 게 누구인지 잊지 말라고."

실제로 미오르가 프램튼 후작에게 조력한 것이 밝혀지면서 누나한테도 책임을 물으려는 움직임이 있었다. 그걸 돈의 힘으로 어떻게든 막은 건 다름 아닌 나였다.

누나가 분한 듯이 입술을 깨물고 있는 모습을 보니 기분이 상쾌하군. 참 기분 좋은 날이야.

"저, 저기, 도련님? 아니, 백작님이라고 해야 하나요? 어, 그러니까…… 어, 어쨌든, 리온 님, 제나 님이 불쌍해요."

유메리아 씨를 보고 있으면 마음이 평온해진단 말이지.

쓰레기 같은 성격을 가진 자매만 보고 산 내게는 이 사람이 귀여운 여동생같이 보였다.

뭐, 실제로는 나보다 나이도 많고 아이까지 있는 엄마지만.

요 살짝 푼수 같은 느낌이 좋다. 덧붙여서 성실하고 상냥하다.

음, 역시 최고야.

"유메리아 씨를 봐서 넘어가 준다만, 농담이 아니라, 정말로 슬슬 진지하게 노력해 봐. 이대로 가면 정말 결혼 못 할 수도 있어."

"하, 학원에 돌아가기만 하면, 남자야 얼마든지 고를 수 있어!"

"이것 참 답답하군. 현실을 보란 말이다. 시대가 바뀌었어. 이젠 남자가 적고, 여자가 남아돈다고."

내가 고개를 흔들며 코웃음을 치자 누나가 버럭 화를 내며 걸레를 주워서 나한테 냅다 던졌다.

발끈해서 얼굴이 시뻘게져 있는 게 참 우스웠다.

내가 화려하게 걸레를 피하자 그 모습을 본 어머니가 누나를 나무랐다.

"제나, 너 아직도 이해하지 못한 것 같구나."

"엄마! 이제 그만 봐줘!!"

나는 어머니를 피해 도망가는 누나의 뒷모습을 보면서 웃었다.

결혼 활동 사정이 바뀌었다지만 저 누나를 보면 아직 갈 길이 먼 것 같다.

밤.

내 방에 누운 나는 느릿느릿하게 루크시온과 이야기를 하고 있었다.

졸음이 오기 시작했기에 대답도 그다지 의식해서 하고 있지는 않았다.

『형님분이 약혼입니까.』

"응. 축하해야겠지."

『마스터는 올리비아와 안젤리카 중 한쪽을 선택할 마음이 드셨습니까?』

"솔직히 나도 내 마음을 잘 모르겠어. 나도 두 사람은 좋아하지만, 책임이나 이것저것 생각하면 앞으로 나아가기가 무섭더라고."

졸려서 하품하고 있었더니, 루크시온이 멋대로 결론을 냈다.

『즉, 어느 한쪽을 선택할 수 없을 정도로 좋아하는 것이로군요?』

"뭐, 그렇지. 그래서 둘 다, 라고 말했는데, 사이좋게 내 뺨따귀를 때리더라고. 나는 솔직하게 대답했는데, 너무해."

『그럼 어느 쪽이 되었든 결혼할 뜻은 있다는 겁니까?』

"할 수 있다면야 그렇지. 뭐, 그게 가능했으면 이런 고생은 안 했겠지만. 나도 좋아하기는 해. 그래서 두 사람이 행복해졌으면 하는 거고. 근데 나는 어울리지 않아."

너무 착한 애들이다. 나는 어울리지 않는다.

나를 위해서 무릎을 꿇고 머리까지 숙여 줬다잖아?

기왕이면 더 좋은 남자와 결혼해서 행복했으면 좋겠다.

『전이야 어쨌든, 지금은 백작이란 신분과 영웅의 칭호가 있으니 충분히 어울린다고 생각합니다만.』

"그걸 내세우면 그냥 내 지위를 이용해 낚는 거나 마찬가지잖

아. 그건 안 돼. 둘에게 미안한 마음이 든다고.”

『그렇습니까. ——마스터, 내일이 기대되는군요.』

“그래. 이제 자게 해줘. 졸려서 죽겠다……. 내일은 아침 일찍부터…….”

눈을 감자, 리비아와 안제가 즐거운 듯이 웃고 있는 얼굴이 보였다.

◇

다음 날.

가족들이 모이는 대기실에서 나는 호화로운 의상으로 몸을 감싸고 있었다.

“이거 뭔가 이상하지 않아? 오늘의 주역은 형이잖아? 왜 내 옷이 더 화려한 건데?”

형도 값비싼 정장을 입고 있었지만, 내 옷이 명백히 훨씬 더 눈에 띄었다.

“아~ 그 왜, 너는 백작이잖아. 나는 남작가의 후계자고. 신분에 맞게 입어야지.”

“아니, 안 되지. 주역은 형인데. 형이 딱 차려입는 편이 더 좋다니까.”

동생인 코린이 나를 올려다보고 있다.

“리온 형아, 옷이 굉장하네! 반짝반짝하고 있어!”

그렇지? 네가 봐도 너무 화려하지?

뭔가 이상한 기분이 들어 주변을 둘러보자 아버지가 긴장한 모습으로 문 앞에 서 있는 모습이 보였다. 기분 탓인지 모르겠지만 이따금 시선이 힐끔힐끔 나에게 향하고 있었다.

어머니도 이상하다 싶을 만큼 안절부절못하고 있었다.

"……루크시온, 낌새가 이상하지 않냐?"

『다들 긴장하고 계신 것이겠지요.』

뭐, 형의 약혼식이니까 그럴 수도 있다만…… 묘한 느낌이군.

"상대 가족한테 인사는 안 해?"

내가 형에게 묻자 형은 내게서 시선을 돌리며 대답했다.

"아, 음…… 뭐, 그런 절차가 됐어. 전부 끝나면 인사할 거야."

정말로 총망한 약혼식인 모양이다.

그렇게 생각하며 방에서 기다리고 있자, 아버지가 시계를 보고——.

"슬슬 시간이군. 좋아, 가자. 리온은 이쪽이다."

"예이, 예이~."

약혼식에 참석하는 건 오늘이 처음이었다. 아, 왠지 조금 기대되는데.

더구나 오늘의 주역은 형이니까 마음도 편하다. 나중에 놀려줘야지.

"어이, 아버지. 이게 어떻게 된 거야."

"보는 대로다."

약혼식 장소는 신전으로, 전생으로 말하자면 교회 같은 곳이었다.

바닥에는 빨간 융단이 깔려있었고, 그 좌우로 참석자가 앉은 긴 의자들이 쭈욱 늘어서 있었다.

내빈석에는 공작가인 빈스 씨를 비롯해 높으신 분들이 줄지어 앉아 있었고, 닉스 형도 다른 참석자들 사이에 섞여 태연하게 앉아 있었다.

그리고 빨간 융단 위에서 순백의 드레스를 입은 두 명의 여성이 서 있었다.

"나를 속이다니!"

"누가 속였다는 거냐. 나는 한 번도 닉스의 약혼식이라고 하지 않았어. 네가 멋대로 착각한 거지."

어떻게 봐도 드레스를 입고 있는 건 리비아와 안제였다.

얼굴은 베일로 가려져 있지만, 몸매로 금방 알 수 있었다.

애초에 내빈석에 빈스 씨가 앉아 있는 시점에서 이미 사면초가였다.

"이런 식으로 약혼하는 사람이 어디 있어?!"

"네가 한심하게 우물쭈물하니까 그렇지! 이대로 널 유학 보내 버리면 네가 저쪽에서 무슨 일을 저지를지 어떻게 아냐!"

나도 여러 가지로 생각하고 있다고! 우물쭈물한다고 하지 마!

나는 그저 책임을 지고 싶지 않은 것뿐이라고!

아버지가 빈스 씨 쪽을 봤다.

"어차피 도망은 못 친다. 여기서 도망치면 공작가의 얼굴을 먹칠하는 꼴이니까."

"최악이잖아! 일부러 퇴로를 다 막아놓은 거지?! ——잠깐, 루크시온, 설마 너도 알고 있었던 거냐?!"

그러자 근처에 떠 있던 루크시온이 어쩐지 기쁜 듯이 대답했다.

『네. 언제까지고 도망 다니는 마스터가 너무 한심해서 멋대로 절차를 진행하기로 했습니다.』

너, 대체 무슨 짓을 저지른 건지 알긴 해?!

우리가 성전 입구에서 말싸움하고 있자, 길버트 씨가 다가왔다.

웃는 얼굴이었지만, 전혀 웃고 있지 않았다.

"리온 군, 안제와 저 아이가 기다리고 있잖나. 언제까지고 기다리게 하면 안 되지. 그게 아니면, 안제가 마음에 들지 않는 건가?"

"다, 당치도 않습니다!"

부, 불만은 없습니다.

하지만, 남자로서 좀 더 놀고 싶었는데!

본인도 모르는 약혼식이라니, 이런 게 어디 있어!

아버지가 난처한 표정을 지으며 이 모든 사건의 배경을 이야기하기 시작했다.

"너는 모르겠지만, 네 앞으로 수많은 맞선 이야기가 와 있었다. 정말 체면 불고한 맞선 이야기도 수두룩했지. 위로는 50대 부터 밑으로는 한 자릿수까지 있었다. 너도 그런 결혼은 싫잖아. 안 그래?"

 ──귀족 사회는 썩었어!

 위로 50대는 전에도 봤지만, 밑으로는 한 자릿수는 대체 뭐야?! 그냥 어린애잖아!

 ──안 된다. 절대 안 된다.

 길버트 씨가 아버지의 이야기에 끄덕이며 덧붙였다.

 "네가 안제와 약혼하면 그 맞선들로부터 해방될 수 있다. 게다가, 너도 싫지는 않지?"

 루크시온을 봤더니, 외눈을 내게서 돌렸다.

 이 자식, 내 마음을 다른 사람한테 술술 떠벌렸구나!

 "하, 하지만, 저는 유학을 떠나기로 한 몸입니다!"

 "물론 알고 있지. 그래서 바로 그래서 출발 전에 약혼시키기로 했다. 폐하께도 상담했더니, 흔쾌히 인정해 주셨지. 그리고 폐하께서 전언을 남기셨다."

 한 장의 편지를 받아들고, 펼쳐본 뒤── 나는 그대로 꽉 쥐어 짓이겼다.

「어서 와라, 인생의 무덤에. 네가 결혼에서 노망지려 한다는 이야기를 듣고, 전력으로 두 사람과 결혼하는 방향으로 이야기를 끌고 갔다. 울면서 감사하도록. by 유능하며 멋진 국왕.」

——그 자식! 절대로 용서하지 않겠다!

　아버지가 이윽고 내 등을 떠밀기 시작했다.

　"자, 알았으면 얼른 가라! 저 두 사람은 너한테는 아까운 아가씨들이라고. 대체 여기까지 와서 뭘 망설이는 거냐. 저 두 사람이 너와 결혼해 주겠다고 하지 않냐! 기뻐하면서 뛰어가라! 가서 얼른 결혼해! 네놈이 망설이는 꼴은 이제 더는 못 봐주겠단 말이다!"

　아까우니까 망설인 거잖아!

　회장을 봤더니, 빈스 씨의 시선이 느껴졌다. 나는 결국 그 시선에 못 이겨 발을 움직이기 시작했다.

　융단 위를 걷자, 박수가 일었다.

　형은 내 얼굴을 보고 시선을 피했고, 누나는 날 보고 꼴좋다는 듯 웃으며 손뼉을 치고 있었다.

　유메리아 씨도 기쁜 얼굴로 울면서 손뼉을 치고 있었고, 어머니는 울면서 "저 애한테 이런 좋은 며느릿감이 오다니" 하고 중얼거리고 있었다.

　마음에 말이 푹푹 꽂힌다. ——문득 전생의 부모님 얼굴이 떠올랐다.

　나란히 선 두 사람 사이에 내가 도착하자, 안제가 작은 목소리로 말을 건넸다.

　"다소 강행이 돼버렸군. 미안하다."

　"이렇게까지 하지 않아도 되잖아."

그러자 리비아가 나를 타박하듯 말했다.

"리온 씨가 언제까지고 얼버무리니까 그런 거예요."

아니, 난 아직 고등학교 2학년 정도라고. 결혼하기에는 너무 이른 것 같은데? 내가 전생의 가치관이 남아 있어서 그런 건가?

"나는 모른다? 나중에 정나미가 떨어져서, 약혼하지 말 걸 그랬어, 하고 생각해도."

리비아가 미소를 띤 얼굴로 답했다.

"생각 안 해요."

"게, 게다가, 백작이라고 해도 이렇다 할 수입도 없어."

그러나 안제는 당당하게 글러 먹은 나를 받아들였다.

"그러면 내가 먹여 살려 주마. 안심해라, 이래 보여도 공작 영애니까. 본가에 미리 독립에 필요한 지원을 약속받았다. 그리고 이래 보여도 어느 정도의 교육은 받았으니 네 수입이 없다면 내가 돈을 벌어 오마."

——너무 늠름한 대답이 돌아오는 바람에 깜짝 놀랐다.

안제는 입구를 향해 돌아서면서 말을 이었다.

"하지만 결국은 네가 선택하는 거지. 도망치는 길은 저기다."

"여기서 도망친들 어차피 지옥 길이 기다리고 있을 뿐인 거 같은데."

나아가도 지옥, 되돌아와도 지옥——은 아닌가.

"대체 왜 나 같은 녀석한테 반하는 거야."

"너니까 반한 거다. 너를 원한다. 리온—— 내 남편이 되어라."

안제의 대답에 가슴이 두근두근하고 만다.

"네, 넵."

리비아가 내 옆에 붙었다.

"저는 리온 씨라서 좋아하게 된 거예요. 절대로 놓치지 않을 거예요."

살짝 얀데레 같은 대사에 저도 모르게 오싹했다.

"에잇, 이제 좋을 대로 해! 도망치거나 하지 않을 테니까."

"——네!"

베일에 가려 있었지만, 두 사람이 얼굴 가득 미소를 띠고 있는 것을 알 수 있었다.

뭐, 나도 두 사람이 싫진 않고.

오히려 좋아한다. 엄청나게 좋아한다고.

미련이 있다면 학생으로서 좀 더 놀고 싶었다는 것 정도?

신관이 무언가 축복의 말을 읊었지만 내 귀에는 전혀 들어오지 않았다.

속았지만—— 딱히 나쁘진 않은 기분이었다.

『약혼 축하드립니다.』

"하고 싶은 말은 그것뿐이냐, 고물들."

『어머? 나까지 타박하는 건 너무하지 않아? 나는 저 두 사람의 등을 밀어줬을 뿐이야. 마스터는 몰아넣으면 결국 넘어오게 되어 있다고 말이야.』

루크시온은 물론 크레아레도 공범이었다.

그래도 처음엔 '이걸로 결혼 활동도 끝이다!' 하고 들떠 있었는데, 나중에 이야기를 들어보니 끝은커녕 여전히 문제투성이였다.

"약혼했는데 결혼 활동이 끝나지 않는다니, 이게 대체 무슨 상황이야?"

방 안에서 루크시온과 크레아레는 서로 외눈을 마주 보더니 답답하다는 듯 가로저었다.

『마스터는 구국의 영웅입니다. 왕국의 지배 계급을 재건하기에 가장 좋은 대상이지요.』

『그럴 마음이 들면 하렘도 꿈이 아니야. 잘됐네!』

"기쁘지 않아! 지금까지 실컷 남자를 냉대해놓고 상황이 불리해지니까 태도를 바꾼 것뿐이잖아! 도리어 뒤가 뭐가 있을지 몰라 무섭다고!"

『안심하시지요. 의식의 변화는 그렇게 하루아침에 이루어지지 않습니다. 대중 의식이 본격적으로 바뀌려면 20년 정도는 더 걸릴 겁니다.』

전혀 기쁘지 않은 정보였다.

그건 즉, 전과 마찬가지로 거만한 여자늘과 계속 마주칠 거란 얘기잖아.

이 세계는 정말 언제까지 남자한테 가혹하게 굴 생각인 건지.

"더구나 너희가 일을 기습으로 처리하는 바람에 나는 약혼하자마자 곧장 유학길이라고. 결혼하고 금방 단신 부임하는 기분이잖아."

그러자 크레아레가 웃음소리를 냈다.

『이쪽에는 내가 남을 테니까 안심해도 괜찮아.』

이 녀석도 통 속을 알 수가 없다. 유적에서는 성실해 보였는데, 저 구체 보디를 받고 나서는 성격이 가벼워진 느낌이 들었다.

저 둥근 몸에 원인이 있는 건가?

그때 노크 소리가 들려왔다.

"열려 있어."

"실례할게요."

"뭐냐, 아내를 맞이할 준비를 안 하고 있지 않나."

문을 열고 들어온 건 베개를 든 잠옷 차림의 리비아와 안제였다.

"끼야아아악!"

"왜 네가 비명을 지르는 거지?"

침대에 앉아 있던 나는 너무 놀란 나머지 펄쩍 뛰어올라 버렸다.

"그, 그게, 이, 이런 밤에 두 사람이 잠옷으로……."

심지어 그 잠옷도 네글리제였다. 날 유혹하려는 건가 하는 생각밖에 들지 않았다.

"리온 씨는 곧 유학으로 여행을 떠야 하니까요. 그전에 제대로……."

안 돼! 그 뒤는 말하지 마!

나도 남자다. 하고 싶은 것도 있고 즐기고 싶은 것도 있다. 하지만 막상 책임질 걸 생각하면 이것저것 떠올라 매번 발목을 붙잡았다.

"두, 둘 다 진정해! 이러면 안 돼!"

내가 당황해서 말하자 안제가 고개를 갸웃했다.

"뭐가 말이냐?"

──전해지지 않았다! 틀렸어, 가치관이 너무 달라!

"기다려 줘! 난 아직 마음의 준비가 안 되어있다고!"

"대체 무슨 말이 하고 싶은 거냐? 리비아는 너와 대화를 하고 싶어서 온 것뿐이다."

"그러니까 그게 안 된── 어?"

아, 그쪽이었나. 그쪽이었습니까…….

"대화가 하고 싶어서 왔다고? 나랑? 이 밤에?"

"네. 지금까지 이런저런 일로 바빠서 느긋하게 이야기할 시간도 없었으니까요. 안 되나요?"

날 바라보며 부탁하는 리비아가 귀여워서, 나는 몇 번이고 고개를 끄덕이며 "괜찮아" 하고 말했다.

──뭐, 사실은 조금 아쉬웠지만. ……아니, 미안합니다. 실은 엄청 아쉬웠습니다.

"너, 무슨 생각을 하고 있었넌 거냐?"

안제가 놀리듯 웃으며 나를 쳐다봤기에, 나는 무심코 시선을 돌렸다.

"뭐긴, 사랑에 관해 생각하고 있었지."

"호오, 사랑인가. 그건 좋군. 너의 사랑에 관해서도 꼭 이야기를 들어 두고 싶다."

──사랑이란 뭘까. 나도 답이 나오질 않아.

어느샌가 루크시온도 크레아레도 모습을 감추고 숨어 있었다.

그 녀석들, 정말로 의지가 안 되는군.

두 사람이 내 옆에 앉자, 금방이라도 살이 맞닿을 것 같았다.

"……너한테 고맙다고 말하고 싶었다."

안제가 이야기를 꺼내자, 리비아가 뒷말을 이었다.

"줄곧 말하고 싶었어요. 리온 씨와 학원에서 만나고 나서부터, 여러 일이 있었고 잔뜩 도와주셨잖아요."

그만큼 큰일이었지만 말이지.

사랑에 이성을 잃은 다섯 명과 전생의 여동생이 정말로 지독했다.

"나한테는 루크시온이 있으니까. 나 혼자서 해낸 게 아니야."

"그건 아니다. 네가 있었기에 루크시온도 우리를 도운 걸 테니까. ──리온, 좀 더 자신을 가져라. 내 남편이 될 남자가 아닌가."

안제한테 그런 말을 들으니 어쩐지 쑥스러운데.

남편이라는 말에 아직 익숙하지 않다.

전생에서도 결혼은 한 적이 없었으니까 말이지.

"리온 씨, 꼭 돌아와 주세요. 저희도 기다리고 있을게요."

나는 두 사람한테 팔을 안긴 채, 그대로 밤늦게까지 이야기를 이어갔다.

——어땠냐고? 참느라 죽을 맛이었다.

◇

알제르 공화국으로 출발하는 날.

왕도 상공에 떠 있는 부유섬 항구에는 나를 배웅하러 나온 수많은 사람이 모여있었다.

다니엘이나 레이먼드도 친구로서 내 유학을 기뻐해 주었다.

"아쉽게 됐네. 기껏 여자들에게서의 권유가 늘었는데 유학이라니."

"그러게. 설마 남자가 권유받는 세상이 오리라고는 생각도 못 했다니까."

다니엘과 레이먼드가 히죽히죽 웃으며 말했다. 아 열 받는다.

나도 결혼 활동 사정이 개선된 학원을 즐겨보고 싶었는데.

"쳇, 너희들, 돌아오면 두고 보자고."

"큭큭, 역시 리온은 이런 녀석이지."

"도리어 평소대로라서 안심했어. 백작님이 됐다고, 무엄하다! 말하면 어쩔까 싶었는데."

너희는 나를 어떻게 생각하고 있던 서냐? 조금 충격이라고?

나는 이렇게나 성실하고 선량하며 마음 상냥한데 말이지.

두 사람과 이야기하고 있었더니, 여자 둘이 가까이 다가왔다.

클라리스 선배와 얼마 전에 훌륭하게 학원을 졸업한 디어드리 선배였다.

"약혼 축하해."

"축하해요. 매우 유감이네요."

클라리스 선배는 생글생글 웃으면서, 디어드리 선배는 불만스러운 얼굴로 그렇게 말했다. 솔직히 말해서 두 사람이 무슨 생각 중인지 전혀 모르겠다. 슬쩍 그녀들의 측근들을 보았더니, 하나같이 나를 노려보고 있었다.

뭔데 대체? 내가 약혼해서 화가 난 거야?

두 번째 인생에서 터무니없는 인기남이 되어버렸구먼.

아마 앞으로도 이런 행운은 두 번 다시 찾아오지 않겠지.

"레드글레이브 가문이 지겨워지면 언제든 애틀리 가문을 의지하도록 해."

네? 그건 무슨 의미입니까?

"어머, 로즈블레이드 가는 지금이라도 받아들일 수 있어요. 차라리 이대로 저를 데리고 사랑의 도피를 해보지 않겠어요?"

아니, 아니── 그런 짓을 했다가는 그 5인조 녀석이랑 다를 게 없다고요.

아, 근데 어쩐지 디어드리 선배의 눈이 진심인 것 같다. 기분 탓이겠지?

"두, 두 사람 다 농담이 능숙하네요~! 농담도 잘하셔라……."

웃으면서 얼버무리려 했지만, 두 사람은 말 한마디도 없이 침묵을 지키고 있었다.

분위기가 이상해진 걸 눈치챘는지, 다니엘도 레이먼드가 조용히 내 옆에서 도망쳤다.

"리온은 인기 만점이네."

"그러게. 나는 부럽다고는 생각하지 않지만 말이야."

내가 두 사람의 시선 속에서 가시방석에 앉은 것처럼 안절부절못하고 있자 스승님이 구원자처럼 다가오셨다.

아아! 스승님의 서 있는 모습이 눈부셔 보여!

"스승님!"

"미스터 리온, 배웅하러 왔습니다."

"감사합니다!"

스승님은 이번 연도부터 학원장이 되었다.

왕국 전체가 그렇지만, 학원의 분위기가 크게 바뀌면서 그에 걸맞은 인물이 필요했는데, 그게 바로 스승님이었다.

"낯선 땅에 가서 견식을 늘리는 건 좋은 일입니다. 착실하게 배우고 오기 바랍니다."

실은 유학을 가장해 알제르 공화국에 다른 사람의 연애 사정을 보러 가는 것뿐이지만, 스승님 앞에서 사실대로 말할 수는 없었다.

"예. 저쪽에서도 다도를 계속하겠습니다."

"부디 그렇게 해주세요. 하지만, 신사로서도—— 아니, 사람으로서도 성장해야 합니다. 돌아왔을 때, 한층 커진 미스터 리온을 기대하고 있겠습니다."

스승님── 저, 스승님 같은 신사를 목표로 하겠습니다!

루크시온이 시간을 알렸다.

『마스터, 출항 시간입니다.』

"그래, 갈까."

나는 모두의 배웅을 받으며 뒤돌아보지 않고 아인호른에 올라
탔다.

클라리스 선배나 디어드리 선배의 눈빛이 무서워서 뒤돌아보
지 않은 건 아니라고? 그냥 눈물이 날 것 같아서 돌아볼 수 없었
을 뿐이야.

진짜라니까?

◇

크레아레는 학원에서 리비아와 안제 옆에 있었다.

『두 사람 다 배웅 나가지 않아도 괜찮았던 거야?』

안제가 홍차를 마시며 대답했다.

"사람들이 있는 곳에서 울면 그 녀석의 발목을 붙잡을 거 아
니냐."

리비아도 마찬가지였다.

"저희는 이미 작별을 끝마쳤으니까요."

크레아레는 그런 두 사람을 놀렸다.

『오오~ 정말 갸륵하네. 마스터는 좋은 약혼자를 얻었어.』

컵을 내려놓은 안제는 창밖을 봤다.

아인호른이 항구에서 출항하는 모습이 눈에 들어왔다.

"그리고 우리한테는 우리가 해야 할 일이 있으니까."

리비아도 작게 고개를 끄덕이는 것을 보고 크레아레가 물었다.

『뭔가 달리 예정이 있었던가?』

"리온 씨의 도움이 되고 싶어요. 열심히 공부해서, 리온 씨가 의지할 수 있는 사람이 될 거예요."

안제도 마찬가지였다.

"유학이라니, 해외라면 흥미는커녕 도리어 싫어하던 남자가 할 얘기가 아니야. 즉, 유학길에 올라야만 하는 이유가 있다는 뜻이지. 아닌가?"

크레아레는 대답을 얼버무렸다.

『그럴지도 모르겠네. 마스터 나름대로 이것저것 생각하고 있는 걸지도 몰라.』

"뭔가 숨기고 있는 것 같다만, 끝까지 말하지 않은 건 우리가 의지할 정도는 아니기 때문이겠지. 그렇다면 우리는 우선 리온의 의지할 만한 사람이 되어야지 않겠나."

『으음~, 마음가짐은 훌륭하지만, 그렇게 단단히 마음먹지 않아도 되는 거 아니야?』

리비아가 고개를 저었다.

"알고 있어요. 하지만 이번에야말로 저희는 리온 씨가 의지할 수 있는 사람이 되고 싶어요. 그러기 위해서는 더욱더 많은 것을 공부해야 해요. 리온 씨가 돌아왔을 때 깜짝 놀라게 해주고 싶어요."

크레아레의 외눈은 테이블 위에 있는 서적으로 향했다.

리비아 앞에는 마법 관련 서적이, 안제 앞에는 영지 경영에 관한 서적이 놓여 있었다.

『상황 나름이지만, 나는 성격 비뚤어진 루크시온하고 멀리 떨어져 있어도 연락을 취할 수 있으니, 마스터한테 전하고 싶은 말이 있으면 말해줘.』

그러자 안제가 기뻐했다.

"정말인가? 그러면, 그때는 부탁하지."

리비아는 창밖을 봤다.

"──리온 씨, 지금쯤은 뭘 하고 계실까요?"

아인호른에 있는 내 방.

나는 침대에 누워서──

"젠장! 배웅까지 받으며 멋지게 출발하긴 했지만, 실은 외국 같은 데 가고 싶지 않다고오오오!"

어린애처럼 버둥버둥하며 떼를 쓰고 있었다.

애초에 나는 외국에 그다지 흥미가 없다. 대체 뭐가 슬퍼서 외국에 유학까지 해야 한단 말인가.

『안 할 수도 없는 일 아닙니까? 그만 체념하시죠.』

"불평 정도는 해도 되잖아! 어째서 내가 외국에서 다른 사람의 연애를 지켜봐야만 하는 거냐고!"

새로운 주인공의 사랑이 성공하지 않으면 세계가 위험하다.

어쩜 이리도 부조리한 일이 있단 말인가.

『그건 그렇고, 이건 확인하지 않으시는 겁니까?』

지금껏 일부러 모른 척하고 있었지만, 방 안에 부자연스럽게 큰 상자가 놓여 있었다.

딱 보기에도 수상한 느낌이 풀풀 나고 있었다.

"그래, 말이 나온 김에 물어나 보자. 뭐야, 이거?"

『왕궁에서 보낸 물품입니다.』

"아아, 그러고 보니 알제르 공화국에 보낼 선물이 있다고 했었지."

『나라가 주고받는 물건을 '선물'이라고 부르다니 역시나 마스터입니다. 참고로 이쪽 상자는 마스터에게 보낸 겁니다.』

내가 상자를 열자── 다리를 모으고 쪼그려 있는 마리에가 눈에 들어왔다.

나는 저도 모르게 숨을 들이켰다.

어우, 깜짝 놀랐네. 무슨 호러 영화도 아니고.

나는 아무 말 없이 다시 상자를 닫았다.

그러자 마리에가 상자를 열고 뛰쳐나왔다.

"왜 닫는 거야!"

"무섭다고! 식은땀까지 흘렸단 말이야!"

왜 이 녀석이 여기 있는 거지?

내가 루크시온을 보니 루크시온은 처음부터 알고 있었다는 듯 태연했다.

『사정은 본인에게 직접 들으시죠.』

시선을 다시 마리에에게 옮기니 마리에는 손가락 끝을 가슴 앞에서 맞대고 부끄러운 듯 내 눈을 피하고 있었다.

"그, 그게 실은…… 오빠가 보내준 생활비 말인데…… 다 써 버렸어."

"……뭐?"

"내가 아니야! 내가 아니라! 그 다섯 명이……!"

◇

리온이 헌상한 부유섬은 감시 차원에서 왕국이 관리하는 토지의 상공으로 자리를 옮겼다.

마리에 일행은 리온이 타협한 대로 봄부터 이곳으로 옮겨 살고 있었으나, 어느 날 갑자기 문제가 발생했다.

"뭐야, 이거?"

마리에는 리온이 자신을 위해 마련한 저택 앞에서 시트에 덮인 무언가를 보고 있었다.

그러자 율리우스가 웃으며 상쾌한 얼굴로 시트를 벗겼다.

"마리에를 위해 준비했다. 네가 기뻐해 주길 바라고 말이지."

시트 아래 있던 건 석상이었다. 자신이 마치 여신 같은 모습으로 서 있었다.

'……?! 뭐, 뭐야 이거! 진짜로 뭐야, 이거!'

질크가 신성한 성물을 보는 듯한 눈으로 마리에 상(像)을 바라보며 말했다.

"젊지만 평판이 좋은 직공한테 주문하여 만든 석상입니다."

브래드도 만듦새가 만족스러운지 고개를 끄덕이고 있었다.

"자꾸 가슴을 크게 만들려고 하기에, 조정하느라 고생했어."

석상의 가슴을 보니 굴곡이 느껴지지 않을 만큼 평평했다.

'내, 내 가슴은 좀 더 크다고! 너무 깎아냈잖아! 아니지. 그게 아니야. 중요한 걸 확인해야 해.'

"이, 이거, 대체 무슨 돈으로 만든 거야?"

그렉이 엄지손가락을 치켜세우며 말했다.

"모두의 돈을 모아 만들었다. 뭐, 그렇게 모아도 직공에게 부탁하기에는 약간 부족했지만 말이야. 그래서 이 섬에 있는 물건을 팔아서 돈으로 바꾸었다."

중요한 농기구나 리온이 보낸 식량 등, 팔 수 있는 건 모조리 팔아치워 버린 모양이었다.

이 다섯 명은 뭔가 부족한 게 있으면 자기들이 부탁해서 해결할 수 있으리라 생각하는 모양이었다.

'서, 설마, 이걸 위해서 나보다 먼저 오빠의 부유섬에 들어간 거야? 거짓말이지이이이이?!!'

이 부유섬으로 옮기기 전, 어쩐지 다섯이 먼저 서둘러 들어가는가 싶더니 모두 이걸 생각하고 있었던 모양이다. 그리고 그 결과, 기껏 무릎까지 꿇어가면서 빌어 손에 넣은 돈을 다섯 사람은 사정도 모르고 멋대로 써버렸다.

크리스도 주눅 든 기색이 없었다.

"매월 돈이 들어온다면 이 정도는 싼 축이지."

다섯 명은 이후에 만들 분수에 설치할 거라면서 서로 기뻐하고 있었다.

아무래도 그 돈이 본가에서 매달 보내주는 돈이라고 착각하고 있는 모양이었다.

"그런 건 없어! 너희들 본가에서 보내준 돈 따위는 한 푼도 없다고!"

마리에가 소리치자 다섯 명이 고개를 갸웃했다.

카일이 몹시 황당하다는 얼굴로 말했다.

"그만한 짓을 해서 실컷 혼이 났는데, 매월 돈을 보내줄 리가 없잖아요. 여러분이 쓴 돈은 저희 모두가 쓸 1년 치 생활비였다고요."

마리에이 짐을 들고 있던 가라도 입을 연 채 딱딱하게 굳어있었다.

"그, 그 돈을, 전부 쓴 건가요?! 그 거금을 전부?!"

그러나 율리우스는 여전히 고개를 갸웃하며 의아하다는 얼굴을 하고 있었다.

"그런 거였나? 그렇다면 빨리 왕궁에 연락해서 추가로 예산을 신청해야겠군."

여전히 상황 파악이 안 되는 다섯 명의 모습에 마리에는 눈앞이 깜깜해졌다.

'이 녀석들, 부잣집 출신이란 것만 빼면 단순한 역귀잖아!'

마리에는 머리를 감싸 쥔 채 그 자리에 무릎을 꿇고 말았다.

스커트에 흙이 묻고 어쩌고 하는 생각은 들지도 않았다.

'이건 말도 안 돼! 오빠한테 부탁해서 겨우 손에 넣은 생활비와 식량이!'

일부러 리온에게 돈을 받은 건, 이 섬에 정기적으로 찾아오는 상선에 의존하기 위해서였다.

원래는 여기서 작물을 재배해서 돈을 버는 게 뭔지를 배우는 게 목적이지만, 마리에는 이 다섯 명이 그런 걸 할 수 있을 리가 없다는 걸 알고 있었다.

"그런 신청이 통할 거라면 나는 그런 고생을 하지도 않았을 거란 말이야아아아!"

결국, 울부짖는 마리에를 카일과 카라가 위로해야만 했다.

마리에는 창백한 얼굴로 고개를 숙이고 있다.

"그래서 나는 아무것도 잘못한 게 없는데, 왕비님한테 불려가 설교 당했어."

"진짜냐…… 끔찍하군. 나라도 동정하겠어."

하루아침에 갑자기 생활이 파탄 나자 결국 밀렌 님이 마리에 일행을 왕궁으로 불러들여 설교했다고 한다.

하긴, 그놈들의 금전 감각이 이 단기간에 고쳐질 것 같진 않군.

십수 년이나 도련님으로서 자라 왔는데, 이제 와서 가난하니 아껴 쓰라고 한들, 아낀다는 게 어떤 건지조차 모를 거다.

"그리고는 아무런 교육도 없이 섬에 내팽개친 게 실수였다고 하더니, 나보고 '외국에서 공부하고 오세요'라지 뭐야. 처음에는 막막했지만, 오빠가 있다면 그것도 괜찮으려나, 해서……."

뭣이?! 그 말은 그 다섯 바보도 내 유학에 따라온단 말인가?!

나더러 그 역귀들을 보살피라고?!

"잠깐, 그럼 다른 녀석들은 어디 있어?"

"창고에 있어. 그리고, 이거."

마리에는 품에서 여러 장의 편지를 꺼내 내게 건넸다.

맨 처음 눈에 들어온 건 롤랜드 자식의 편지였다. 나는 편지를 찢을 기세로 난폭하게 열었다.

「성가신 것들을 잘 처리하도록.」

나는 곧바로 꽉 쥐어서 꾸깃꾸깃하게 짓뭉갰다.

다음은 밀렌 님이 보낸 편지였다. 나는 세심하게 편지를 개봉했다.

「율리우스와 다른 아이들을 부탁해요. 실은──」

밀렌 님의 편지에는 이 녀석들의 처우에 만족하지 못하고 목숨을 노리는 세력이 있으니 잠시나마 국외로 피난을 시켜달라는 부탁이 담겨 있었다. 왕국은 전후 처리로 바빠서 율리우스 전하──아니, 이제 경칭은 버리자. 율리우스를 비롯한 마리에 일행을 신경 쓸 여유가 없다고 한다.

밀렌 님의 말대로 왕궁은 지금도 여러 문제로 분주하게 돌아가고 있다.

나도 왕국에 남아 있었다면 그 문제에 연관되었을지도 모르겠군.

그렇게 생각하니, 유학도 나쁘지 않은 것 같은데?

밀렌 님의 편지에는 내 몸을 걱정하는 내용도 담겨 있었다. 감동에 눈물이 나올 것 같았다.

롤랜드 자식은 용서하지 않겠지만, 그 사람은 행복해졌으면 한다.

"어라? 그럼 마지막 한 장은 뭐야?"

"그거는 헤르트뤼더가 보낸 거야."

◇

　나는 갑판에 나와 편지를 읽었다.

　편지 내용은, 맨 처음에 간단한 인사가 적혀 있었다.

　흑기사를 죽인 나를 향한 원망 어린 말이 적혀 있으려나 싶었지만, 그런 문장은 어디에도 없었다.

　단지──.

「만약 진심으로 당신을 내 편으로 만들고자 했다면, 미래가 바뀌었을지도 모르겠다고 생각해.」

　──그런 말이 적혀 있었다.

　앞으로 그녀를 기다리고 있는 것은 괴로운 인생이다. 왕궁이 그녀를 살려 둔 것은 판오스 공작령을 통치하려면 그편이 편리하기 때문이다. 그녀를 처형하여 다른 누군가에게 통치권을 맡기기보다, 율리우스 같은 왕족을 보내 아이를 낳게 하는 게 가신이나 영민들의 반발도 적다.

「최근, 엘프 이장이 했던 말을 자주 떠올려. 나는 선택을 그르쳤던 거겠지.」

　그 문장을 보고, 다들 날 너무 높게 산다고 생각했다.

　나는 루크시온을 손에 넣었을 뿐인 평범한 사람이다.

그리고 루크시온의 힘을 완벽하게 사용하지 못하고 있다.

나는 옆에 떠 있는 루크시온에게 의문을 던졌다.

"루크시온. 너는 좀 더 유능한 주인을 모시고 싶다든가, 그런 생각은 안 하냐?"

『아무리 유능해도 신인류의 후예는 싫습니다. 애초에, 마스터에게 유능함을 기대하고 있지 않습니다.』

"너는 정말로 짜증 나는 녀석이야."

그 자리에 주저앉아 편지를 주머니에 집어넣었다.

"외국인가. 어떤 곳이려나……."

나는 알제르 공화국에도 그다지 기대를 품을 수 없었다.

왜냐면 거긴 '그' 여성향 게임의 속편이니까.

──정말로 좀 봐줬으면 한다.

⭐번외편 「뤼더와 라위다」

판오스 공작령의 묘지.

부모님의 묘 옆에 마련된 새로운 묘가 있었다.

바로 여동생인 헤르트라위다의 묘였다.

많은 꽃이 놓여 있는 가운데, 헤르트뤼더도 거기에 꽃다발을 내려놓았다.

"라위다…… 겨우 만났네."

패전 후, 판오스 공작가도 바쁘게 돌아갔다.

왕녀에서 공작 영애가 된 헤르트뤼더는 공작 대리로서 분주한 나날을 보내느라 지금까지 성묘도 하러 올 수 없었다.

헤르트뤼더는 눈물을 흘렸다.

"어째서, 이렇게 되어 버린 걸까. 원래라면 내가 죽고 네가 살아남아야 했는데, 내가 살아남아 버리다니……."

조금 떨어진 곳에 라위다의 시중을 들던 시녀들이나 호위 기사들이 있었다.

원래 계획은 헤르트라위다가 살아남는 거였다.

그래서 시중도 헤르트뤼더보다 많이 붙어 있었다. 그러나 그 사람들이 지금은 헤르트뤼더의 시중을 들고 있었다.

"다들 없어졌어. 아버님도 어머님도, 그리고 반데르도 없어. 너마저 없어지면, 나는 외톨이야."

마술피리를 써서 왕국에 복수하자는 이야기는 두 사람이 한참 어렸을 무렵에 나온 계획이었다.

수호신을 불러낸 자는 죽는다는 걸 알고 있던 헤르트뤼더는 자기보다 어린 라위다를 지키기 위해 먼저 지원했다.

"그런데도 내가 살아남아 버리다니……."

부모님을 잃은 후로부터는 서로가 유일한 가족이었다.

때로 다투기도 했지만, 금방 화해했다.

소중한 여동생이 살기를 바랐다.

헤르트뤼더는 왕국에 선전포고하기 전의 일을 떠올렸다.

어느 날, 라위다는 자신의 방에 와서 같이 자고 싶다는 말을 꺼냈다.

그렇게 오랜만에 자매끼리 잠들었다.

배웅 때는 울어 줬던 라위다의 얼굴을, 헤르트뤼더는 지금도 잊을 수 없었다.

"내가 더 야무졌더라면."

지금 와서 생각하면 가신들에게 얼마나 좋을 대로 이용당하고 있었는지 알 수 있었다.

헤르트뤼더는 눈물을 흘리며 묘석에 매달렸다.

"라위다, 미안해. 언니가 미덥지 못한 바람에, 너를 희생해서…… 정말로 미안해!"

대체 어디서부터 잘못된 걸까?

헤르트뤼더를 시중들던 이들은 조용히 그 모습을 지켜보고 있었다.

그러나 왕국에서 파견된 남자가 회중시계를 보더니 먼저 입을 열었다.

"공작 대리, 슬슬 시간입니다."

그러자 주변에 있던 사람이 그에게 항의했다.

"대체 얼마나 걸린다고 그러는 거냐!"

"헤르트뤼더 님이 얼마나 이때를 기다리고 있었는지 모르진 않을 텐데!"

"왕국 놈들……!"

공작가 사람들이 곧장 헤르트뤼더를 감싸고 들었다.

하지만 왕국에서 파견된 남자는 여전히 냉담한 얼굴을 하고 있었다.

"정무가 늦어지면 왕국이 하는 일에도 지장이 생긴다. 오히려 이러한 잡일에 시간을 내준 걸 감사해 줬으면 하는군."

왕국 사람에게는 얼마 전까지 전쟁을 벌이던 공작가의 사정 따윈 알 바가 아니었다.

"너희 탓에 수많은 사람이 희생됐다. 이것 또한 너희가 초래한 결과가 아닌가."

그리고 그 역시 공작가를 좋게 여기지 않았다. 판오스 공작가 따위는 제거하는 게 성가시니 놔두고 있을 뿐이라고 생각하고 있었다.

헤르트뤼더는 눈물을 닦고 일어서더니 마차로 돌아갔다.

"실례했습니다. 곧바로 돌아가죠."

그 말에 공작가 사람들은 고개를 숙이고 이를 악물었다.

왕국에서 파견된 남자는 코웃음을 쳤다.

"매우 좋습니다. 앞으로도 왕국에 순종하시기 바랍니다. 뭐, 저항한들 판오스 가문이 할 수 있는 건 아무것도 없을 테지만요."

"네놈!"

공작가 기사 중 한 명이 남자를 치려고 했지만, 헤르트뤼더가 제지했다.

"그만두세요! ……실례했습니다. 성으로 서두르죠."

헤르트뤼더가 마차로 서두르자, 남자는 자신에게 달려들려던 기사를 향해 말했다.

"내게 무슨 일이 생기면, 다음에는 발트파르트 백작이 올 거다. 너희는 그를 상대할 각오가 있나?"

리온의 이름을 꺼내자 공작가의 기사들이 고개를 돌렸다.

그러나 헤르트뤼더는 알고 있었다.

'발트파르트 백작의 이름을 들먹이며 우쭐거리는 하찮은 인간이.'

리온이 이 정도로 공작가에 쳐들어오지 않는다는 것을.

마차에 타서 창밖을 바라보던 헤르트뤼더는 이전에 모험 여행에 나섰던 것을 떠올렸다.

엘프 마을에서 유적에 들어간 것뿐이었지만, 지금은 그조차 무척 그립게 느껴졌다.

'그러고 보니 그때 이장이 말했었지······.'

운명의 상대와 함께 걸을 수 있다면——.

점괘 결과를 생각하면, 어떻게 해도 리온의 얼굴이 떠올랐다.

'그를 더 진지하게 그를 설득했더라면, 운명은 달랐을까······.'

라위다도 살고, 리온이 있고, 공국이 있는······.

헤르트뤼더는 잠깐 그런 생각을 했지만, 이내 고개를 가로저었다.

'안 되겠네. 지금은 내가 똑바로 정신 차리고 있어야 해.'

공작가를 위해서라도 헤르트뤼더는 한탄만 하고 있을 수는 없었다.

묘지가 멀어지자, 헤르트뤼더는 라위다와 반데르에게 마음속으로 말을 건넸다.

'라위다, 반데르. 아버님과 어머님이랑 같이 우리를 지켜보고 있어 줘.'

CHARACTERS

호르파트 왕국

카라 포우 웨인

준남작가의 차녀. 주군 가문이었던 오플리 백작가가 공적과 이어져 있던 것이 판명되어 제기되면서 뒷배를 잃어 학원에서 왕국의 배신자로서 멸시의 대상이 되었다.

카일

조금 시건방진 마리에의 전속 사용인. 하프 엘프지만 겉모습은 엘프와 다를 바가 없다. 일은 잘하지만, 건방지고 마리에한테 응석을 부리는 면이 있다.

레이먼드 포우 아킨

리온의 친구 2. 안경을 쓴 지적인 이미지의 남자. 말씨가 조금 험하고 삐뚤어진 성격으로, 인도어파답게 하얀 피부의 소유자.

다니엘 포우 델랜드

리온의 친구 1. 운동하고 있어 근육질 몸을 가진 단발 호청년. 건강한 갈색 피부의 소유자.

등장인물소개

THE WORLD OF OTOME GAMES IS A TOUGH FOR MOBS.

※ 판오스 공국 ※

헤르트라위다 세라 판오스

판오스 공국의 제2왕녀. 제1왕녀인 헤르트뤼더의 친여동생. 많이 닮은 자매이지만, 마술피리를 다루는 실력은 헤르트라위다 쪽이 더 뛰어나다.

후기

「여성향 게임 세계는 모브에게 가혹한 세계입니다」3권을 구매해 주셔서 고맙습니다!

저자인 미시마 요무입니다.

무사히 3권이 발매될 수 있었던 것도 독자 여러분 덕분입니다. 감사드리고 있습니다.

그리고 3권 말입니다만…… 두껍네요(땀)

쓰고 있을 때부터 이거 페이지 수 괜찮으려나? ……뭐 됐나, 써 버려!

그렇게 생각하고 있었더니 이런 결과가 되고 말았습니다.

1권부터 3권을 나란히 세우면 네 권 분량은 되지 않을까요?

그렇게 생각하면 '모브 세계'는 이득이지요.

자, 3권 말입니다만, '그' 여성향 게임 세계의 진실이 보이기 시작하는 이야기를 담아보았습니다.

왜곡된 결혼 활동 사정이나, 엘프들 아인종이 태어난 이유.

그리고 공국과 싸움으로 알게 된 그 여성향 게임의 진실.

리온에게는 놀라운 재회도 있었습니다만, 본인은 복잡하겠지요.

분명 전생의 부모님께 미안한 마음에 머리를 감싸 쥐고 있을 겁니다.

3권── 웹판에서는 3장입니다만, 제게 있어서도 애착이 있는 이야기가 되었습니다.

여기서 단숨에 평가를 달리하게 된 캐릭터가 있으니까 말이죠.

서적판에서는 어떠한 반응이 있을지, 무섭기도 하고 기대되기도 합니다.

3권은 웹판 3장을 가필하고, 리온이 권력 싸움에 말려드는 부분을 변경하였습니다.

그 때문에 웹판에서 이후를 읽으면 서적판과 이어지지 않는 부분이 있을 수도 있습니다.

서적판은 서적판으로서 즐겨 주신다면 기쁘겠습니다.

웹판과의 차이 이야기가 나와서 말인데, 마지막까지 헤르트라위다의 취급을 어떻게 해야 할지 고민했습니다.

작중에서 너무나도 불쌍한 캐릭터가 되어버렸죠.

등장한 건 좋은데 말이죠.

결국은 웹판과 똑같이 해 버렸습니다.

다만, 캐릭터 러프를 받았을 때 조금 후회하고 말았습니다.

이럴 줄 알았으면 웹판과 다른 루트를 줄 걸 그랬나 하는 생각이 들더군요.

일러스트가 나오면 아무래도 애착이 강해지고 맙니다.

언젠가 헤르트라위다의 다른 루트를 쓸 수 있다면 좋겠다고 생각하면서, 후기를 끝내고자 합니다.

그러면 앞으로도 응원 잘 부탁드리겠습니다.

Otomege Sekaiwa Mobuni Kibishii Sekaidesu Vol.3
©2019 by Mishima Yomu, Monda
All rights reserved
First published in Japan in 2019 MICRO MAGAZINE, INC.
Korean translation rights reserved by Somy Media, INC.

여성향 게임 세계는 모브에게 가혹한 세계입니다 3

2020년 8월 15일 1판 1쇄 발행
2023년 4월 15일 1판 5쇄 발행

저　　　자	미시마 요무
일 러 스 트	몬다
옮 긴 이	주승현
발 행 인	유재욱
본 부 장	조병권
담당편집자	조찬희
편 집 1 팀	김준규 김혜연
편 집 2 팀	박치우 정영길 정지원 조찬희
편 집 3 팀	오준영 이해빈
편 집 4 팀	박소영 전태영
라이츠담당	김정미 맹미영 이윤서
디 지 털	김지연 박상섭
미　　　술	김보라 박민솔
발 행 처	㈜소미미디어
인쇄제작처	㈜코리아피엔피
등　　　록	제2015-000008호
주　　　소	서울시 마포구 토정로222, 403호 (신수동, 한국출판콘텐츠센터)
판　　　매	㈜소미미디어
마 케 팅	박종욱
영　　　업	박수진 최원석 한민지
물　　　류	허석용
전　　　화	(02)567-3388, Fax (02)322-7665

ISBN 979-11-6507-979-6
ISBN 979-11-6507-479-1 (세트)